L'Orpheline

GEORGES LAFONTAINE

L'Orpheline

roman

Guy Saint-Jean
ÉDITEUR

Catalogage avant publication de Bibliothèque et Archives nationales du Québec et
Bibliothèque et Archives Canada

Lafontaine, Georges, 1957-
L'orpheline
Comprend des réf. bibliogr.
ISBN 978-2-89455-309-1
I. Titre.
PS8623.A359O76 2009   C843'.6   C2009-940112-6
PS9623.A359O76 2009

Nous reconnaissons l'aide financière du gouvernement du Canada par l'entremise du
Programme d'Aide au Développement de l'Industrie de l'Édition (PADIÉ) ainsi que
celle de la SODEC pour nos activités d'édition. Nous remercions le Conseil des Arts
du Canada de l'aide accordée à notre programme de publication.

Gouvernement du Québec — Programme de crédit d'impôt pour l'édition de livres —
Gestion SODEC

© Guy Saint-Jean Éditeur Inc. 2009
Conception graphique : Christiane Séguin
Révision : Hélène Bard
Photographie de la page couverture : Garry Gay/Stone/Getty Images

Dépôt légal — Bibliothèque et Archives nationales du Québec, Bibliothèque et Archives
Canada, 2009
ISBN : 978-2-89455-309-1

Distribution et diffusion
Amérique : Prologue
France : Volumen
Belgique : La Caravelle S.A.
Suisse : Transat S.A.

Guy Saint-Jean Éditeur inc.
3154, boul. Industriel, Laval (Québec) Canada. H7L 4P7. (450) 663-1777.
Courriel : info@saint-jeanediteur.com • Web : www.saint-jeanediteur.com

Guy Saint-Jean Éditeur France
48, rue des Ponts, 78290 Croissy-sur-Seine, France. (1) 39.76.99.43.
Courriel : gsj.editeur@free.fr

Imprimé et relié au Canada

À mon père, Léonard Lafontaine, et à ma mère, Fernande Saumur,
qui ont connu cette époque et qui ont contribué
à enrichir ce roman, mais qui sont malheureusement disparus
avant de pouvoir le lire.

À tous ces gens que j'ai rencontrés dans le cadre de mes recherches
et qui m'ont ouvert leur cœur et les portes de leur mémoire.

Aux citoyens de Bouchette et de Messines.

Aux hommes et aux femmes décédés ou meurtris pour toujours
par cette chose affreuse qu'est la guerre.

Aux orphelins qu'elle laisse dans son sillage.

Chapitre un
Aylmer, 1943

Dans le couloir de l'orphelinat Ville-Joie, sœur Madeleine trottait de son petit pas pressé habituel sur les parquets impeccablement cirés. Malgré son embonpoint, elle semblait flotter. Seul le bout de ses petits pieds dodus s'agitait en secret sous le rideau de sa lourde soutane grise, évitant le moindre bruit, comme si elle se déplaçait sur un coussin d'air. Des années de pratique à devoir circuler en silence dans les corridors du couvent lui avaient appris à marcher avec la discrétion d'un fantôme. Le moindre accroc entraînait une punition de la part de la mère supérieure.

Mais ici, il valait mieux éviter tout bruit, qui aurait pu tirer l'un des enfants de son sommeil. Cela avait toujours un effet domino. L'un des bébés se mettait à hurler, ce qui en éveillait un autre qui braillait à son tour plus fort que le premier, et ainsi de suite, jusqu'à ce que tous crient en chœur. Et comme sœur Madeleine était seule pour assurer la surveillance de la pouponnière, elle ne voulait surtout pas avoir toute cette marmaille en crise sur les bras. Elle jeta un rapide coup d'œil en passant devant la fenêtre de la pièce où les plus jeunes bébés étaient couchés. Le silence régnait, tout était parfait.

Avec cette sale guerre qui faisait rage en Europe, il y avait de plus en plus d'orphelins. Depuis que le gouvernement canadien avait voté la conscription, c'était pire. Des enfants étaient conçus dans ce qui était souvent une première et dernière nuit d'amour entre un soldat se sachant condamné à mort et une belle qui voulait l'ignorer. Combien de jeunes femmes avaient ainsi appris, en même temps, qu'elles étaient enceintes et que le père de leur enfant était mort au front? Parfois aussi, le beau soldat survivait, mais pas son amour pour celle qu'il avait engrossée. Les femmes venaient accoucher dans l'anonymat de cet endroit et en repartaient seules. Tous ces enfants à qui il fallait trouver des parents… Plusieurs n'auraient pas la chance de grandir dans une famille, et les murs de cette institution et de bien d'autres du même genre berceraient leur enfance.

Mais sœur Madeleine ne songeait pas à tout cela. Dehors, novembre avait apporté pluie et vent, et on sentait tout près le souffle froid de l'hiver. Elle faisait rapidement sa ronde, jetant un bref coup d'œil dans chacune des pièces. Parfois, elle entrait dans l'une des salles et y faisait quelques pas beaucoup plus par habitude que pour réellement vérifier l'état des enfants.

Il y avait tellement de bébés abandonnés qu'on avait sollicité l'aide de l'armée pour aller de village en village, afin d'offrir ces enfants en adoption à qui les voulait. Les sœurs avaient chargé les bébés, des garçons surtout, plusieurs des filles étant destinées à gonfler les rangs de la congrégation, à l'arrière du camion militaire, après les avoir emmaillotés avec soin, avant de s'asseoir avec eux pour les accompagner dans leur périple. Les curés des paroisses visitées avaient prévenu leurs citoyens de la venue de cette caravane des orphelins, lors de l'office du dimanche, faisant appel à chacun d'eux pour en prendre un à leur charge. Le camion arrivait généralement vers l'heure du midi et le groupe s'installait au sous-sol de l'église ou de l'école. Les bébés étaient préparés et alignés comme du bétail, et les intéressés, époux infertiles, mais aussi des familles où l'on avait besoin de bras, venaient choisir leur poupon. Les familles d'agriculteurs recherchaient surtout les garçons.

Sœur Madeleine avait accompagné la caravane des orphelins et elle avait vu ces couples : jeune femme frêle au bras d'un homme qui avait presque le triple de son âge, à la recherche de cet enfant qui consacrerait enfin son rôle de mère; fermier traînant derrière lui une femme soumise, pinçant le bras des bébés mâles pour évaluer le potentiel de travail qu'il pourrait en tirer plus tard. Celui qui irait avec les premiers serait probablement traité en roi, alors que l'enfant qui partirait avec les seconds avait un avenir plus incertain devant lui. Serait-il traité comme un membre de la famille par les autres ou rejeté comme un paria ? Le visage dur de ce fermier et celui soumis et craintif de sa femme avait fait craindre le pire à la jeune religieuse. Mais qui d'autre s'en souciait ?

— Dans la mesure où l'on peut leur offrir un toit et de quoi manger, c'est déjà une bénédiction du ciel, lui avait dit la mère supérieure.

Tout se passait rapidement. L'enfant était démailloté devant les futurs parents, la marchandise était inspectée ; petit conciliabule entre l'homme et la femme. Les plus beaux bébés partaient rapidement et, lorsqu'on ouvrait les portes de la salle où les poupons étaient exposés, il y avait une certaine cohue, chacun essayant de discerner au premier coup d'œil « l'affaire de la journée » parmi le lot de petits êtres vivants. Sœur Madeleine avait beau savoir cela, elle n'aimait pas ces séances qui ressemblaient à un vulgaire marché public.

Elle pressait le pas en passant près du dortoir et entendait Patrick, comme toujours, un petit garçon de cinq ans dont personne n'avait voulu, parler tout en pleurant dans son sommeil. Elle perçut le bruit inhabituel d'un poing martelant la porte donnant sur la petite allée du jardin, celle que seules les sœurs utilisaient. Qui pouvait venir perturber le calme des enfants à une heure aussi tardive ? Elle tourna rapidement les talons, faisant marcher ses petits pieds encore plus rapidement que d'habitude. Sœur Madeleine mordait sa lèvre chaque fois que le bruit des coups reprenait et se répercutait dans les corridors vides.

— Pourvu que ça ne réveille pas les enfants, se dit-elle en accélérant encore le rythme de ses pas.

Lorsqu'elle arriva à la porte, elle ne vit d'abord qu'une forme sombre par la fenêtre. À l'arrière, une voiture était stationnée en bordure de la route, au-delà de la grille de métal qui entourait l'établissement. Elle hésita à ouvrir. Le visage de la jeune femme en pleurs se leva vers elle. Elle tenait dans ses bras ce qui semblait être un bébé. Sœur Madeleine ouvrit avant que la femme se remette à marteler la porte.

— Pour l'amour de Dieu, marmonna la religieuse.

— Je ne peux plus… je n'en veux plus, dit la femme entre deux pleurs.

Sœur Madeleine reconnut la blancheur du visage d'une jeune femme qui était venue adopter un enfant en compagnie d'un homme qui aurait pu être son père.

— Je ne suis pas capable, dit-elle en déposant l'enfant dans ses bras.

Dans son dos, sœur Madeleine avait entendu du bruit venant de la salle des nourrissons, probablement un petit pleur étouffé, provoqué par le vacarme des coups dans la porte.

— Voyons, voyons! Que se passe-t-il? demanda sœur Madeleine en invitant la femme à s'asseoir.

Cette dernière ne voulut pas de la chaise que la religieuse lui offrait. Elle marchait de long en large, en gardant un œil sur la porte, comme si elle avait peur qu'on la referme et qu'on la force à reprendre le bébé. Sœur Madeleine tapotait doucement les fesses de l'enfant au travers de la couverture pour le rassurer.

— C'est impossible. Je suis trop malade et elle s'éveille toutes les nuits. Et mon mari… dit-elle sans finir sa phrase.

Élise Lacourse s'était mariée à l'âge de dix-huit ans, avec le notaire du village, un vieux garçon de quarante-huit ans.

— C'est un bon parti. Il doit avoir pas mal d'argent, lui avait dit sa mère en la poussant de force dans les bras de cet homme qui ne lui inspirait rien d'autre que de la crainte.

Laurier Charrette se serait bien passé d'une femme. Il l'avait fait toute sa vie en se disant qu'un jour, il finirait par se soumettre à cette obligation sociale du mariage. Obligation qu'il avait repoussée le plus longtemps possible. Mais depuis quelques années, les pressions avaient été plus intenses.

— Quand donc allez-vous prendre femme, monsieur le notaire? lui demandait-on.

Plus que l'idée d'avoir une compagne, son mariage devait lui permettre d'avoir un héritier. Il avait connu Élise Lacourse lorsque la femme de ménage qui venait chez lui avait abandonné ses fonctions après plus de vingt ans à son service. Elle avait suggéré le nom de la jeune Élise, laquelle s'était montrée discrète et efficace, et admirait l'érudition du notaire. Il était allé demander sa main à son père sans même lui en parler. Le mariage fut décidé et organisé presque en l'absence d'Élise. Laurier Charrette avait voulu féconder rapidement sa jeune épouse, mais la nature en avait décidé autrement. Après quelques tentatives infructueuses, il l'avait délaissée en l'accusant d'être la cause de l'infertilité de leur couple. Excuse commode pour se soustraire à l'obligation de pratiquer l'acte sexuel pour lequel il éprouvait du dégoût. Incapable de se résoudre à mettre une croix définitive sur son désir d'être mère, Élise l'avait convaincu d'adopter un enfant. En ces temps de guerre, les crèches débordaient de bébés abandonnés et l'on serait heureux de se débarrasser de l'un d'eux. Habitué à vivre seul et à avoir les gens autour de lui à son service, le notaire n'avait pas supporté les pleurs de la petite fille. Le bébé s'éveillait en pleine nuit, victime de coliques qui duraient parfois plusieurs heures.

— C'est assez, tu vas la ramener, avait dit Laurier Charrette à sa jeune femme désespérée, à l'issue d'une soirée où les cris de l'enfant s'étaient mêlés aux siens.

Il ne voulut même pas attendre le lendemain. Cela durait depuis plus d'une semaine et il n'était pas question pour Charrette de supporter cela plus longtemps. Il l'avait fait monter de force dans la voiture et avait entrepris le voyage pour ramener le bébé.

— Je suis désolée. Je ne peux plus la prendre, dit la jeune femme en se dépêchant de franchir la porte et de retourner à la voiture où l'attendait son mari.

Son visage était déchiré par la peine. Elle laissait là et de manière définitive tous ses espoirs d'être mère. Sœur Madeleine aurait voulu se précipiter à sa suite, la retenir, mais elle avait le bébé dans les bras et elle entendait toujours ce petit bruit dans son dos. La porte se referma alors qu'elle lui demandait d'attendre et elle la vit courir dans la nuit, les mains sur son visage pour retenir les larmes qui coulaient aussi abondamment que la froide pluie de novembre.

Mais qu'allait-elle en faire de cet enfant? Fallait-il éveiller la mère supérieure pour l'aviser ou valait-il mieux attendre le lendemain? Sœur Madeleine décida que, de toute façon, il était inutile de mettre la directrice de mauvais poil en la tirant de son sommeil au milieu de la nuit pour une affaire qui, de toute façon, ne trouverait pas de solution avant le lendemain. Elle était encore novice dans ses fonctions à la pouponnière et elle ne voulait pas retourner à l'intérieur des murs gris de son couvent. Au moins, ici, elle était en contact avec des gens de l'extérieur. Mieux valait donc éviter de mettre la mère supérieure sur son dos.

Le bruit de gargouillis lui parvint encore une fois, plus faible, au moment où elle plaçait la petite dans un berceau semblable à celui qu'elle avait quitté une semaine plus tôt. Sœur Madeleine remplaça la couverture laissée par la jeune femme par une autre de l'orphelinat.

— Pauvre petite Berthe, abandonnée pour la seconde fois, se dit la religieuse avant de quitter la pièce pour chercher l'origine du bruit qu'elle avait entendu.

Chapitre deux
Gatineau, 2005

Agathe Lecours se serait bien passée de cette morbide formalité. L'ouverture du testament de sa mère lui faisait l'effet d'un couteau qu'on aurait tourné dans une plaie encore vive. Les dernières semaines avaient été marquées par de pénibles émotions. Elle revoyait comme un film qu'on tournait en boucle l'image de sa vieille maman recroquevillée sur son lit d'hôpital, attendant, résignée, la Faucheuse. Agathe pouvait encore sentir l'odeur fétide de la mort s'installant un peu plus d'heure en heure dans le corps de sa mère, tuant patiemment, une à une, ses cellules encore vivantes. Ce souvenir lui donna un haut-le-cœur.

— Pauvre maman, redit-elle pour la centième fois.

Pourtant, rien ne laissait présager une fin aussi soudaine. À soixante-deux ans, Berthe Lecours était encore en pleine santé quand ce stupide accident vasculaire cérébral l'avait clouée dans un lit, paralysée de la tête aux pieds. Au début, elle avait réussi à marmonner tant bien que mal quelques mots, mais elle s'était emmurée dans le silence auquel elle était confinée. Comme si elle avait réalisé la gravité de son état et la condition dans laquelle elle serait dorénavant condamnée, elle s'était laissé aller, refusant toute nourriture, puis quelques jours plus tard, l'eau qu'Agathe essayait désespérément de lui faire boire avec une paille. Elle avait sombré dans le coma et était morte le 30 avril 2005.

— Pauvre maman, répéta encore une fois Agathe, tout en sachant que c'est aussi sur son propre sort qu'elle s'attristait.

Elle savait bien que sa mère finirait un jour par mourir, mais malgré ses vingt-cinq ans, Agathe réagissait comme une toute petite fille et refusait d'accepter une telle fatalité. Elle n'y était pas prête. Lorsque son père, Rhéal, était décédé douze ans plus tôt, Berthe avait été là pour s'occuper de tout et pour la tenir à l'écart des moments les plus douloureux. Mais cette fois, Agathe était seule pour faire face à sa douleur. Elle était arrivée affolée à l'hôpital et l'état dans lequel elle avait trouvé Berthe l'avait dévastée. Cette femme vieillie, vulnérable, faible, déformée, avec la moitié du visage qui semblait s'être soudainement affaissée, n'était pas sa mère, c'était impossible. Agathe avait eu peur. Elle ne savait que faire ni que dire. Que pouvait-elle répéter d'autre que « Je t'aime » à cette femme qui avait été si bonne avec elle. Elle s'était assise près du lit et avait tenu sa main jusqu'à la fin, refusant les conseils des infirmières et des médecins qui lui recommandaient d'aller dormir. Pendant trois semaines, elle ne s'était absentée de l'hôpital que quelques minutes chaque jour, pour aller prendre une douche et changer ses vêtements, qui finissaient par empester l'odeur envahissante de la mort.

Agathe songeait à tout ce qu'elle aurait voulu lui dire avant son départ, à toutes ces questions qu'elle souhaitait poser à sa mère aujourd'hui, mais auxquelles cette dernière avait refusé de répondre plusieurs années auparavant. Berthe n'avait rien voulu livrer de son passé. Sa vie ne semblait avoir commencé que vingt-cinq ans plus tôt, au moment de la naissance de sa fille. Tout ce qu'elle lui racontait était survenu après 1978. Bien sûr, Berthe n'avait pu cacher éternellement qu'elle avait passé les trente-six premières années de sa vie entre les murs des institutions religieuses, mais elle n'en avait donné que très peu de détails. Comme si cette vie trop pénible n'avait pas existé.

Agathe se souvenait la première fois où elle avait soulevé la question, alors qu'elle était toute petite. Il y avait eu cet exercice à l'école au cours duquel chaque enfant devait dessiner son arbre généalogique. Elle avait inscrit son nom sur la branche la plus élevée, comme le lui avait indiqué son professeur, puis celui de sa mère Berthe et de son père Rhéal. Plus bas, elle n'avait su ce qu'il fallait écrire. Les autres avaient parfois écrit de drôles de noms du genre « Mamie Riendeau » ou « Pépère Gus », mais au moins, ils semblaient tous y associer quelqu'un. Certains avaient même inscrit des noms dans les cases encore plus basses, réservées aux arrière-grands-parents. L'institutrice leur avait recommandé de compléter leur arbre généalogique avec leurs parents. En rentrant à la maison, Agathe avait déplié la grande feuille sur la table de cuisine en expliquant qu'il fallait compléter les espaces vides. Berthe était devenue blanche. Elle avait suivi le petit doigt de son enfant montrant la première inscription où Agathe avait écrit son nom, puis la suivante avec ceux de Berthe et de Rhéal, et ensuite sur le carré blanc plus bas où auraient dû apparaître les noms de ses grands-parents. Le vide de la case ressemblait à une accusation. Derrière se cachait la honte.

Du haut de ses huit ans, Agathe avait senti le malaise de sa mère. Quelque chose s'était déchiré en elle. Comme un rideau qui se décout sous le poids de quelqu'un qui s'y agripperait. Elle avait vu la douleur dans ses yeux. Berthe était restée là sans rien dire, fixant le carré blanc accusateur qui la forçait à révéler ce qui se cachait derrière ce rideau.

— Je n'ai pas eu de parents, avait-elle d'abord dit.

Agathe l'avait regardée, perplexe, cherchant à comprendre dans sa tête et avec sa logique d'enfant, comment une telle chose était possible. Berthe avait bien vu son expression et avait finalement ajouté :

— Je suis orpheline. Je suis née chez les sœurs.

La réponse, loin de mettre fin aux questions d'Agathe en avait entraîné d'autres, encore plus embarrassantes.

— Les bébés, ils viennent d'où, maman ?

— Du bon Dieu, avait répondu Berthe sans réfléchir, comme elle avait été habituée à le faire lorsqu'elle vivait chez les religieuses.

Berthe se mordit la lèvre, priant le ciel pour que cesse le supplice des questions de plus en plus précises en direction de cette partie de sa vie qu'elle avait toujours cachée. Agathe était une enfant brillante et Berthe en tirait une grande fierté, mais en ce moment précis, elle aurait peut-être souhaité qu'elle fût moins vive.

Agathe réfléchissait, imaginant la chose comme ce journal qui était livré d'une maison à l'autre, mais uniquement chez les abonnés. Plusieurs maisons ne le recevaient jamais. Peut-être fallait-il s'abonner pour que Dieu vous livre un bébé à la porte. Peut-être aussi que les enfants étaient semés de façon aléatoire dans les maisons, comme le fermier jetant les grains de blé au hasard du champ.

Agathe avait gardé pour elle ses interrogations jusqu'à ce qu'elle en apprenne plus sur la façon dont les bébés étaient conçus. C'était arrivé alors que l'institutrice avait fait un bref exposé sur le système reproducteur de l'homme et de la femme. L'enseignante avait glissé rapidement sur le sujet, mal à l'aise, mais contrainte d'aborder le sujet en raison des obligations d'enseignement du nouveau régime pédagogique. Une phrase était demeurée dans la tête de la fillette.

— Ici, avait-elle dit en montrant le dessin illustrant le corps de la femme qui semblait avoir été coupé en deux pour en voir l'intérieur, c'est l'endroit où se trouve l'œuf que la semence de l'homme viendra féconder en introduisant son pénis dans le vagin.

Le dessin suivant montrait un bébé recroquevillé à l'intérieur du ventre de la femme, encore une fois coupé en deux, comme la moitié d'une pomme tranchée au couteau. Les autres avaient souri sans poser de question, mais le cerveau d'Agathe s'était mis à rouler à cent kilomètres à l'heure. Ainsi, les enfants n'étaient pas jetés au hasard par Dieu, mais était le fruit du contact entre un homme et une femme. Agathe comprenait qu'elle-même devait être le fruit de la relation entre sa mère et son père, mais elle songea à la case vide devant le nom de Berthe. Après tout, se disait Agathe, si elle a grandi dans le ventre de quelqu'un, cette personne devait bien exister. Quand elle avait plus tard compris que sa grand-mère avait abandonné son enfant à la crèche, elle n'avait plus questionné Berthe, réalisant combien ces souvenirs pouvaient être douloureux pour sa mère. Elle imaginait facilement son propre chagrin si Berthe l'avait abandonnée comme l'avait fait cette femme.

Toutefois, ce qui, au départ, n'était qu'une banale question d'enfant devint une obsession. C'est probablement son désir de connaître ses racines, de savoir d'où elle venait, qui avait poussé Agathe à étudier pour devenir notaire. Rien ne semblait plus intéressant que ces longues listes de propriétaires qu'on retrouvait dans les registres des Bureaux de la publicité des droits. Chaque vente, chaque cession, chaque hypothèque y était méticuleusement inscrite depuis le premier propriétaire. Certains terrains situés le long du fleuve Saint-Laurent avaient une histoire qui remontait jusqu'à l'époque du régime français. Ils étaient tous là dans ces grands livres, unis par la terre dont ils avaient été propriétaires. Toutes ces inscriptions, tous ces documents étaient le fil d'une histoire qui ne se terminerait jamais. Elle avait donc entrepris ses études avec enthousiasme et avec sérieux. Elle avait gradué quelques mois plus tôt de l'Université d'Ottawa et avait immédiatement été embauchée dans un cabinet de Gatineau, ce qui avait été une grande source de fierté pour sa mère. Sa fille était devenue notaire, quelle gloire. Cette pensée réconforta Agathe.

Le collègue qui se trouvait devant elle pour l'ouverture du testament de sa mère avait vu des milliers de clients passer dans son étude, et le cas de Berthe Lecours n'avait rien d'exceptionnel. Au contraire; la cliente ne possédait que très peu de choses et avait prévu tous les coûts liés à son décès. Selon ses dernières volontés, tout était légué à Agathe, sa seule fille. Cela se résumait à cinq mille dollars que Berthe avait placés dans un compte spécial et qui lui avait servi à financer les études d'Agathe. Il y avait aussi les vieux meubles de son petit appartement de la rue Saint-Louis à « La Pointe », comme elle désignait encore et toujours la vieille partie de la ville de Gatineau. Bien peu de choses en réalité; une table, quatre chaises, un vaisselier et son contenu, un sofa, deux lits, des appareils électriques, une table de nuit. Le tout pouvait facilement tenir dans la caisse d'une camionnette. Selon les dispositions que Berthe avait incluses dans son testament, son corps serait brûlé et ses cendres devaient être dispersées dans les eaux du lac Achigan, dans la municipalité de Bouchette, au nord de la Gatineau. Agathe était désignée comme exécutrice testamentaire. Une lettre, que le notaire lui remit, accompagnait le tout.

Quel grand trou elle laissait. Berthe avait été une mère exceptionnelle. Agathe avait été sa seule enfant, mais elle lui avait inculqué de belles valeurs, dont la générosité et le sens de la justice, ce qu'on lui avait enseigné durant toute sa vie passée dans l'ombre des églises. Agathe prit la lettre des mains du notaire en tremblant et la glissa dans son sac. Elle la lirait plus tard. Pour le moment, son cœur était bouleversé, déchiré entre la douleur de l'instant et l'étrangeté de l'ultime volonté de sa mère. Jamais Berthe ne lui avait dit qu'elle souhaitait être incinérée. Quand son père Rhéal était décédé, il avait été enterré au cimetière de Pointe-Gatineau, où la famille avait un lot, et Agathe avait imaginé que c'est aussi ce que sa mère aurait souhaité pour elle. Son nom avait même été inscrit sous celui de Rhéal, sur le monument funéraire des Lecours, avec la date de sa naissance, 1943, et un espace à être gravé lors de son décès. Pourquoi, alors, avoir choisi d'être brûlée et surtout, pourquoi répandre ses cendres dans ce lac dont elle n'avait jamais entendu parler ?

De retour à l'appartement du chemin Saint-Louis, Agathe s'était effondrée sur l'une des chaises de la cuisine, comme un coureur à bout de souffle et d'énergie, regardant autour d'elle et s'imprégnant de tous les souvenirs qui avaient marqué sa jeunesse. Elle ne se souvenait pas d'avoir habité ailleurs. Cette vieille maison étroite de deux étages avait vu le spectacle de toute sa vie. Elle ouvrit avec attention l'enveloppe que le notaire lui avait remise, évitant de déchirer le papier pour ne pas abîmer cet ultime présent de sa mère.

Mistigri, le vieux chat que Berthe affectionnait tant, était venu se frotter sur les jambes d'Agathe, sentant instinctivement sa détresse et partageant sa douleur. Lui aussi avait besoin de réconfort. Personne n'avait eu à lui dire que Berthe ne serait plus là. L'animal ne l'avait plus revue depuis que des ambulanciers étaient entrés à grand fracas dans la maison et l'avait couchée sur une civière pour l'amener. Mistigri avait senti un frisson, celui de la mort, et s'était caché jusqu'à ce qu'Agathe revienne de l'hôpital. L'odeur sur ses vêtements avait suffi à renseigner le félin sur l'état de santé de sa maîtresse. Agathe glissa sa main dans son pelage et Mistigri fit un bond précis pour atterrir délicatement sur ses genoux, où il se coucha en boule, comme s'il attendait lui aussi qu'elle lui fasse la lecture de l'ultime message de Berthe. Agathe le laissa faire, se demandant un instant si un chat pouvait pleurer.

« *Chère petite Agathe,*

Si tu lis cette lettre, c'est donc que je suis partie. Tu es le soleil de mes jours et je t'aime plus que moi-même, plus que Dieu à qui je dois pourtant ta présence. Je savais que j'aurais un jour à te dire la vérité, du moins celle que je connais. Il ne se passe pas une journée sans que j'y replonge sans pourtant trouver les réponses aux questions qui m'ont obsédée toute ma vie.

Je n'ai jamais connu ma mère. Je suis née le 22 décembre 1943 à la crèche de la maison Ville-Joie Sainte-Thérèse à Aylmer. Je ne sais rien de celle qui m'a enfantée ni des circonstances qui l'ont poussée à m'abandonner. Jamais, à l'époque, les religieuses qui tenaient les registres des naissances n'ont voulu me donner quelque information que ce soit. La seule chose que j'ai apprise m'est venue de sœur Madeleine de l'Enfant-Jésus qui m'avait avisée, alors que je venais d'avoir quinze ans, que ma mère venait de décéder et que ses cendres avaient été dispersées sur le lac Achigan dans la région de Bouchette, d'où elle était originaire. J'en ai longtemps voulu à ma mère sans pourtant la connaître, jusqu'à ce que tu arrives. J'ai

19

compris sa détresse après l'avoir vécue. C'est pour cette raison que j'ai décidé qu'après ma mort, mes cendres iraient rejoindre les siennes. Pour que toutes deux, nous fassions enfin la paix et puissions être réunies. Tu trouveras dans le vaisselier, à l'intérieur d'une boîte de carton, la seule chose d'elle qui m'ait été remise par sœur Marie lors de son décès. Elle m'avait demandé de le garder précieusement. Fais de même.

J'emporte avec moi ton image dans l'autre monde, car tu es et seras toujours ce qu'il y a eu de plus beau dans ma vie. Je sais que je serai alors heureuse pour toujours.

Ta mère qui t'aime. »

Sa main retomba avec la lettre, alors que de grosses larmes coulaient sur ses joues. Berthe lui manquait et il y avait tant de questions qu'elle aurait voulu lui poser. Ce mot, loin de la satisfaire, attisait son besoin de savoir, de mieux connaître sa mère. «Quel charabia», se dit Agathe. Le jour du décès de Berthe, Agathe avait fait une fouille acharnée du vaisselier, à la recherche d'une photographie récente de sa mère pour l'avis de décès qui devait être publié le lendemain dans le quotidien local. Elle avait ouvert et vidé toutes les boîtes qui s'y trouvaient, et avait ensuite remis le tout en vrac dans le meuble. Elle n'arrivait plus à se rappeler quels articles étaient emballés dans une des nombreuses boîtes et ceux qui ne l'étaient pas. Elle installa confortablement Mistigri sur un coussin et entreprit l'exploration du vaisselier à la recherche du mystérieux objet dont Berthe avait fait mention. Un bijou sûrement ou alors une figurine qu'elle aurait conservée. Peut-être une photographie ou bien ce serait une pièce de vaisselle ancienne. Il y avait un fouillis d'objets les plus divers dans ce meuble. En haut, bien sûr, Berthe avait soigneusement placé les assiettes, tasses, et soucoupes qu'elle utilisait dans les grandes occasions. Agathe les regarda longuement, cherchant la chose qui avait pu appartenir à sa grand-mère. Elle prit une assiette et la tourna. Le nom Wedgwood

England était inscrit en lettres dorées. Visiblement, il s'agissait d'une pièce assez ancienne, mais était-ce là ce que la mère de Berthe lui avait laissé? Elle fouilla également les tiroirs à la recherche d'un indice. Il y avait de tout; la coutellerie, quelques verres, des objets que Berthe avaient semble-t-il empilés à cet endroit, des photos et une boucle des cheveux d'Agathe qu'elle avait coupés alors que la petite n'avait que deux ans. La frisette d'un beau blond cendré était enroulée dans un papier de soie et délicatement glissée dans une petite enveloppe. Il y avait également un stéthoscope, toujours dans sa boîte originale, que Berthe avait acheté lorsque Rhéal avait eu ses premiers malaises cardiaques. L'objet ne lui avait pas permis de prévenir la crise fatale qui l'avait emporté. Une pipe, qui avait probablement appartenu à son père, reposait enroulée dans une page de journal, le bouquin séparé du foyer. Rhéal l'avait sûrement achetée pour la beauté de l'objet puisqu'elle ne l'avait jamais vu s'en servir. Un paysage était finement sculpté sur le fourneau.

Elle se remit en quête d'un indice dans le vaisselier. Dans un bout d'étoffe, qui devait être blanc à l'origine mais qui avait jauni avec le temps, Berthe avait enroulé un crucifix suspendu à une chaîne. L'objet de métal n'avait aucun ornement et semblait nu. Agathe se douta qu'il s'agissait du crucifix que Berthe avait porté à son cou alors qu'elle était sœur Marie-Julien. C'est la première fois qu'elle le voyait. Il y avait aussi quelques albums de photos. Agathe les feuilleta, pressant sa bouche de la main chaque fois qu'un des clichés lui rappelait un souvenir heureux. Toutes les photos semblaient débuter après 1980. Seuls deux clichés noir et blanc provenaient d'un autre temps, d'une autre époque. La première, plus grande, représentait un groupe de sœurs photographiées sur les marches d'un couvent. Agathe devina qu'il s'agissait du groupe de religieuses dont Berthe avait fait partie et elle chercha le visage de sa mère en vain. Elles se ressemblaient toutes avec leur cornette. Elle prit la loupe que son père avait l'habitude de mettre dans le tiroir du meuble et dont il se servait pour lire les caractères fins sur les emballages des produits. Réal n'avait confiance que dans ce qu'il connaissait et rien ne lui semblait plus suspect que ces aliments préparés à l'avance et suremballés. Elle passa l'instrument au-dessus des visages, cherchant celle qui avait été sa mère. Son œil s'arrêta sur cette jeune femme debout, dans la seconde rangée. Il aurait été difficile de l'identifier avec certitude, mais Agathe crut déceler les traits de Berthe. Son visage affichait un sourire forcé.

La seconde photo semblait dater de la période de la guerre. On y voyait trois personnes, deux hommes et une femme au centre. Elle les tenait par la taille tandis qu'eux avaient passé leur bras autour de ses épaules. Ils souriaient comme seuls les jeunes adultes peuvent le faire. Un sourire inconscient, sans la nostalgie que l'âge amène. L'un d'eux, plus trapu, portait un uniforme de l'armée canadienne. Sa fine moustache et sa chevelure noire lui donnaient un petit air aristocratique, mais la rudesse de ses mains trahissait sa condition paysanne. La jeune femme au centre était radieuse et l'éclat de ses yeux témoignait de son bonheur. Elle portait un tablier blanc sur une robe noire, comme celle que portaient les serviteurs à une certaine époque. Sur sa droite, l'homme aux cheveux clairs était plus grand que ses compagnons. Il était rayonnant lui aussi devant la caméra, mais ses yeux étaient tournés vers la jeune femme. Il l'enveloppait, la caressait de son regard. Rien d'autre ne semblait attirer son attention.

Agathe retourna la photo. Rien, sinon une date; 1942. Ce n'était pas Berthe, elle en était certaine, puisqu'elle était née en 1943. Cette femme avait les cheveux blonds et était plus grande que sa mère. L'uniforme du soldat était également conforme à la date inscrite derrière la photo. Ils étaient photographiés devant une immense maison, au pied d'une grande galerie qui semblait en faire le tour, du moins pour la partie qu'on pouvait en voir. Qui étaient-ils?

Elle continua son investigation, vidant sur le plancher de la cuisine tous les objets qui se trouvaient à l'intérieur du meuble. Qu'avait donc voulu dire Berthe? Où plutôt qu'avait-elle cherché à lui cacher? Tout était là sur le sol, et pourtant, elle ne trouvait pas la chose que sa mère avait voulu lui léguer.

Submergée par tous ces souvenirs qui l'envahissaient, Agathe laissa tout ce fatras, fit le tour de l'appartement, touchant ici un vase, là un meuble et se laissant envahir par les images que cette caresse au bout de ses doigts provoquait. Elle songea au décès de son père Rhéal. Moment douloureux pour Agathe, mais que sa mère était parvenue à atténuer à force d'amour, de patience et de présence. Rhéal s'était effacé lentement de l'esprit d'Agathe pendant qu'elle se lovait dans les bras de Berthe. Cette fois, cependant, il n'y avait personne sur qui se blottir et Dieu savait pourtant qu'elle en aurait eu besoin. «Où était-il, Celui-là, pour lui prendre sa mère si jeune?» se demandait d'ailleurs Agathe avec colère. Berthe l'avait élevée dans la foi religieuse. Aujourd'hui, elle doutait.

Elle passa ainsi de la cuisine au salon, s'attardant ici et là en quête de ces objets qui représentaient la chronique quotidienne de la vie de sa mère. Elle se rendit jusqu'à sa propre chambre, se souvenant des transformations qui en avaient modifié le décor. Il restait encore quelques vestiges de sa tendre jeunesse. Comme cette bordure de tapisserie qui faisait le tour du plafond de la pièce. La bande de papier large d'une dizaine de centimètres présentait une série de dessins d'étoiles et l'histoire de Pierrot sur la lune. Agathe s'était toujours endormie en laissant voguer son imagination au gré de ces images, aussi avait-elle insisté, même à l'âge adulte, pour conserver la décoration maintenant défraîchie. Tout cela lui semblait bien loin et empreint d'une nostalgie qui augmentait son intolérable douleur.

Elle avait fait le tour de toutes les pièces de la maison, évitant cependant la porte de la chambre de Berthe. C'était son lieu à elle. Sa mère ne lui avait jamais interdit l'accès à sa chambre et il était arrivé, à quelques reprises, à Agathe, d'y courir au milieu de la nuit pour échapper à un affreux cauchemar. Berthe l'y avait souvent bercée. Il y avait cependant des règles qui n'existaient nulle part ailleurs dans la maison. « Il faut frapper et attendre qu'on t'invite à y entrer », lui avait expliqué sa mère, un jour où Agathe avait justement fait irruption dans la chambre en coup de vent. Berthe était nue. Enfin, pas complètement, mais elle était torse nu. Agathe, qui n'avait alors que trois ans, avait vu ses seins. Ils lui avaient semblé immenses, presque menaçants avec leur mamelon d'un brun foncé, pointés dans sa direction comme des yeux perçants. Elle n'avait pas eu besoin par la suite de la recommandation formelle de Berthe pour se jurer de n'entrer dans cette chambre qu'avec prudence. Elle entrouvrit la porte aujourd'hui avec la même méfiance, comme si elle craignait de surprendre Berthe nue encore une fois.

Plusieurs statuettes de la Vierge Marie encombraient le bureau et un crucifix était accroché au-dessus de la porte. Il y avait également sur le mur une grande photo du pape Jean-Paul II qui avait probablement été prise au début de son pontificat, à en juger par la jeunesse toute relative de son visage. Agathe alla s'asseoir sur le lit, observant tous ces détails qui prenaient aujourd'hui une telle importance. Tout était là, et pourtant, la maison semblait si vide. Plus rien de ce qui avait fait la famille d'Agathe n'y restait. Elle aurait pu continuer à vivre dans cette demeure qu'elle habitait depuis toujours, mais cette éventualité lui déplaisait maintenant que ceux qu'elle avait aimés étaient partis.

Et cette idée de faire répandre les cendres de sa mère sur un lac perdu dans le nord de la Gatineau n'avait rien de réjouissant. Seule la perspective de fuir durant toute une journée le silence douloureux de la maison lui semblait intéressante. Agathe connaissait Maniwaki, située plus au nord, puisque c'est dans cette petite ville qu'était anachroniquement établi le Bureau de la publicité des droits de Gatineau, ce qui impliquait qu'il fallait passer devant l'entrée de Bouchette pour s'y rendre. Le seul accès à la région, la 105, était une route sinueuse le long de laquelle les villages se suivaient comme les grains d'un chapelet. Bouchette était établie à une centaine de kilomètres de Gatineau et ne comportait que cinq ou six cents habitants permanents. Durant l'été, cependant, sa population triplait en raison du déferlement des villégiateurs; citadins nostalgiques de la terre de leurs racines s'achetant un coin de nature dans l'espoir d'y trouver l'équilibre perdu.

Elle prit la route presque à regret le samedi suivant, emportant sur le siège de son véhicule l'urne et les cendres de Berthe. Elle savait que ce voyage serait le dernier qu'elle ferait en compagnie de sa mère. La cérémonie religieuse qui avait précédé sa crémation lui avait semblé moins pénible que ce qu'elle s'apprêtait à faire. Après qu'Agathe aurait respecté sa dernière demande, Berthe serait diluée à tout jamais dans les eaux d'un lac inconnu.

Agathe n'avait pas cru bon s'informer avant de partir, estimant qu'il lui suffirait de s'arrêter dans l'un des commerces de la place pour obtenir les renseignements qui lui permettraient de trouver ce lac. Lorsqu'elle arriva enfin à Bouchette, elle constata qu'il n'y en avait que quatre. Le garage autrefois prospère ne vendait même plus d'essence, victime des stations de Maniwaki qui lui faisaient concurrence, et ses heures d'ouverture allaient au gré de l'humeur de son propriétaire, tandis que le bureau de poste était fermé le samedi. Il restait le petit restaurant et le dépanneur, qui semblaient témoigner d'une certaine activité économique.

Elle passa devant l'église qui trônait au milieu de la place. Les gens de Bouchette avaient probablement voulu se donner un lieu de culte à la mesure de leurs aspirations au début du siècle dernier. La date d'érection, 1907, était bien visible au bas de la façade. Malgré le prix prohibitif à l'époque pour ériger une église de pierres, la petite communauté avait sûrement voulu marquer ainsi la force de sa foi. Et pas avec n'importe quelles pierres. On avait fait venir les morceaux de roc d'une lointaine carrière réputée pour la beauté de sa formation rocheuse. Aujourd'hui, la bâtisse semblait démesurément grande dans un village où la population ne cessait de décroître.

Ne sachant trop où commencer ses recherches, Agathe choisit d'abord le restaurant, pompeusement baptisé Le Manoir, et alla s'installer à l'une des dix tables que comptait l'endroit. L'établissement n'avait rien d'un château, sauf l'âge, et avait fait l'objet de nombreuses et incomplètes rénovations. Derrière le comptoir, un homme était occupé à remplir un réfrigérateur de bières. Bruno Gagnon leva les yeux et parut surpris à la vue de la cliente. Il regarda l'heure. Onze heures trente. Un peu tôt pour les habitués du midi. Il se dirigea vers elle, l'air affable et l'œil curieux. Il passa un coup de chiffon sur la table et glissa un feuillet devant elle en lui indiquant qu'il y avait aussi un «spécial du jour». Elle commanda le plat, un bœuf bourguignon qui s'avéra fort respectable. Lorsque le serveur revint pour prendre son assiette vide, elle en profita pour s'informer sur ce fameux lac Achigan.

— Vous n'êtes pas de la région, vous, n'est-ce pas? demanda Bruno.

— C'est vrai, mais à quoi voyez-vous cela?

— Il n'y a que les étrangers qui prennent l'assiette du jour. J'espère que c'est bon, car c'est ce que ma famille mangera ce soir. C'est toujours comme ça. Les gens d'ici viennent au restaurant pour manger ce qu'ils ne mangeraient pas chez eux; des hot-dogs et des hamburgers la plupart du temps. Alors, je prépare le matin ce que nous allons manger ce soir en y ajoutant quelques portions pour le spécial du jour du midi.

Agathe songea au bœuf bourguignon de Berthe et saliva de nostalgie

— Rassurez-vous, c'est délicieux. Et alors, le lac Achigan, vous connaissez?

— Je crois que c'est près du lac des Trente et Un Milles, mais je n'en suis pas certain. Je vous conseillerais de vous adresser au garage près de l'église. C'est là que les vieux se réunissent. Eux pourront vous le dire avec certitude.

Le garage était à deux pas du restaurant et Agathe s'y dirigea en sortant. La station-service avait été construite au début des années 1930 et avait été plus ou moins modernisée au fil des ans. Glorian Lacroix, qui tenait l'établissement depuis plus de quarante ans, avait célébré son soixante-deuxième anniversaire en mettant à la porte son fournisseur d'essence, furieux parce qu'il lui vendait l'essence à un prix plus élevé qu'aux stations de Maniwaki. Il n'avait gardé que le service de réparation, ce qui lui laissait beaucoup de temps pour discuter avec les habitués qui se retrouvaient là quotidiennement. Glorian avait récupéré de vieux sièges dans un autobus scolaire et les avait installés tout autour de l'espace qu'il appelait son *office*, ce qui en faisait le lieu de toutes les discussions, importantes ou frivoles.

Outre les invités ponctuels, le groupe des *platoteux* était habituellement constitué des frères Pat et Phil Charbonneau, des vieux garçons si myopes que les gens de la place se rangeaient le long de la route lorsqu'ils circulaient dans leur camion, d'Auguste Saumure, né avec une jambe plus courte, ce qui l'avait forcé à se déplacer toute sa vie avec une béquille, et Hébert Lefebvre, auquel la nature avait donné une grande gueule, mais bien peu d'intelligence.

Il y avait aussi Rogatien Lafontaine. Bien qu'il n'ait pas dépassé la sixième année sur les bancs d'école, il semblait posséder une montagne de renseignements sur à peu près tous les sujets. Lorsque Agathe fit son entrée dans le garage, Rogatien était d'ailleurs parti dans une de ses envolées oratoires.

— On va dire, lançait-il toujours en commençant ses discours, le grand Henri Bourassa a un jour écrit…

Ses auditeurs captifs regardaient au plafond, conscients qu'il leur serait difficile d'arrêter cet intarissable moulin à paroles une fois lancé. Rogatien s'arrêta au milieu de sa phrase en voyant la jeune femme franchir la porte du garage. Les autres remercièrent le ciel de leur envoyer cet ange pour mettre fin à la nouvelle plaie verbale qui commençait à s'abattre sur eux. Agathe se présenta et leur demanda si l'un d'eux pourrait lui indiquer où se trouvait le lac Achigan.

— Ça dépend, dit Pat Carbonneau.

— Ouais, ça dépend, répéta Phil qui reprenait toujours en écho tout ce que Pat disait.

— Ça dépend de quoi? dit Agathe en sourcillant.

— Lequel lac Achigan?

— Ouais, lequel? enchaîna encore Phil

— Comment, lequel lac Achigan? Il y en a plusieurs?

— On va dire, commença Rogatien, selon le dictionnaire de toponymie du Québec, les désignations Achigan, de la Truite, Rond et Long, sont les noms les plus communs pour des lacs. On dénombre par exemple mille deux cent cinquante-deux lacs à la Truite et…

— Faudrait savoir où se trouve le lac Achigan dont vous parlez, coupa Auguste Saumure en constatant que Rogatien risquait de se lancer dans une explication sans fin.

— Je ne comprends pas…

— Des lacs Achigan, il y en a partout. Il y a celui à Blue Sea, puis un autre à Messines, mais le plus grand et le plus connu, c'est le lac Achigan à Déléage, fit Auguste en égrenant le nom des municipalités environnantes.

— Et à Bouchette? demanda Agathe soudainement inquiète.

— On va dire… Ça dépend si c'est Bouchette avant ou après 1981, souligna Rogatien.

— Avant 1981? répéta Agathe, de plus en plus incrédule.

— Avant 1981, il n'y avait qu'un seul lac Achigan, mais depuis, il y en a deux.

« Des fous… je suis tombée sur des fous », songea Agathe qui était prête à prendre la fuite. Mais le groupe de vieillards devant elle n'avait rien de menaçant. Il y avait une pointe d'ironie dans leur voix et elle comprit qu'elle n'aurait pas facilement son renseignement.

— Expliquez-moi cela, je vous prie, dit-elle avec exaspération.

— On va dire… 1981, c'est l'année de la fusion des municipalités de Bouchette et de Cameron. Donc, avant 1981, il n'y avait qu'un lac Achigan dans Bouchette, mais quand Cameron s'est jointe à nous, on s'est retrouvés avec deux lacs Achigan sur le même territoire. Fait que, on en a rebaptisé un. Lequel cherchez-vous?

Appuyé sur son bâton de marche, Rogatien observait la réaction de la jeune femme et constatait le désarroi sur son visage. Agathe restait sans voix. Tous les yeux étaient tournés vers elle dans l'attente d'une information additionnelle qui aurait pu les renseigner sur cette jeune inconnue et leur donner un indice sur le lac qu'elle recherchait. Lequel? Elle n'en avait aucune idée. Elle n'avait jamais imaginé qu'il puisse y en avoir plus d'un dans le monde entier et elle apprenait que chaque patelin avait le sien. Pire, Bouchette en avait compté deux. Elle aurait pu choisir n'importe lequel et y verser les cendres, mais si elle se trompait. Berthe avait voulu retrouver sa propre mère dans son ultime sépulture. Comment aurait-elle pu répandre ses cendres sans être certaine que ce fut au bon endroit? Elle ne pouvait prendre le risque de les séparer pour l'éternité.

— Je ne sais pas, dit-elle au bord des larmes.

La bande bruyante de vieillards s'était tue. Ils n'avaient plus devant eux une jeune femme, mais une toute petite fille égarée demandant qu'on lui indique le chemin de sa maison.

— Vous cherchez peut-être quelqu'un qui habite autour de ce lac? demanda Auguste.

— Je… je dois y déposer les cendres de ma mère.

Rogatien fut pris de son tic habituel et expulsa bruyamment de l'air par ses narines, en faisant un curieux bruit; tchum,

tchum. Sa curiosité était piquée, tout comme celle des autres, mais il n'osait parler, lui dont la parole semblait toujours inépuisable.

Agathe ne lui laissa pas le temps de réfléchir à la question qui lui brûlait les lèvres et tourna les talons, les yeux remplis d'eau. Sa quête était compromise.

Rogatien frotta son menton mal rasé, réfléchissant à cette curieuse intrusion qui semblait ramener de vieux souvenirs à la surface. Il parvint à se convaincre que ce n'était qu'une impression et retourna à son exposé sur le patriotisme du grand Henri Bourassa.

Chapitre trois
Océan Atlantique, 1938

L a traversée avait été difficile pour le *korvettenkapitän*[1] Johannes Mohr du *U-124*, un prestigieux sous-marin de la Kriegsmarine de l'armée allemande. Le navire avait été construit en 1916 et avait servi durant la Première Guerre, mais il avait secrètement fait l'objet de nombreuses améliorations technologiques dans les ateliers de Norvège et l'on disait qu'elles assureraient la suprématie de l'Allemagne sur les océans.

Quand le capitaine Mohr avait vu le navire recouvert d'une mince couche de neige amarré dans le port, il l'avait immédiatement baptisé *Edelweiss* en l'honneur de cette petite, mais robuste fleur blanche qui pousse dans les hautes altitudes des Alpes. Il s'agissait d'un fier vaisseau et il bouillait d'impatience d'engager un véritable combat. Mais la mission qui lui était confiée demandait la plus grande discrétion. Pas question pour lui de croiser le fer avec l'ennemi. Il rageait encore d'être ainsi muselé. Le *grossadmiral* Karl Dönitz, commandant en chef des U-boats, et l'amiral Wilhelm Canaris, commandant des services secrets allemands, avaient été clairs; personne ne devait suspecter la présence du navire allemand dans les eaux canadiennes. Le capitaine devait débarquer le passager qu'il transportait le plus loin possible à l'intérieur du fleuve, là où celui-ci pourrait facilement entrer dans le pays sans éveiller de soupçon. Jamais les Canadiens ne suspecteraient qu'un sous-marin puisse s'avancer si profondément dans les terres.

— Le moment du *Pauchenslag*[2] n'est pas encore arrivé. Le

---

1 Capitaine de navire.
2 Coup de tambour en Allemand. *Pauchenslag* fut le nom de la mission que Karl Dönitz confia à ses U-boats en mai 1942 et visant à paralyser le golfe Saint-Laurent. Vingt-trois bateaux furent coulés.

succès de la mission *Heidelberg* repose sur votre discrétion, lui avait dit l'amiral Canaris sur un ton qui ne laissait aucune place à la discussion.

La mer avait été agitée et Mohr avait dû remonter vers le nord pour s'assurer de ne rencontrer aucun bateau qui eut pu signaler sa présence. Le capitaine avait bien compris l'importance stratégique de sa mission. En ce début de l'année 1938, l'Allemagne n'était pas encore officiellement en guerre, mais cela ne saurait tarder. Le *führer* avait promis que la Pologne ferait bientôt partie de la grande Allemagne. Le grand jour était proche.

Le *Edelweiss* avait louvoyé le long des côtes de Terre-Neuve pour éviter d'être repéré par les bateaux canadiens, mais il approchait de son objectif. Le sous-marin était entré dans le fleuve et avait navigué tantôt à vue, tantôt immergé. Le *U-214* était armé et dangereux et aurait pu causer de lourds dégâts aux bateaux rencontrés. À l'aube du second conflit mondial, le Canada et les États-Unis croyaient encore naïvement que la distance les mettait à l'abri d'attaques dans leurs eaux. Mohr avait suivi avec son périscope quelques bateaux marchands. Il aurait pu les envoyer par le fond avec une seule torpille et regrettait de ne pouvoir donner l'ordre à ses canonniers de faire feu.

Dönitz ne lui avait même pas donné le nom de son passager et aucun détail sur sa mission. Si un membre de l'équipage tombait entre les mains des Canadiens, il ne pourrait donner aucun renseignement, même sous la torture.

La navigation dans le Saint-Laurent était périlleuse et le *Edelweiss* risquait de s'échouer s'il s'aventurait trop près de la rive. Il y avait tous ces bateaux qui naviguaient dans les environs et avec lesquels il était possible d'entrer en collision. Quand Mohr eut estimé qu'il avait remonté le plus loin possible, il attendit la nuit et fit surface. Si ses calculs étaient exacts, le *U-124* devrait être près d'une ville nommée Rimouski. Ils étaient arrivés à destination trois semaines après leur départ et avaient attendu trois nuits avant de s'approcher suffisamment de la rive pour mettre un pneumatique à l'eau. Deux marins accompagnaient l'homme qui avait troqué son uniforme militaire pour un costume civil. La petite embarcation semblait sur le point de chavirer sous le poids des bagages et des passagers qu'elle transportait. Ils durent pagayer vivement pour atteindre un rocher qui leur servit de quai. Mohr savait qu'il ne devait pas y avoir plus que trois ou quatre mètres d'eau sous le bateau et il fallait agir rapidement avant que la marée redescende. Il était également anxieux de reprendre la route pour l'Allemagne, car il craignait de manquer le début des hostilités. Le capitaine aurait voulu crier à ses hommes de faire vite, mais il devait garder le silence complet. Les deux marins mirent pied à terre et aidèrent leur passager à débarquer. Les bagages furent rapidement entassés sur la roche, une poignée de main et les deux matelots se remirent à ramer fébrilement en direction de l'*Edelweiss*. Aussitôt les hommes à bord, Mohr fit manœuvrer vers le centre du fleuve, demeurant sur le pont pour suivre la progression du sous-marin. Au moment d'entrer dans le vaisseau et de fermer l'écoutille, il jeta un dernier regard vers la rive. L'ombre de l'homme qui disparaissait lentement dans les arbres se tourna vers eux et leur adressa le salut au *führer*. Mohr lui rendit son salut, descendit l'échelle et ferma l'écoutille.

Dans les jours qui suivirent, un pêcheur gaspésien qu'on savait porté sur la bouteille vint avertir les autorités côtières qu'il avait vu un «tuyau de poêle» fendre l'eau du fleuve. Cette anecdote fit tellement rire le commandant des garde-côtes, qu'il la raconta dans toutes les tavernes le long de la côte, mais n'en fit jamais mention à son état-major.

Chapitre quatre
Gatineau, 2005

L'urne était toujours là sur le vaisselier et chaque fois qu'Agathe y jetait un coup d'œil, elle sentait la présence de sa mère qui lui rappelait que ses dernières volontés n'étaient pas accomplies. Elle avait beau se raisonner, elle ne cessait de sentir sa mère qui rôdait comme une âme en peine. Pourtant, elle n'avait jamais vraiment cru aux histoires d'esprits errants. Il y avait aussi le vide de l'appartement qui lui pesait. Le rire de Berthe n'y était plus. Lorsque Rhéal était parti, sa mère avait pris toute la place. Il faut dire que son père était plutôt taciturne. Même si chacune de ses paroles avait du poids, il parlait peu. Ses souvenirs de lui étaient constitués d'images plutôt que de paroles. Agathe avait même de la difficulté à se rappeler le son de sa voix. Berthe, par contre, chantait souvent. La plupart du temps, il s'agissait de cantiques religieux qu'elle entonnait avec une voix claire, qu'Agathe ne lui connaissait en aucun autre moment. Des chants qui avaient peuplé sa jeunesse passée dans les couvents et que Berthe avait appris par cœur. Ils lui venaient naturellement sans qu'elle s'en rende compte et elle se mettait à chantonner, discrètement d'abord, puis avec de plus en plus d'ampleur. La plupart du temps, il s'agissait de cantiques en latin qu'Agathe ne comprenait pas, mais dont elle appréciait la douceur. Mistigri aussi réagissait immédiatement dès que Berthe laissait entendre l'un de ses chants. Agathe ne savait pas si le chat appréciait la musique ou s'il avait simplement constaté que les cantiques accompagnaient généralement la préparation des repas et qu'il avait toujours droit à une petite gâterie. Mistigri ne monterait plus sur le banc dans l'attente d'une récompense.

Agathe était absorbée par ses pensées, tout en feuilletant distraitement le journal du matin, lorsqu'une petite annonce attira son attention. Le bureau de notaire Beausoleil de Maniwaki cherchait un candidat qui souhaitait s'établir dans la région. L'offre d'emploi indiquait que le postulant retenu viendrait seconder le notaire et qu'il pourrait éventuellement devenir associé. Maniwaki, ce n'était pas nécessairement ce qu'elle espérait, mais cet emploi semblait malgré tout répondre davantage à ses aspirations que le travail qu'elle effectuait au sein du cabinet pour lequel elle travaillait. Souvent, elle ne rencontrait même pas les personnes pour qui elle préparait des documents. Elle avait besoin d'autre chose, ne pas seulement être une machine à produire des actes légaux.

Inconsciemment, Agathe avait toujours souhaité s'établir hors du milieu urbain. Lorsqu'elle poursuivait ses études, elle imaginait qu'elle irait pratiquer dans un petit village comme Saint-Sauveur, avec ses montagnes en arrière-plan ou même en Gaspésie, bien que les conditions économiques y soient plus difficiles. L'image du rocher Percé se reflétant dans la mer l'avait toujours fait rêver. Maniwaki n'avait ni de montagnes ni de gros caillou troué, mais la petite ville n'était qu'à une vingtaine de kilomètres de Bouchette. Agathe se disait qu'elle aurait peut-être l'occasion de percer l'énigme des deux lacs Achigan et d'en découvrir un peu plus sur cette mystérieuse grand-mère. Maintenant que Berthe était partie, ces questions l'obsédaient. C'est surtout que cet emploi l'obligerait à quitter cette maison, et c'est ce qui l'incita finalement à postuler. Elle fit parvenir son curriculum vitæ à Mᵉ Beausoleil, mais elle avait peu d'espoir d'être choisie en raison de son manque d'expérience. Elle fut donc surprise lorsque, une semaine plus tard, elle reçut l'appel de son bureau.

— Madame Lecours ?

— Mademoiselle, spécifia Agathe.

— Je suis Théophile Beausoleil. Vous avez posé votre

candidature pour le poste de notaire. Vous me semblez bien jeune, souligna-t-il.

— Et vous avez raison, je viens tout juste d'obtenir ma licence, répondit-elle tout en résistant pour sa part à l'envie de lui demander s'il était centenaire tellement sa voix semblait fatiguée, éraillée par le temps.

— Je désirerais vous rencontrer, ajouta-t-il après un long silence.

Ils prirent rendez-vous le vendredi suivant, ce qui donnait suffisamment de temps à la jeune femme pour aviser son employeur qu'elle devait prendre congé.

Lorsqu'elle arriva chez le notaire Beausoleil, il l'attendait sur le pas de la porte. Son bureau avait pignon sur rue sur le boulevard Desjardins, dans une maisonnette où il habitait. La maison devait dater des années 1930 ou 1940. Théophile Beausoleil vivait seul depuis le décès de sa femme, survenu quelques années plus tôt. Il s'était alors totalement consacré à son travail, mais il se sentait aujourd'hui dépassé. Il avait songé tout simplement à fermer ses portes, mais il aimait ses clients et ne voulait pas les laisser tomber sans assurer sa succession. Il se sentait privilégié parce que ceux-ci lui livraient leurs plus intimes secrets : leurs avoirs, leurs propriétés, mais surtout il connaissait leurs pensées profondes. Lorsqu'un client se présentait devant lui pour rédiger son testament, il y avait dans cet acte plus qu'un simple partage des biens. La répartition révélait ceux et celles que le testateur avait le plus appréciés, et par le fait même, ceux aussi qui l'avaient déçu. Il y avait aussi toutes ces petites choses qu'ils demandaient pour marquer la dernière étape de leur vie. Tout devait avoir un sens profond.

Mais aujourd'hui, maître Beausoleil ne sentait plus qu'il dominait la situation. Il lui aurait fallu s'initier aux services qu'Internet pouvait lui offrir, mais il s'y était longtemps refusé, estimant qu'il était trop vieux. Il avait d'ailleurs mis beaucoup de temps pour accepter l'ordinateur dans son bureau lorsque le recours au Web devint incontournable dans la profession. Il en était encore à se rendre lui-même au Bureau du registre foncier pour consulter les grands registres des actes légaux.

Beausoleil se précipita à la rencontre d'Agathe, lui offrant une longue et chaleureuse poignée de main. Elle se sentit immédiatement à l'aise avec le vieil homme. Pourtant, il avait l'air un peu dépenaillé avec son costume usé et démodé, et ses cheveux blancs beaucoup trop longs. Dans le joyeux fouillis du bureau, des chemises de classement et des boîtes de carton s'empilaient çà et là. Le notaire embauchait une secrétaire, madame Denise, pour mettre de l'ordre dans ses dossiers, mais elle ne travaillait que trois jours par semaine. Il refusait, de plus, de la laisser faire un tri des documents qui jonchaient son bureau. Madame Denise travaillait pour le notaire depuis une dizaine d'années. Il l'avait toujours appelée madame Lacoursière, jusqu'à ce qu'elle le prie de l'appeler par son prénom. C'était trop de familiarité pour le vieil homme, mais il avait accepté sans toutefois éliminer le *madame*.

Agathe considéra avec une pointe de découragement la somme de travail qui l'entourait. Elle n'avait pas envie de devenir l'esclave de Beausoleil, mais l'attitude du notaire lui rappelait exactement ce qu'elle aimait de cette profession. Elle le sentait proche des gens, de son monde. Il parlait de ses clients comme des membres de sa famille.

Et lui, malgré son grand âge, fut immédiatement charmé par la simplicité de la jeune femme et par sa beauté naturelle. Ses longs cheveux châtains attachés en chignon et ce petit tailleur qui lui allait comme un gant donnait à son visage beaucoup d'élégance. Ils avaient surtout parlé de la pluie et du beau temps, de la région et de quelques banalités. Lorsque Agathe avait senti que la conversation allait glisser sur l'objet de cette rencontre, Beausoleil avait simplement demandé :

— Alors, quand pouvez-vous commencer ?

— Bien… je dois y penser… nous n'avons pas vraiment

discuté, balbutia Agathe, prise au dépourvu.

— Écoutez-moi, jeune femme. Je suis vieux et je n'ai personne. Si vous faites l'affaire, d'ici un an, je vous remets la totalité de mes dossiers et ce bureau sera le vôtre. Vous ne serez jamais riche, mais vous vivrez bien. Et si les gens vous apprécient, et je le crois, alors vous vous débrouillerez fort bien.

Il avait raison. Agathe n'avait rien à perdre. Si elle n'aimait pas l'endroit, il lui serait facile dans un an de plier bagage et de se retrouver un autre boulot ou même ouvrir son propre bureau en milieu urbain.

— Je serai avec vous dans deux semaines, dit-elle.

— Je peux vous aider à trouver un logement, si vous le souhaitez, lui proposa Beausoleil, je connais bien les propriétés à vendre dans la région.

— Je vous remercie, ce serait apprécié.

Agathe était retournée chez elle heureuse, presque légère à l'idée de cette nouvelle vie qui s'ouvrait devant elle. Elle avisa son patron de son départ et plaça une annonce pour louer son appartement, laquelle était parue le lundi matin et en début de soirée, Agathe avait déjà trouvé preneur. Lorsqu'elle communiqua avec Me Beausoleil pour savoir si ce dernier avait réussi à lui dénicher un endroit où demeurer, il lui avait proposé diverses options à Maniwaki.

— N'auriez-vous pas quelque chose dans la région de Bouchette ? demanda-t-elle.

— C'est un peu loin de Maniwaki. Cela vous fera une bonne distance à parcourir pour vous rendre au bureau.

— Ça ne fait rien. Je partirai plus tôt.

Le cœur serré, elle avait entrepris de faire un triage des objets de l'appartement, plaçant dans des boîtes ce qu'elle souhaitait garder et ce qu'elle destinait au Comptoir Saint-Vincent de Paul, qui se chargerait de redistribuer ces biens aux nécessiteux. Mistigri n'avait pas du tout apprécié qu'Agathe lui retire de sous le nez les derniers vêtements encore imprégnés de l'odeur de Berthe.

Beausoleil la rappela vers la fin de la semaine pour l'aviser qu'il lui avait trouvé «quelque chose». Il s'agissait d'une vieille maison située un peu en retrait, mais qui avait été fort bien entretenue. Le propriétaire l'avait mise sur le marché depuis un moment, mais il n'avait pas trouvé d'acheteur. Il en demandait aujourd'hui un prix dérisoire pour s'en débarrasser. Elle convint d'aller visiter la propriété au cours de la fin de semaine et Beausoleil proposa de l'accompagner.

— Je connais peu les environs. Je suis certaine que votre présence sera utile, dit-elle en le remerciant de son aide.

Au jour dit, il l'avait rencontrée à l'entrée du village. Il lui expliqua, chemin faisant, qu'il s'agissait d'une vieille maison construite au début des années 1900. Le dernier propriétaire l'avait achetée dans l'espoir de la louer jusqu'à ce que la maison ait pris un peu de valeur et ainsi la revendre avec profit. Rien n'avait fonctionné comme prévu; les locataires partaient au bout de quelques mois sans payer leur dû et les valeurs des propriétés avaient diminué en raison du ralentissement économique de l'industrie forestière. L'homme serait même prêt à accepter une offre inférieure à son coût d'achat.

Ils empruntèrent le chemin Gagnon. Il y avait quelques maisons au début de la route, mais on se retrouvait rapidement au milieu de grands champs en culture et de forêts si denses que seuls les premiers arbres étaient visibles. La maisonnette était érigée sur une petite colline à bonne distance de la route. Elle semblait toute petite, mais quand on s'approchait, on constatait qu'elle était beaucoup plus grande, ayant été successivement agrandie. Il y avait également une petite remise, qui avait probablement été un bâtiment de ferme à l'origine. Au loin, on pouvait apercevoir la rivière Gatineau qui louvoyait entre les collines en coulant vers le sud.

L'agent immobilier était sur place et attendait avec impatience les visiteurs. La vente de cette propriété ne constituait pas sa priorité. Le prix était beaucoup trop bas, ce qui impliquait que sa commission le serait aussi, et c'était la troisième fois qu'il se rendait pour rien sur cette route perdue afin de faire visiter la maison à des acheteurs peu intéressés. Qui souhaitait s'isoler à ce point?

Et pourtant, Agathe eut le coup de foudre pour la maisonnette dès qu'elle y entra. Le dernier propriétaire avait retiré les tuiles qu'on avait installées sur le plancher pour mettre au jour le bois original. Il avait remplacé les vieilles fenêtres, mais s'était assuré de préserver le cachet antique des lieux. Un escalier menait au second étage où se trouvaient les chambres. Dans la cuisine, le vieux poêle à bois trônait toujours au milieu de la place, même s'il y avait une cuisinière électrique. Agathe imagina une bouilloire de café chaud fumant sur l'antique cuisinière par une froide journée d'hiver. Elle pouvait presque sentir l'odeur des grains et la chaleur du feu se dégageant du poêle.

Le notaire Beausoleil avait fait une liste de quelques propriétés dans les alentours, mais Agathe ne voulut pas les visiter. Elle demanda à faire une offre immédiatement. Il lui conseilla à l'oreille d'attendre et de laisser le vendeur espérer, de façon à présenter la meilleure proposition possible, mais elle convint avec lui d'un montant qui lui semblait raisonnable, tant pour le propriétaire que pour elle. L'agent était trop heureux d'avoir enfin déniché un acheteur potentiel et il lui précisa que sa proposition serait probablement acceptée sans condition. Il tendit fébrilement le formulaire officiel pour qu'elle signe l'offre d'achat, souhaitant en son for intérieur qu'elle ne change pas d'idée à la dernière minute.

Avec le montant que sa mère avait économisé et la petite assurance vie qu'elle avait payée toute sa vie, Agathe estima qu'il lui serait facile d'obtenir un emprunt pour le reste de l'hypothèque. Théophile Beausoleil lui proposa même de la cautionner auprès de la banque, mais elle déclina son offre.

Les jours suivants furent comme un tourbillon pour Agathe.

Elle devait déménager et abandonner l'endroit qu'elle avait habité si longtemps. Elle avait demandé à un ami qui avait une camionnette de l'aider pour le transport de ses biens. Il était arrivé le samedi suivant avec quelques compagnons déménageurs en même temps que le camion des nouveaux occupants arrivait sur les lieux. Lorsqu'on retirait un des meubles d'Agathe, il était aussitôt remplacé par celui des nouveaux locataires, dans un véritable ballet de déménagement. Les boîtes remplies sortaient par une porte alors que les autres entraient par l'arrière. Agathe avait dû acheter une cage pour y placer Mistigri, car celui-ci semblait bien décidé à ne pas abandonner sa demeure. C'est avec un pincement au cœur qu'elle avait finalement remis les clés de l'appartement au nouveau locataire. Elle fit le tour des lieux une dernière fois. De ce qu'elle avait connu, il ne restait que les murs maintenant dénudés de tous les cadres et de tous les bibelots que Berthe y avait accrochés en plus de vingt ans. Au-dessus de la porte d'entrée, on pouvait encore voir le contour du crucifix de bois. Il était maintenant au fond d'une boîte. Elle serra dans ses bras l'urne des cendres de Berthe avant de sortir d'un pas résolu.

Assise sur la banquette de la camionnette, il lui fallut plusieurs minutes avant de sortir de sa torpeur et réaliser qu'elle était en chemin vers sa nouvelle vie. Ce sont les miaulements apeurés du chat qui l'avaient ramenée à la réalité.

À la fin de la journée, et après un voyage périlleux où Agathe avait bien cru que le réfrigérateur se retrouverait sur la chaussée tellement il tanguait dangereusement chaque fois que le camion négociait l'une des courbes prononcées qui faisait la réputation de la route 105, Agathe se retrouva fin seule dans sa nouvelle maison. Elle n'avait eu aucune difficulté à obtenir un prêt et Agathe soupçonnait son nouveau patron d'avoir placé un bon mot pour elle. Elle était épuisée, mais heureuse. Bien sûr, elle était seule ici aussi, mais cette maison n'était pas empreinte de nostalgie comme pouvait l'être le logis de la rue Saint-Louis à

Gatineau. Il y avait quelque chose d'inconnu qui l'unissait à ce lieu et elle ne parvenait pas à déterminer ce que c'était. Peut-être s'agissait-il de cette vieille cuisinière au bois. L'appareil avait fait les belles heures de la compagnie l'Islet et, au cours des années 1930, la vie d'un grand nombre de cuisines du Québec s'organisait autour de «l'Authentique», comme on désignait ce modèle de poêle à bois. Agathe s'imaginait les générations qui s'étaient succédé autour, et les milliers de repas qui y avaient été cuisinés. Elle aurait souhaité avoir pu en hériter de son grand-père ou de son arrière-grand-père.

Agathe avait craint que Mistigri ne prenne la fuite dès qu'elle le laisserait sortir de sa cage, mais l'animal avait lentement et minutieusement inspecté les lieux, humant tout et regardant dans chaque coin. Quand il avait reconnu les meubles de l'appartement qui, un à un, étaient venus agrémenter les lieux, il avait retrouvé son calme. Lorsque Agathe avait finalement déposé les coussins sur le canapé, il était allé s'y réfugier, s'installant confortablement comme s'il avait toujours habité à cet endroit. Après quarante-huit heures de travail, la maison était prête et Agathe s'écroula, fourbue, mais heureuse du nouveau tournant que prenait sa vie.

Elle avait entrepris son travail le lendemain matin avec passion, consacrant plusieurs heures supplémentaires à classer et à mettre en ordre les dossiers qui encombraient le bureau du notaire Beausoleil.

— Laissez cela, disait-il, nous nous en occuperons plus tard.

Agathe avait bien compris le style de son collègue et savait qu'il n'en serait rien si elle ne le faisait pas pendant que celui-ci serait absent. En réalité, il y était toujours puisqu'il lui suffisait de franchir une porte à l'arrière pour se retrouver dans son logis. Agathe l'incitait à aller se reposer et se plongeait ensuite dans les différentes piles autour du bureau. Il lui arrivait souvent, en ces occasions, de dîner avec lui. Elle le laissait cuisiner pendant qu'elle s'affairait le plus rapidement possible à disposer des boîtes dans le bureau. Elle profitait de ces rencontres pour en apprendre un peu plus sur la vie de son compagnon. Théophile était marié depuis quarante ans lorsque son épouse était décédée. Le couple avait eu deux enfants, un garçon et une fille, à qui ils avaient donné une bonne éducation. Le garçon était devenu médecin et avait émigré aux États-Unis où l'on s'arrachait ses services à prix d'or, alors que la fille avait fait sa marque dans un grand bureau de comptable de Montréal. Théophile les voyait peu, aussi c'est presque naturellement qu'il reporta son trop-plein d'amour paternel sur sa nouvelle et jeune collaboratrice. Après quelques semaines d'efforts et avec l'aide de madame Denise, Agathe avait réussi à mettre de l'ordre dans le bureau de maître Beausoleil.

C'est lors de l'un de ces repas en tête à tête qu'Agathe s'informa sur la façon de retrouver les parents biologiques de sa mère. Elle s'attendait à ce qu'il lui demande pourquoi elle cherchait à retrouver la trace de cette grand-mère, mais il ne sembla pas surpris. Beausoleil savait que les liens du sang étaient parfois très forts et que chacun avait besoin de savoir d'où il venait pour mieux définir le reste de sa route. Agathe lui avait vaguement expliqué que ses parents étaient tous deux décédés. Mais avec le temps, elle lui avait donné plus de détails. Beausoleil s'était tu, attentif à l'importance de chacun des mots, dès qu'elle avait commencé à évoquer le souvenir tout récent de Berthe. Pour le notaire, le sens des paroles était sérieux. Des années à saisir avec le plus d'exactitude possible la volonté de ses clients avaient développé chez lui une sorte de mécanisme de mise en écoute active qui s'enclenchait dès qu'il sentait que les mots et les émotions prenaient plus de profondeur. Il avait rapidement compris l'impression de vide à laquelle les enfants nés de parents inconnus font référence lorsqu'ils abordent le sujet de leurs racines. C'était cependant la première fois qu'il constatait ce syndrome à l'égard des grands-parents. Agathe lui avait expliqué que sa mère avait passé une bonne partie de sa vie chez les religieuses, d'abord comme orpheline, puis elle avait rejoint jusqu'à trente-six ans les rangs des nonnes, qu'elle avait soudainement quittés pour se marier. Elle lui expliqua également le problème qu'elle rencontrait au sujet des cendres qu'elle devait déverser dans le lac Achigan, où celles de sa grand-mère reposaient. Beausoleil pouvait sentir le trouble d'Agathe lorsqu'elle précisa qu'il était nécessaire d'en savoir plus sur cette femme.

— Où est née votre mère? demanda-t-il.

— À l'orphelinat Ville-Joie Sainte-Thérèse à Aylmer en 1943.

— Normalement, il vous serait facile d'obtenir des renseignements sur elle, mais c'était une autre époque, vous savez. Dans ce temps-là, on donnait un nouveau nom et un nom de famille fictif à l'enfant à son arrivée à l'orphelinat et tout le reste était effacé. Il se peut qu'il n'y ait plus aucune trace de cette femme. Dans certains établissements, les enfants n'étaient désignés que par un numéro. Vous pourriez être déçue.

— Ça ne fait rien. J'aimerais bien en savoir plus et puis cela meublera mes loisirs.

En réalité, Agathe était anxieuse de se lancer sur la piste de cette grand-mère anonyme. Au départ, elle avait jugé durement cette femme, capable d'abandonner son bébé entre les mains d'inconnus, mais Théophile Beausoleil lui avait rappelé que cette époque était bien différente de la sienne.

— La situation des femmes n'était pas la même qu'aujourd'hui, jeune fille, avait dit le notaire, non sans lui manifester sa désapprobation devant son manque de compassion. Vous ne la connaissez pas, vous n'avez aucune idée de ce qu'était la période de la guerre ni des circonstances dans lesquelles elle s'est retrouvée enceinte.

Agathe avait été surprise par le ton de Beausoleil. Il avait raison. Elle ne savait rien et elle eut honte du jugement qu'elle osait ainsi porter. Il lui parla longuement de ces jeunes femmes qui avaient bien souvent cru au grand amour et qui se retrouvaient seules au monde, enceintes d'un beau parleur. Ce n'était jamais l'homme qui était blâmé dans ces circonstances. Il avait beau être un coureur de jupons notoire, c'était toujours la jeune demoiselle qui était qualifiée de fille facile, d'agace-pissette quand ce n'était pas carrément pas de putain. Même celles qui auraient souhaité garder leur enfant subissaient tant de pression de la part de leur famille qu'elles n'avaient d'autre choix que de les abandonner.

— Bien souvent, les parents de la jeune fille ne lui laissaient pas le choix. C'était cela ou la rue, souligna-t-il.

Agathe pouvait facilement imaginer la détresse de cette femme bannie et rejetée. Avait-elle vraiment eu le choix d'abandonner son enfant ? Son existence semblait avoir été rayée de la surface du monde et Agathe se demandait comment elle pourrait retrouver sa trace, alors qu'elle en savait si peu sur elle.

Chapitre cinq
Bouchette, 1938

À Bouchette, la famille Beauregard était connue de tous. Magloire Beauregard tenait l'hôtel du village depuis des années et exerçait une influence certaine sur tout ce qui se passait dans la communauté. On avait beau dire que l'église était au cœur du village, en réalité, c'est l'hôtel de Magloire qui en était le noyau. D'ailleurs, l'édifice était construit à l'endroit exact où la route se séparait. À l'ouest de l'édifice, le chemin poursuivait son parcours sinueux le long de la rivière Gatineau vers Maniwaki, ville située à une vingtaine de kilomètres plus au nord, et considérée comme la plaque tournante de l'industrie forestière. À l'est de l'hôtel, un chemin conduisait au pont de fer qui enjambait la rivière Gatineau et reliait les municipalités de Bouchette et de Cameron.

Il avait eu du flair, le Magloire, et il savait comment s'y prendre avec tous. Quand il avait été question, en 1930, de reconstruire le pont de bois branlant et chétif érigé vingt ans plus tôt et de le remplacer par un pont de fer, il avait été le premier à se faire le défenseur d'un tel projet. Il faut dire que les réunions du conseil municipal débutaient et se terminaient à l'Hôtel à Magloire, comme les gens de la place désignaient l'établissement. Entre les deux, le conseil se déplaçait à la résidence du secrétaire municipal, s'installait autour de la table de cuisine pour entériner les décisions prises entre deux bouteilles de Black Horse[3]. Beauregard se contentait la plupart du temps de regarder la scène, appuyé au coin de son bar, un torchon sur le bras, prêt à remplir les verres vides, tout en notant au passage

---

3   Bière populaire à cette époque.

les décisions dont il pourrait peut-être tirer profit. En ces temps difficiles, alors que la récession venait de jeter des milliers de gens à la rue, il fallait saisir toutes les occasions. Magloire avait bâti son hôtel avec son fils Paul et avait continué à faire quelques petits contrats de construction dans les environs. Construction Beauregard était surtout, en réalité, l'affaire de Paul, lequel avait développé un réel talent en la matière. Après avoir participé à la construction de l'hôtel avec son père, Paul s'était marié et il était devenu un charpentier d'expérience, reconnu dans toute la paroisse. Par la suite, Magloire avait financé les débuts de la compagnie et en était encore le grand patron. Lorsqu'il avait été question de rebâtir le pont, le conseiller municipal le plus radin avait entrepris une campagne pour convaincre ses collègues et le maire qu'une autre construction en bois ferait l'affaire.

— C'est beaucoup d'argent pour une petite municipalité de colonisation, avait-il dit à l'intention du maire, Jos Saint-Amour.

Magloire avait une autre vision des choses. Il délaissa son rôle d'observateur et s'avança vers la table pour essuyer une tache fictive.

— Un pont en bois, ça sera à recommencer dans quinze ans. Ce que ça prend, c'est un pont de fer. Ça fait plus moderne et on pourra traverser de plus grosses charges.

Le maire Saint-Amour savait qu'une structure de bois correspondait mieux aux moyens de ses contribuables, mais l'idée d'une construction qui marquerait le progrès et témoi-gnerait de son mandat lui plaisait. La facture avait beau être séparée entre les deux municipalités, les opposants ne voyaient pas ce que cela rapportait aux citoyens de Bouchette qui ne l'empruntaient que rarement. Si ce pont était là, estimaient-ils, c'était uniquement pour permettre aux gens de Cameron d'avoir accès à leurs terres.

— S'ils veulent un pont, le monde du Cameron, ils n'ont qu'à s'en payer un, avait lancé le porte-parole du groupe au conseil municipal, Célestin Lefebvre.

Le maire Saint-Amour sembla considérer positivement l'argument et Magloire sentait qu'il lui faudrait y mettre son grain de sel :

— Si on réunit les deux rives avec un bon pont, c'est tout le monde du village qui va en profiter. Sans compter les touristes qui vont passer par chez nous. Ce n'est pas parce que ça ne te rapporte rien que ce n'est pas bon pour la municipalité. Un pont de fer, c'est l'avenir.

L'intervention de Magloire avait aussitôt provoqué l'approbation des autres conseillers et des curieux, qui avaient suivi jusqu'alors la joute orale sans prendre position.

— Tu parles pour ta poche, Beauregard. C'est parce que tu veux le construire, ce pont-là, déclara Lefebvre, estimant avoir mis au jour les véritables intentions de l'hôtelier.

— Là, tu te trompes. Un pont de bois, ça oui, mais un pont de fer, ce n'est pas dans mes cordes. J'suis même prêt à payer les deux premières poutres de métal. Es-tu prêt à en faire autant ? dit Magloire en frappant du poing sur la table.

Les verres de bière s'entrechoquèrent et le conseiller Lefebvre se tut. Il était aussi près de ses sous que de ceux de la municipalité. Après tout, si ce fou de Beauregard voulait gaspiller son argent, c'était son affaire. Il se disait que Cameron n'accepterait jamais de payer une telle construction et que le projet tomberait probablement à l'eau. « Vaut mieux qu'un pont tombe à l'eau quand il est encore à l'état de projet », songea le conseiller Lefebvre en rigolant dans sa barbe.

Magloire était un vieux renard. Il prit les devants et réussit à convaincre les conseillers de la municipalité voisine de voter en faveur du projet. Il leur fit la même promesse qu'au conseil de Bouchette et s'engagea à payer les deux premières poutres. Il n'en paya que deux, et présenta la même facture comme preuve de sa bonne foi à chacun des deux conseils. On s'étonna d'ailleurs qu'il manquât deux poutres d'acier lorsque les ouvriers arrivèrent à la fin de la construction. Il fallut attendre une semaine avant de recevoir les pièces manquantes et compléter l'œuvre. Durant la construction, Magloire offrit même son aide sans en tirer bénéfice. Il savait que ce nouveau pont ferait augmenter l'achalandage de son hôtel et lui offrirait la possibilité de développer davantage son entreprise. Et puis, il y avait tellement de nouveaux chalets en construction dans Cameron que ce pont serait une manne pour son fils Paul également.

Mis à part quelques hameaux de fermiers, Cameron n'avait pas de village à proprement parler et ses citoyens devaient inévitablement passer devant l'hôtel à Magloire pour se rendre à l'église, au magasin général ou même pour se diriger vers Hull ou remonter vers Maniwaki.

Le jour de l'inauguration, Magloire était triomphant, alors que plus de deux cents personnes provenant des deux municipalités assistaient à la bénédiction de la structure. Le curé Latour, qui avait la réputation de n'avoir aucun talent pour les sermons, vint assombrir ce jour de gloire.

— Ce pont qui nous fait passer d'une rive à l'autre représente bien, pour nous, chrétiens, le passage de notre vie terrestre à la vie éternelle, avait dit le prêtre en aspergeant la nouvelle construction d'eau bénite.

Tous ceux qui se trouvaient sur les lieux avaient jeté un regard effrayé en direction du pont. Magloire grommela :

— Saint Chrême, aussi bien l'avoir baptisé «le pont de la Mort».

Mais le pont tint bon et Magloire sut profiter de l'achalandage additionnel au village. Son hôtel avait beau avoir la réputation d'être un lieu de perdition, Magloire avait le sens des affaires. Même le curé, qui montait en chaire pour dénoncer la consommation d'alcool et les mœurs douteuses en ces lieux où l'on en vendait, ne parvenait pas à trouver le courage de pointer du doigt les coupables. Magloire donnait généreusement à l'église et il était le premier à se porter volontaire pour les corvées. Et puis, les Beauregard avaient largement contribué aux vocations religieuses. Son aînée avait joint les rangs des sœurs de Sainte-Croix.

Aussi le curé fermait-il les yeux sur certains écarts de conduite. L'hôtel à Magloire était un relais important pour ceux qui se dirigeaient vers les chantiers du Nord ou qui en revenaient. Les gens qui s'y arrêtaient avaient soif. Soit ils avaient été privés d'alcool depuis plusieurs mois, soit ils le seraient bientôt. Certains soirs, la bière coulait à flot, autour de parties de cartes endiablées.

Magloire avait eu huit enfants, mais c'est Paul qu'il préférait entre tous. Alors que les autres s'en étaient allés, Paul était resté. Il y avait également Patrick, mais il semblait moins compter aux yeux de Magloire. Patrick exploitait une ferme au fond du chemin du Bonnet-Rouge et son père avait perdu presque tout ascendant sur lui. Les autres étaient partis pour la ville dans l'espoir de meilleures perspectives d'emploi. C'est peut-être aussi pour s'assurer de garder le lien avec Paul que Magloire avait fondé l'entreprise de construction. Paul avait racheté une bicoque à quelques centaines de mètres de l'hôtel, sur la rue conduisant au pont de fer, et l'avait entièrement rénovée. Il avait épousé la petite Marie-Louise Beaulieu qui lui avait déjà donné six magnifiques enfants, dont l'aîné, Paul-Émile, qui semblait vouloir suivre les traces de son père. Paul-Émile, que la plupart désignaient sous le nom d'Émile, pour éviter toute confusion avec son père, venait d'avoir dix-neuf ans et travaillait déjà auprès de Paul sur plusieurs chantiers de construction. Il était beau, avec ses cheveux noirs frisés, et brillants comme le poil d'un ours, dont il avait la force.

Magloire n'était pas peu fier de constater que l'entreprise de construction qu'il avait fondée, puis passée aux mains de son fils Paul, pourrait un jour appartenir au petit Émile. À soixante-cinq ans, il estimait sa vie réussie, mais n'était pas prêt à mourir. Il avait encore quelques projets dans son sac pour faire un peu de profit. À commencer par tous ces riches Anglais venus d'on ne sait où et qui accaparaient les plus beaux plans d'eau. Magloire s'en méfiait, mais ils avaient de l'argent.

Et sa grogne contre les Anglais s'était accentuée lorsque Maurice Duplessis, qui avait été élu en 1936 premier ministre du Québec, avait dit qu'il fallait attirer les capitaux étrangers pour relancer l'économie. Magloire avait approuvé cette idée, mais il avait déchanté lorsqu'il avait appris que la province avait cédé tout le territoire du lac des Trente et Un Milles à un groupe d'étrangers, principalement de riches industriels des États-Unis. Un territoire magnifique abritant l'un des plus beaux lacs du Québec. Du jour au lendemain, des panneaux étaient apparus presque partout autour du lac : « Gatineau Fish and Game Club — Fishing and hunting prohibited. » Pas besoin de comprendre l'anglais pour savoir ce que ces affiches signifiaient.

Malgré cette interdiction, certains citoyens des environs, qui avaient pris l'habitude durant la Grande Crise d'aller y pêcher quelques truites grises ou chasser le chevreuil pour survivre, avaient continué de fréquenter ce territoire. Un homme de Bouchette avait été tabassé par des garde-chasses, qui ressemblaient beaucoup plus à des fiers-à-bras, parce qu'il était allé chasser dans une zone faisant partie de leur *lease*[4], et un autre de Kensington avait été la cible de coups de feu alors qu'il pêchait sur le lac. Il avait retrouvé le plomb d'une balle enfoncé dans le bois de son bateau. Les nouveaux propriétaires des lieux avaient érigé un immense chalet de plusieurs étages en bois rond et construit des cabines pour héberger les membres et les invités de ce club très sélect. On racontait que le Gatineau Fish and Game servait de lieu de rencontre à tous les gens de pouvoir d'Amérique du Nord, mais rares étaient ceux de la région qui pouvaient en témoigner, tant l'accès à cet endroit était contrôlé. N'entrait pas en ces lieux qui le voulait. Même Magloire n'y

---

4   Nom donné à des territoires sous bail exclusif accordé à un individu ou à un groupe.

était jamais allé et il en voulait aux Anglais d'avoir confié les travaux de construction à des entrepreneurs de l'extérieur. Il aimait déblatérer contre eux lorsqu'il faisait la conversation à ses clients, appuyé au coin de son bar, mais il était le premier à offrir ses services pour tous les travaux entourant la construction ou la réparation de leurs chalets.

— L'argent n'a pas d'odeur, aimait-il à répéter.

En réalité, l'odeur de l'argent anglais était beaucoup plus forte. Ils payaient rubis sur l'ongle, contrairement aux gens des environs qui tiraient le diable par la queue, tous durement touchés par la crise. Bien souvent, il fallait se faire payer une partie des travaux sous forme de troc. Jamais avec les Anglais. Sans compter que plusieurs de ces «touristes» étaient peu regardants sur la dépense. Magloire faisait son profit sur les nombreux extras qui ne manquaient jamais de s'ajouter une fois les travaux de construction entrepris. Une petite galerie ici, un quai là, une remise ou encore un *boat house*[5].

Magloire se rendait sur le chantier de construction au début pour rencontrer le propriétaire des lieux et discuter avec lui des détails. Il avait appris un peu d'anglais, mais Paul n'arrivait pas à baragouiner plus de deux ou trois mots. Le vieil homme était là pour le début des travaux, mais une fois le chantier lancé, c'est Paul et Émile qui s'en occupaient.

Magloire était bien heureux de voir son petit-fils marcher sur ses pas. Émile s'intéressait à tout ce que son grand-père faisait. Il l'admirait et savait bien que le nom de Magloire Beauregard était connu de tous, même à l'extérieur de la paroisse. En écoutant son grand-père discuter avec ses clients anglophones, il avait fini par apprendre quelques mots et Magloire avait été agréablement surpris de le voir soudainement se mettre à baragouiner les quelques mots d'anglais qu'il connaissait avec la fille du propriétaire des lieux.

---

5 Hangar à bateaux.

— Il ira plus loin que son père, disait Magloire avec fierté.

Le jeune Émile avait du charme avec tout le monde. Il savait y faire avec son grand-père, mais aussi avec ses parents et même avec ses frères et sœurs. Et dans le village, il n'y avait pas une seule jeune fille qui n'ait rêvé de lui mettre le grappin dessus. À dix-neuf ans, Émile n'était certainement pas prêt à se laisser prendre dans les griffes de l'une de ces demoiselles. Le monde s'ouvrait à lui et il avait bien l'intention de le visiter. Il avait aussi le goût de s'amuser avec ses copains.

L'un de ceux avec qui il aimait aller faire la fête, le grand Virgile Lefebvre, avait acheté une Ford 1936 dont l'ancien propriétaire s'était rapidement défait après s'être retrouvé dans la devanture d'une maison. Les moteurs V8 avaient commencé à faire leur apparition sur les voitures et ceux qui n'étaient pas habitués à tant de fougue trouvaient la conduite inconfortable et dangereuse. Virgile avait acheté la voiture amochée et l'avait entièrement retapée. Comment Virgile avait-il pu trouver l'argent pour acquérir cette bagnole ? Tous l'ignoraient. Il habitait sur la ferme avec son père, un homme dont on disait que sa famille mangeait trois bons repas par jour sans plus, ce qui était déjà fort respectable. Les Lefebvre n'étaient pas connus pour disposer d'une fortune personnelle.

Seuls Magloire Beauregard et ses deux fils Patrick et Paul savaient ce qu'il en était. Si le grand Virgile avait pu économiser tout cet argent, c'est qu'il avait « loué » la cabane à sucre des Lefebvre durant l'hiver. L'approvisionnement en alcool devenait plus difficile. Était-ce l'approche de la guerre qu'on disait sur le point d'être déclarée ou le gouvernement du Québec qui resserrait la vis aux propriétaires de débits de boisson ? Magloire n'avait jamais été homme à ne pas satisfaire la clientèle de son hôtel et il savait fort bien que ses clients le déserteraient rapidement s'il ne pouvait leur servir un quelconque réconfortant.

Magloire avait négocié avec Omer, le père de Virgile, mais celui-ci s'en était remis à son fils, craignant, disait-il, de se

« retrouver dans le trouble ». Et le trouble prenait l'apparence de Fernand Latourelle, policier municipal. Plusieurs racontaient que Latourelle s'était en quelque sorte autoproclamé policier du village. Il assurait la surveillance de ce qui se passait sur le territoire de Messines, Bouchette et Cameron. En réalité, son autorité sur les gens de la place était limitée, personne ne le désignant comme policier, mais plutôt sous le vocable de *speed cup*. La surveillance de la vitesse des rares voitures sur les routes municipales était d'ailleurs sa principale fonction. Il sévissait avec zèle et on le soupçonnait d'empocher des billets en échange de son indulgence. Il venait aussi tourner autour de l'auberge de Magloire, histoire de le prendre en défaut. Il n'était pas sans savoir que le vieil aubergiste fabriquait son propre alcool, qu'il transvidait ensuite dans ses bouteilles.

Les Beauregard avaient discrètement installé une petite cabane derrière un mur épais de cèdres, non loin de la sucrerie des Lefebvre. Du sentier, il était impossible de l'apercevoir. Magloire avait réussi à dénicher tout ce dont il avait besoin pour fabriquer son propre alcool. Les premières recettes n'avaient pas été concluantes et Magloire, après en avoir testé le contenu sur quelques clients, dut se résoudre à entreposer ses premières bouteilles au fond de sa cave.

— Ça goûte le pied, avait été le commentaire le plus fréquent.

Mais après avoir glané quelques recettes locales ici et là et procédé à de nouvelles tentatives, Paul et Patrick parvinrent à trouver la formule idéale. Trois semaines après avoir concocté une nouvelle préparation, ils étaient retournés discrètement à la cabane pour distiller l'alcool. Les frères Beauregard avaient passé toute la soirée et la nuit, à faire bouillir leur mixture, tout en goûtant à l'occasion le produit final, qui tombait goutte à goutte au bout du serpentin. Fort heureusement, le cheval qui ramenait la carriole à la maison connaissait le chemin par cœur. Magloire avait trouvé la bête attelée derrière l'hôtel, Paul et

Patrick ivres morts, appuyés l'un sur l'autre.

Le grand Virgile avait su profiter de la situation pour s'enrichir un peu. Chaque fois que la sucrerie se transformait en distillerie, il empochait quelques billets. Il estimait qu'il était maintenant un monsieur parce qu'il pouvait rouler en voiture et son arrogance semblait être accrue en raison de la puissance de son véhicule.

Même si Émile ne partageait pas toujours la façon de penser de Virgile, il se gardait bien de révéler le secret de sa source de financement, ce qui lui permettait de bénéficier d'un moyen de transport pour aller bambocher. Mais le voyage qu'il souhaitait faire demandait plus qu'une voiture. Émile avait le goût d'ailleurs. Quand il en avait fait part à ses copains, Virgile s'était exclamé :

— T'es-tu malade ? Le monde, en ville, ils vivent un par-dessus l'autre, pis du travail, y en a pas. En plus, toi t'es le petit-fils de Magloire Beauregard. T'as même pas besoin de te chercher une job.

— Je ne veux pas aller en ville, avait simplement répondu Émile.

Son ami de toujours, Aldège Richard, s'était empressé de demander :

— Tu veux aller où, alors ?

— Loin. Très loin. J'veux voir le *farwest,* aller en bateau de l'autre bord de la mer, sortir d'ici.

Virgile avait considéré le visage d'Émile et son regard qui portait au loin. Il avait compris qu'un jour prochain, son ami quitterait le village.

Chapitre six
Bouchette, 2005

Agathe avait pris l'habitude de se rendre au restaurant Le Manoir une fois par semaine pour y prendre un repas. Le travail au bureau ne lui laissait pas l'occasion de cuisiner elle-même aussi souvent qu'elle le souhaitait. La nourriture n'y était pas d'une qualité exceptionnelle, mais elle considérait qu'elle devait apprendre à connaître sa communauté d'adoption, et en ce sens, le restaurant du village était le meilleur endroit. Quand Bruno venait pour prendre sa commande, elle se contentait de dire :

— Je prendrai une portion de ce que vous mangerez ce soir.

Et puis, même si les repas de Bruno n'avaient rien de la grande cuisine, ils lui rappelaient parfois les recettes que Berthe lui préparait. C'est d'ailleurs lorsqu'elle cuisinait que Berthe se laissait parfois aller à parler de son passé chez les religieuses. Elle lui avait maintes fois fait part de cette nonne avec qui elle partageait souvent la corvée des repas et qui affirmait qu'il suffisait de bien peu de choses pour faire de n'importe quel plat un met goûteux et délicieux. Son opinion n'était cependant pas partagée par la sœur supérieure, qui répétait constamment aux religieuses responsables de la cuisine :

— La nourriture de la terre ne nous sert qu'à demeurer en vie pour louer le Seigneur. Si ces aliments sont trop suaves, ils détournent nos pensées de la vraie nourriture spirituelle. Ce n'est pas pour rien que la gourmandise est un péché capital.

La sœur supérieure n'était cependant pas dupe lorsqu'elle voyait les belles tartes épaisses et appétissantes que la cuisinière préparait, mais elle préférait fermer les yeux, attribuant les talents culinaires de cette nonne à un « don de Dieu » plutôt qu'à une désobéissance de sa part. Ainsi, les apparences étaient sauvées et la supérieure pouvait savourer les plats divins.

Agathe se rappelait l'époque heureuse où Berthe gazouillait dans la cuisine en préparant sa fameuse «sainte sauce à spaghettis». En réalité, la quantité de piments forts qu'elle mélangeait avec les autres ingrédients rendait ce plat si brûlant pour les papilles que son goût était davantage infernal que céleste. «Chacune de ses recettes semblait d'ailleurs avoir une référence religieuse; le gâteau Sainte-Angélique nappé d'un coulis de fraises des champs, et le ragoût de pattes à la Saint-André étaient probablement ce qui se rapprochait le plus du mot divin», songeait Agathe en attendant d'être servie.

Outre les repas de Bruno, ses visites au Manoir lui permettaient de prendre contact avec son nouveau milieu de vie et le restaurateur se faisait un plaisir de la renseigner sur les gens de la place. Il n'avait pas fallu beaucoup de temps pour qu'on parle un peu partout dans la communauté de la «p'tite notaire» qui venait de s'établir à Bouchette. Rogatien Lafontaine avait relaté, entre deux «on va dire», leur première rencontre au garage à Patry, sans oublier de mentionner son étrange quête du lac Achigan. C'est Bruno, le propriétaire du restaurant, qui demeurait cependant la source la mieux informée sur la nouvelle arrivante. Dans son établissement, les curieux venaient y déguster son café, pourtant imbuvable, dans l'espoir de glaner des informations toutes fraîches. En début de soirée dans le village, alors que les jeunes et les amoureux circulaient en voiture dans un va-et-vient constant d'un bout à l'autre du chemin principal, certains allaient plutôt traîner en face de la demeure d'Agathe, la maison du Juif, comme on la désignait encore, plus de soixante ans après le départ de celui qui l'avait un jour occupé.

Agathe s'était installée près de la vitrine, de sorte qu'elle pouvait voir ce qui se passait sur la rue Principale. Il faut dire qu'il y avait peu d'activités depuis que le gouvernement avait décidé de construire une voie de contournement pour éviter le village. Cette section de la route 105 était si sinueuse et si dangereuse que les gens de la région avaient baptisé la courbe, à la sortie nord du village, de « croche de la mort ». Le nom était particulièrement bien adapté, car il ne se passait pas plus de deux mois sans que cette courbe ne prenne la vie de quelqu'un. Toutefois, cette déviation de la circulation avait plongé le village de Bouchette dans l'oubli.

Les automobilistes n'y passant plus, ils ne s'y arrêtaient pas non plus. Le village avait depuis périclité. Même l'auberge, qui avait autrefois été un relais important pour les voyageurs, avait finalement fermé ses portes après avoir été au cœur de toute l'action de la communauté, puis avait été réaménagée en appartements. Malgré le changement de vocation du bâtiment, on continuait à désigner l'édifice « l'hôtel à Magloire ». De l'autre côté de la rue, l'église avait pour sa part gardé toute sa splendeur. Agathe s'intéressait à tout ce qui concernait l'histoire du village et Bruno lui avait conseillé de s'adresser au vieux Rogatien.

— Il est un peu fatigant, mais c'est la mémoire du village.

Né dans une famille où il était le onzième sur treize enfants, Rogatien Lafontaine n'avait jamais eu la vocation pour les travaux agricoles ou le travail de bûcheron. En réalité, il n'avait jamais eu de facilité pour aucune activité manuelle. Rogatien avait fréquenté sporadiquement l'école pendant six années et il avait adoré ce milieu. Lire, découvrir par les livres toutes les choses du monde, tout cela lui semblait merveilleux. Mais lui et son frère Cléophas avaient dû quitter les bancs de l'école pour aller aux champs lorsque leur père était mort d'un bête accident en forêt. Rogatien avait hérité de la petite ferme de ses parents, mais n'avait jamais vraiment eu le cœur de s'en occuper. La petite exploitation agricole avait dépéri, Rogatien ne trouvant jamais le temps de vaquer à l'entretien des bâtiments et aux nombreux travaux nécessaires.

Agathe avait décidé de se rendre directement chez lui. Le vieil homme ne venait plus souvent au village, et le garage où il se rendait encore quelques fois placoter avec les autres ne lui semblait pas l'endroit idéal pour le questionner. Lors de leur première rencontre, elle avait constaté qu'il semblait intéressé par l'objet de ses recherches.

La maison qu'il habitait ne semblait pas avoir été entretenue depuis des siècles. Les planches de bois qui formaient la finition extérieure n'avaient jamais été peintes et affichaient la même teinte grise que les planches de la vieille étable qui, pour sa part, semblait sur le point de s'effondrer. Seul le tour des fenêtres avait été naguère peint en vert, mais la peinture s'écaillait partout. Agathe se présenta à la porte et dut frapper à deux reprises avant que l'homme ne vienne ouvrir en enfilant ses bretelles. Il fronça les sourcils, cherchant à se souvenir du visage de la jeune femme qui se tenait devant lui.

— Tiens, la jeune dame du garage, dit-il.

— Je voudrais vous poser quelques questions au sujet de ce lac que je cherche et dont je vous avais parlé lors de notre première rencontre, dit-elle d'entrée de jeux. Puis-je entrer?

Le vieil homme hésita, jetant un regard derrière lui en direction du fouillis qui semblait régner dans la cuisine. Il recevait peu de visiteurs, c'était évident, et l'apparence des lieux n'avait rien d'attirant. Rogatien trouvait rarement des auditeurs intéressés. Il n'allait pas rater l'occasion d'étaler son savoir devant cette jeune femme venue d'ailleurs.

— Entrez, dit-il en reculant pour lui laisser le passage.

Aussitôt à l'intérieur, Agathe fut saisie d'un malaise. Il y avait un tel désordre dans la place qu'on aurait pu croire que l'endroit servait d'entrepôt pour un quelconque vendeur de bric-à-brac qui y aurait entassé les choses qu'il n'arrivait pas à vendre. La table était envahie de toute sorte d'objets et le seul espace disponible suffisait à peine pour lui permettre de mettre son assiette lorsqu'il mangeait. Il y avait même quelques boîtes de conserve ouvertes dont le contenu avait séché au fond. D'autres étaient couvertes de moisissures. Une bande de ruban collant était suspendue au plafond pour attraper les mouches. La chose devait avoir capturé des centaines de bestioles et comme la saison des moustiques venait à peine de commencer, on pouvait penser que l'objet était là depuis l'automne précédent, peut-être même avant. Le meuble était entouré de quatre chaises, mais une seule était disponible. Sur les trois autres, Rogatien avait empilé jour après jour les exemplaires des journaux *Le Devoir* et *Le Droit*. Les piles montaient dangereusement vers le plafond. Il avait même été forcé d'attacher un tuteur avec une broche à la patte de l'une des chaises qui menaçait de se briser sous le poids du papier.

— Assoyez-vous, dit-il en pointant le seul siège disponible, pendant qu'il se laissait tomber sur la berçante, placée stratégiquement près du poêle à bois.

Un rapide coup d'œil permit à Agathe de constater qu'il ne semblait y avoir aucun autre endroit pour s'asseoir. La maison ne devait pas avoir été transformée, même pas entretenue, depuis l'époque où la mère du vieillard était la reine des lieux. Là où un espace avait peut-être servi de salon, il y avait d'autres piles de journaux. Chacune d'elles s'élevait jusqu'au niveau des yeux du vieil homme. On pouvait imaginer qu'avec l'âge, la hauteur des piles avait diminué un peu. Il suivit son regard et dit fièrement :

— On va dire, c'est toute une collection. J'ai tous les exemplaires du journal *Le Devoir* depuis 1920, souligna-t-il.

Il lui expliqua toute son admiration pour cette publication en rappelant à plusieurs reprises que le grand Henri Bourassa, qu'il semblait vénérer, avait fondé ce qui était aujourd'hui devenu une véritable institution. Agathe eut droit à un cours détaillé sur l'histoire du *Devoir,* à partir de la compagnie « La Publicité Limitée », jusqu'à aujourd'hui. Rogatien cita de mémoire, sans même faire un effort pour fouiller dans ses souvenirs, tous les directeurs depuis Henri Bourassa en déclinant également la date d'entrée en service et celle de départ pour chacun d'eux.

Il avait fait de ce journal une sorte de bible; tout ce que *Le Devoir* affirmait était paroles d'évangile, et il s'était mis en tête, dès son jeune âge, d'apprendre par cœur tout ce qu'il y lisait pour en répéter textuellement le contenu et impressionner la galerie.

Agathe écoutait d'une oreille distraite, tout en jetant des regards sur tout ce qui l'entourait. Bien que la maison ait comporté deux étages, l'escalier conduisant au second niveau était fermé d'une trappe et les marches étaient encombrées d'objets de toute sorte. Les murs faiblement isolés laissaient probablement entrer le froid glacial de l'hiver et le vieil homme vivait le plus près possible du poêle à bois, lequel suffisait à peine à garder la température intérieure au-dessus du point de congélation. Le feu devait être entretenu constamment pour éviter que l'eau gèle. Une ouverture partiellement fermée par un rideau sur la cloison derrière la source de chaleur de la maison lui permit d'apercevoir un petit lit de métal qui n'était pas encombré d'objets ou de journaux. Elle comprit que c'était là que Rogatien dormait. Agathe était estomaquée de ce qu'elle voyait, mais tentait de garder un air naturel.

Elle avait eu le goût de tourner les talons et de quitter la maison, tant l'endroit lui inspirait à la fois dégoût et pitié. Comment un être pouvait-il vivre au milieu de tant d'immondices, et surtout, comment pouvait-on y vivre si vieux? Elle s'installa finalement sur la chaise, les fesses posées le plus près possible du bord. L'homme était étrange et ce qu'elle voyait à cet endroit aurait pu lui faire penser qu'il n'avait pas toute sa raison, mais en regardant tous ces journaux, elle songea que si quelqu'un pouvait la renseigner sur les origines de sa grand-mère, c'était assurément lui. Elle avait écouté en silence son long discours sur ce grand patriote qu'avait été Bourassa, mais lorsque le flot de ses paroles sembla diminuer, elle entreprit de le questionner sur l'objet de sa visite :

— Monsieur Lafontaine, comme vous le savez, je cherche

des informations sur les origines de ma grand-mère. Je ne connais pas son nom. Tout ce que je sais, c'est qu'elle aurait habité Bouchette et qu'elle avait demandé à ce que ses cendres soient répandues sur le lac Achigan en 1956.

— Le lac Achigan? demanda-t-il en feignant d'avoir oublié que le nom du lac avait été mentionné auparavant.

Il allait reprendre l'explication sur la fusion de Bouchette et Cameron, dont il lui avait déjà fait part lors de leur rencontre au garage, lorsqu'elle l'interrompit :

— Je ne sais pas de quel lac il s'agit, mais tout le monde me vante vos mérites d'historien.

Le commentaire d'Agathe flatta son orgueil d'intellectuel déçu.

— On va dire… dit-il en expulsant de l'air par ses narines, comme il le faisait constamment lorsqu'il désirait se donner bonne contenance, on peut dire cela. J'ai été président de la Société historique de Bouchette et Messines de 1970 à 1990, président de la Caisse populaire de 1949 à 1955, et de la Coopérative agricole de 1945 à 1952, dit-il en égrenant la longue et assommante liste de toutes les associations, organisations et conseils dont il avait été membre.

Agathe crut que cette énumération ne se terminerait jamais. Elle comprit ce que le restaurateur avait voulu lui dire lorsqu'il affirmait qu'il était «fatigant» à écouter. Si elle n'avait pas eu de renseignements à lui demander, elle se serait probablement endormie là, les fesses en équilibre sur le bord d'une petite chaise de bois. Lorsqu'elle eut la chance de parler, elle tenta de tirer avantage de son exubérance verbale et de l'envie qu'il avait d'étaler ses connaissances.

— Je suis vraiment impressionnée. Quelle mémoire et quelle implication sociale. Vous devez tout savoir sur l'histoire de la municipalité? Vous êtes une personne précieuse, monsieur Lafontaine, dit-elle expressive.

Le vieillard jouissait de ses paroles. Il y avait si longtemps que personne n'avait ainsi reconnu son talent, sa valeur en tant qu'homme de tête. Les gens du village le traitaient souvent avec désinvolture, oubliant tout ce qu'il avait fait pour se donner bonne image auprès de cette communauté. Il se redressa sur sa chaise et retira la boule de gomme qu'il faisait tourner autour de l'unique dent qu'il lui restait. Il la roula en boule et il se mit à scruter le petit meuble se trouvant près de lui, lequel avait été populaire dans les années 1950, composé d'une petite table à revues, où était intégré un cendrier, surmontée d'une lampe de lecture. Rogatien qui affirmait avoir «fumé comme une loco-motive» dans le passé, avait remplacé le tabac par la gomme à mâcher. Difficile de dire, dans son cas, laquelle de ces deux habitudes était la plus détestable. Il s'était depuis longtemps délivré de la dépendance à la nicotine et avait oublié le goût du tabac, mais il avait continué à chiquer en prétendant toujours le faire pour cesser de fumer. Quand il en avait terminé avec sa gomme, il la roulait en boule et la collait quelque part sur la table près de la berçante. Il avait d'abord rempli le cendrier en cordant les boules de gomme en rangées serrées. Il avait ensuite posé ses morceaux chiqués le long du pied de la lampe qu'il avait couvert jusqu'au niveau de l'abat-jour, puis il avait fait de même le long des pattes de la petite table. Les boules durcies sem-blaient maintenant recouvrir le meuble au complet, à l'excep-tion du dessus de la table où il déposait précieusement ses exemplaires du *Devoir* et du *Droit* qu'il était en train de lire ou de relire. Agathe, qui n'avait pas regardé avec attention, avait d'abord cru qu'il s'agissait de petits coquillages de mer qu'on aurait collés un à un pour décorer le meuble. À la grande sur-prise d'Agathe, Rogatien trouva un petit espace encore libre pour y coller sa gomme. Elle eut un petit sourire légèrement empreint de dégoût lorsqu'il releva les yeux dans sa direction.

— Je sais tout de cette municipalité, dit-il en concluant sa phrase d'un petit coup de pompe des narines.

Un instant, Agathe avait craint que quelque chose ne sorte de son nez quand il faisait ce curieux tic et cette idée lui souleva le cœur. Elle dut se concentrer pour effacer cette image de son esprit.

— Alors, vous êtes la bonne personne pour me parler des lacs Achigan, dit-elle.

L'homme hésita un instant, semblant cette fois chercher quelque chose à dire. Il commença par lui décrire le lac situé dans l'ancienne municipalité de Bouchette. Elle constata qu'il s'agissait d'un plan d'eau de fort petite envergure où il n'y avait que quelques chalets construits récemment. Rogatien s'était lancé dans la liste détaillée de toutes les espèces de poissons qui y vivaient, sans oublier le nom latin de chacun. Elle essaya de l'interrompre pour lui demander des renseignements sur l'autre lac du même nom, mais il ne sembla pas l'entendre, poursuivant la description qu'il avait amorcée. Au bout de quelques minutes, le débit ralentit et elle s'empressa de le questionner.

— Et l'autre lac Achigan?

— L'autre? Celui dans Cameron? Il faisait partie de la ferme d'Arthur Roy.

Agathe s'attendait à ce qu'il se lance à nouveau dans de longues explications, mais c'est apparemment tout ce qu'il trouvait à dire, ce qui ne manqua pas de la surprendre. Pendant quelques secondes, elle demeura silencieuse, s'attendant à ce que, comme toujours, il l'inonde de détails, mais elle dut le pousser pour obtenir quelques miettes d'information.

— Et cette ferme, elle existe toujours?

— Oh non, elle a été morcelée et vendue pour construire des chalets.

— Vous vivez à Bouchette depuis toujours. Avez-vous mémoire d'une jeune femme enceinte dont l'enfant aurait été placé en orphelinat en 1943?

— On va dire, le temps de la guerre, c'était le temps de la guerre. Ces choses-là ne se disaient pas, dit-il avec pudeur.

«Ces choses-là» ne passaient jamais inaperçues dans les petits villages où tout le monde se connaissait. Le départ pour quelques mois d'une jeune femme dont le tour de taille avait soudainement augmenté ne laissait aucun doute sur les raisons de ce voyage. Les rumeurs circulaient plus rapidement que ne l'aurait fait la radio ou le journal, amplifiées par les informations, fondées ou purement inventées, que chacun y apportait. De toute façon, on savait bien de quoi il retournait lorsqu'on rencontrait des membres de la famille et qu'on leur demandait des nouvelles de la jeune femme en question. Le malaise était peint sur leur visage et les explications évasives qu'ils fournissaient confirmaient les soupçons. Agathe avait senti qu'elle avait touché une corde sensible chez le vieillard habituellement si bavard. Elle savait toutefois qu'il lui serait difficile d'obtenir de lui plus de renseignements aujourd'hui. Elle le remercia de son aide et lui demanda si elle pouvait revenir pour profiter de sa «grande connaissance». Rogatien acquiesça en se demandant toutefois comment il pourrait éviter les questions trop embarrassantes de la jeune femme.

Munie d'une carte, Agathe se rendit d'abord au lac Achigan dans l'ancienne municipalité de Bouchette. Elle suivit un petit chemin tracé entre les montagnes, qui finissait par aboutir au plan d'eau dont elle longeait la rive. Elle arrêta la voiture et admira le petit lac à peine plus gros qu'un étang. Du point où elle se trouvait, elle pouvait voir les quelques constructions de l'autre côté. Elle aperçut un homme qui s'affairait à ramasser les branches et les débris laissés par l'hiver et décida d'aller le questionner. Celui-ci, fort aimable et probablement heureux de cette pause improvisée, ne lui apprit rien de bien intéressant. Il possédait ce chalet depuis vingt ans et y avait fait plusieurs ajouts lui-même. Agathe s'en était doutée en jetant un coup d'œil aux sections dépareillées qu'il avait greffées à la construction originale au fil des ans. Il avait été parmi les premiers à ériger un chalet près du lac, mais il avait bien peu de renseignements à lui fournir. Rien qui puisse relier sa grand-mère à ce plan d'eau, mais rien non plus qui confirme le contraire. L'autre lac du même nom lui apporterait-il des réponses?

Chapitre sept
Rimouski, 1938

Il ne fallait pas qu'il se fasse prendre, il le savait, et entreprit de trouver un endroit où il pourrait changer de vêtements. Il aurait pu le faire dans le sous-marin, mais il savait d'expérience que le tissu de son pantalon et de sa chemise empesterait le mazout après avoir été enfermé longtemps dans un si petit espace. À l'abri d'un bosquet d'épinettes, il retira ses habits et les déposa au fond du trou qu'il reboucha avant de s'habiller avec ceux qu'il avait placés dans un sac étanche lors de son embarquement. Il songeait à la mission qui lui était confiée. Son mandat était large; il devait fournir des renseignements sur les activités militaires du Canada et des États-Unis.

Il était déjà venu au Canada durant une brève période, alors qu'il travaillait sur les bateaux de la marine marchande, mais c'était il y a longtemps, et au cours d'une période beaucoup plus calme. Il avait appris à parler anglais au contact des autres marins, mais il avait gardé cet accent guttural propre à la langue germanique et il appréhendait d'être démasqué dès qu'il s'adresserait à quelqu'un. Pour le moment, il devait se rendre jusqu'à Ottawa pour prendre contact avec celui qui était chargé de préparer sa venue. Il avait en poche une carte, mais il se demanda si elle était encore une référence valable. Il lui fallait trouver le chemin de fer et prendre le train en direction de Montréal, puis vers Ottawa, où son contact, un certain Ulrich von Ribbentrop, devait l'aider à obtenir une nouvelle identité et à trouver le moyen de réaliser sa mission.

Il marcha durant quelques heures dans la nuit, puis dénicha un coin discret où il pouvait se reposer. Il attendit le jour avant de se remettre en marche. Avec les bagages qu'il transportait, il devait éviter d'être vu. On trouverait suspect de rencontrer un homme avec ses valises au milieu de nulle part. Dès qu'il arriverait à proximité d'une gare, il ne serait plus qu'un voyageur comme les autres. Il trouva une route et l'emprunta, en se cachant chaque fois qu'une voiture venait à passer. À un endroit, la petite route traversait la voie ferrée et il se mit à suivre les rails. Il ne savait pas exactement où il se trouvait, peut-être entre Rimouski et Mont-Joli, deux points sur sa carte. Il suivit le chemin de fer jusqu'à ce qu'il arrive en vue d'une gare. Il ne semblait pas y avoir beaucoup de gens et il n'avait aucun horaire sous la main. Il lui faudrait jouer serré. Il résolut d'aller d'abord aux informations et de laisser ses bagages dans les fourrées. C'était risqué. Le contenu de ces valises était essentiel à sa mission et il hésitait à les abandonner sans surveillance. Il marcha en direction de la petite gare et alla jeter un œil sur les horaires apposés au mur. Le prochain train en direction de Montréal ne passait que le lendemain matin, et il tourna les talons avant d'être remarqué par qui que ce soit. Il lui faudrait se cacher et attendre au dernier moment pour se mêler aux passagers qui se pressaient pour embarquer. Il retourna à l'endroit où il avait caché ses valises et s'installa pour la nuit. Il avait froid et faim, mais il lui faudrait attendre d'être dans le convoi pour se restaurer. Il ne ferma pas l'œil de la nuit, grelottant et songeant avec nostalgie à la chaleur du foyer qu'il avait quitté près de la ville de Heidelberg. Il avait servi son pays avec honneur, mais il ne parvenait pas à partager toutes les idées défendues par le *führer*. Pas question, cependant, d'entrer en dissidence ou même de faire part de ses doutes. Il avait vu ce qui était arrivé à certains de ses camarades qui avaient osé remettre en question les enseignements du parti. Il lui fallait suivre les rangs et faire son travail du mieux qu'il pouvait s'il voulait survivre à cette guerre. C'est ce qui avait amené l'amiral Wilhelm Canaris à le désigner pour cette mission.

Le jour pointait lorsqu'il entendit le train arriver et il sortit des fourrés avec ses bagages. Il n'y avait pas beaucoup de passagers, cinq ou six, mais tous semblaient s'être donné le mot pour arriver à la même heure. Il se mit en file avec eux et demanda un billet pour Montréal. Le préposé lui jeta un regard, sans plus, lorsqu'il s'adressa à lui en anglais. Il se dirigea vers le quai. Une dame commenta en français la température en attendant que le train arrive, mais il ne comprit pas un mot. «*Sorry*», dit-il. Elle grommela contre les maudits Anglais, incapables d'apprendre le français.

Lorsque la locomotive entra en gare, il s'y précipita avec ses valises et choisit une banquette loin des autres passagers, espérant éviter de leur parler. Il s'enfonça dans son siège et plaça son chapeau sur son visage afin de donner l'impression qu'il dormait. Après la nuit qu'il avait passée, il ne lui fallut pas beaucoup de temps pour que son faux sommeil devienne réel. Il était agité et il sursauta lorsque le préposé aux billets le tira de ses rêves. Pendant quelques secondes, son esprit chercha à se rappeler où il se trouvait et ce qu'il devait faire. Il tendit fébrilement le billet que le vieil homme se contenta de poinçonner avant de se diriger vers les autres passagers. Il poussa un soupir et ne put se rendormir, même s'il avait rapidement repris sa position initiale.

Le train entra en gare à Montréal. Il ne lui restait plus qu'à prendre un billet pour Ottawa. La chose s'avéra moins complexe que dans la petite gare de village. Il y avait une foule compacte sur le quai et il se mêla aux autres qui transportaient eux aussi de lourds bagages. À Montréal, les préposés étaient habitués de rencontrer des gens de toutes les nationalités et celui qui lui tendit son billet ne leva même pas les yeux sur lui.

Il arriva en soirée à Ottawa et composa immédiatement le numéro qu'il avait dans sa poche. Une dame lui répondit et il demanda à parler à Ulrich von Ribbentrop. L'homme qui prit le combiné avait un accent allemand.

— Les fleurs poussent autour du château de Heidelberg en

cette saison, monsieur, dit-il en allemand.

Von Ribbentrop parut surpris et hésita avant de donner la suite du mot de passe.

— Vous devriez aller y cueillir des edelweiss, finit-il par balbutier.

Ribbentrop avait été informé de cette mission, mais il ne croyait pas qu'elle se mettrait en branle si rapidement. Il savait que l'homme venait de débarquer et qu'il devait lui trouver une identité. Il devait aussi favoriser l'intégration de cet espion dans le milieu. Fort heureusement, son statut d'attaché commercial allemand à Ottawa lui donnait accès à tous les milieux importants. Officiellement, il représentait les fabricants de champagne et de vins bavarois au Canada, un rôle fort utile pour qui souhaite amadouer ses relations et délier les langues. Il ne se gênait pas pour « arroser » de quelques caisses ceux dont il voulait soutirer des renseignements. Son rôle n'était pas seulement d'espionner le pays, mais de préparer le terrain pour les autres arrivants.

— Venez me rencontrer au Château Laurier. Je serai au restaurant, dit Ribbentrop.

Il avait préparé les choses qu'il lui faudrait lorsque l'opération Heidelberg se mettrait en place, mais il n'avait pas réussi à trouver un pied-à-terre au Canada pour leur agent. Ribbentrop avait des amis bien placés, des amis qui lui devaient non seulement une fière chandelle, mais qui n'auraient d'autre choix que de lui fournir ce dont il avait besoin. L'un d'eux, James Fawcett, était fonctionnaire au ministère de l'Immigration et fréquentait un peu trop assidûment les salles de jeu clandestines de Hull, où Ribbentrop aimait aussi aller traîner en dépensant son argent d'une manière frivole. Fawcett avait contracté d'importantes dettes de jeux auprès du chef de la pègre locale. Ribbentrop lui avait sauvé la mise en payant le montant qu'il devait. Il lui avait demandé quelques renseignements sans grande importance et Fawcett en était venu à le considérer comme un ami véritable.

Avec le lancement de la mission Heidelberg, ce joueur malchanceux serait utile et Ribbentrop l'avait invité à dîner dans un discret restaurant d'Ottawa.

Il avait besoin d'un visa, et idéalement du visa de quelqu'un qui serait entré au Canada et qui serait disparu ou mort par la suite. Fawcett avait hésité, soulignant qu'il s'agissait d'un crime grave.

— Allons, mon ami. Il ne s'agit pas de me révéler des secrets d'État. Juste de me fournir un bête document qui ne sert plus à personne. De toute façon, il n'y a rien de bien dangereux là, ce n'est pas un criminel. Par contre, ceux à qui vous devez de l'argent en sont. Je ne crois pas que votre employeur trouverait amusant de savoir que vous entretenez des relations avec la pègre.

Fawcett était coincé, et il le savait. Si Ribbentrop retirait sa caution, il était un homme mort, sans compter les risques que sa femme et son fils courraient. L'Allemand avait également raison au sujet des relations douteuses du fonctionnaire. Collaborer avec lui, du moins pour un temps, représentait la meilleure option, et le document qu'il demandait ne pouvait causer un préjudice grave à son pays.

— Je vais voir ce que je peux faire, avait-il dit.

Quelques jours plus tard, Fawcett avait remis les documents nécessaires à Ribbentrop. Avec la guerre toute proche, nombre de Juifs allemands, du moins ceux qui en avaient les moyens, fuyaient l'Allemagne. La nuit du 9 au 10 novembre 1938, les amis de Ribbentrop, les « chemises noires » et les sympathisants nazis, enflammés par les discours racistes de leur chef Adolf Hitler, avaient détruit des milliers de maisons, synagogues, commerces, boutiques appartenant à des Juifs. Une centaine étaient morts brûlés, pendus, ou simplement abattus à coups de gourdins par une foule ivre, autant à cause de l'alcool qu'ils avaient consommé pour se donner du courage qu'en raison de la violence des paroles de leur chef. Plus de vingt mille Juifs furent mis en prison et envoyés dans les camps de concentration de Dachau, Buchenwald et Sachsenhausen. La plupart n'y restèrent que deux ou trois mois, avant d'être relâchés et fortement invités à quitter le pays. Ceux qui avaient encore les moyens avaient fui. Malgré la menace qui planait sur ces milliers d'innocents, le Canada avait choisi de suivre l'exemple de son voisin américain et avait limité le nombre de réfugiés juifs. Joseph David Burgess était l'un de ces rares ayant réussi à quitter l'Allemagne. Il avait d'abord pris un bateau pour l'Angleterre, puis avait été intégré à un maigre groupe de cinq cents Juifs que le Canada acceptait finalement d'accueillir. L'homme était mort durant la traversée au Canada, des suites du mauvais traitement subi dans les camps de concentration, si bien que son visa était demeuré sur le bureau de Fawcett.

« Une couverture parfaite », songea Ribbentrop lorsque Fawcett lui remit les documents et les informations dont il disposait sur celui à qui il avait été délivré.

— Mon ami, je vous remercie et vous assure que vous n'aurez plus à vous occuper de cette petite dette. J'en fais mon affaire, dit Ribbentrop en lui serrant chaleureusement la main.

Fawcett en fut heureux et il estima avoir fait une bonne affaire. Une semaine plus tard, on repêchait son corps dans le canal Rideau. La police avait conclu, à cause des marques de coups dont il était couvert, que des voleurs lui avaient fait les poches avant de le jeter dans l'eau.

En tant qu'attaché commercial, von Ribbentrop faisait la navette entre Ottawa et New York où il pouvait compter sur des « contacts » utiles. Nombre d'entre eux avaient bénéficié des largesses du régime qui leur avait fait de généreuses avances pour qu'ils s'établissent à l'étranger, dont plusieurs à New York. Rudolf Scmidt faisait partie de ceux-là. C'est l'argent nazi qui lui avait permis d'acheter la petite compagnie de fabrication de pipes, Master Pipe, qui lui servait de couverture et faisait sa fortune. Il avait renommé l'entreprise Reiss-Premier, mais à l'aube d'un conflit avec l'Allemagne, il regrettait ce changement qui ne laissait aucun doute quant à l'origine de son propriétaire. Certains commerçants américains d'origine juive avaient préféré les produits de sa concurrente, uniquement à cause du nom. Il l'avait renommée Briardwood, un nom plus anonyme. Ribbentrop était allé le rencontrer à quelques reprises pour maintenir le contact, mais cette fois, il avait besoin de lui. Scmidt ne parut pas surpris de la visite de Ribbentrop. Il savait bien que le moment viendrait où son créancier sonnerait à sa porte. Il écouta attentivement Ribbentrop et acquiesça. Joseph David Burgess deviendrait président de sa compagnie, mais il ne détiendrait qu'une seule action, laquelle serait éventuellement remise à Scmidt lorsque la mission de Burgess serait terminée et qu'il retournerait en Allemagne.

— Vous ne serez pas embêté par monsieur Burgess. Lorsqu'il viendra à New York, il aura ses propres appartements et n'aura que très peu de contacts avec vous. Vous devrez cependant vous assurer qu'il aura un bureau à son nom dans votre entreprise où il pourra recevoir son courrier. Voici l'adresse de sa résidence à New York et ceci pour les frais, dit-il en tendant un paquet rempli de billets.

Scmidt ne protesta pas. Il les connaissait et savait que la pire des stratégies, dans ce cas, serait de dire non. Sa petite vie tranquille se terminerait au fond d'une ruelle ou d'une rivière.

— Quand? se contenta-t-il de demander.

Ribbentrop apprécia la complète docilité de son collaborateur et se promit de placer un bon mot en sa faveur lorsque le nouveau régime serait en place.

— Bientôt... Très bientôt.

L'opération Heidelberg se mettait en place et en se rendant à ce dîner au Château Laurier, à Ottawa, Ribbentrop avait l'impression de réaliser non seulement une étape majeure de sa mission, mais également de franchir un échelon important qui devait le conduire au pouvoir. Il avait tout mené de main de maître et il savait que le *führer* saurait le remercier. Il avait requis le poste de ministre des Affaires étrangères, tenu par ce minable de Konstantin von Neurath, ce qui lui permettrait de voyager encore à travers le monde, et Hitler le lui avait promis.

Les deux hommes dînèrent en se gardant d'échanger des propos directs sur quoi que ce soit concernant la mission Heidelberg. Au moment de terminer le repas, Ribbentrop sortit une enveloppe qu'il remit à son hôte en la lui glissant discrètement sur la table.

— Tout y est. Ne gardez que les documents nécessaires. Le reste, vous devrez le mémoriser, dit-il.

Ribbentrop lui expliqua qu'il devrait se rendre à New York pour officialiser son statut de président de Briardwood, une compagnie de pipes, et qu'à son retour, il aurait probablement déniché un endroit d'où il pourrait mener ses opérations.

— Vous aurez besoin d'une épouse pour éviter les soupçons. Voici le nom de votre future femme. Elle se nomme Kathleen et connaît très bien l'objectif de la mission.

Ils mirent fin, quelques minutes plus tard, à cette première et dernière rencontre.

Chapitre huit
Maniwaki, 2005

Beausoleil avait fait quelques recherches du côté de l'ancienne congrégation des religieuses Dominicaines-du-Rosaire de Trois-Rivières, qui avaient tenu l'orphelinat Ville-Joie Sainte-Thérèse dans l'ancienne ville de Hull. Il s'était même rendu sur les lieux. Le vieil homme avait pu apprécier la beauté de ce vieil édifice du boulevard Taché. L'édifice, de style Jacobin, construit en 1865, était magnifique. Il avait dû faire impression à l'époque. Il l'avait vu souvent, dans le passé, mais il avait toujours cru qu'il s'agissait simplement d'un autre bâtiment ayant appartenu à une congrégation religieuse, que le Conseil régional de la culture avait récupéré pour le protéger. L'organisation gouvernementale occupait d'ailleurs les lieux, mais jamais personne ne s'y rendait pour le visiter. Le notaire avait souri en lisant les documents qu'il avait dénichés; l'édifice avait été un débit de boisson et un « endroit de débauche » avant que les religieuses en fassent un lieu d'accueil pour les orphelins en 1928.

Il apprit également que l'institution était alors désignée sous le nom de l'orphelinat Sainte-Thérèse de l'Enfant-Jésus et fut d'abord dirigé par les chanoinesses des Cinq-Plaies d'Ottawa. Les bonnes sœurs avaient prestement quitté les lieux « à la suite de nombreuses difficultés » lui avait-on dit, et elles avaient été remplacées par les Dominicaines-du-Rosaire de Trois-Rivières. Officiellement, la première crèche pour accueillir les bébés naissants avait été implantée en 1942, mais on savait que plusieurs femmes y avaient accouché auparavant. La tenue des registres avait justement été l'une des « nombreuses difficultés » que les chanoinesses avaient rencontrées, si bien que la recherche concernant les enfants qui y étaient nés à cette époque risquait de s'avérer très ardue, sinon impossible.

— J'ai quand même réussi à obtenir une liste des nonnes encore vivantes qui ont œuvré à l'orphelinat Ville-Joie à cette époque. Ce n'est pas très compliqué, il n'y en a plus que deux. Je vous rappelle qu'elles ont plus de quatre-vingt-cinq ans. L'une se trouve ici à Ottawa dans un centre spécialisé où l'on accueille les religieuses devenues séniles ou atteintes de la maladie d'Alzheimer. Je doute que vous puissiez en tirer quoi que ce soit, mais on ne sait jamais. Son nom de religieuse est Sœur Émile-de-la-Vierge-Marie, mais son vrai nom est Évangéline Beauregard. Elle est d'ailleurs native de votre patelin, souligna Beausoleil à l'intention d'Agathe.

— De Bouchette? Allons donc! dit-elle, étonnée.

— Ne soyez pas si surprise. Les bonnes sœurs étaient présentes dans plusieurs villages de la région, lesquels constituaient d'excellents bassins de recrutement. Surtout en milieu rural. On m'a dit que Bouchette avait vu plus d'une vingtaine de ses filles devenir religieuses durant cette période.

— Évangéline Beauregard, répéta Agathe. Et l'autre?

— L'autre bonne sœur, il sera difficile de la retrouver… si elle est encore vivante. On m'a dit qu'elle s'était depuis longtemps retirée dans un cloître quelque part en Europe. Il se pourrait bien qu'elle soit morte et qu'ils n'en aient rien su. La personne à qui je me suis adressé doit faire une recherche pour la localiser.

— Merde, laissa échapper Agathe qui s'excusa immédiatement de cet écart de langage.

Aussi bien chercher une aiguille dans une botte de foin. Beausoleil l'encouragea à aller rencontrer la vieille religieuse à Ottawa en lui soulignant que, bien souvent, les personnes atteintes de sénilité perdent contact avec la réalité quotidienne, mais parviennent à se souvenir de faits survenus cinquante ans plus tôt.

Agathe s'était remise à son travail, de plus en plus consciente des difficultés qu'elle rencontrerait dans ses recherches. Sans point de repère, sans un nom pour commencer, il lui serait difficile d'avancer.

Son arrivée dans le bureau de Beausoleil avait jeté un vent de fraîcheur dans la pratique du vieux notaire. Non seulement avait-elle mis de l'ordre dans les lieux, mais elle avait supervisé la transformation de l'ensemble des opérations pour mieux répondre aux nécessités du jour. La plupart des recherches se faisaient dorénavant dans Internet et le vieil homme s'était laissé initier par sa jeune collègue. Théophile Beausoleil avait même placé une annonce dans le journal pour aviser la population de la venue d'Agathe. De nouveaux visages étaient soudainement apparus chez le notaire. Même si Agathe s'occupait de tous ces nouveaux contrats, elle insistait toujours auprès de ses clients pour leur offrir d'abord de faire affaires avec le notaire Beausoleil. Une sorte de révérence pour l'homme d'expérience qu'il était, ce qui ne lui déplaisait pas.

La municipalité de Bouchette avait vu d'un bon œil la venue de cette jeune notaire qui habitait sur son territoire. C'est naturellement que le maire suggéra qu'on sollicite ses services lorsque la municipalité dut effectuer quelques recherches de titres pour un terrain, ce que l'ensemble du conseil approuva unanimement. Dans la salle du conseil, seulement quatre personnes assistaient à la rencontre. Si les trois premiers y étaient pour se plaindre ou pour surveiller leurs intérêts, seul Rogatien Lafontaine s'y trouvait, comme toujours, en simple spectateur. Il émit un bruit avec ses narines, ce qui démontrait aux habitués du conseil que cette décision ne le laissait pas indifférent.

Agathe reçut l'appel de la municipalité lui demandant de vérifier les titres sur une parcelle de terre en bordure d'un lac. Il s'agissait d'un bout de terrain d'environ trois acres qui s'avançait sur une pointe de roche. Ce secteur du lac Trente et Un Milles était maintenant peuplé de nombreux chalets dont la limite des propriétés devait, en théorie, aboutir à un terrain appartenant à la municipalité. Le conseil avait projeté de réaménager son accès public, ce qui nécessitait plus d'espace. Or, le terrain en question semblait n'appartenir à personne.

Le conflit n'était pas nouveau. Dès 1981, lorsque le conseil avait décidé d'aménager un accès public sur le lac des Trente et Un Milles, le groupe des propriétaires de chalets situés de l'autre côté de cette limite, qui continuait à s'identifier exclusivement sous la désignation anglophone *Thirty-one-Miles Owners*, n'avait pas vu d'un bon œil cette affluence de la population locale qui envahissait «leur» territoire. Ils avaient alors contesté le droit que revendiquait la municipalité d'utiliser ce terrain, mais les villégiateurs avaient été déboutés devant le juge.

Le conflit venait de refaire surface, alors que le conseil de Bouchette avait décidé d'élargir le stationnement et la descente, empiétant encore plus du côté de ce que les *Owners* considéraient toujours comme leur propriété. On avait fait venir des arpenteurs qui, évidemment, ne s'entendaient pas sur les limites des propriétés. Agathe devait faire une recherche sur les titres de cette parcelle pour identifier le propriétaire.

La jeune notaire consulta immédiatement les fichiers Internet du Bureau de la publicité des droits local et imprima la liste des propriétaires qui avaient occupé les lieux. Il s'agissait d'une ancienne ferme qui couvrait le lot Sept, du rang Six du canton de Cameron. La propriété avait changé de mains à quelques reprises jusqu'en 1946, alors qu'elle avait été morcelée et vendue en terrains de plus ou moins une acre de superficie chacun. C'était l'histoire de beaucoup de terres en bordure d'un lac. Rien de bien extraordinaire. Elle consulta le site Web du Bureau de la publicité des droits et imprima la liste des propriétaires du terrain. Agathe sirotait son café en attendant que les feuilles sortent une à une de l'imprimante. Elle consultait distraitement les noms au fur et à mesure que les pages s'empilaient. Elle s'étouffa et cracha le café qu'elle avait dans la bouche en apercevant le premier nom sur la liste : Arthur Roy.

Chapitre neuf
Messines, 1939

Églantine Richard s'estimait heureuse de la réussite de sa vie. Elle avait un bon mari qu'elle aimait et trois beaux enfants sur qui elle déversait toute son affection. Sans être riches, ils avaient de quoi vivre à l'aise et elle était particulièrement fière de montrer à leurs visiteurs le poste de radio qu'ils avaient acquis. Il trônait comme un symbole de modernité au milieu du salon. Toute la pièce semblait avoir été aménagée autour de l'appareil. Les divans étaient disposés le long des murs de chaque côté, comme si la radio était la seule raison d'être de cet endroit. Même le gramophone, jadis objet de fierté ayant occupé la place centrale du salon, avait été déclassé au profit du récepteur, et se trouvait maintenant dans un coin, orné d'une petite nappe ronde de dentelle sur laquelle Églantine avait déposé une statue de la Vierge Marie, à qui elle vouait une très grande dévotion. La Vierge n'était déplacée du couvercle du phonographe que lors des grandes occasions ou dans le temps des fêtes, alors qu'on dansait au son grinçant des vieux disques.

Après le souper, Églantine réunissait la famille dans le salon pour le chapelet. Dès que la vaisselle était rangée, elle faisait un petit signe de la tête à son mari, Hector, pour qu'il annonce le moment. Il se raclait chaque fois la gorge comme pour annoncer à l'avance ce qu'il allait dire. Les enfants, Aldège, Gérard et la petite Marguerite, faisaient semblant de n'avoir rien entendu, même s'ils savaient parfaitement ce que cela signifiait. Ce n'est que lorsque le père disait «C'est l'heure du chapelet», presque à regret lui aussi, que toute la famille se mettait à genoux. En réalité, seule Églantine semblait trouver plaisir à cet exercice quotidien. Dès qu'elle entamait le *Je crois en Dieu*, chacun répétait, marmonnait sans articuler, les mots des prières, tant de fois dits et redits. Nul n'échappait au chapelet en famille, encore que l'aîné, Gérard, ait réussi à développer un habile stratège qui consistait à garder une corvée essentielle à faire, exactement à ce moment. Quelques minutes avant l'heure, il se levait en s'administrant théâtralement une tape sur le front :

— Maudite marde ! lançait-il toujours en débutant, j'ai oublié de rentrer du bois de poêle pour la nuit. Faut que j'y aille.

Il revenait alors qu'Églantine entreprenait le *Gloire au Père* ou lorsqu'on venait tout juste de terminer le chapelet et Hector le soupçonnait d'attendre derrière la porte que le marmonnement des prières soit terminé pour faire son entrée. Son éventail de prétextes était aussi large que son imagination. C'était la vache qu'il croyait sur le point de vêler un mois avant l'échéance, la truie qu'il voulait surveiller, car il la soupçonnait, à tort toujours, d'avoir mangé un de ses cochonnets, et quoi encore. Églantine s'en rendit compte un jour et le sermonna vertement.

— Tu n'auras pas droit au paradis, mécréant, si tu ne te nettoies pas de tes fautes chaque jour.

Gérard avait supporté stoïquement le sermon, mais il avait moins bien accepté la corvée de latrine à laquelle il avait été affecté pour le lendemain. La bécosse, comme on appelait l'horrible petite cabane de bois érigée au bout du jardin, avait besoin d'être déplacée pour le moment, et Églantine avait estimé que ce travail répugnant lui permettrait de réfléchir aux bienfaits purificateurs de la prière pour l'âme. Armé d'une pelle, il avait creusé un nouveau trou dans le sol, avait tiré la petite cabane au-dessus et rebouché l'ancien. On a beau être habitué à manipuler la merde sur une ferme, l'odeur du fumier de vache est un parfum tolérable, à côté de celle de ses propres déjections, estimait Gérard, et sa mère le savait bien. L'aîné avait par la suite assisté avec assiduité au chapelet durant toute une année, le temps que sa mère oublie, puis il avait recommencé son petit manège.

Ce soir, cependant, toute la famille avait prié avec ferveur et personne ne s'était plaint de douleurs aux genoux. Gérard n'avait cherché aucune excuse. Chacun s'attardait sur le poids des mots « Notre Père qui êtes aux Cieux, que Votre volonté soit faite sur la terre comme aux Cieux… », avaient-ils dit sans, cette fois, mâchonner les sons. Chacun priait pour que la volonté divine ne soit pas de lancer le monde dans la guerre.

Hector se souvenait trop bien de l'horreur de la Grande Guerre vingt ans plus tôt. Son frère Robert avait été « appelé sous les drapeaux », comme on disait, lors de la conscription. En réalité, c'est sous les bombes que les soldats étaient appelés. Il était mort gazé dans une tranchée en 1918, quelques mois avant la fin de la guerre. Une lettre, une médaille, c'est tout ce qu'on leur avait fait parvenir de Robert Richard. Hector, qui venait d'avoir seize ans lors du décès de son frère, en avait été profondément marqué. Son héros, son frère, la fierté des Richard, était mort après avoir craché ses poumons dans un trou boueux. Quand il avait officiellement reçu la nouvelle, le père d'Hector avait pris la décoration dans ses mains, une larme avait coulé au coin de son œil et il avait serré le poing sur la médaille en disant :

— Plus jamais un Richard ne mourra pour l'Angleterre.

Tout cela était resté marqué au fer rouge dans l'esprit d'Hector. En ce premier septembre 1939, il était inquiet. Ce qu'il avait vu alors qu'il était tout jeune semblait sur le point de se reproduire. Les Allemands battaient de leurs bottes le pavé des routes conduisant en Pologne. « Comment se fait-il qu'il soient allés se battre là-bas pour arrêter la guerre pour toujours et qu'on soit revenu au même point. Robert serait-il mort pour rien ? » songeait Hector en priant avec ferveur.

Aussitôt la prière terminée, il ajusta le bouton de la radio pour être bien certain de ne rien manquer du radio-journal. La réception était parfois meilleure; ce soir-là, la voix sortait du poste de radio comme si l'homme parlait durant une pluie battante. Elle était à la fois lointaine parce qu'on savait qu'elle provenait d'outre-mer, mais également toute proche, parce qu'on pouvait reconnaître l'accent canadien-français du journaliste qui décrivait, la mort dans l'âme, les derniers événements importants :

— Les troupes allemandes ont envahi la Pologne hier. Ce n'est plus qu'une question d'heures, sinon de minutes, avant que le pays ne s'écrase sous la botte nazie.

Le commentateur expliquait également que le premier ministre anglais, Arthur Neville Chamberlain, avait annoncé que son pays entrerait officiellement en guerre. Ce n'était plus qu'une question de jour pour que le Canada suive. Hector le savait. Officiellement, le Canada était un pays autonome depuis 1931, mais on savait bien que sa participation était quasi automatique en tant qu'ancienne colonie anglaise.

Devant le poste de radio, tous étaient assis sur le bord de leur siège, Églantine se tordant nerveusement les doigts. Elle comprenait elle aussi ce que cela voulait dire. Des hommes partiraient et ne reviendraient pas. En entendant le journaliste annoncer la marche d'Hitler sur la Pologne, elle avait recommencé à égrener silencieusement le chapelet qu'elle tenait toujours à la main. Marguerite, qui n'avait que douze ans, ne comprenait pas bien ce qui se passait, mais elle réalisait que l'instant était grave. Elle avait voulu partir immédiatement après la prière pour s'amuser un peu avant d'aller au lit, mais elle était demeurée sur sa chaise en constatant que personne n'avait bougé. Sa mère choisissait normalement ce moment pour aller faire de la couture, mais pas ce soir. Marguerite s'était figée dans son élan et avait tendu l'oreille comme les grands pour écouter la radio. Elle ne comprenait pas tous ces noms étranges que l'animateur citait, mais elle sentait que ses parents étaient tendus à l'évocation de chacune des villes dont on disait qu'elles étaient tombées entre les mains des Allemands.

— C'est la guerre… encore, dit Hector gravement.

Cette déclaration avait plus de poids pour la famille Richard que celle du premier ministre canadien à la radio. Dit ainsi, de la bouche du chef de famille, cette chose horrible semblait maintenant aux portes, alors qu'à la radio, elle était encore lointaine.

— Peut-être que cet Adolf Hitler va s'arrêter à la Pologne, affirma Églantine.

Il en avait été question lors de la réunion des Dames de Sainte-Anne et l'abbé Gélinas, instruit de ces choses, avait laissé planer des sous-entendus disant que le leader allemand n'avait peut-être pas complètement tort. Le *führer* en avait surtout contre les Juifs.

— N'étaient-ce pas les Juifs qui avaient trahi le Seigneur Jésus et exigé qu'on le crucifie, avait souligné l'abbé.

Églantine avait trouvé que cela avait du sens. Vu sous cet angle, le prêtre avait sûrement raison. Après tout, ce sont bel et bien des Juifs qui avaient odieusement comploté pour livrer le fils de Dieu à la torture. « Ils n'ont certainement pas volé ce qui leur arrive. Après tout, Judas était Juif », pensait Églantine, non sans honte. Et puis, il était de notoriété publique que les Juifs contrôlaient une bonne partie du commerce un peu partout.

Hector connaissait bien l'opinion de l'abbé à propos des Juifs. Et des Anglais aussi. Ils en avaient discuté lors de la dernière rencontre de *La Patente* [6] qu'ils avaient tenue dans la forge de Raymond Bouchard. C'est le religieux qui avait amené avec lui ces idées révolutionnaires. Pour Hector, et pour plusieurs des membres de *La Patente*, les Juifs représentaient surtout le pouvoir de l'argent. Et ceux qui avaient de l'argent étaient suspects. À Ottawa, où Hector était allé à quelques reprises, les grandes rues commerciales appartenaient aux Juifs. Ils parvenaient à baragouiner quelques mots en français pour leur

---

6 L'Ordre de Jacques-Cartier, désignée sous le vocable de *La Patente,* était une organisation plus ou moins secrète visant à favoriser la cause des Canadiens Français en infiltrant tous les milieux où leur action et leur influence pourraient être utiles.

vendre leur marchandise, mais là s'arrêtaient les échanges. Pour le reste, on constatait qu'ils s'accrochaient au pouvoir anglais.

À Bouchette, il n'y avait qu'un seul Juif. Il habitait une maison misérable au bout du rang et personne ne le connaissait vraiment. Qui était-il? Que faisait-il ici? Il avait un nom étrange, Hirsch Baran, et serait venu de Pologne. Il était arrivé avec une charrette et s'était installé dans cette bicoque abandonnée depuis longtemps. On l'avait immédiatement suspecté; un Juif pauvre, cela ne pouvait que cacher quelque chose. Un espion, peut-être. Alors que le volcan de la guerre était sur le point d'entrer en éruption, le gouvernement canadien avait lancé une grande campagne de sensibilisation auprès des citoyens; l'étranger était devenu suspect. Quelques jours après son installation, il avait réussi à dénicher un emploi auprès d'un *jobbeur* qui coupait du bois pour les compagnies forestières. Comment avait-il réussi à se faire embaucher, alors que cet entrepreneur avait refusé plusieurs des bons travailleurs de la municipalité? Il avait sûrement accepté de travailler pour une bouchée de pain. Il était redescendu des chantiers au bout de quelques mois et avait pris sa charrette pour se diriger seul vers Ottawa. Il en était revenu au bout d'une semaine avec une multitude d'objets d'usage courant qu'il revendait en circulant de maison en maison, même dans les rangs les plus éloignés. On le soupçonnait. De quoi? Cela n'avait pas vraiment d'importance. Il était différent et il ne fraternisait pas avec les gens de la place sauf pour faire commerce. Il portait un étrange chapeau noir et affichait ses longs cheveux en boudins. On le soupçonnait, certes, mais les produits qu'il offrait étaient attrayants et vendus à bon prix. Plusieurs des enfants du village étaient maintenant vêtus de ces nouvelles bottes dont il semblait avoir toutes les pointures. Évidemment, il n'assistait à aucun des offices religieux et chez les gens du village, on se demandait s'il n'avait pas été envoyé pour accomplir quelque sombre dessein. Après tout, les Juifs étaient supposément riches. Si c'était vraiment le cas, pourquoi ce Hirsch Baran serait-il venu s'établir dans ce pays de misère s'il n'avait pas quelque chose à cacher?

Quelle importance pouvait bien avoir Bouchette dans les grands plans mondiaux des Juifs ou dans ceux des grandes puissances européennes qui semblaient sur le point de s'affronter? Églantine garda pour elle ses craintes, mais ses nuits furent agitées. Elles étaient peuplées de rêves de soldats qui s'affrontaient dans le noir. Aldège et Gérard étaient armés de fusils et tiraient sur des ennemis invisibles qui finissaient par les tuer avant d'entrer dans la maison. Curieusement, Hector était absent. Elle ne voyait pas les visages des soldats ni leur uniforme, mais elle savait qu'il s'agissait des Allemands. Dans un coin, Hirsch Baran était caché et parvenait à fuir pendant que les soldats achevaient de tuer ceux qui se trouvaient dans la maison.

Ses rêves devinrent de plus en plus oppressants au fur et à mesure que la menace de guerre se précisait. Les nouvelles que le poste de radio crachait chaque jour étaient de plus en plus inquiétantes. Le 9 septembre 1939, le roi George VI annonçait, au nom du gouvernement canadien, que le Canada entrait en guerre. La radio, ce soir-là, diffusa le message en anglais du souverain, suivi d'un appel à la mobilisation par le ministre de la Défense. Mackenzie King. Le premier ministre du Canada avait immédiatement promis qu'il n'y aurait pas de conscription, mais Hector semblait douter de sa bonne foi.

— Les Anglais vont le forcer à nous imposer la conscription encore une fois, avait prédit Hector en pestant.

Églantine avait entendu tant d'horreurs sur la Grande Guerre. Jamais elle ne pourrait supporter de perdre l'un de ses fils. Les images de son rêve lui revenaient constamment. Elle voyait les corps déchiquetés d'Aldège et de Gérard sur le sol de la maison.

— Jamais! Jamais mes fils n'iront se faire tuer, dit-elle, les dents serrées.

Chapitre dix

Bouchette, 2005

Agathe avait cru qu'il lui suffisait de suivre les indications sur la carte pour retrouver le chemin du quai public de Bouchette. En apercevant le nom d'Arthur Roy, elle avait décidé de se rendre sur les lieux pour voir cette fameuse parcelle de terrain. Elle s'était arrêtée au village pour demander la route à suivre, mais elle ne parvenait pas à s'habituer aux indications qu'on lui donnait. La plupart des Bouchettois connaissaient le village comme le fond de leur poche, mais ils n'auraient pu citer les noms de deux rues. Il fallait tourner à droite après le pont de fer, puis à gauche après la grosse roche, et encore une fois au grand pin frappé par la foudre.

Elle s'était trompée de route à deux reprises et avait abouti dans des culs-de-sac. Ce secteur de villégiature était sillonné d'une multitude de petits chemins privés formant une véritable toile d'araignée.

Agathe, habituée à la circulation urbaine, était perdue et exaspérée sur ces petites routes. À chaque carrefour, une multi-tude de panneaux de toutes les dimensions et de toutes les couleurs étaient installés un peu partout dans l'anarchie la plus totale, chacun indiquant le nom d'un propriétaire de chalet. Sa vieille voiture supportait difficilement les nombreux trous et les roches qui semblaient disposés spécifiquement pour la ralentir. Elle arriva à l'intersection où elle avait malencontreusement tourné, et s'engagea sur la route principale sans prendre la peine de s'arrêter, pressée qu'elle était d'arriver enfin au quai public. En semaine, il n'y avait pratiquement aucune circulation sur ces routes et elle ne jeta même pas un coup d'œil avant de tourner. L'espace d'une fraction de seconde, elle aperçut la masse orange gigantesque qui semblait maintenant rendue sur elle. Elle savait qu'il allait y avoir impact, mais il était trop tard pour l'éviter. Elle appliqua les deux pieds sur la pédale des freins et ferma les yeux. Tout devint orange. Elle entendit les pneus des véhicules crissant sur le gravier. Elle eut une dernière pensée pour sa mère, dont les cendres reposaient toujours sur le vaisselier, réalisant qu'elle la rejoindrait probablement dans quelques secondes ou dans quelques minutes. Le bruit de l'impact lui sembla assourdissant. « Ça y est. Tout est fini », pensa-t-elle, alors qu'une pluie de verre brisé était projetée partout.

Elle ouvrit pourtant les yeux sans difficulté, constatant que, contre toute attente, elle semblait toujours vivante. Elle eut un sursaut en apercevant le visage d'un homme penché sur elle.

— Êtes-vous blessée, mademoiselle ?

Agathe émergeait du brouillard dans lequel elle avait été plongée pendant un instant. La poussière n'était pas encore retombée et la vitre de la porte de sa voiture était brisée en mille morceaux. Elle réalisa qu'il s'agissait d'un autobus scolaire. Le conducteur semblait particulièrement inquiet. Amed avait vu la petite voiture arriver sur la route secondaire et avait compris que la conductrice ne stopperait pas à l'arrêt. Il avait immédiatement crié « Attention » pour que les enfants derrière lui se protègent et avait bloqué les roues de l'autobus. Il s'était arrêté au moment où le gros pare-chocs noir entrait en contact avec la porte de la voiture. L'impact avait malgré tout secoué la jeune dame et, bien qu'elle affirmât être indemne, Amed était inquiet.

— Je m'excuse. C'est ma faute, dit-elle, encore secouée.

Les enfants avaient heureusement entendu l'avertissement de leur chauffeur et s'étaient agrippés à leur siège. La plupart semblaient s'amuser ferme de cet incident qui brisait la monotonie de l'habituel retour à la maison, sauf la petite Julie, qui avait été effrayée et pleurait à chaudes larmes. Amed lui avait jeté un coup d'œil avant de sortir de l'autobus pour s'assurer qu'elle n'était pas blessée. Dans quelques secondes, il pourrait la rassurer et mettre fin à ce déluge de pleurs en sortant miraculeusement de sa poche un bonbon, mais pour l'instant, il lui fallait porter secours à celle qu'il croyait blessée. Agathe avait dû sortir par la portière du passager, la sienne étant, semble-t-il, bloquée par la tôle froissée. Amed la fit monter dans l'autobus et demanda aux élèves de lui laisser un banc libre, le temps qu'elle se remette du choc.

Agathe n'en finissait plus de s'excuser, mais Amed la rassura.

— Personne n'a été blessé et il n'y a qu'une petite égratignure sur le pare-chocs de l'autobus. Je suggère que nous oubliions l'incident.

Agathe était surprise. Ils auraient normalement dû joindre les policiers ou à tout le moins rédiger un constat. La prenant à l'écart, Amed lui expliqua :

— Si je fais venir les policiers, vous aurez droit à un billet d'infraction salé. Quand un autobus scolaire est impliqué, c'est un cas de conduite dangereuse. Ça pourrait vous valoir la suspension de votre permis de conduire. Votre véhicule est-il assuré ?

— Oui, mais seulement pour les dommages causés aux autres véhicules.

— Je dois poursuivre mon circuit, sinon les parents vont commencer à s'inquiéter et ils vont appeler la commission scolaire. Je crois qu'il serait plus prudent que je vous reconduise.

— Me reconduire ? Avec cet autobus ? demanda-t-elle, surprise de cette proposition.

— Pourquoi pas ? Ne vous en faites pas. Si c'est sécuritaire pour les enfants, ça devrait l'être pour vous. N'est-ce pas, vous autres ? demanda-t-il à l'intention de la douzaine d'enfants qui écoutaient attentivement l'échange.

— Ouiiii ! crièrent les petits en chœur.

La présence de cette jolie jeune femme dans l'autobus serait une source de distraction encore plus grande que l'accident. Même Julie avait oublié sa peur et s'approchait timidement d'Agathe.

— Bon, ça va.

Amed gara la voiture amochée le long de la route pendant qu'Agathe montait dans l'autobus. Elle demanda à Julie si elle pouvait s'asseoir avec elle. La petite fille était rouge de gêne et de bonheur. C'est elle qui aurait l'honneur de s'asseoir avec la dame inconnue. Son siège se trouvait juste derrière le chauffeur et Julie se rangea au fond du banc pour lui faire de la place.

— Je ne me suis pas présentée : mon nom est Agathe Lecours.

Elle n'avait pas vraiment fait attention à Amed lors de l'accident. Il avait été fort gentil et prévenant à son égard, mais tout cela lui semblait flou. Agathe pouvait voir son reflet dans le grand miroir qui permettait au conducteur de surveiller ce qui se passait à l'intérieur du véhicule. L'homme ne devait pas être beaucoup plus âgé qu'elle, il était plutôt grand et il portait ses cheveux longs. Ses yeux étaient verts comme l'eau d'une lagune des mers du Sud.

— C'est vrai, je m'excuse. Mon nom est Amed Richard.

— Amed ? ne put s'empêcher de dire Agathe. C'est un prénom bien étrange pour un nom de famille si… québécois.

Amed soupira. Son prénom surprenait toujours à cause de sa connotation arabe. Pourtant, Amed n'avait rien d'un Arabe. Ses parents étaient tous deux issus de vieilles familles canadiennes-françaises. Selon ce que lui avait dit sa mère, Amed avait été conçu lors d'un voyage en Indonésie que ses parents avaient fait. Ils avaient visité l'île de Bali, l'île des Dieux disait-on dans le dépliant touristique, et ils y avaient passé une nuit au cours de laquelle ils s'étaient laissé aller à de chauds ébats amoureux. Quelques semaines plus tard, constatant qu'elle était enceinte, sa mère avait décidé que l'enfant serait baptisé Singaraja si c'était une fille ou Amed si c'était un garçon. Chacun de ces noms représentait un village qu'ils avaient visité autour de l'île. Amed répéta l'explication comme s'il récitait une comptine apprise par cœur.

Agathe ne put s'empêcher de sourire et Amed le nota.

— Je sais, c'est assez particulier. Quand le curé de Bouchette m'a baptisé, il a refusé d'inscrire ce prénom sur le baptistaire sans y avoir apporté une correction personnelle. Dans le registre d'État civil, mon prénom officiel est Amédé. Remarquez que Amédé, c'est beaucoup plus commode qu'Amed pour voyager aux États-Unis. Par contre, ça fait rigoler les copains, souligna-t-il, en se souvenant des quolibets dont il avait été l'objet lorsqu'il avait fait mention de ce nom. Vous habitez à quel endroit ? demanda-t-il en lui jetant un coup d'œil discret dans son rétroviseur.

— Ici, à Bouchette, au 42, chemin Gagnon.

— Le 42, Gagnon ? La maison du Juif ?

— La maison du Juif ? Pourquoi dites-vous cela ?

— C'est ainsi qu'on la désigne. Probablement qu'un Juif y a habité.

— Étrange, souligna Agathe. Maintenant, en tout cas, c'est ma maison.

La petite Julie lui adressait un regard admirateur, alors que derrière elle, le chuchotement des autres élèves était devenu une joyeuse cohue. Amed semblait toujours garder un œil sur eux, puisqu'il apercevait le moindre de leur geste dans le large miroir placé au-dessus de ses yeux. Si l'un d'eux faisait mine de changer de place, il le prévenait immédiatement que c'était interdit. Il connaissait l'histoire de chacun des enfants et ceux-ci le traitaient avec respect et affection. Même ces grands adolescents, assis à l'arrière et vêtus comme des durs, ne semblaient pas disposés à braver son autorité. Amed avait fait descendre à bon port la moitié des enfants assis dans l'autobus lorsqu'il déposa Agathe devant sa maison. La petite Julie avait fait une moue de déception en constatant qu'elle perdait sa compagne de siège.

— Je termine mon circuit dans une heure et je pourrais peut-être aller jeter un coup d'œil à votre voiture, proposa Amed.

— C'est fort aimable de votre part. Vous n'avez pas à faire cela. Je pourrais la faire remorquer.

— Je passerai vous prendre, répondit simplement Amed,

comme s'il n'avait pas entendu son commentaire.

Agathe le remercia et adressa un signe de la main aux enfants qui se collaient le nez à la fenêtre pour lui jeter un dernier coup d'œil. Dès qu'elle entra dans la maison, elle prit le téléphone et avertit le notaire Beausoleil de l'incident, tout en le prévenant qu'elle ne serait pas de retour avant le lendemain matin. Le vieil homme s'était montré inquiet de son état de santé et lui avait suggéré de se rendre à l'hôpital. Constatant que sa jeune collaboratrice ne l'écouterait probablement pas, il lui avait fortement recommandé de l'appeler si jamais elle éprouvait la moindre douleur ou si elle avait un malaise. En raccrochant, Agathe ne put s'empêcher de constater que Théophile Beausoleil était devenu beaucoup plus qu'un simple patron. Elle sentait souvent son regard paternel se poser sur elle lorsqu'elle travaillait, ce qui lui donnait toujours un sentiment de sécurité. Cette façon de faire lui rappelait son père. Si Rhéal parlait peu et exprimait difficilement ses sentiments, il n'était pas moins affectueux. Au contraire. Il lui arrivait parfois de passer près de sa fille et d'avoir le besoin irrésistible de lui faire un câlin. Agathe était toujours agréablement surprise de ces soudains débordements d'affection. Cela lui manquait. Berthe, par contre, exprimait facilement en paroles son amour sincère pour sa fille, mais avait une retenue excessive en ce qui a trait aux contacts physiques. À l'orphelinat, elle n'avait jamais connu le plaisir d'une caresse, la douceur d'une main aimante sur sa tête ni le baiser tendre d'un parent. L'enseignement religieux qu'on lui avait inculqué proscrivait les contacts physiques. Les mots *charnel*, *attouchement* et *caresse* avaient un caractère négatif, voire honteux, que Berthe avait continué à associer au mal et à l'enfer. Lorsque Agathe avait atteint treize ans, elle lui avait expliqué ces choses en lui disant combien cela la faisait souffrir de penser que sa fille puisse être blessée de ce manque de contact physique maternel. Berthe ne la privait jamais de bonnes paroles et de mots réconfortants pour compenser. Chaque jour, elle lui répétait :

— T'ai-je dis aujourd'hui que je t'aimais?

Agathe avait par la suite eu de la difficulté à répondre aux marques d'affection. Elle était souvent mal à l'aise lorsque quelqu'un lui offrait une accolade trop chaleureuse et elle estimait que cette barrière psychologique expliquait peut-être ses déboires avec les hommes. Agathe était encore à ses pensées lorsqu'elle vit une vieille camionnette suivre l'allée conduisant à sa maison. Elle reconnut immédiatement Amed.

— J'étais inquiet pour vous, dit-il en enlevant prestement sa casquette lorsque Agathe sortit pour l'accueillir. Peut-être que vous devriez aller à l'hôpital?

— On me l'a déjà conseillé. Mis à part un torticolis, je crois que je survivrai.

— Votre voiture n'a pas l'air trop mal en point. Je suis passé l'inspecter avant de venir. La porte est coincée et la vitre est brisée, mais la voiture est, pour le reste, indemne. Nous pouvons aller la chercher si vous vous sentez bien. Je pourrai peut-être vous la réparer. Je suis assez bon bricoleur, mais ça prendra quelques jours. Il vous faudra une nouvelle portière. Je crois que je peux en trouver une chez le ferrailleur. C'est un modèle courant, ça devrait être facile.

— Vous n'êtes pas obligé. C'est moi qui suis responsable de cet accident. Et les dommages sur l'autobus? Comment avez-vous expliqué l'éraflure?

— Le patron se préoccupe peu de ses autobus, dans la mesure où ils roulent. Et puis, chaque conducteur fait lui-même l'inspection de son véhicule. De toute façon, j'ai repeint l'égratignure sur le pare-chocs et plus rien ne paraît.

Agathe accepta la proposition et prit place dans le camion d'Amed, qui cherchait nerveusement à nettoyer les dernières immondices qu'il avait oubliées quelques minutes plus tôt lorsqu'il avait fait un rapide ménage de son véhicule. Il avait apporté de quoi installer une pellicule de plastique transparente qui remplacerait temporairement la vitre brisée, de façon à ce qu'Agathe puisse conduire sa voiture jusqu'à son atelier.

Amed était un habile bricoleur. En quelques minutes, il avait bloqué la fenêtre brisée et recommanda à Agathe de le suivre jusque chez lui. Elle voulut protester à nouveau, mais Amed ne la laissa pas discuter, se glissant au volant de sa camionnette pour prendre la route. Il s'engagea dans une série de petits chemins, tournant à gauche ici, puis à droite là. Au bout de quelques minutes, Agathe constata qu'elle ne savait plus du tout où elle se trouvait. La camionnette d'Amed tourna finalement sur un petit chemin, presque un sentier. Au bout, une maison en bois équarri était érigée au milieu d'un champ. Tout autour, le terrain était parsemé d'objets étranges, laissés là depuis toujours, semblait-il, à l'endroit exact où ils avaient été déposés jadis. Il y avait un vieil autobus scolaire dont les roues avaient été retirées et qui semblait en voie de s'enfoncer dans le sol, comme si la terre était en train de l'avaler lentement, il y avait aussi quelques automobiles datant d'une autre époque et des tas de ferraille accumulés au fil des ans. Le tout ressemblait à la cour d'un ferrailleur. À côté de la maison, un hangar paraissait être le centre d'activité de la propriété. Le chemin d'accès, d'ailleurs, y conduisait directement.

— C'est un fouillis, n'est-ce pas? dit Amed en suivant le regard d'Agathe qui faisait le tour de la propriété.

— Vous vivez seul ici? demanda-t-elle pour éviter de répondre à sa question.

En réalité, elle n'escomptait pas une réponse, estimant au contraire que jamais une femme ne voudrait vivre dans un tel endroit. Elle n'osait imaginer l'intérieur de la maison. Amed ouvrit la porte du vieux hangar pour y faire entrer la voiture. Agathe fut surprise en voyant la propreté de l'atelier, ce qui contrastait avec l'extérieur. Elle aperçut surtout la quantité d'outils et de pièces de machinerie installés tout le long des murs. On se serait cru dans le laboratoire secret d'un savant fou. Amed remarqua sa surprise.

— L'autobus, c'est mon moyen de survie. C'est ici que je passe le reste du temps. Je travaille sur quelques projets.

En regardant mieux, Agathe constata, non sans crainte, qu'il y avait des armes partout. Sur un mur, les canons de fusils de divers calibres étaient accrochés, alors que sur un autre, les crosses de chêne et d'érable piqué fraîchement vernies achevaient de sécher en attendant une nouvelle couche. Sur une grande table, un vieux mousquet datant probablement de l'époque du Régime français semblait aussi neuf qu'au moment de l'arrivée des premiers soldats en Nouvelle-France.

— Je suis aussi armurier. Vous seriez surprise de savoir combien valent certaines de ces armes. Alors, les gens me les apportent pour que je les répare ou les remette en état, comme ce fusil, expliqua Amed en pointant le mousquet.

Avec tout ce qu'on entendait de nos jours sur les groupes de terroristes, Agathe était loin d'être rassurée et cet endroit aurait visiblement pu servir à armer tout un bataillon. Elle n'avait pas envie de savoir sur quels « projets » ce type travaillait. Amed lut l'appréhension sur le visage d'Agathe.

— Ma véritable passion, c'est celle-ci, dit-il en ouvrant une porte coulissante derrière laquelle se trouvait un objet étrange.

La chose reposait sur des chevalets et ressemblait à un poisson géant dont la tête aurait été coupée. Il s'agissait en fait d'un grand cylindre fabriqué en fibre de verre d'environ un mètre et demi de diamètre, dont l'extrémité se rétrécissait pour former la queue, la partie mobile, avec les ailerons de chaque côté.

— J'ai choisi de le faire à l'image d'un brochet qu'on désigne souvent comme le requin des lacs.

Un brochet ? Un brochet géant ? Ce type était fou, c'était bien évident. Loin de la rassurer, l'explication jeta de nombreux doutes dans son esprit.

— C'est un prototype sur lequel je travaille depuis plusieurs années.

Agathe ne put s'empêcher de sourire. Pourquoi un chauffeur

d'autobus construirait-il un tel engin et pour faire quoi? Comme s'il avait entendu ses pensées, Amed s'empressa de préciser:

— C'est un rêve de jeunesse. Quand j'étais enfant, j'étais un fanatique des aventures de Tintin, la bande dessinée. J'avais chaque album de la collection. Je les ai toujours, d'ailleurs. *Le trésor de Rackham Le Rouge*, vous connaissez?

Agathe acquiesça d'un signe de tête. Elle n'avait jamais été passionnée par cette bande dessinée, mais il était difficile de ne pas connaître le personnage. Elle avait lu la plupart des albums et se souvenait vaguement de celui cité par Amed.

— Dans cet album, le professeur Tournesol invente un sous-marin en forme de requin pour chercher le trésor de Rackham Le Rouge, englouti au fond de la mer.

Agathe avait quelques difficultés à suivre son exposé, essayant de faire un lien avec le fameux professeur Tournesol et cette chose posée sur les chevalets.

— J'essaie de mettre au point un sous-marin d'eau douce, balbutia-t-il, mal à l'aise en constatant l'expression d'incrédulité dans les yeux de la jeune femme.

— Ça? C'est un sous-marin? ne put s'empêcher de s'exclamer Agathe.

— Ben oui, je le sais, c'est assez surprenant. J'ai commencé à y penser le jour où j'ai lu cet album.

— Pour chercher quoi? Il n'y a pas de trésor de Rackham Le Rouge dans nos lacs, mon ami.

Le ton était froid, comme si Agathe avait soudainement voulu mettre une distance entre cet étrange personnage et elle. Amed le ressentit et s'empêtra dans des explications techniques auxquelles la jeune femme ne comprenait rien. Elle hésitait maintenant à lui laisser sa voiture et Amed s'empressa de refermer la porte sur son poisson géant avant qu'elle change d'idée.

— Je vous reconduis chez vous et j'irai voir un de mes copains ferrailleurs aujourd'hui même pour dénicher une porte.

Sur le chemin du retour, elle ne dit mot, songeant à ce qu'elle avait vu et aux explications du jeune homme. Elle sourit et s'étonna qu'il n'ait pas sorti la porte en question de l'amoncellement de choses autour de sa maison.

Amed ne savait pas comment refaire bonne impression. Quand ils arrivèrent chez Agathe, elle griffonna son numéro de téléphone sur un bout de papier et lui demanda de l'appeler pour lui dire quand la voiture serait prête et combien coûterait la réparation. En le regardant partir, elle ne put s'empêcher de lui attribuer un sobriquet qu'elle jugea approprié : Tournesol.

Chapitre onze
Bouchette, 1939

Émile venait d'avoir dix-neuf ans. Enfin, il avait le droit de décider pour lui-même. Mais à Bouchette, les choses seraient difficiles. Il y avait sa mère qui le couvait comme s'il était toujours un enfant, puis son père et son grand-père, qui le voyaient déjà marchant sur leurs pas. La compagnie de construction allait bien et il était entendu, entre Magloire et Paul, que le « petit » prendrait la relève. Magloire, qui négociait encore tous les contrats, le présentait d'ailleurs comme tel.

Émile aimait toute cette attention dont il était l'objet, mais il y avait tant de choses à découvrir de par le vaste monde que tout cela l'étouffait. La guerre était là. Il était question de l'Angleterre, de la France, de l'Allemagne et de tous ces pays aux noms étranges. Il n'en avait vu aucun, mais il en rêvait. Il n'avait même pas visité les États-Unis, un pays pourtant si proche; les « States », comme on disait dans le village. L'été, Bouchette et Cameron étaient envahis de touristes des « States » qui débarquaient dès le mois de juin pour prendre possession des lacs de la région. Ils étaient riches et arrivaient au volant de voitures qu'Émile et ses amis ne connaissaient même pas. On savait que la saison des visiteurs étrangers allait débuter lorsque les premiers appelaient à l'auberge de Magloire pour lui demander d'ouvrir le cottage pour l'été.

Magloire n'était pas le seul à s'occuper des chalets au printemps. Il y avait au moins cinq ou six hommes à tout faire dans le village qui s'affairaient, dès que le mois d'avril se pointait et que les dernières congères avaient disparu, à préparer les résidences d'été des visiteurs. Ici un toit à refaire, là des murs à repeindre ou un quai à construire. Parfois, les travaux étaient encore plus imposants et nécessitaient de la machinerie importante. Un riche industriel new-yorkais, insatisfait de bénéficier de moins de rive que ses voisins, avait fait déverser des dizaines de camions de roches et de terre dans le lac pour créer une longue pointe artificielle s'avançant loin dans l'eau. Avec six ou sept chalets cossus sous sa responsabilité, un homme à tout faire pouvait se faire un joli salaire. Bien souvent, il suffisait de se rendre sur les lieux, d'ouvrir les volets et de retirer les branches qui étaient tombées aux alentours. Parfois le dégel laissait apparaître de mauvaises surprises pour le propriétaire, mais une liste de travaux beaucoup plus longue que prévu pour celui qui s'occupait de l'entretien de la place.

Magloire avait gardé sa liste d'habitués, mais c'est Paul et Émile qui faisaient le travail. Émile adorait ce moment de l'année quand, muni du gros trousseau de clés de Magloire, il déverrouillait la porte d'un chalet endormi depuis des mois; il avait l'impression de pénétrer dans un autre monde. Le monde des riches. Celui des étrangers aussi. Tous n'étaient pas aussi luxueux, mais plusieurs correspondaient à ce que les gens du coin appelaient des châteaux. Les meubles élégants étaient recouverts de draps, mais Émile se laissait aller à regarder sous les toiles. En pénétrant dans ces maisons d'été momentanément abandonnées, Émile était fasciné par ce qu'il y découvrait; meubles anciens dont il ignorait l'origine, lampes exotiques dont l'objectif principal n'était pas d'éclairer, mais d'éblouir par sa beauté et des bibelots de toute sorte y étaient cachés, attendant le retour de leur propriétaire. Émile avait parfois l'impression d'être un voyeur plongeant son œil indiscret dans l'intimité de ces inconnus.

Ces gens accumulaient souvent dans leur résidence d'été des souvenirs de leurs voyages. Il y avait ce chalet où le propriétaire, un riche Texan fasciné par la chasse et la pêche, avait tapissé les murs de tous ses trophées. Il y avait là des animaux qu'Émile ne connaissait même pas. L'homme avait rapporté un bouclier, un masque et des lances d'un voyage en Afrique. Les armes et le masque étaient accrochés au mur avec de chaque côté les têtes de gazelles. L'homme, devenu soudainement riche après avoir découvert du pétrole sur son ranch, avait probablement aussi pratiqué la pêche dans des contrées éloignées, car le poisson qu'il avait suspendu au mur n'avait certainement pas été pris dans le lac des Trente et Un Milles. Ou alors, c'était le fameux monstre que ce lac était censé abriter et qui peuplait les légendes locales. Ce monstre, tel que décrit par ceux qui prétendaient l'avoir vu, avait le corps d'un serpent et une tête de dragon. Comme la plupart des monstres marins, du reste. Celui-ci, d'un bleu magnifique, avait la taille d'un homme et la tête prolongée d'un nez pointu, comme une épée. Mis à part sa taille impression-nante, ce poisson n'avait rien de monstrueux.

Il avait levé un drap et avait découvert dessous un magnifique globe terrestre. La grande sphère de soixante-quinze centimètres de diamètre sur laquelle tous les pays étaient représentés était montée sur une base en bois à quatre colonnes. Sur le bois de la base, on pouvait y lire une date : 1875. Émile avait fait tourner le globe, l'arrêtant dans sa course avec le bout de son doigt.

En observant les pays qui défilaient sous son index, Émile se rappelait que quelques semaines plus tôt, il avait eu une dispute avec son père. Lui et son copain, Aldège Richard, avaient été approchés par un entrepreneur de la région de Maniwaki à la recherche de jeunes gens vigoureux et débrouillards pour aller travailler dans des chantiers forestiers à Timmins, dans le nord de l'Ontario. Il leur avait fait miroiter des salaires beaucoup plus élevés que tout ce qu'ils auraient pu gagner à Bouchette. Les deux jeunes hommes avaient essuyé le même refus catégorique de leur père; Hector Richard avait besoin de son fils sur la ferme, alors que Paul n'avait eu pour seule réponse qu'un «jamais», qu'il lui avait crié comme à un chien. Aldège avait presque été soulagé de la réponse de son père, réalisant ensuite que c'est beaucoup plus le désir de faire comme son ami qui l'avait incité à donner son accord pour un tel projet plutôt qu'une envie réelle de partir. Émile, lui, se sentait à l'étroit dans son petit coin de pays et le refus brutal et non discutable de son père l'avait révolté.

Faute de pouvoir voler de ses propres ailes, Émile s'était investi dans son travail, heureux de pouvoir rencontrer à l'occasion ces étrangers venus de si loin. Il y avait cet homme qui venait d'arriver et qui n'avait certainement pas encore fait le choix d'un menuisier. On racontait qu'il avait tellement d'argent qu'il aurait pu en tapisser les murs de sa maison. Il avait racheté la propriété du docteur McKabee, laquelle était l'ancienne ferme d'Arthur Roy. À l'époque où Roy l'avait obtenue du ministère de la Colonisation pour y établir sa famille, on estimait que cette terre était sans valeur. Il n'y avait pas suffisamment de terrain plat pour y cultiver la terre de façon rentable, mais surtout, l'endroit était difficile d'accès. La femme d'Arthur était morte en accouchant de son cinquième enfant puisque la ferme était trop loin du village. Le médecin n'avait pu se rendre sur les lieux. Découragé, Arthur avait finalement vendu la terre pour une bouchée de pain en 1932, afin de se rapprocher du village. La villégiature en était à ses débuts et l'on ne s'imaginait pas que quiconque puisse être intéressé par ce bout de terre ingrat.

Charles McKabee, qui avait racheté la ferme de Roy, était un chirurgien réputé de la région de Hull. Il avait pris une semi-retraite et adorait venir pêcher dans les lacs de la Gatineau. Il rêvait de devenir *gentleman farmer* et avait acquis deux vaches et quelques chèvres. McKabee s'était éteint doucement un jour où il était allé pêcher dans sa chaloupe en face du chalet. C'est la jeune servante que lui et sa femme avaient embauchée, Marie-Anna Morrissette, qui s'était rendu compte que quelque chose n'allait pas en voyant la canne à pêche gigoter sans que le pêcheur réagisse. N'écoutant que son courage, elle s'était dévêtue et avait plongé pour ramener la barque sur la rive. C'était malheureusement trop tard, mais le geste valeureux de la jeune Marie-Anna avait fait le tour du village.

La nouvelle de la vente de l'ancienne ferme avait aussi alimenté les rumeurs. Émile avait appris de son grand-père qu'un étranger bien vêtu était venu rencontrer la veuve. Il cherchait un endroit de villégiature pour un client immensément riche et la terre des McKabee correspondait à ce qu'il souhaitait. Il avait déposé vingt mille beaux billets de banque sur la table et avait simplement demandé si cela était suffisant. Laureen McKabee n'avait pas la force physique et morale pour maintenir ce grand chalet. Son époux ne lui avait laissé qu'un maigre pécule en mourant. Vingt mille dollars, c'était bien plus qu'elle ne pensait tirer de la vente de la ferme. L'heure était à la guerre et on racontait que ce n'était plus qu'une question de semaines avant que les hostilités soient déclenchées. Laureen McKabee avait empoché rapidement la somme sans se poser plus de questions et avait signé le reçu qu'il lui tendait. Quelle occasion pour elle en ces temps si difficiles. Rares étaient ceux qui pouvaient disposer d'une telle somme en argent comptant. L'homme lui montrait une véritable fortune. Le notaire fut avisé de préparer rapidement les documents pour la vente. Le représentant de l'acheteur avait tout réglé et la veuve n'eut même pas à rencontrer le nouveau propriétaire, un certain John David Burgess.

Ce dernier retint les services d'un homme à tout faire à Bouchette pour s'occuper de son domaine. Il s'agissait de Georges Caron, à qui il avait demandé d'embaucher le personnel nécessaire. Caron insista fortement pour qu'il garde à son service la jeune servante des McKabee, en lui parlant de son geste de bravoure. Burgess avait immédiatement acquiescé.

Émile espérait que le nouveau venu accorderait sa confiance à Magloire pour ses travaux. Outre la promesse de gages intéressants, il aurait peut-être la possibilité de voir cette jeune femme, Marie-Anna Morrissette, dont tous parlaient depuis son héroïque baignade. Aldège, qui la connaissait un peu mieux que lui, affirmait qu'elle s'était déshabillée toute nue avant de se jeter dans le lac. Depuis, cette image l'avait habitée comme un fantasme et il brûlait de désir de la rencontrer.

Chapitre douze
Bouchette, 2005

Agathe avait communiqué avec la direction des sœurs du Sacré-Cœur pour prendre quelques informations sur les deux religieuses dont le notaire Beausoleil lui avait remis les noms. Sœur Émile avait atteint le cap des quatre-vingts ans et sa santé physique était encore excellente. Sa mémoire, cependant, avait commencé à s'en aller; lentement au début, comme l'eau qui s'écoule et s'étend tout autour d'un grand cube de glace en train de fondre. Plus le processus s'accélérait, plus la masse du bloc diminuait. Bientôt, les dernières gouttes de sa raison auraient disparu et quitté son corps.

Agathe s'était rendue à la maison de retraite à Ottawa, où sœur Émile achevait sa vie. Elle n'espérait rien de cette rencontre et elle faillit tourner les talons avant d'arriver, mais elle ne pouvait écarter aucune source d'information pour essayer d'en savoir plus sur cette mystérieuse grand-mère. Le grand édifice érigé à une autre époque était entièrement fait de pierres taillées et s'étendait sur quatre étages. Une grande porte au milieu marquait l'entrée des lieux. Agathe entra d'abord dans une sorte de vestibule aux planchers de marbre. Une lourde porte l'empêchait d'aller plus loin, et un panneau la priait de sonner pour aviser de sa présence. Dès qu'elle mit le doigt sur la sonnette, elle l'entendit retentir à l'intérieur de façon assourdissante, le son se prolongeant loin en écho sur les murs de l'institution.

La sœur qui la reçut devait être aussi âgée que les pensionnaires dont elle était responsable. La plupart étaient atteintes d'une maladie dégénérative ou de sénilité. La jeune femme était impressionnée par l'austérité des lieux. Elles montèrent une série d'escaliers, puis suivirent un long corridor vers une salle où quelques-unes des malades étaient regroupées. Dans un coin, l'une d'elles se berçait en regardant dehors, alors qu'une autre semblait tricoter un invisible chandail. Agathe jeta un regard rempli de tristesse sur ces femmes oubliées de tous, y compris d'elles-mêmes. La sœur lui indiqua une bénéficiaire assise près de la fenêtre. Son regard était perdu au loin et elle serrait dans ses mains ce qui semblait être une médaille.

— Comment est-elle? demanda Agathe.

— Certaines journées, elle est un peu mieux, mais le lendemain, elle replonge.

— Et pour se souvenir?

— Ça dépend. Elle ne se rappellera probablement pas de votre passage une heure après votre départ, mais pour ce qui est des détails du passé, elle peut encore faire surgir de vieux souvenirs. Elle a travaillé durant son noviciat à l'orphelinat Ville-Joie. Elle pourrait se remémorer des informations, mais n'en espérez pas trop.

Agathe alla s'asseoir devant la vieille dame qui regardait toujours au loin, perdue dans ses pensées. Elle attendit de longues minutes, espérant que sœur Émile se tourne vers elle et qu'un contact puisse s'établir. Rien. Elle continuait à frotter l'insigne entre ses doigts et Agathe évalua qu'il s'agissait probablement d'une de ces médailles religieuses, peut-être celle du pape Jean-Paul II, auquel cette communauté vouait une véritable dévotion depuis sa visite à Ottawa en 1984.

— Je suis Agathe Lecours, commença-t-elle, s'accordant un moment avant de poursuivre, dans l'espoir de déceler une réaction chez son auditrice, et je fais présentement des recherches pour connaître ma grand-mère. On me dit que vous avez travaillé à l'orphelinat.

Les yeux de la vieille dame étaient toujours rivés sur l'horizon. Elle ne semblait pas avoir pris conscience de la présence de sa visiteuse. Agathe déplaça un peu sa chaise pour se retrouver dans son champ de vision.

— Vous souvenez-vous de l'orphelinat?

— C'est quand Émile est parti, dit-elle sans la regarder.

Agathe eut l'impression que la bonne sœur ne répondait pas à sa question. Elle reprit ses explications sur le but de sa visite, en espérant que les mots allumeraient une lumière dans sa tête.

— Émile ne voulait pas que j'en parle, reprit la bonne sœur.

— Qui est Émile? demanda Agathe.

— Émile était le meilleur.

La dernière phrase de sœur Émile avait été chuchotée comme s'il s'agissait d'un secret profondément enfoui dans un lointain passé. Elle avait légèrement tourné la tête dans la direction d'Agathe, sans que ses yeux abandonnent le point auquel ils étaient rivés, mais son visage affichait maintenant un sourire.

La jeune notaire estima qu'elle ne pourrait pas sortir grand-chose de cette femme qui se bornait à parler d'un certain Émile. Probablement un souvenir de jeunesse auquel Agathe ne s'intéressait pas, mais elle nota que c'était aussi son nom de religieuse. Elle insista pour lui demander à nouveau si elle se rappelait les bébés qu'elle avait vus et si elle était au courant d'une enfant qui aurait été élevée par les sœurs. La bonne sœur ne semblait guère préoccupée par la présence et le verbiage de cette jeune dame et continuait à marmonner ce qui ressemblait à une prière, tout en gardant la médaille dans ses doigts.

— Cette femme, que je cherche, c'était ma mère et elle s'appelait Berthe et j'aimerais bien…

— Beeeerthe? répéta soudainement la vieille, en se lamentant comme si on l'avait arrachée au vide où son esprit voguait.

Agathe réalisa que ce nom semblait avoir déclenché quelque chose chez sœur Émile. Elle avait cessé de frotter l'objet qu'elle tenait et la jeune femme put constater qu'il ne s'agissait pas d'une médaille religieuse, mais d'une décoration militaire en forme de croix.

— Oui, Berthe Lecours. Elle est née à l'orphelinat Ville-Joie. Vous vous rappelez?

— Émile m'a dit de ne pas parler du bébé, répéta-t-elle.

— Quel bébé? s'empressa-t-elle de demander, mais la vieille dame ne l'écoutait déjà plus.

Cette vieille religieuse connaissait sa mère ou du moins, elle connaissait une Berthe. S'agissait-il de la même Berthe? Agathe avait apporté une des photos qu'elle avait trouvées dans le buffet de sa mère et la lui montra en lui demandant si elle reconnaissait une des personnes. Au début, sœur Émile n'avait même pas regardé le cliché, mais lorsque ses yeux s'arrêtèrent sur l'image qu'Agathe tenait devant elle, un éclat sembla illuminer sa pupille.

— Émile, dit-elle au bord des larmes en pointant le jeune homme en uniforme sur la photo.

La vieille serra l'épreuve si fort contre elle qu'Agathe crut qu'elle ne pourrait la récupérer sans la déchirer. Se pouvait-il que le Émile de cette vieille dame soit l'un des jeunes hommes sur la photo? «Pourquoi pas», songea la jeune femme, après tout, Bouchette ne devait pas compter plus que quelques centaines d'habitants à cette époque. Agathe attendit qu'elle relâche son étreinte pour reprendre sa photo. Elle pointa la jeune dame photographiée et demanda à sœur Émile si elle la connaissait. La nonne regarda un instant l'image, puis une ombre de colère passa sur son visage. Elle replongea aussitôt dans ses rêves et se remit à fredonner une mélodie lointaine entre ses lèvres. Agathe eut beau essayer de lui parler, de lui faire dire autre chose, ses tentatives furent vaines. Au bout de quelques minutes, la sœur qui l'avait accueillie revint la prévenir que la visite était terminée.

C'était fini. Agathe n'avait pas le sentiment d'avoir appris quoi que ce soit, et pourtant, il y avait eu quelques lueurs, une chandelle allumée dans le noir. D'abord, la vieille dame semblait connaître Berthe. Puis, il y avait ce mystérieux Émile qu'elle avait vu sur la photo. Elle avait également reconnu la jeune femme, Agathe en était certaine.

Lorsqu'elle revint à la maison, son répondeur avait enregistré un message de la part d'Amed, lui indiquant que la réparation était terminée.

— Tiens, le professeur Tournesol a tenu sa promesse, dit-elle pour elle-même.

Ce type l'inquiétait, mais l'intriguait tout à la fois. Quand elle avait eu son accident, il était apparu dans un nuage de poussière, comme un ange, et elle l'avait trouvé séduisant. Mais un homme qui fabriquait des armes à feu et un sous-marin d'eau douce en forme de brochet ne pouvait être sain d'esprit, estimait Agathe. Quelle autre invention étrange fabriquait-il dans son atelier ? Elle hésitait à le rappeler, mais elle devait récupérer sa voiture et rendre celle que le notaire Beausoleil lui avait aimablement prêtée le temps des réparations. Agathe composa le numéro et la sonnerie du téléphone se fit entendre plusieurs fois. Elle était sur le point de raccrocher lorsqu'elle entendit la voix d'Amed.

— Agathe, c'est vous ? Je voulais justement vous rappeler et…

— Je vais passer prendre ma voiture demain matin et nous réglerons ce que je vous dois, dit-elle en lui coupant froidement la parole.

Elle avait imaginé qu'elle pourrait éviter de le rencontrer seule en demandant au notaire Beausoleil de l'accompagner. Elle réalisa qu'agir ainsi, de façon ingrate et hautaine, ce n'était pas dans ses habitudes. Elle se sentit coupable de traiter Amed ainsi, alors que celui-ci s'était montré gentil à son égard. Elle s'apprêtait à s'excuser, lorsqu'Amed lui dit timidement :

— Ben justement, vous n'aurez pas à passer. La voiture est déjà chez vous. J'ai terminé la réparation et je suis allé la garer à l'arrière de la maison et j'ai laissé les clés sous le siège.

— Je… je ne m'en étais pas rendu compte. Je m'excuse, dit-elle, confuse et gênée de sa goujaterie. Il y a certainement des frais pour les pièces et pour votre travail, je vais passer vous payer.

— N'en faites rien, il n'y en a pas. La porte ne m'a rien coûté.

Le ferrailleur avait besoin de faire bleuir le canon de son fusil de chasse, alors on a fait un échange.

— Mais je vous dois quelque chose pour votre travail.

— C'est mon cadeau de bienvenue.

— Comment vous remercier?

— En acceptant de dîner avec moi, répondit aussitôt Amed qui attendait visiblement cet instant pour présenter sa demande.

Agathe était coincée. Comment pouvait-elle s'esquiver, après son insolence, quelques minutes plus tôt? Elle bégaya sa réponse:

— Je… je veux bien, mais au restaurant, s'empressa-t-elle de préciser pour s'assurer de le rencontrer dans un lieu public.

— Mais c'est bien évident, répondit Amed. Je passerai vous prendre samedi à dix-neuf heures. Ça vous va?

— Oui, oui, ce sera parfait, dit-elle en concluant l'appel.

Elle sortit immédiatement inspecter sa voiture, armée d'une lampe de poche. Amed avait fait du bon travail. Bien que la peinture récente détonnât un peu avec celle plus défraîchie de l'autre côté, les traces de l'accident avaient complètement disparu. En acceptant l'invitation du professeur Tournesol quelques minutes plus tôt, elle avait cru qu'elle trouverait, d'ici samedi, une raison de s'esquiver. Elle émit un sifflement en admirant le travail d'Amed et réalisa qu'il serait impossible de lui refuser ce rendez-vous. En rentrant à la maison, elle perçut le bruit de l'une des rares voitures qui passaient dans les environs. La nuit était sombre, mais elle ne vit pas les feux des phares. «Quelle imprudence», songea-t-elle.

Elle se prépara une grande tasse de café et enfila le vieux pull qu'elle revêtait lorsqu'elle avait besoin de réconfort, tout en refaisant le bilan de sa journée. Cela se résumait à bien peu de chose; une vieille nonne qui semblait avoir reconnu quelqu'un sur la photo. Cet Émile dont elle parlait tout le temps était peut-être un amoureux de jeunesse si elle se fiait à son regard qui s'était illuminé lorsqu'elle en avait fait mention. Quelqu'un d'autre, à Bouchette, devait en savoir un peu plus sur cet Émile et sur cette Évangéline Beauregard. Elle repensa à la « mémoire du village de Bouchette », Rogatien Lafontaine. Lui pourrait peut-être l'informer. En même temps, elle se rappelait l'amoncellement de gommes à mâcher sur l'ancien cendrier, ce qui lui souleva le cœur. Elle regarda la vieille photographie, sondant les visages des personnes à la recherche d'un quelconque indice.

Elle se cala dans son fauteuil et remonta le col de son chandail pour se réchauffer. Agathe était plongée dans ses pensées lorsque la fenêtre du salon vola en éclats dans un fracas d'apocalypse. Mistigri fit un saut et se retrouva sur ses pattes, le dos rond et le poil hérissé. La jeune femme sentit en même temps le souffle du vent frais de la nuit qui entrait dans la maison. Un instant, elle crut que la bâtisse avait explosé tant le vacarme avait été fort et soudain. Son cœur battait la chamade et le plancher devant elle était couvert de minuscules morceaux de verre brisé. Elle n'arrivait pas à bouger, cherchant à comprendre ce qui était arrivé. Mistigri avait émis un miaulement agressif, mais était allé immédiatement se réfugier sous un meuble. Sur la route, en bas, elle entendit le bruit d'une portière qu'on referme, puis celui d'un véhicule démarrant en trombe. Elle déplia enfin les jambes et se leva au milieu des décombres. Elle avança comme un automate, ne réalisant pas que le verre taillait ses pieds nus. Elle eut mal lorsque ses orteils frappèrent un objet dur et elle se pencha pour le ramasser. Il s'agissait d'une pierre à laquelle une note était attachée.

Quelques minutes plus tard, le téléphone sonnait chez Amed. Il venait de sortir de la douche après une soirée passée dans son atelier. Il décrocha l'appareil et perçut immédiatement l'état de panique dans la voix :

— Venez, venez vite.

Chapitre treize
Cameron, 1939

L a situation de Marie-Anna s'était grandement améliorée
depuis l'arrivée du nouveau propriétaire. La richesse de
celui-ci semblait sans limites. Il était venu pour la première fois
par un beau samedi de mai 1938. Georges Caron était allé
annoncer à la jeune femme que monsieur Burgess allait venir
visiter les lieux et il s'en était suivi un grand branle-bas de
combat pour préparer la place. Georges s'était rendu au village
en compagnie de Marie-Anna et ils avaient acheté tout ce qu'il
fallait pour le recevoir dignement. Burgess ne lui avait pas dit
comment il comptait se rendre sur les lieux, mais la jeune
employée supposait que Georges irait le prendre à Bouchette
ou encore à la gare de Messines et le conduirait sur sa nouvelle
propriété. Elle fut donc surprise lorsqu'elle entendit le bruit
d'un avion au-dessus du lac. L'appareil, muni de deux puissants
moteurs et de longues ailes auxquelles étaient fixés des
flotteurs, passa en rasant la cime des armes avant de faire un
grand détour. Anna n'avait vu que peu d'aéroplanes dans sa vie,
mais jamais elle n'en avait vu un comme celui-là. Il ressemblait
à un pélican avec son gros ventre. Georges fit de grands signes
avec une nappe blanche pour indiquer l'emplacement du
chalet au pilote. Virant adroitement sur son aile, il descendit
doucement à la surface de l'eau. L'appareil avança lentement
et vint s'arrêter tout doucement près du quai. L'aile était si
grande qu'elle couvrait tout le trottoir de bois jusqu'à la rive.

Le pilote sortit le premier et se précipita pour amarrer
l'hydravion. L'homme qui en était descendu à sa suite était
d'une grande élégance. John Burgess portait une veste de cuir
ornée d'un collet de fourrure et des lunettes noires, ce qui

mettait en valeur sa chevelure blonde. Il ne devait pas avoir plus de trente ou trente-cinq ans et affichait une certaine noblesse dans sa démarche. Bien que l'article fût purement décoratif, il avait toujours avec lui une canne au pommeau doré constitué d'une tête d'aigle. Georges se précipita au-devant de lui en essayant, dans un mauvais anglais, de lui présenter la jeune femme dont il lui avait déjà parlé.

— *This is this young lady*, Marie-Anna Morrissette, dit-il.

— Anna. Tout le monde m'appelle Anna ici, précisa-t-elle.

Il avait jeté sur elle, comme sur les autres, un regard rapide, mais il s'était attardé lorsqu'il avait serré sa main.

Georges Caron avait convoqué Magloire Beauregard, car le nouveau propriétaire désirait aménager rapidement les lieux à sa convenance. Le vieil aubergiste-menuisier s'était pointé tôt, le crayon sur l'oreille, flairant la bonne affaire, mais jamais il n'avait espéré que ce contrat serait aussi payant. Burgess avait fait le tour de son domaine comme un général inspectant le champ de bataille avant de lancer les troupes à l'assaut. Il marchait, regardait et lançait ses ordres en direction de Magloire. Georges tentait, tant bien que mal, de répéter en français ce que l'homme disait, jusqu'à ce que Magloire lui indique qu'il pouvait comprendre. Burgess s'exprimait en anglais avec un accent allemand prononcé, ce qui n'avait d'ailleurs pas manqué de soulever la curiosité des gens des environs. Georges avait expliqué qu'il était un riche Juif ayant fui les persécutions du régime nazi en Allemagne.

Il fut convenu que le chalet principal serait transformé en une sorte d'auberge. Le premier étage deviendrait essentiellement une grande salle de bal et de réception avec, à l'arrière, la cuisine. Le reste servirait de chambres pour les invités. Il fallait également construire une grande véranda qui ferait le tour de la villa et sur laquelle sièges et tables seraient disposés pour y prendre l'apéritif durant les chaudes soirées d'été. Burgess indiqua en pointant de sa canne les endroits où devaient être construits douze petits chalets, les *guest house*[7], où il comptait accueillir ses invités. Chaque chalet devait disposer de son propre foyer. Magloire notait tant bien que mal ce que l'homme disait, suivi par Georges lui-même, surpris par l'ampleur du projet. Burgess passait à la prochaine construction sans s'occuper d'eux, un pavillon plus grand, pour lui et son épouse, en bordure du lac. Les détails de ce bâtiment leur seraient fournis plus tard lorsque la dame viendrait visiter les lieux. L'accès à la propriété serait sous la surveillance d'un gardien, dont la maison serait érigée à l'entrée du domaine, avait expliqué Burgess en pointant Georges de sa canne pour lui indiquer que ce rôle serait le sien. Il demanda également à ce qu'on érige en retrait du chalet principal une petite construction dont les murs devraient être en ciment et d'une épaisseur d'au moins soixante centimètres. Magloire n'avait aucune idée de ce qu'une telle mesure pouvait représenter, mais en suivant les mains de Burgess, il en avait déduit que cela devait représenter vingt-quatre pouces. Il émit un petit sifflement. L'Allemand avait expliqué que ce bâtiment devait recevoir une génératrice pour produire de l'électricité et il voulait s'assurer que le bruit du moteur ne puisse s'entendre de l'extérieur. Il désirait également déplacer les anciens bâtiments de ferme et remettre celle-ci sur pied. Aussitôt que cette partie du travail serait complétée, Caron devrait acheter les animaux nécessaires : vaches, chevaux, cochons et poules, et bien sûr, quelques bestioles exotiques. Il était aussi chargé de trouver le personnel nécessaire pour voir à la bonne marche de la ferme. Bien que celle-ci dût permettre de fournir une partie des denrées nécessaires pour le domaine, il s'agissait surtout d'impressionner les visiteurs. Il indiqua qu'un chèque leur serait envoyé dans la semaine qui suivrait pour financer l'achat des matériaux et l'embauche du personnel. Il ajouta à l'intention de Caron

---

7   Petits chalets destinés aux invités.

qu'une voiture serait livrée par train pour permettre ses déplacements terrestres lorsqu'il serait dans son domaine.

Magloire avait alors jubilé devant une telle aubaine. Il faisait mentalement la liste de tous les hommes disponibles dans les environs et de tous les matériaux auxquels il devait penser, et Burgess ne lui avait même pas demandé une estimation des coûts des travaux.

Le maître des lieux n'était pas resté longtemps et toutes les provisions achetées par Anna s'avérèrent inutiles. Une heure après son arrivée, l'appareil remontait dans le ciel. Dès le lendemain, Paul et une vingtaine d'hommes s'étaient mis au travail pour entreprendre ce grand chantier. En quelques jours, l'ancienne ferme s'était transformée en une véritable fourmilière.

Burgess avait officiellement fait de Georges Caron le gardien des lieux et lui avait confié la tâche de superviser l'ensemble des travaux. Quelques semaines plus tard, il était aussi devenu chauffeur lorsqu'on avait livré à la gare de Messines une grande voiture, une Buick Roadmaster à quatre portes. La voiture rutilante de chrome avait fait grande impression dans le village. Elle ne devait servir que lorsque le maître des lieux y était ou lorsque celui-ci recevait des invités. Georges avait même reçu un uniforme et une casquette qu'il devait revêtir dès qu'il prenait le volant.

Burgess exigeait également un minimum de personnel pour assurer toutes les tâches. Il commanda à Georges d'embaucher deux autres femmes pour venir en aide à Anna et il lui indiqua qu'un jardinier viendrait directement de New York pour l'aménagement paysager, et Georges devait s'assurer qu'il dispose de tout ce dont il avait besoin.

Anna se retrouva donc responsable des deux femmes que Georges avait recrutées au village, en plus du jardinier, sur qui elle devait garder un œil. Ses gages avaient également pratiquement doublé et la jeune femme envisageait, dans un avenir rapproché, de réaliser son rêve d'aller vivre à Montréal où elle espérait devenir actrice. Elle avait commencé à rêver d'une telle carrière lorsqu'elle avait vu la performance de Greta Garbo dans le film *La dame aux camélias*.

Au cours des semaines qui suivirent, John Burgess fit quelques rapides passages, arrivant toujours à l'improviste, pour voir l'avancement des travaux. Georges Caron devenait soudainement agité, comme si une décharge électrique lui était passée dans les fesses dès que l'avion survolait le domaine. Aussitôt que l'appareil était en vue, il fallait mettre en place un dispositif d'accueil qui relevait probablement de vieilles racines aristocratiques européennes. Le maître des lieux exigeait qu'on déroule un long tapis rouge, à partir du chalet jusqu'au quai, sur le sentier de roches blanches qu'il avait fait aménager. Anna se demandait bien pourquoi d'ailleurs. Tout le personnel devait se placer au garde-à-vous dans une sorte de haie d'honneur avant son arrivée. Burgess débarquait de son avion et ne faisait que quelques pas sur le fameux tapis, se dirigeant à droite pour vérifier un chalet nouvellement construit ou à gauche pour avoir l'état d'avancement d'autres travaux. Anne se mordait la lèvre lorsqu'il remettait un pied rempli de terre sur le précieux tapis. Elle savait qu'elle aurait dès le lendemain à le nettoyer. Elle afficha un visage courroucé lorsque Burgess, après avoir trempé sa botte de cuir dans un trou de boue, avait sali la moquette. Pour la première fois, le riche propriétaire sembla noter sa présence. Il s'arrêta un instant devant elle pendant qu'elle baissait les yeux, fixant la boue qui dégoulinait sur le tapis. Il en fit de même et vit les marques sales qu'il avait laissées. Georges, qui le suivait comme un chien de poche, sentit que la jeune Anna avait fait une faute et voulu inviter Burgess à inspecter une autre partie du chantier pour détourner son attention.

— Plus tard, dit-il à son intention tout en continuant de détailler la jeune personne qui se trouvait devant lui.

Georges était alors convaincu que les jours de la jeune femme à l'emploi du maître des lieux étaient comptés. Burgess dirigeait ceux qu'il embauchait d'une main de militaire. Il donnait des ordres et n'espérait aucune réplique. Il exigeait qu'on les exécute rapidement. Georges en avait fait l'expérience lorsqu'il avait suggéré qu'on érige plutôt l'espèce de mini chapelle en bois rond plutôt qu'en béton armé, bâtiment qu'il nommait ainsi parce qu'il en ignorait la fonction. Caron avait souligné que la fondation d'un édifice en béton s'avérait beaucoup plus dispendieuse en raison de la nature du sol.

— Monsieur Caron, avait dit Burgess, alors que ce dernier était au milieu de ses explications, je crois avoir été clair. Si votre entrepreneur ne peut ou ne veut pas le faire, qu'il parte demain matin et trouvez-en un autre qui en sera capable.

Georges n'avait pas demandé son reste. Le lendemain, l'ordre était transmis et Paul entreprenait aussitôt la construction des formes pour le béton. Il savait donc ce qu'il en coûtait de contrarier «le maître» et s'attendait à ce qu'il remette la jeune impertinente à sa place.

Burgess la regarda encore un instant. Elle leva les yeux et soutint son regard. Georges ne tenait plus en place et il fut soulagé lorsque le maître tourna enfin les talons pour le rejoindre. Il nota cependant que celui-ci avait ensuite évité de mettre ses pieds boueux sur le tapis.

Moins d'un mois plus tard, l'endroit avait radicalement changé et les travaux avançaient rapidement lorsque l'avion de Burgess se pointa à nouveau au-dessus du chalet. Nouvel accès de panique de la part de Georges qui n'avait pas été prévenu de sa visite. Le tapis qu'Anna avait soigneusement lavé et débarrassé de sa boue fut déroulé de nouveau. Quelques ouvriers, intrigués de voir ce drôle d'aéroplane se poser sur l'eau avaient cessé leurs activités pour regarder l'opération. Au bout de quelques minutes, Georges leur fit signe de se remettre au travail.

Comme d'habitude, le pilote sortit en premier et s'empressa d'amarrer l'appareil au quai. Anna s'attendait à voir le bel aristocrate sortir à sa suite, mais elle fut surprise lorsqu'elle vit la jambe délicatement chaussée d'une dame s'étirer pour sortir de l'avion. Elle avait les cheveux noirs coupés très court, portait une jupe moulante et un chemisier ouvert largement sur sa poitrine couverte d'une multitude de colliers. Elle s'avança d'un pas royal et ne daigna baisser les yeux sur aucune des personnes qui se trouvaient le long du tapis rouge. Elle sortit de son petit sac à main un long fume-cigarette. Kathleen Burgess s'exprimait dans un anglais typique des Américains et semblait avoir un commentaire sur tout ce qu'elle voyait. À en juger par son air hautain, Anna sentait bien que la dame n'appréciait pas le caractère campagnard des lieux. Habituée à la vie trépidante de New York, l'élégante dame se demandait si elle n'avait pas atterri en pleine brousse. Il y avait trop de moustiques, les fleurs n'étaient pas à son goût, le chalet dans lequel elle devait habiter était trop petit, trop modeste, mal situé. Rien du travail laborieux des hommes de Paul Beauregard ne semblait trouver grâce à ses yeux. Ils durent modifier complètement les plans du chalet du couple et se plier à ses caprices. Anna avait paniqué à l'idée de servir le repas du soir. Elle se surpassa, mais Kathleen Burgess toucha à peine à la nourriture qui lui était présentée et se plaignit de la rusticité des mets. Par contre, elle fit honneur au vin qu'ils avaient apporté. Elle fumait et enfilait les verres les uns après les autres.

Georges avait aussi été chargé de négocier avec un fermier pour l'aménagement d'une piste d'atterrissage. Le secteur du rang Gagnon était l'endroit le plus rapproché où il serait possible d'aménager une piste suffisamment grande pour permettre aux avions de se poser et de repartir. Georges avait été le premier surpris d'une telle demande. Personne ne disposait d'un aéroplane dans la région et seuls les appareils militaires venaient parfois survoler les lieux. Le père Cyprien Saumur, propriétaire du terrain convoité, n'avait pas manqué de manifester sa surprise :

— Une piste d'avions ? Es-tu malade, Georges Caron ?

— Non, non. Il paraît que monsieur Burgess compte faire venir ses invités par les airs.

Cyprien n'avait rien trouvé à redire en voyant le prix qu'on lui offrait pour la location de cette partie de sa terre. Après tout, il ne s'agissait que d'une route bien droite qui serait tracée au bout de son champ. Cette location lui rapporterait pratiquement autant que tout ce que sa terre lui donnait comme revenu en un an. Georges avait loué un bulldozcr pour aménager la piste et le chemin d'accès. Des camions étaient venus y déposer une couche de gravier et en quelques jours, la piste était prête. Tout le village était venu flâner dans le coin pour voir la chose, mais s'en était rapidement désintéressé en constatant qu'il n'y avait rien d'autre à voir qu'une bande de gravier bien droite. La piste longeait les limites de Messines et de Bouchette et s'arrêtait non loin d'une petite maison isolée, habitée par un Juif au nom imprononçable.

Mais l'intérêt avait rapidement refait surface lorsque le premier appareil était venu s'y poser. Par la suite, l'avion arrivait le vendredi et il repartait le dimanche avant la fin du jour. L'appareil, un Beechcraft modèle B18 muni de deux puissants moteurs, pouvait transporter une douzaine de personnes. Le pilote venait survoler le chalet à quelques reprises pour signaler son arrivée, puis se dirigeait vers la piste du rang Gagnon. Georges Caron devait alors s'empresser de sortir la voiture pour aller chercher les passagers dès qu'ils mettraient le pied à terre afin de les conduire au domaine. Les gens du village voyaient aussi l'appareil lorsqu'il survolait la place et accouraient pour admirer de plus près l'engin et ceux qui en débarquaient. De gracieuses dames élégamment vêtues, et arborant parfois une belle veste de fourrure posée sur leurs épaules, en descendaient accompagnées d'hommes à l'allure importante. Les jeunes filles du village se pressaient le long de la piste pour avoir l'occasion d'admirer les toilettes à la mode. La plupart d'entre elles n'avaient vu des femmes vêtues de pantalons amples aux motifs osés que dans les magazines, une mode que le clergé s'était empressé de dénoncer comme la masculinisation de la femme. Les jeunes filles gloussaient de plaisir. Les hommes arboraient tous de beaux vestons et des cravates aux couleurs criardes. Pas un seul des garçons de la place ne portait de tels vêtements.

Il ne fallut pas beaucoup de temps pour que le domaine de Burgess soit l'objet de l'attention de tous les gens du village. Non seulement les activités du riche fabricant de pipes suscitaient-elles la curiosité, mais il dépensait sans compter et tout le monde dans le village en profitait. L'un y vendait ses œufs, l'autre des légumes frais, le forgeron du village n'en finissait plus de fabriquer des pentures, et même les braconniers de la place se faisaient embaucher comme guides de pêche.

Burgess savait recevoir. Ses invités étaient traités aux petits oignons. La cuisine qu'Anna supervisait fonctionnait pratiquement jour et nuit lors de ces week-ends animés. Les invités arrivaient le vendredi en fin de journée et la table devait être prête pour les recevoir. L'ancienne terre de Roy était devenue un village dans le village et c'est naturellement que les gens de la place commencèrent à la désigner sous le vocable de Burgessville. Lorsqu'il entendit cette désignation pour la première fois, Burgess la trouva si originale qu'il exigea de Caron qu'il l'inscrive sur la porte de la voiture de service.

Kathleenn Burgess, lorsqu'elle était présente, harcelait constamment le personnel et exigeait que tout soit impeccable. Le repas se terminait tard en soirée, et Anna et ses aides devaient procéder rapidement au nettoyage des lieux avant d'aller se reposer quelques brèves heures. Dès quatre heures, elles étaient debout pour préparer le pain et le petit déjeuner du lendemain. Comme chacun des invités se levait à l'heure qui lui plaisait, la cuisine était pratiquement toujours ouverte et Anna devait toujours être prête à servir un retardataire.

Kathleen Burgess était probablement la pire, arrivant à la salle à manger pour le petit déjeuner, alors que le personnel était prêt à commencer le service du midi. Encore sonnée de ses excès de la veille, elle avait le teint pâle et enguirlandait tout le monde. Lors des soirées, cependant, elle était flamboyante. Ses tenues étaient toujours extravagantes et à la fine pointe de la mode new-yorkaise. Elle circulait de l'un à l'autre, tenant dans une main un martini, un cocktail dont elle semblait raffoler ou un verre de vin, et de l'autre son fume-cigarette, dont elle ne semblait jamais se séparer. Elle riait souvent aux éclats et s'accrochait au bras de tous les hommes de la place. Ceux-ci n'étaient pas insensibles à ses charmes ni à ses avances. Ils l'entouraient jusqu'à ce qu'elle les laisse soudain en plan pour aller butiner vers un autre groupe.

Les invités semblaient être triés sur le volet. Il y avait là plusieurs hauts fonctionnaires, des militaires, des politiciens liés aux gouvernements canadien et états-unien, parfois une vedette et souvent de fort jolies filles dont la mission était d'égayer la soirée. Il n'était pas rare que l'une d'elles termine la nuit dans les bras d'un invité. Burgess se mêlait aux autres, mais il buvait peu, bien que sa cave à vin soit remplie des plus grands crus. Tous se demandaient comment il faisait, notamment, pour obtenir du champagne de si bonne qualité, alors que la guerre semblait avoir coupé toutes les sources d'approvisionnement. Du coin de l'œil, il surveillait les allées et venues de sa femme, puis il se rendait près d'une des filles qu'il avait fait venir on ne savait d'où, et lui chuchotait quelques mots à l'oreille. Quelques minutes plus tard, la belle allait se frotter sur l'un des invités. Burgess était le maître des lieux et il entretenait bien ses convives. Parfois, la soirée se terminait sur une partie de cartes où des sommes colossales étaient en jeu. Anna jetait au passage un œil envieux sur les joueurs. Tout cet argent sur la table représentait plus que tout ce qu'elle pourrait amasser au cours de sa vie. Burgess était toujours le dernier à se retirer pour la nuit, comme s'il voulait s'assurer du confort de tous ses invités.

Un matin, Anna s'était levée tôt pour préparer le pain, et des brioches à la cannelle, tel que Kathleen Burgess le lui avait demandé. Elle était fatiguée après la longue soirée de la veille et n'arrivait pas à se sortir des brumes du sommeil. Sa chambre était attenante à la cuisine et il lui suffisait de franchir une porte pour se retrouver sur son lieu de travail. Mais ce matin, elle sentait qu'elle avait besoin d'un coup de fouet pour se mettre rapidement à l'ouvrage. Après avoir jeté quelques bûches dans le poêle pour le rallumer, elle sortit à l'extérieur et respira l'air frais à grande goulée. Tout était encore plongé dans la nuit sombre. Les lieux semblaient si calmes après la fête de la veille. Au coin de la cuisine, un gros tonneau de bois servait à recueillir l'eau de pluie pour arroser les fleurs autour de la maison. Anna y plongea la main et s'en aspergea le visage pour s'éveiller complètement. L'eau froide acheva de la tirer de la trop courte nuit de sommeil qu'elle venait d'interrompre. Elle regarda autour d'elle et constata qu'il y avait encore de la lumière à la fenêtre de certains appartements. Des lanternes étaient posées tout le long des sentiers qui conduisaient aux différents chalets. Dans une heure ou deux, Georges Caron ferait sa ronde et éteindrait les lampes qui brûlaient encore et les rempliraient de combustible pour être prêt à les rallumer le soir venu.

Son regard fut attiré par une faible lueur qui émanait de la fenêtre du bâtiment que Burgess avait fait construire pour accueillir la génératrice électrique. Quelqu'un était à l'intérieur, ce qui l'étonna grandement, puisqu'à cette heure, la génératrice avait été coupée. L'appareil permettait de fournir assez de courant pour éclairer quelques lampes dans le chalet principal. Anna marcha prudemment vers l'édifice. La lueur était celle d'une chandelle qu'elle put voir lorsqu'elle arriva près de l'unique petite fenêtre. Elle s'avança et jeta un coup d'œil inquiet à l'intérieur. Elle n'était jamais entrée dans ce drôle de bâtiment. De fait, elle ne se souvenait pas d'avoir vu quiconque y entrer, sauf Burgess lui-même. Elle vit les mains d'un homme en train de manipuler un curieux appareil. Elle n'arrivait pas à voir son visage, mais se rendit compte qu'une canne ornée d'un pommeau d'or était appuyée sur la table à côté de lui. Elle n'entendait pas clairement à cause de l'épaisseur des murs, mais en approchant son oreille de la vitre, elle reconnut la voix de Burgess. Il ne s'exprimait ni en anglais ni en français, mais dans une langue qu'elle ne pouvait comprendre, mais elle se doutait bien que ce fût l'allemand. Burgess ne parlait jamais dans cette langue, sauf les rares fois où il souhaitait s'adresser à son épouse sans que quiconque puisse comprendre. Chaque fois que Burgess lui parlait en allemand, le visage de la chère épouse devenait soudainement grave. On supposait, par le ton qu'il utilisait en ces occasions, que Burgess la réprimandait, mais personne n'en était certain. Tout ce qu'on pouvait en dire, c'est que Kathleen, habituellement trop volubile, se taisait et répondait « *ya* » à tout ce que son mari lui disait.

Burgess se tourna rapidement et jeta un coup d'œil en direction de la petite ouverture au moment même où Anna se retirait sur la pointe des pieds. Vivement, il marcha vers la fenêtre, animé par la certitude que quelqu'un était en train de l'épier. Il ne vit rien et se dirigea vers la porte pour regarder dehors. Il sortit en trombe au moment où, plus loin, la porte-moustiquaire de la cuisine se refermait en douceur.

Anna se sentait honteuse d'avoir été si curieuse, mais elle ne parvenait pas à chasser de son esprit l'image de Burgess penché sur cet appareil. Tout cela était étrange. Anna savait bien que son patron était considéré comme un original, mais elle n'arrivait pas à comprendre ce qu'il pouvait bien faire à cet endroit. Elle avait cru qu'il parlait dans le microphone d'une radio, mais n'en était pas certaine. Et avec qui pouvait-il communiquer à une heure aussi tardive? Il est vrai que certaines radios à ondes courtes permettaient de communiquer un peu partout dans le monde, mais à qui pouvait-il parler en plein milieu de la nuit. « À moins de parler avec quelqu'un en Europe, tout le monde dort à cette heure », se disait-elle.

Elle écarta ces pensées et se concentra sur le travail de la journée qui s'amorçait. Ses doigts plongèrent dans la pâte du pain. À l'extérieur, une ombre passa devant la fenêtre.

Amed n'avait posé aucune question. Dès qu'il avait entendu le cri de panique d'Agathe au bout du fil, il avait accouru, risquant à deux reprises de glisser dans les fossés des courbes trop serrées du chemin Gagnon. Il avait été surpris en arrivant dans l'allée de la maison de constater que le rideau de la vitrine flottait au vent à l'extérieur. Il avait frappé à la porte, mais n'avait pas attendu d'invitation pour entrer. Quelque chose était survenu et visiblement Agathe était en état de choc.

Il la trouva assise dans l'escalier menant au second étage, grelottant malgré son gros pull de laine. Ses pieds nus étaient ensanglantés et on pouvait voir ses traces de pas du salon, toujours en désordre, jusqu'à l'appareil téléphonique, puis jusqu'à l'escalier, d'où elle n'avait plus bougé. Elle était prostrée, tenant à la main une roche et un bout de papier. Ses yeux exprimaient la frayeur.

Lorsqu'elle avait réalisé ce qui s'était passé, elle avait voulu appeler quelqu'un. Elle avait d'abord songé au notaire Beausoleil, mais il demeurait à une bonne vingtaine de minutes de chez elle et elle avait craint que son appel lui donne une attaque cardiaque. Elle avait immédiatement composé le numéro d'Amed.

Le jeune homme n'avait dit mot immédiatement. Il avait observé la scène quelques secondes, s'était emparé d'une couverture qui traînait sur un fauteuil et en avait recouvert délicatement les épaules d'Agathe. Il s'était ensuite dirigé vers la salle de bain afin d'y dénicher quelque chose pour soigner ses blessures. Il en revint quelques secondes plus tard avec un bac d'eau chaude et s'installa sur la première marche. Il prit délicatement le pied d'Agathe et y fit couler de l'eau pour enlever le sang qui avait commencé à sécher. À l'aide d'une pince à épiler, il retira les morceaux de verre enfoncés dans sa chair. Comme si elle avait été absente, elle ne tressaillit même pas. Il nettoya les plaies, appliqua une pommade antiseptique et recouvrit le tout de gazes stériles et d'un bandage. Au bout de quelques minutes, il finit par demander :

— Que s'est-il passé ?

— Ils ont lancé ceci dans ma fenêtre, dit-elle en montrant la pierre.

— Une pierre ? Mais pourquoi ?

— Il y avait ceci d'attaché à la pierre, dit-elle en lui tendant le billet.

Amed lut le bout de papier.

— Qu'est-ce que c'est que cette histoire ? Cette note dit : « Tenez-vous loin du terrain. » De quoi s'agit-il ?

— Je n'en suis pas certaine, mais je crois qu'il s'agit de ce terrain pour lequel la municipalité m'a demandé de faire des recherches.

— Il faut prévenir les policiers.

— Non, répondit-elle aussitôt.

— Allons, soyez sérieuse. Il faut avertir la police.

— D'accord, fit-elle, mais ne dites rien au sujet de la note.

Bien qu'il estima déraisonnable de taire ce détail, il promit néanmoins de le faire, mais il exigea qu'elle lui explique ce qui se passait. Lorsque les policiers arrivèrent, Amed avait déjà entrepris de boucher le trou de la vitrine avec une bâche bleue qu'il avait trouvée dans la petite remise. Les policiers prirent la déposition d'Agathe, recueillirent la roche qui avait servi au délit dans l'espoir improbable d'y trouver une empreinte qui correspondrait à un des abonnés de leur fichier. Ils vérifièrent sur la route les traces de véhicule et constatèrent, à la lumière des faisceaux de leurs puissantes lampes de poche, qu'il s'agissait probablement d'une camionnette. Ils demandèrent à Agathe si elle suspectait quelqu'un qui aurait pu lui en vouloir au point de perpétrer un tel acte, mais elle répondit par la négative. Amed nota le malaise qui était passé sur son visage à cette question et il se demanda si les policiers l'avaient noté eux aussi. Ils conclurent toutefois qu'il s'agissait probablement d'un acte de vandalisme perpétré au hasard par une bande de jeunes fêtards. Amed dut cependant répondre aux questions des policiers qui avaient noté que celui-ci conduisait justement une camionnette. Il sentit que leurs soupçons se tournaient vers lui et il en fut insulté. Dans cette région rurale du nord de la Gatineau, la moitié de la population possédait une camionnette, ce qui ne constituait pas un indice suffisant pour l'incriminer. Ils recommandèrent fortement à la jeune femme de se rendre aux urgences du centre hospitalier de Maniwaki pour y recevoir des soins. Agathe acquiesça, mais elle n'avait pas le goût de se retrouver dans la froideur d'une salle d'attente, livrée aux regards inquisiteurs et curieux des autres patients. Lorsque Amed lui demanda si elle souhaitait qu'il l'accompagne, elle déclina l'offre et lui indiqua qu'elle ne voulait pas y aller. Il acheva sa réparation de fortune, mais le bruit de la bâche secouée par le vent était plus terrifiant que le vent et le froid s'engouffrant dans la maison. Amed lui prépara un chocolat chaud :

— Vous avez besoin de calme et de sommeil. Allez, racontez-moi cette histoire de terrain.

Agathe hésita. Elle ne savait que penser. Il y avait eu un déclic dès qu'elle avait vu la note, mais elle estimait maintenant que la menace pouvait porter sur un autre terrain que celui qu'elle avait en tête. Après tout, plusieurs dossiers impliquant des terrains étaient passés entre ses mains depuis qu'elle s'était jointe au notaire Beausoleil, sans compter ceux du vieil homme. « Non, ce ne pouvait être que celui-là », continuait-elle de se dire. Elle n'avait pas voulu confier ses soupçons aux policiers, mais elle ne pouvait se défiler devant Amed qui en savait trop pour qu'elle puisse s'y soustraire.

— Appelle-moi Agathe, s'il te plaît.

— Et toi, Amed.

Agathe lui expliqua qu'au moment de leur fracassante rencontre lors de l'accident avec l'autobus, elle était justement à la recherche d'un terrain pour lequel on lui avait demandé de faire des recherches. Elle s'abstint cependant de lui parler de sa propre quête qui semblait elle aussi converger vers cet endroit ou du moins vers le lac qui avait autrefois fait partie de la terre d'Arthur Roy, le premier propriétaire des lieux. Elle estimait d'ailleurs qu'il n'y avait pas de relation entre les deux, car après tout, la parcelle sur laquelle elle devait faire des recherches se trouvait à l'extrémité ouest, alors que le lac Achigan venait délimiter l'extrémité est de l'ancienne ferme.

Elle remercia Amed, mais ce dernier ne voulut pas partir.

— Je reste ici jusqu'à demain. Il te faut prendre du repos et je ne crois pas que tu seras tranquille si tu es seule dans cette maison.

— Il faudra bien que je me débrouille, répliqua-t-elle sur un ton sans conviction.

— Oui, mais tu es en état de choc. Je demeurerai dans mon camion, si tu préfères, mais je ne bouge pas d'ici.

Amed avait raison. Elle était paniquée à l'idée de rester seule et souhaitait qu'il reste à la maison. Mais en même temps, elle avait entendu les questions des policiers à son égard. Se pouvait-il qu'Amed ait préparé toute cette mise en scène pour pouvoir se retrouver avec elle? Il l'avait déjà fait une fois pour l'inviter à dîner. Il savait bien qu'en effectuant gratuitement la réparation sur sa voiture, elle se sentirait redevable. Agathe ne savait que penser. Elle revoyait les dizaines d'armes et de canons suspendus dans son atelier. Et pourtant, elle avait tant apprécié la douceur de ses mains lorsqu'il l'avait soignée avant la venue des policiers.

— Non, tu peux rester à l'intérieur. De toute façon, avec le trou béant de la fenêtre, je ne vois pas en quoi ce serait plus rassurant que tu restes dehors. Je te remercie.

Pendant qu'Agathe se préparait à aller au lit, Amed ramassait les éclats de verre au sol et la terre des plantes répandue, et mit un semblant d'ordre dans les lieux.

La jeune femme sombra rapidement dans un sommeil agité duquel elle émergea avec les premières lueurs du jour. Une fraîche odeur de café remplissait la maison et elle ne put résister à l'envie de se lever pour s'en servir une tasse, bien qu'elle eût pu rester au lit encore une heure. Elle s'attendait à trouver Amed, mais la maison était vide. Une note avait été laissée sur la table. Il lui indiquait qu'il était parti tôt pour faire son circuit d'autobus, mais qu'il enverrait un vitrier faire la réparation. Elle s'en voulut encore une fois d'avoir douté de lui. Elle réalisait maintenant qu'il lui aurait été impossible de lancer une pierre dans sa vitrine pour ensuite retourner chez lui assez rapidement pour répondre à son appel, moins de deux minutes plus tard. Il aurait fallu également qu'il soit certain que ce soit lui qu'elle appelle dans sa détresse. Agathe vérifia à la lumière du jour s'il n'y avait pas d'autres traces autour de la maison. Elle hésitait à se rendre au travail, mais Amed lui avait assuré qu'il s'occuperait d'envoyer quelqu'un. Il faudrait probablement compter plusieurs jours avant que celui-ci se présente pour faire la réparation. Elle ne savait trop que faire. Jamais elle n'aurait imaginé que le métier de notaire puisse présenter quelque danger que ce soit. Ses pieds étaient encore douloureux, mais Amed semblait avoir fait des miracles. Elle résolut qu'elle serait plus utile au bureau, ce qui lui éviterait aussi de répondre aux questions que le notaire Beausoleil ne manquerait pas de lui poser si elle s'absentait. Lorsqu'elle arriva, le vieil homme remarqua sa démarche boitillante et lui demanda si elle s'était blessée. Elle prétendit s'être coupée sur les éclats d'un verre qu'elle avait échappé sur le sol et sur lequel elle avait marché par accident. Le notaire Beausoleil ne fut pas rassuré pour autant. La jeune femme, d'habitude si calme et si enjouée, semblait tendue et nerveuse et il ne fut pas dupe de sa tentative de camoufler son trouble. Il s'en inquiéta, mais elle prétexta que sa visite chez la vieille sœur l'avait perturbée.

— Peut-être devriez-vous abandonner vos recherches, suggéra-t-il.

— Pas maintenant. Avez-vous appris autre chose de la part des sœurs de l'orphelinat? demanda-t-elle pour faire diversion.

— Rien de bien intéressant. J'ai trouvé le nom de l'autre religieuse, mais pas la religieuse en question.

— Que voulez-vous dire?

— Son nom de religieuse était sœur Madeleine de l'Enfant-Jésus. Son nom civil est Thérèse Dupuis.

— Vous avez dit que son nom de religieuse «était»…

— Elle est partie pour l'Europe en 1957 et n'est jamais revenue. Il sera peut-être difficile de joindre cette dame, si elle est toujours vivante, et encore plus difficile si elle s'est retirée de la vie religieuse et qu'elle s'est mariée, car elle aura alors pris le nom de son époux. C'est dommage, car on m'a dit qu'elle avait passé une longue période à l'orphelinat Ville-Joie et accordait beaucoup de temps aux poupons sous sa responsabilité. Je vais continuer mes recherches, mais ça pourrait être long et décevant.

Agathe entreprit sa journée de travail sans enthousiasme, toujours préoccupée par les événements qui s'étaient produits la veille. Elle avait rendez-vous avec un jeune couple qui désirait rédiger un contrat de mariage en vue de leur union future, puis avec un agriculteur qui avait décidé de céder sa ferme à son fils. Elle en profita entre deux rendez-vous pour consulter le dossier litigieux de la municipalité de Bouchette. Elle vérifia les comptes de taxes se rapportant à l'endroit, pour s'assurer que la parcelle de terre en question n'avait pas été incluse dans les propriétés. Le bout de terrain semblait avoir été oublié de tous. Même la municipalité n'avait pas établi de fiche d'évaluation pour le terrain et la description technique du chemin n'incluait pas la section litigieuse. Il lui faudrait remonter à la source de cet «oubli», d'autant plus surprenant que ces terres situées en bordure du lac se vendaient à prix d'or. Elle demanda au Bureau de la publicité des droits de lui faire parvenir la description des terrains environnants pour chacune des transactions, telle que décrite dans le registre foncier et vérifia si, chaque fois qu'un terrain avait été vendu, il avait été correctement inscrit. La terre était passée dans son entier des mains d'Arthur Roy à celles de Charles McKabee. À sa mort, en 1938, sa veuve avait vendu le tout à John David Burgess, lui-même décédé en 1943. Kathleen Burgess, l'épouse du défunt, avait ensuite vendu la propriété en septembre 1945 à une société immobilière désignée sous le nom de TMO Investment, dont le siège social se trouvait à New York et qui était représentée par un certain Darryl Thompson. Cette compagnie avait ensuite morcelé le terrain et revendu le tout en parcelles. Agathe fut surprise de constater que tous les nouveaux terrains issus de la terre de Roy avaient été vendus entre septembre et décembre de la même année.

« Un sapré bon vendeur, ce Thompson », murmura-t-elle.

Elle localisa l'ancienne terre de Roy sur la carte de Bouchette. Elle suivait la limite sud de la municipalité et était bornée par le vaste bloc de terrain appartenant aux anciens membres du Gatineau Fish and Game Club, qui leur avait été cédé lors de l'Opération Déclubage en 1968. Le gouvernement avait alors révoqué leur mainmise sur ces terrains giboyeux du Québec.

Elle lut et relut les documents concernant les transactions et trouva finalement la source de l'erreur. La description, lors de la vente entre Kathleen Burgess et TMO Investment, était différente. Le notaire avait peut-être commis une erreur dans l'inscription des mesures, ce qui expliquait l'oubli de cette partie. Tous avaient considéré que le bout de terrain appartenait au suivant et personne ne l'avait revendiqué. La municipalité n'avait aucune fiche sur ces titres et n'avait donc pu l'intégrer dans son patrimoine pour défaut de paiement de taxes, puisqu'elle n'avait jamais été taxée. Agathe ne fut pas surprise outre mesure de cette erreur. À Bouchette, lui avait dit Beausoleil, c'était souvent le fouillis le plus total autour de certains lacs. Officiellement, la parcelle en litige appartenait toujours aux héritiers de John David Burgess. Agathe aurait voulu prendre connaissance du testament de celui-ci, mais pour le consulter, elle devait se rendre au Bureau de la publicité des droits, ce qu'elle fit en fin de journée. Lorsqu'elle requit le document pour le terrain en question, la préposée au guichet lui répondit, surprise :

— Encore ?

— Comment encore ? demanda Agathe.

— Vous êtes la seconde personne aujourd'hui qui demande une copie de ce testament.

L'information la laissa sans voix. Et si celui qui était venu consulter le testament avant elle était le même qui avait lancé la pierre et le message dans sa fenêtre la veille ? Peut-être devrait-elle finalement écouter le conseil d'Amed et parler aux policiers de cette lettre de menace. Elle attrapa la copie que la jeune fille venait de préparer, paya et s'esquiva sans même la consulter comme elle l'aurait normalement fait. Elle craignait maintenant de retourner chez elle. Que pouvait bien cacher cette histoire de terrain ?

Lorsqu'elle arriva à la maison, Agathe fut surprise d'y rencontrer le vitrier qui en était à finir son travail, essuyant la nouvelle glace avec un vieux chiffon pour enlever les traces de doigts.

— C'est complètement remis à neuf, ma p'tite dame. Je suis Lucien Patry. C'est Amed qui m'a appelé.

Agathe était surtout étonnée que l'homme ait fait tous les travaux sans qu'elle soit sur les lieux, mais elle ne s'en plaignit pas. Le travail semblait bien fait, et surtout, ça avait été fait rapidement. Lucien Patry lui tendit la facture en lui expliquant les réparations qu'il avait effectuées et en profita pour lui suggérer de changer une vieille fenêtre qui semblait dater du début du siècle, à l'arrière de la maison. Agathe prépara immédiatement un chèque pour payer les travaux et le remercia d'avoir pu se déplacer si rapidement. Lucien Patry tripotait nerveusement son chiffon sale, trop heureux de rencontrer enfin un client qui acceptait de le payer rubis sur l'ongle, sans regimber sur le prix. Souvent, il devait attendre des mois avant d'avoir son argent.

— Vous n'êtes pas forcée de payer avant la fin de la semaine, dit-il sans conviction, après avoir soigneusement attendu qu'elle ait terminé de rédiger le chèque.

— Vous avez été gentil de venir si rapidement, il est normal que je vous paie tout aussi rapidement.

Patry empocha son chèque, souleva légèrement sa casquette sale pour la saluer et s'apprêtait à se retirer, mais Agathe le retint pour tenter d'en apprendre davantage sur leur ami commun.

— Amed, vous le connaissez bien?

— Amed? Bien sûr. Tout le monde le connaît ici. C'est un p'tit gars de la place. C'est un gentil garçon. Un peu étrange, si vous voulez mon avis, mais un gentil garçon malgré tout.

Agathe hésitait à poursuivre plus loin son interrogatoire. Elle sentait encore qu'elle avait été jusqu'ici injuste à son égard, mais elle n'arrivait pas à oublier toutes ses craintes.

— Étrange? répéta-t-elle.

— Ouais. Il ne mange pas de viande.

Agathe manqua de pouffer de rire, mais se retint en constatant que son interlocuteur était sérieux. Après le départ de Lucien Patry, Agathe communiqua avec Amed pour le remercier. Elle savait qu'elle aurait pu prétexter l'incident de la veille pour lui donner un autre rendez-vous, mais elle n'avait plus envie de chercher des excuses, alors qu'elle avait besoin plus que jamais de parler à quelqu'un.

— Je voulais te remercier. Tu as été extrêmement gentil et l'homme que tu m'as envoyé a fait du très bon boulot.

— Vous… tu vas bien?

— Oui, ça va.

— Tu peux demeurer seule ?

— Oui, oui, ça va aller

— J'espère que cela ne remet pas en cause notre repas demain soir.

— Non, bien sûr, dit-elle.

— Alors à demain soir.

— À demain… et merci pour le café ce matin. Il y avait longtemps que quelqu'un n'avait pas fait cela pour moi, ajouta-t-elle.

— Ce fut un plaisir.

Amed flottait sur un nuage. «Ce fut un plaisir» avait-il dit, mais il avait ajouté dans sa tête «que j'aimerais renouveler» sans pour autant l'exprimer tout haut. Il sentait que la jeune femme était nerveuse et hésitante, et il ne savait pas si c'était en raison de l'incident de la fenêtre brisée ou en raison de sa présence. Amed avait immédiatement été attiré par cette belle jeune femme, dès qu'elle avait émergé du nuage de poussière devant son autobus, lors de l'accident qui lui avait permis de la rencontrer. Il s'était par la suite félicité de cette idée qu'il avait eue de l'inviter à dîner et son cœur s'était serré lorsqu'il lui en avait fait la demande. Pendant un instant, il avait cru qu'elle refuserait. Maintenant qu'elle avait dit oui à son invitation, il n'avait pu résister à l'envie d'aller rôder près de sa maison dans l'espoir de l'apercevoir. Il s'était trouvé ridicule et devait résister à la tentation de l'appeler ou d'aller frapper à sa porte, de crainte qu'elle ne le repousse.

Il avait passé la journée du samedi à se préparer pour cette rencontre. Il avait repassé trois chemises, lui qui détestait cette tâche, constatant que la première avait une tache sur la manche, que la seconde avait un trou trop visible à son goût sur le devant et que la troisième n'était pas de la bonne couleur. Il avait finalement opté pour un chandail noir qui allait bien avec le veston qu'il avait choisi. Il ne trouva pas de pantalon pour se donner le petit côté chic qu'il recherchait et décida que le jeans ferait l'affaire. À la dernière minute, il reconsidéra son habillement au complet et se sentit ridicule.

Agathe était elle aussi nerveuse, mais pour d'autres raisons. Elle avait consacré la journée à faire du ménage dans la maison pour meubler son esprit. Il y avait longtemps qu'on ne l'avait pas invitée à dîner. À l'époque de ses études, elle était sortie avec quelques gars, mais cela n'avait pas duré. Il s'agissait toujours de camarades de classe, et si son cœur avait palpité durant quelques jours, elle les avait rapidement trouvés ennuyants, collants même lorsqu'ils la touchaient un peu trop à son goût. Lorsqu'elle s'était jointe au cabinet de notaires à Gatineau, elle s'était laissée prendre au jeu de l'amour par un jeune avocat. Elle avait cru que c'était son prince charmant, celui qui lui ferait connaître la passion. Agathe s'était rendu compte au bout de quelques semaines que celui-ci avait une petite amie avec qui il projetait de se marier. Elle avait connu sa première vraie peine d'amour et avait été dégoûtée de ses mensonges. Elle avait alors fermé son cœur à toute nouvelle aventure.

Agathe estimait qu'elle n'avait pas besoin d'un homme dans sa vie actuellement. Pour le moment, elle devait apprivoiser son nouveau monde et mieux connaître les gens d'ici. Amed était séduisant, et elle avait senti qu'il avait remué les cendres autour de son cœur, mais elle craignait d'être blessée à nouveau. Et puis, quel type étrange. Elle se demandait ce qu'elle pourrait inventer si jamais Amed s'avérait être d'un ennui mortel ou si, comme le lui avait dit Lucien Patry, il était trop « étrange ». Elle avait avisé le notaire Beausoleil de son rendez-vous et lui avait demandé de l'appeler sur son téléphone portable, vers vingt-deux heures, ce qui lui permettrait de trouver un prétexte pour s'éclipser.

Quand elle fut rassurée, elle pensa au testament dont elle avait laissé la copie dans son porte-document. Elle se rappela également le sentiment de panique qui l'avait submergée lorsqu'elle avait appris que quelqu'un d'autre était venu en demander une copie. L'avait-on surveillée ? Une autre pierre viendrait-elle fracasser sa vitrine ? Elle alla jeter un coup d'œil à la fenêtre, scrutant les alentours qui sombraient dans la noirceur. Agathe ouvrit la lumière sous le porche afin de voir un éventuel rodeur et songea qu'il serait peut-être temps pour elle d'adopter un chien, bien qu'elle doutât que Mistigri puisse apprécier un tel compagnon.

Elle jeta des coups d'œil inquiets autour d'elle lorsqu'elle se décida à ouvrir l'enveloppe. Elle entreprit la longue et laborieuse lecture des photocopies qu'on lui avait remises au Bureau de la publicité des droits. Le texte était rédigé en anglais et avait été préparé par un notaire du comté de Bergen, aux États-Unis, le 6 septembre 1938. Par ce testament, Burgess cédait la totalité de ses avoirs, c'est-à-dire sa résidence à West Englewood près de New York et la propriété de Cameron au Québec, à sa femme Kathleen. Burgess possédait aussi une action dans une compagnie, Briarwood Pipe, qu'il lui léguait. Elle nota aussi le nom d'un certain Rudolph Scmidt, cité à quelques reprises dans le document en tant qu'exécuteur et qui semblait avoir été un associé d'affaires du défunt.

Agathe fut cependant surprise de constater que Burgess avait ajouté un codicille à son testament à la fin de juillet 1943, soit moins de trois mois avant son décès. Par cet ajout, Burgess indiquait que ses avoirs devaient être divisés entre sa femme et son ou ses descendants nés ou à naître. « L'enfant sera identifié par le symbole du président dont il sera porteur » avait indiqué Burgess. Curieusement, le changement des titres des terrains en faveur de l'héritière ne s'était fait qu'en septembre 1945, au moment de la transaction avec TMO Investment, soit près de deux ans après le décès. Le notaire qui avait procédé au transfert des terrains concluait que « puisque aucun enfant n'était né ni n'avait été adopté et qu'aucune des recherches n'avait pu démontrer qu'un descendant était né, la totalité des biens devait être versés à la veuve bien-aimée du défunt ».

Cette formulation était étrange. « Aucune des recherches n'a pu démontrer », répéta-t-elle. Cela laissait entendre qu'il y avait eu, au moment de l'ouverture du testament, un doute sur un possible enfant et qu'on aurait demandé une investigation. Kathleen Burgess était sûrement enceinte au moment du décès de son mari et elle avait perdu son enfant. Peut-être avait-elle par la suite eu une autre famille après le décès de son époux, quelqu'un à qui elle aurait légué ses biens. Ces gens avaient quitté la région depuis bien longtemps et la dame Burgess avait, semble-t-il, disparu.

Elle sursauta en entendant frapper et réalisa que le temps avait passé si vite qu'Amed était là devant sa porte. Elle attrapa son sac et y glissa son portable, tout en se demandant à quel endroit il avait prévu l'emmener. Il avait apporté une fleur, et Agathe ne put s'empêcher de noter cette délicatesse toute romantique. En voyant le camion devant la porte, elle offrit de prendre sa voiture, mais il insista. Elle grimpa dans le véhicule avec appréhension, mais constata qu'il avait, cette fois, effectué un véritable nettoyage de sa guimbarde. Contre toute attente, elle fut surprise du restaurant où Amed avait fait une réservation. La Crémaillère était la meilleure table de la région. Planté sur une colline du village de Messines, ce restaurant avait acquis une réputation enviable, remportant à plusieurs reprises des prix prestigieux pour la qualité des mets que les propriétaires y préparaient.

Le maître d'hôtel les dirigea vers une table qui, sans être isolée, était suffisamment en retrait pour offrir au couple un peu d'intimité. Elle donnait sur une fenêtre d'où l'on pouvait apercevoir au loin le majestueux lac Blue Sea. Agathe avait un instant craint qu'Amed ait demandé qu'on les place dans un endroit trop intime. Comme s'il avait lu dans son esprit, il précisa :

— Tu vois, cette table est suffisamment loin des autres pour que nous puissions discuter et assez proche pour que tu puisses appeler à l'aide si je devenais grossier ou pire, ennuyant.

Agathe éclata de rire et l'atmosphère se détendit. Elle se demanda s'il allait commander une simple salade pour respecter son régime et anticipa avec curiosité le moment où le serveur leur présenta le menu de la table d'hôte. Il opta pour les côtelettes d'agneau à la menthe.

— Je croyais que tu étais végétarien?

— C'est Lucien qui t'a dit cela?

— Heu… oui, dit-elle, réalisant soudainement qu'elle venait de lui révéler qu'elle avait fait sa petite enquête à son sujet.

Amed rit de bon cœur, expliquant à Agathe qu'il avait fait croire à Lucien qu'il était végétarien pour éviter d'avoir à l'accompagner à la chasse.

— Pourquoi? C'est un casse-pieds?

— Non. Je ne chasse jamais.

«De plus en plus étrange», songea Agathe en se rappelant l'arsenal qu'elle avait vu dans son garage. Elle pensa à son téléphone cellulaire qui devait sonner à vingt-deux heures et fouilla discrètement dans sa poche pour le trouver.

— Tu ne chasses pas, mais alors…

— Alors, pourquoi ces armes, c'est ce que tu te demandes. Je suis devenu armurier par nécessité. Je voulais travailler à mes inventions et j'étais conscient que je ne pourrais jamais m'y consacrer si j'occupais un poste ailleurs. Le cours d'armurier était nouveau et dispensé à Maniwaki. Dans la région, pratiquement chaque habitant est un chasseur. Je me suis donc dit que je pouvais faire l'entretien des armes et disposer de mon propre atelier pour mes petits travaux.

— Et pour la chasse?

— Je n'aime pas tuer les bêtes. J'en suis incapable. Plus jeune, j'y suis allé avec mon père. Ici, c'est une sorte de rite de passage pour tout adolescent. Ce jour-là, il avait rabattu une biche vers moi. J'ai fait feu instinctivement et je l'ai tuée en pleine course. Quand je l'ai vue mourir au milieu de son sang, j'en ai été malade. C'est après que j'ai commencé à prétendre que j'étais végétarien pour éviter d'avoir à participer à ces chasses. Un prétexte commode.

— Mais tu manges bien de la viande?

— Oui, mais je dois l'acheter à Maniwaki et non à Bouchette pour garder mon image.

— Mais… les armes à feu que tu fabriques ou répares servent à tuer, non?

— C'est vrai, mais elles ne tuent pas des hommes.

— Mais elles tuent des bêtes, insista Agathe qui, visiblement, n'aimait ni les armes ni les chasseurs.

— Dans une région comme la Vallée-de-la-Gatineau, l'instinct du chasseur est quelque chose de naturel. Mon grand-père Aldège nous racontait souvent que sans la viande que leur apportait un chevreuil ou un orignal, ils n'auraient jamais sur-vécu tout l'hiver. Surtout durant la grande crise. On dit que dans les villes, les gens mangeaient les ordures. Ici, on chassait et on pêchait et les jeunes y étaient initiés très tôt dans leur vie. Mon père a commencé à chasser à l'âge de treize ans et c'est à ce même âge qu'il nous a initiés. Pour la pêche, c'est pareil. Mes premiers vrais souvenirs d'enfance, vers l'âge de trois ans, ce sont ceux de ma première partie de pêche. J'étais tombé à l'eau et j'avais failli me noyer.

— C'est probablement là que tu as eu cette curieuse idée d'un sous-marin, dit-elle, amusée. Et l'autobus scolaire, c'est un étrange détour pour un armurier.

Amed rougit, comme si Agathe avait mis le doigt sur un plaisir coupable.

— L'autobus, c'est aussi pour survivre, mais c'est surtout parce que j'adore ce travail. Et puis, ça me laisse beaucoup de temps. Je fais mon circuit entre six heures trente et huit heures trente le matin, puis je le refais en sens inverse en après-midi à partir de quinze heures. C'est très agréable.

— Je suis surprise. On entend constamment les récrimina-tions des professeurs qui se plaignent de l'impolitesse des enfants.

— Peut-être parce qu'ils n'aiment pas vraiment être avec les enfants.

— J'ai vu que tu semblais apprécier les jeunes que tu transportes, c'est assez surprenant.

— C'est parce que je les connais bien. J'essaie de les comprendre… chacun d'eux, ajouta-t-il.

L'entrée avait cédé la place à un velouté de volaille absolument divin, servi avec élégance et discrétion. Le vin aidait à délier les langues et Agathe était maintenant beaucoup plus intriguée et amusée par son compagnon que craintive et inquiète comme elle l'avait été la veille. Quand il parlait des enfants qu'il transportait, son regard s'allumait et son affection pour eux était évidente. Elle le trouva charmant, lui-même un grand enfant encore enfermé dans le rêve d'une bande dessinée. Elle hésitait à le questionner sur l'autre sujet qui occupait ses pensées.

— Et Tintin? demanda-t-elle amusée.

— Tintin? J'imagine que c'est le sous-marin qui t'intrigue. Tout jeune, j'avais été malade quelques mois. À cette époque, on croyait que j'avais la leucémie et j'avais été hospitalisé pendant deux semaines. À Bouchette, il paraît qu'on avait annoncé ma mort à quelques reprises, mais ma maladie mystérieuse s'était révélée n'être qu'une simple amygdalite. Pendant ces quelques semaines, j'avais eu droit à tous les présents et à toutes les douceurs qu'on accorde à un condamné. J'ai eu en cadeau tous les albums de Tintin et je suis devenu un véritable spécialiste.

— Et le sous-marin?

— Ben ça, c'est un peu fou, je dois l'avouer. Quand j'ai lu cet album, je m'imaginais dans un tel engin, explorant les lacs de la région. Le Trente et Un Milles est un lieu de prédilection pour la plongée, tu sais. Je me disais que ce serait intéressant qu'un peu tout le monde puisse en profiter, voyager au fond des lacs et des cours d'eau comme on le fait à la surface, confortablement, sans les inconvénients de la plongée avec masque et bonbonne.

— C'est étrange, ne put-elle s'empêcher de dire.

— C'est ce qu'on disait aussi de Joseph-Armand Bombardier lorsqu'il a voulu inventer un véhicule pour aller sur la neige. Les frères Wright passaient pour des fous parce qu'ils ont voulu s'envoler comme des oiseaux.

Amed avait marqué un point. Vu sous cet angle, peut-être avait-il raison. «Après tout, que restait-il encore à explorer, hormis les fonds des lacs», songea Agathe.

— Un sous-marin pour aller sous la mer coûte des millions de dollars et c'est énorme. Ce que j'ai en tête, c'est un petit sous-marin, simple et sécuritaire qui serait commercialisable. J'espère y arriver bientôt.

Agathe ne put s'empêcher d'admirer sa détermination, même si elle doutait que son invention puisse un jour fonctionner. Amed la questionna sur ce qui l'avait attirée dans la région et elle s'ouvrit à lui concernant sa quête et lui raconta qu'elle était à la recherche de l'identité de sa grand-mère. Elle lui confia qu'elle avait des doutes quant à la possibilité de retrouver des informations pertinentes.

Lorsque son portable se mit à vibrer, elle réalisa qu'il était déjà vingt-deux heures. Elle rassura le notaire Beausoleil et le remercia d'avoir appelé. Il la questionna un peu sur sa soirée et l'assura qu'elle pouvait l'appeler en tout temps «si jamais ça allait mal» avait-il ajouté sur un ton qui se voulait plein de taquinerie, réalisant que son interlocutrice ne pouvait probablement pas commenter.

Au moment de la raccompagner, Amed était nerveux et il ne voulait rien faire qui soit déplacé ni brusquer sa nouvelle amie. Il était attiré par elle et ne voulait pas qu'elle le repousse. Il l'accompagna à la porte et lorsqu'elle se tourna vers lui, il tendit bêtement la main, comme un simple visiteur, au moment de partir. Il prit la sienne et la serra, alors que leurs yeux se croisaient. Elle n'osait la retirer et sentait la chaleur de son corps. Ils restèrent là un long moment à se regarder sans pouvoir bouger. S'il l'avait embrassée, elle n'aurait pas résisté. Il était beau dans la nuit et Agathe réalisait combien son existence était vide depuis le départ de Berthe. Amed fit mine de se pencher vers elle, mais il se ravisa rapidement, reculant pour résister à la tentation qui montait en lui. Il la salua, rouge de gêne et bouleversé par les sentiments qui le submergeaient.

Agathe se retrouva seule dans sa maison. Bien sûr, Mistigri était venu se frotter contre ses jambes dans l'espoir d'une caresse comme il le faisait chaque fois qu'elle rentrait, mais pour la première fois, sa solitude lui pesait. Elle regretta de ne pas avoir offert un verre à Amed, bien qu'elle réalisât qu'elle n'aurait eu rien d'autre que du lait ou de l'eau à lui proposer. Elle erra dans la maison à la recherche d'un livre pour se changer les idées, mais ne trouva que des romans d'amour. Rien pour lui faire oublier les émotions qu'elle tentait de refouler.

Elle sursauta lorsqu'on frappa à la porte. Elle eut un instant de panique et songea à la roche lancée dans sa fenêtre. Elle eut peur qu'il s'agisse de celui qui l'avait menacée, mais son cœur espérait quelqu'un d'autre, priait pour que ce soit lui. Elle ouvrit la porte d'un seul coup et fut heureuse de le reconnaître. Leurs yeux exprimaient le désir qu'ils avaient l'un pour l'autre.

Amed n'était pas allé bien loin, se maudissant de ne pas l'avoir embrassée, alors que ses lèvres l'appelaient de désir. Il s'était senti si stupide qu'il s'était dit qu'elle ne voudrait plus jamais le voir s'il la laissait sur cette impression. Il s'était préparé tout un discours et quelques blagues pour expliquer pourquoi il était de retour, mais en la voyant dans la porte, ses yeux amoureux plongés dans les siens, il se concentra sur l'objet de sa visite.

Il l'embrassa, s'arrêtant pour regarder ses beaux grands yeux amoureux, incapable de croire que cette femme ravissante puisse porter un tel regard sur lui. Leurs lèvres se soudèrent et leurs corps s'enlacèrent. Agathe ne lui offrit ni eau ni lait, mais lui ouvrit toute grande la porte de sa chambre. Quand elle se laissa tomber sur le lit, il glissa lentement à ses côtés, admirant son corps. Amed fit glisser le bout de ses doigts sur les mamelons durcis de ses seins. Elle geignit lorsqu'il y posa ses lèvres, puis remonta jusqu'à son cou. Sa langue toucha le bout de son oreille et Amed sut désormais quel était son point faible. Agathe ne pouvait résister à cette caresse et tout son corps s'enflammait. Lorsqu'il passa au-dessus d'elle et que son sexe tendu effleura la peau de son ventre, elle sentit une décharge électrique la parcourir et le creux de ses cuisses devenir humide. Il continua à sucer le bout du lobe de son oreille pendant qu'Agathe, incapable de résister à son propre désir, soulevait les reins à la recherche de l'autre. Amed la laissa le guider en elle, accordant ses mouvements à ceux du bassin de sa partenaire. Les sons de leur amour naissant explosèrent dans la nuit comme une longue plainte chantée dans une parfaite harmonie. Agathe sut dès cet instant que l'armurier avait réussi à percer la cuirasse qui protégeait son cœur. Elle se lova dans ses bras, encore sous les effets euphorisants de la jouissance qu'elle venait de connaître.

Chapitre quinze
Messines, 1940

L e printemps ne tarderait pas à pointer son nez et avec lui la douce période des semences. Dès que la neige qui confinait les Richard à l'isolement presque total serait disparue, les bourgeons ne tarderaient pas à se pointer. Si son frère Gérard aimait moins cette vie sur la ferme, Aldège, lui, en était fou. Chaque saison dans cette nature isolée était pour lui une partie de plaisir permanente. En janvier, il semblait improbable que la vie puisse renaître de ces arbres et de ces fleurs laissés sans défense à la morsure cruelle du froid glacial. La neige s'accumulait et il devenait rapidement impossible de se rendre au chemin principal autrement qu'à pied ou le plus souvent en raquettes lorsqu'il fallait battre le sentier après une nouvelle tempête.

Aldège aimait tout de cette vie sur la terre, même l'hiver. Alors que les autres pestaient contre le froid, Aldège songeait pour sa part à ces longues randonnées qu'il faisait parfois avec son frère pour se rendre au village afin d'aller chercher des provisions ou pour trapper. Pompon, le chien des Richard, les accompagnait presque toujours et tirait un traîneau dans lequel on plaçait les denrées. Il avait fallu deux hivers à Aldège pour lui apprendre à tirer la charge sans chercher à se débarrasser du harnais qu'ils lui avaient fabriqué. Pompon était un intéressant mélange alliant la force du berger allemand à la douceur du colley, ce qui en faisait un animal précieux sur une ferme. Il comprenait bien qu'Hector était le maître de la maison et dès que celui-ci émettait un léger sifflement entre ses dents, le chien courait à toute allure. Il suffisait qu'Hector dise « Les vaches » pour que Pompon s'élance ventre à terre autour des bêtes pour les rassembler et les mener à l'étable. Mais il aimait Aldège, dont il ne se séparait que lorsqu'Hector sifflait.

Le printemps était la meilleure saison pour vivre sur une ferme, estimait Aldège. La saison des sucres commençait. Malgré la neige encore abondante, il fallait percer les trous dans les érables pour y placer les gouttières et accrocher les chaudières. On savait, lorsque la sève montait, que la vie était sur le point de renaître. Les Richard n'auraient pratiquement plus de repos pour les deux prochaines semaines. Avec le cheval et un traîneau sur lequel était arrimé un grand baril de bois, il faudrait vider les chaudières chaque jour, et même parfois, au plus fort de la saison des sucres, deux fois la même journée. Depuis quelques années, Hector avait économisé assez pour acheter des gouttières de métal, ce qui rendait le travail beaucoup plus facile qu'à l'époque des gouttières de bois. On ramassait l'eau quand il faisait clair, et le soir, il fallait la faire bouillir. Les premiers jours, le tout se faisait rapidement, la quantité d'eau recueillie étant limitée. Mais plus la saison avançait, plus Aldège et Hector devaient rester tard pour soutenir la coulée de sève. Au plus fort, les deux frères couchaient sur place, se relayant autour du gros chaudron noir où l'eau continuait de bouillir.

Depuis l'automne dernier, Aldège s'était rendu à quelques reprises à Bouchette, chez Magloire, pour recueillir les bouteilles d'alcool vides dont il se servait pour embouteiller son sirop. L'hôtelier fournissait quelques cabanes à sucre du coin en bouteilles vides, mais depuis qu'il avait installé sa distillerie clandestine dans la cabane à sucre des Lefebvre, il y en avait peu à récupérer.

Le printemps, c'était aussi le retour de la vie en communauté. Dans quelques jours, une semaine tout au plus, le sentier qui les reliait au chemin principal serait carrossable. La boue aurait séché et on ne s'y enfoncerait plus. Hector sortirait le tracteur de la remise pour les labours et y accrocherait la remorque pour aller au village chercher les semences. Aldège et Gérard auraient bien aimé que leur père achète une voiture ou un camion, mais celui-ci ne voulait rien entendre.

— On a des pieds pour marcher, disait-il.

Le tracteur, par contre, présentait beaucoup plus d'avantages. Il pouvait tirer la charrue et la herse dans les champs au printemps, et la faucheuse pour la récolte, transporter le bois et même être utile pour aller au village. Et puis, il y avait toujours Sam, un gigantesque percheron, qui avait toujours fait la fierté d'Hector. Quelques années auparavant, le cheval avait remporté un concours de halage lors de la foire agricole annuelle. La bête bénéficiait depuis d'un traitement de faveur.

Aldège et Gérard caressaient cependant le rêve de pouvoir un jour accumuler assez d'argent pour s'acheter une voiture et suivre les copains d'un village à l'autre, où ils allaient visiter les auberges et les jeunes filles de la place. Aldège se joignait parfois au groupe de son copain Émile et allait faire la fête avec eux dans les environs. Ils s'entassaient dans la voiture de Virgile Lefebvre pour faire la tournée des restaurants et des différents lieux de rencontre des environs. Ils se rendaient parfois à Maniwaki pour bambocher dans les hôtels et les autres établissements où l'on servait de quoi allumer leur esprit, mais en général, leurs sorties les amenaient dans des restaurants des environs immédiats de Bouchette. C'est ainsi qu'à Messines, les plus belles filles allaient prendre une boisson gazeuse au restaurant Nault. Les gens de la place désignaient l'endroit comme «la pharmacie Nault», car la dame qui tenait les lieux était une ancienne infirmière et elle vendait, outre les boissons gazeuses et les chocolats, quelques médicaments et pommades. C'est là qu'Aldège et Émile avaient rencontré Marie-Anna Morissette. Elle était la plus jeune de la famille d'Hervé Morissette, un fermier habitant sur le chemin du Bonnet-Rouge, à la limite de Bouchette et de Messines. Anna ne ressemblait pas aux autres membres de sa famille. Elle s'habillait différemment, parlait plus librement que les autres filles et n'hésitait pas à remettre les garçons à leur place. Et puis Anna rêvait. Non pas de fonder un foyer comme la plupart des autres filles de son âge. Anna était au courant des questions politiques et n'hésitait pas à revendiquer le droit de vote pour les femmes, une position que le clergé catholique dénonçait avec vigueur. Dans un petit village comme Bouchette, la position du curé était considérée comme parole d'évangile et si quelques femmes osaient la remettre en question dans l'intimité de leur foyer, les autres se rangeaient servilement à la position de l'Église. Pas Anna. Elle estimait avoir autant d'intelligence qu'un homme et aurait souhaité poursuivre ses études, mais refusait d'embrasser la vocation de religieuse pour y arriver, seule option possible pour les jeunes filles du monde rural dont les parents n'avaient pas les moyens de défrayer les coûts pour fréquenter l'école privée. Il y avait bien l'école des arts ménagers, mais ce qui y était enseigné ne visait qu'une seule chose; en faire des épouses et des mères.

Aldège avait immédiatement été séduit par Anna. Il aimait sa fougue et le fait qu'elle se détachait du groupe des autres filles. On aurait dit une jeune pouliche ruant et mordant autour d'elle au sortir d'un long hiver à être enfermée dans l'étable. Il avait beau ne pas être en accord avec sa façon de penser, il était malgré tout sous le charme, refusant de se demander comment il pourrait éventuellement vivre avec une femme ayant un tel caractère. Il s'imaginait capable de dompter cette ardeur une fois qu'il l'aurait séduite. Mais Anna n'était pas femme à tomber facilement dans les pattes d'un homme. La jeune fille avait durement acquis une certaine autonomie dont elle n'était pas prête à faire le deuil.

Aldège ne s'était pas caché de son attirance pour la belle Anna auprès de ses copains Émile Beauregard et Virgile Lefebvre. Il savait bien qu'il n'était pas le seul à avoir un œil sur la belle fille du Bonnet-Rouge, mais il souhaitait être celui qu'elle choisirait.

Virgile avait sourcillé, exprimant presque du dédain pour « la Morissette », comme il la désignait.

— La Morissette, elle se prend pour un homme. Elle va te conduire par le bout du nez comme un petit bœuf avec un anneau dans le museau, avait-il dit.

Émile, par contre, n'avait pas fait de commentaire. Il avait gardé pour lui ses pensées, mais la beauté rebelle de la belle Anna ne le laissait pas indifférent et c'était la faute de ce fou d'Aldège qui la lui avait présentée quelques semaines auparavant. Émile avait senti qu'un courant était passé entre lui et Anna lorsque leurs yeux s'étaient croisés, du moins il le souhaitait. Il avait rapidement baissé les yeux, de peur qu'Aldège s'en aperçoive, mais elle n'avait plus quitté ses pensées. Émile était maintenant torturé entre son désir de courtiser Anna et sa fidélité à son ami. Il souhaitait qu'elle éconduise Aldège de façon à lui laisser le champ libre et la conscience en paix. Chaque fois qu'Aldège se retrouvait en sa présence, il devenait un véritable petit chien de compagnie, gambadant autour d'elle comme un enfant devant une friandise, et cette attitude exaspérait Émile. Il rongeait son frein en attendant qu'elle le repousse. Il faisait preuve de réserve tout en essayant de capter le regard d'Anna, ce qui arrivait parfois. Elle lui adressait alors un magnifique sourire qui le faisait fondre comme un morceau de beurre dans un poêlon chaud.

Anna n'était pas insensible aux avances des deux jeunes hommes, c'était évident, mais elle refusait obstinément de s'engager envers l'un ou l'autre. Toute cette attention lui plaisait et chacun de ses prétendants avait de belles qualités, mais elle savait aussi qu'en cédant à l'un d'eux, elle serait forcée de mettre de côté ses propres aspirations. La plupart de ses copines ne souhaitaient que cela. Le mariage leur apporterait la sécurité, disaient-elles. La sécurité, Anna avait compris qu'elle la trouverait par ses propres moyens et l'argent était la clé de sa liberté. Pour le moment, elle travaillait comme bonne, mais elle espérait faire quelque chose de plus élevé, pour leur montrer à tous qu'une femme pouvait être autre chose qu'un objet de procréation.

Ce soir-là, Aldège aurait bien souhaité aller traîner du côté du restaurant Nault, mais le grand Virgile avait un autre projet en tête. Il avait récupéré quelques bouteilles d'alcool de la dernière cuvée de Magloire et proposait d'aller trinquer avec d'autres copains de Bouchette. Ils s'étaient retrouvés près du nouveau pont de fer et avaient avalé le liquide à grandes gorgées. Tous étaient préoccupés par la guerre en Europe. On se rappelait encore la conscription que le gouvernement fédéral avait décrétée lors de la Première Guerre mondiale. Tous avaient connu quelqu'un qui était allé à la guerre et qui n'en était pas revenu, et il y avait ceux qui étaient revenus, mais dont l'esprit était resté là-bas, égaré dans l'horreur des champs de bataille. On anticipait que le gouvernement de Mackenzie King fasse encore une fois le coup aux Canadiens français afin de les entraîner de force dans cette maudite guerre. Il avait promis que non, mais au Québec, on se méfiait de lui comme de la peste.

Virgile n'avait pas trop de craintes à ce sujet. Il était l'aîné de la famille et sa présence était donc nécessaire sur la terre familiale. Mais on racontait que cette excuse n'était plus suffisante, et il envisageait un mariage avec la voisine, Murielle Poirier, pour se soustraire à une éventuelle conscription. Plusieurs considéraient le passage devant l'autel comme un dernier recours pour échapper à la guerre, mais Aldège n'était pas de ceux-là. Seul un mariage avec Anna aurait pu l'inciter à suivre les autres dans cette voie. Comme plusieurs, il considérait le projet de « prendre le bois » si jamais l'armée voulait le forcer à se battre. Seul Émile ne semblait pas chercher un moyen de fuir.

— S'ils m'appellent, j'irai, dit-il simplement, ce qui laissa les autres sans voix.

— Maudits Allemands, dit l'un d'eux pour briser ce silence trop long.

— Maudits Juifs, s'empressa d'ajouter le grand Virgile qui s'était laissé gagner par les idées du Parti pour l'unité nationale d'Adrien Arcand. Regardez le Juif du rang Gagnon. Il fait plus d'argent avec nous que tout ce qu'on pourrait gagner à travailler à la sueur de notre front.

Tout le monde approuva, tout en ingurgitant une nouvelle rasade d'alcool. Les propos du grand Virgile en incitèrent d'autres à déblatérer contre les Juifs, et même à citer, à titre de référence, les propos de l'abbé Gélinas, qui ne cachait jamais son opinion sur eux. Au bout de quelques heures, la plupart des jeunes fêtards étaient en état d'ébriété.

Émile demeurait non loin de là et marcha péniblement jusque chez lui, mais il songeait aux autres qui avaient pris la route à bord du véhicule du grand Virgile. Ce dernier était saoul, c'était évident et Émile avait craint qu'ils se retrouvent tous dans le décor.

Le lendemain, le village de Bouchette était secoué par un drame. Un homme d'origine juive, nommé Hirsch Baran, demeurant sur le chemin du rang Gagnon, était retrouvé sans vie le long de la voie ferrée près de Messines. L'homme marchait sur les rails, croyait-on, lorsqu'il avait été happé par le train.

Chapitre seize
Bouchette, 2005

«Quel doux parfum», songea Agathe en humant les effluves d'amour qui l'entouraient lorsqu'elle s'était éveillée auprès d'Amed. Une sensation agréable qu'elle avait oubliée ou plutôt qu'elle avait chassée de son esprit en manque d'affection depuis si longtemps. Même de retour au travail le lundi suivant, elle ne parvenait pas à penser à autre chose ni à se concentrer sur ses dossiers. Ils avaient fait l'amour avec fougue toute la nuit, se reposant ou dormant entre deux séances. Quand ils s'assoupissaient, Amed semblait se mouler sur son corps. Dès qu'elle se tournait sur le côté, il suivait son mouvement sans même s'éveiller et venait s'agglutiner dans son dos et sur ses fesses. Elle avait toujours adoré cette position pour dormir lorsqu'elle avait laissé entrer un amoureux dans son lit, mais rares étaient ceux qui appréciaient comme elle cette habitude. Ces images revenaient constamment dans sa tête et elle baignait dans une sorte de béatitude permanente. Le notaire Beausoleil n'avait pas manqué de noter le changement chez sa jeune associée lorsqu'elle revint au travail le lundi.

— Je vois que ce garçon ne s'est pas avéré aussi assommant que vous le pensiez, dit-il avec moquerie.

Le reflet de ses yeux ne laissait planer aucun doute et Agathe ne put rien cacher à cet homme d'âge mûr. Ce regard un peu absent, ce sourire permanent au coin des lèvres, ces petits moments de rêverie qu'il interrompait parfois en entrant dans son bureau, tout cela ne trompait pas et Beausoleil percevait ce qui était en train de fleurir chez sa jeune partenaire. «Bonne affaire», s'était-il dit en songeant à cette vieille maxime qui veut que *qui prend mari prend pays.*

Agathe essayait tant bien que mal de se raisonner, de se dire que c'est précisément parce qu'elle n'avait pas connu d'homme depuis trop longtemps qu'elle se sentait si bouleversée et que son cœur était prêt à chavirer. Elle craignait de découvrir soudain un côté sombre de la personnalité d'Amed qui l'aurait cruellement ramenée à la réalité comme cela avait été le cas avec son premier amoureux.

Amed était rentré chez lui tard et à regret au lendemain de leur folle nuit. Ils s'étaient longuement enlacés au moment de partir, chacun couvrant le visage de l'autre de mille baisers, comme si ce fut pour la dernière fois. En retournant chacun dans son lit, ils avaient pu constater combien celui-ci était vide. Agathe avait eu de la difficulté à dormir, son corps cherchant le contact de l'autre.

— Si notre relation doit se poursuivre, je suggère que nous limitions nos rencontres aux fins de semaine, avait-elle dit, craignant qu'Amed n'envahisse sa vie et sa maison.

Mais au bout de quarante-huit heures de séparation, elle n'en pouvait plus. Elle avait besoin d'entendre sa voix. Quand elle se décida enfin à décrocher le combiné et à composer le numéro, Amed répondit avant même que la sonnerie ait fini de faire entendre son premier « drelin ». Ils convinrent qu'il leur fallait être raisonnables, mais ne purent résister à l'envie qu'ils partageaient de se retrouver.

— Tu pourrais venir souper chez moi demain. Et puis, c'est un peu injuste. Tu as fait la réparation sur ma voiture, mais c'est aussi toi qui as payé la note l'autre soir. Je voudrais au moins t'offrir un vrai repas préparé de mes mains et à mes frais pour me faire remercier. Ça n'engage à rien, souligna-t-elle avec du miel dans la voix.

Ils restèrent à table longtemps, repoussant l'heure de la séparation qu'ils avaient pourtant établie au préalable. Quand il se leva, ne sachant plus quoi inventer pour rester, Agathe en fit de même et se planta devant lui, ses lèvres et tout son corps appelant l'ultime baiser. Tous deux avaient compris bien avant que leurs langues ne se touchent qu'il serait impossible de s'arracher à cette caresse et que ni l'un ni l'autre ne dormirait seul.

Ils avaient d'abord décidé que ce petit tête-à-tête en plein milieu de la semaine n'avait aucun autre objectif que le prétexte qu'avait inventé Agathe. Elle avait cru qu'elle pourrait se ressaisir et que son appétit sexuel serait sinon rassasié, du moins calmé après cette seconde nuit, mais ce fut pire. Après deux semaines de ce régime, elle conclut qu'elle ne pourrait plus tenir. Ce n'était pas seulement la jouissance du corps qui la tourmentait lorsqu'elle restait seule la nuit, c'était aussi la présence d'Amed qui lui manquait. Pouvoir discuter avec lui de tout et de rien, rire de bon cœur comme ils l'avaient fait lorsqu'elle lui avait avoué l'avoir baptisé du surnom de Tournesol, après la visite de son atelier, ce qui lui avait inspiré une imitation particulièrement hilarante du fameux professeur.

— C'est un pendule assez spécial que j'ai là, disait-il d'une voix nasillarde comme celle du savant dans le dessin animé. Il attrapa le premier objet qu'il pouvait utiliser. Il n'indique pas le Nord, mais plutôt un endroit chaud.

Invariablement, l'objet pointait vers le sexe de la jeune fille. Agathe riait aux éclats malgré la grivoiserie de cette blague. Elle adorait pouvoir étirer un peu le bras au milieu de la nuit et sentir la chaleur du corps de son amant. Par contre, Mistigri, qui avait pris l'habitude de coucher dans la chambre d'Agathe depuis qu'ils avaient déménagé, n'appréciait pas beaucoup cet intrus qui occupait son côté de lit.

Puis, un jour, Amed l'avait prise dans ses bras et l'avait soulevée dans les airs en la faisant tourner pour entendre son rire cristallin. Elle avait laissé échapper les mots qui s'étaient lentement installés dans sa tête, mais qu'elle avait pourtant refusé de prononcer jusque-là :

— Je t'aime.

Aussitôt, elle eut le sentiment d'avoir dit une énormité. Amed avait immédiatement arrêté sa ronde, surpris de ces paroles qu'il espérait entendre de sa bouche depuis qu'il l'avait rencontrée.

— Je t'aime aussi, avait-il répondu en affichant un grand sourire de bonheur.

Il y avait longtemps qu'elle n'avait pas connu une telle félicité. Ses aventures précédentes n'avaient rien à voir avec ce qui se développait dans son cœur. Jamais elle n'avait cru qu'on puisse autant aimer une personne. Même l'amour profond qu'elle vouait à sa mère ne l'avait jamais troublée de cette façon. Tout son corps en tremblait et sa gorge était nouée au point où elle en éprouvait presque une douleur physique.

Ce bouleversement dans sa vie avait modifié l'ordre de ses priorités. Elle n'avait pas oublié l'ultime demande de sa mère ni l'objet de ses recherches, mais elle se sentait moins pressée de retourner à son enquête. Chaque fois, cependant, que son regard s'arrêtait sur l'urne, elle ne pouvait oublier la mission que sa mère lui avait confiée. « Je suis certaine que maman serait heureuse de mon bonheur », se disait-elle, mais elle avait aussi l'impression que celle-ci ne trouverait pas le repos tant que sa tâche ne serait pas exécutée.

Malgré le sentiment de culpabilité qu'elle éprouvait, Agathe avait laissé de côté ses recherches personnelles pour se concentrer sur son travail. L'amour avait peut-être croisé sa route, mais elle ne laissait pas ses devoirs de côté pour autant. Elle replongea dans ses dossiers avec ardeur, bien décidée à ne pas laisser son état d'euphorie nuire à son travail. Elle reprit rapidement le dessus, mais elle hésitait à relancer ses recherches sur le fameux terrain du lac des Trente et Un Milles pour effectuer le mandat que la municipalité de Bouchette lui avait confié. C'est un appel de la secrétaire-trésorière qui la força à s'y remettre. Le conseil municipal souhaitait connaître l'état d'avancement des recherches et Agathe dut expliquer que le terrain en question serait toujours la propriété des descendants de John David Burgess et qu'elle en était à vérifier si ceux-ci étaient toujours vivants.

Elle choisit de demander conseil à Beausoleil, lequel lui proposa de faire des recherches de son côté.

— J'ai quelques bons amis dans la profession à New York. Jusqu'à tout récemment, ils venaient encore me visiter pour une partie de pêche annuelle dans la réserve faunique La Vérendrye.

Elle songea à nouveau à Rogatien Lafontaine et se décida à le visiter. Elle anticipait cependant avec dégoût les montagnes de détritus au milieu desquels il vivait. Lorsqu'elle frappa à sa porte, le vieil homme était là et l'accueillit avec un certain plaisir. Il craignait ses questions, mais cette deuxième visite en moins d'un mois était pour lui une bénédiction. Il se pressa jusqu'à la porte et la fit entrer. Il lui indiqua encore une fois la seule place disponible pour s'asseoir et il s'installa dans sa chaise berçante.

— Je suis venue vous poser quelques questions. Je voudrais savoir si vous connaissez ces gens, dit-elle en exhibant la vieille photographie qu'elle avait déjà montrée à la vieille religieuse.

Rogatien saisit le cliché et l'approcha de la lumière de la lampe en plissant les yeux, scrutant les visages de chacun. Il ne put s'empêcher de froncer les sourcils et il émit le bruit qu'il avait l'habitude de faire avec son nez.

— On va dire, c'est une bien vieille photo. Le monde est dur à reconnaître là-dessus.

Agathe n'en croyait rien. Elle avait vu sa réaction.

— Allons, monsieur Lafontaine, un homme comme vous n'oublie pas. Regardez mieux.

Rogatien fit semblant de se concentrer de nouveau sur la photo.

— Le soldat, c'était le jeune Émile Beauregard, le petit-fils de Magloire. Il est mort à la guerre en héros, en 1944, lors du grand débarquement.

Agathe nota qu'il l'avait présenté comme le petit-fils de ce Magloire.

— La femme, vous la connaissez?

— Pour sûr. Tout le monde la connaissait. C'était la jeune Anna Morrissette.

— Pourquoi dites-vous que « tout le monde la connaissait » ?

— On va dire, elle ne restait pas à sa place. Son père a eu bien de la misère avec elle. Elle voulait s'en aller à Montréal, la p'tite vingnenne !

— Qu'est-il arrivé avec cette Anna Morrissette ?

— Elle est partie en 1943 et n'est jamais revenue. Peut-être est-elle allée à Montréal, finalement.

— Elle n'est jamais revenue dans sa famille ?

— Si elle est revenue, on n'en a jamais rien su, mais après ce qui s'était passé, il valait mieux qu'elle reste au loin, souligna Rogatien.

— Mais que s'était-il donc passé pour qu'elle soit ainsi bannie ?

— Elle n'a pas été bannie, elle est partie. Et puis ce sont des vieilles histoires, répliqua Rogatien, réalisant qu'il en avait peut-être trop dit.

— Voyons, monsieur Lafontaine, c'est arrivé il y a si longtemps, je ne vois pas ce que vous pourriez dire qui causerait préjudice.

— C'est une affaire qui regarde Dieu et les gens de Bouchette seulement.

Agathe ne comprenait plus l'attitude du vieil homme. Lui, habituellement si volubile, semblait se fermer comme une huître lorsqu'il était question de cette Anna. Elle décida de ruser.

— Ce n'est pourtant pas ce qu'Évangéline Beauregard m'a raconté.

Rogatien cessa soudain le balancement de sa chaise et se redressa, comme si cette information l'avait piqué au vif.

— Évangéline Beauregard ? Elle n'aurait pas dû. Surtout elle, une femme de Dieu.

— Pourquoi n'aurait-elle pas dû en parler ?

Rogatien hésita, ne sachant plus très bien ce que la jeune femme savait et ce qu'elle ignorait.

— Ces choses-là, on n'en a jamais parlé, dit-il.

— Vous voulez dire que les gens n'ont jamais parlé du bébé? lança Agathe en réalisant que jamais ni l'un ni l'autre n'avait auparavant fait mention d'un enfant.

Elle souhaita qu'il morde à l'hameçon. Rogatien répondit:

— Non. On va dire, c'est un sujet honteux ici.

— Mais l'enfant, qu'est-il arrivé de lui?

— D'elle, précisa Rogatien, démontrant hors de tout doute qu'il en savait plus que ce qu'il voulait dire. On ne l'a jamais vue.

Agathe sentit qu'elle approchait du but. Cette Anne Morrissette était probablement sa grand-mère, elle en était presque certaine, sans en avoir la preuve.

— Vous savez où cette photo a été prise?

— En arrière, c'est la maison de l'Allemand. Ç'a été pris à Burgessville, dit Rogatien, le visage soudainement sombre.

— Burgessville? demanda Agathe. On parle bien ici de l'endroit qui appartenait à John David Burgess, n'est-ce pas? Pourquoi appelait-on cet endroit ainsi?

Rogatien s'était immédiatement lancé dans un long exposé pour expliquer ce qu'avait été ce domaine, y allant de nombreux détails sur les constructions en place. Il termina en disant:

— C'est pour ça qu'on n'a pas voulu en parler.

Agathe, cette fois, ne comprenait plus. Ne pas parler de quoi? Du bébé qui était possiblement sa mère? Elle comprenait bien qu'à une certaine époque, ces choses étaient cachées et que les filles mères devaient quitter leur région pour éviter la honte et le regard des villageois. Elle ne pouvait imaginer que cinquante ans plus tard, de telles attitudes aient encore cours. Non, il y avait quelque chose d'autre.

— On ne voulait pas parler du bébé? demanda-t-elle.

— On ne voulait pas parler de ce qui s'était passé.

— Et que s'était-il passé?

— Ce sont de vieilles histoires. C'est arrivé en 1942. Laissons le passé où il est, conclut Rogatien en indiquant qu'il ne répondrait à aucune autre question sur ce sujet.

Agathe sentait que la conversation était finie. Rogatien avait roulé sa gomme en boule, avait encore une fois réussi à trouver un petit espace pour la coller sur une patte de la table, et s'était levé pour signifier que la rencontre était terminée.

— Une dernière chose. Qui était cet autre homme sur la photo?

Rogatien ne la regarda même pas. Il le connaissait, c'était évident.

— C'est Aldège Richard. Aldège à Hector. Ils étaient toujours ensemble lui et Émile et généralement, c'était pour tourner autour d'elle.

— Vous voulez dire qu'ils la courtisaient tous les deux? Lequel était le père de l'enfant? demanda-t-elle.

La question lui brûlait les lèvres et elle savait qu'elle risquait de brusquer le vieil homme, mais elle espérait qu'il pourrait lever le voile sur ses racines. Rogatien, qui se dirigeait vers la porte pour l'inciter à partir, stoppa juste devant elle et déplia son vieux corps pour la regarder dans les yeux.

— Qui peut en être certain? se borna-t-il à dire.

C'était fini. Il s'empressa de la pousser dehors et de refermer la porte sur elle, craignant sûrement une autre de ses questions.

Tout ce que le vieil homme lui avait dit lui tournait dans la tête. Pendant qu'il avait parlé, elle avait pris quelques notes. Cet Émile était bien le frère d'Évangéline Beauregard, la bonne sœur du couvent, et cette Anna Morrissette avait effectivement eu une fille à l'époque où Berthe était née. Mais l'autre, qui était-il? Rogatien Lafontaine avait dit qu'il s'appelait Aldège Richard. Il avait même ajouté «Aldège à Hector», ce qui indiquait qu'il s'agissait du fils de cet Hector. Cette façon de désigner la filiation apparaissait souvent dans les anciens actes notariés. Ce n'est que lorsqu'elle arriva dans l'entrée de sa maison et qu'elle aperçut Amed, tout souriant, qui l'attendait sur le palier de la porte, qu'elle réalisa avec stupeur que le nom de famille de son amoureux était le même.

Chapitre dix-sept
Bouchette, 1940

Comme tous les membres de la famille Beauregard, Évangéline vouait une admiration sans bornes à son frère aîné. Plus jeune de cinq ans, elle avait en quelque sorte grandi sous son aile. Émile savait y faire avec elle. En l'absence de son père parti travailler sur les chantiers de construction à l'extérieur de la région, Émile avait assuré la présence masculine dans la maison. Tout jeune, il avait adopté une attitude très paternelle avec sa petite sœur. Il la protégeait, la couvait et trouvait toujours mille excuses lorsqu'elle était la source d'un accident ou d'un dégât. Sa mère, Marie-Louise, n'avait jamais été dupe de cette complicité, qu'elle trouvait d'ailleurs sympathique.

Si, pendant une brève période, elle avait été la reine de la famille, Évangéline avait rapidement dû mettre ses mains au service de sa mère, qui avait accouché de cinq autres enfants après elle. Dès l'âge de cinq ans, la petite Évangéline avait appris à contribuer aux tâches domestiques. Il y avait toujours quelque chose à faire et elle disposait de peu de temps pour jouer.

L'été, Évangeline était chargée de l'entretien du potager à l'arrière de la maison. Dès qu'elle avait été en âge de le faire, Évangéline avait été affectée au sarclage du jardin. Opération longue et minutieuse où elle s'assoyait entre les allées et arrachait un à un les brins d'herbe qui poussaient entre les plants. Marie-Louise, qui l'accompagnait parfois, veillait à ce que son ouvrage soit parfait. Les mouches noires lui tournaient autour lors des longues journées printanières passées au jardin, puis elles étaient suivies des maringouins et des mouches à chevreuil, qui lui arrachaient un morceau de peau chaque fois. Sous sa grande jupe, Évangéline pouvait sentir les bestioles lui piquer les cuisses et les jambes. Elle aurait voulu se gratter, mais pas question de soulever le bord de sa robe. Bien que les Beauregard n'aient pas eu de ferme, ils cultivaient un jardin comme la plupart des gens de la place, ce qui leur fournissait une partie des légumes dont ils avaient besoin. Paul avait beau être à son compte comme entrepreneur et être le fils de Magloire Beauregard, il était aussi pauvre que tous les autres. La fin de l'hiver les amenait souvent au bord de la famine. Tant que Paul ne dénichait pas un nouveau contrat, ils étaient pratiquement sans le sou. Les carottes vieillies et les choux baveux dont il fallait retirer plusieurs pelures avant de trouver la partie encore comestible constituaient le gros de leur alimentation. On y ajoutait quelques patates et un os dont on grattait et grugeait les rares morceaux de viande pour donner du goût.

La petite enfance d'Évangéline avait été brève et on l'avait vite mise au travail, mais il y avait Émile qui enjolivait toujours les événements. Lorsqu'il arrivait, c'était la fête. Évangéline avait le droit d'aller jouer avec son frère, ce qui lui permettrait de prendre congé des enfants dont elle avait souvent la respon-sabilité. Émile l'entraînait parfois dans des aventures périlleuses. C'est ainsi qu'ils allaient fouiner dans les bâtiments des fermes environnantes à la recherche de trésors. Ils se faufilaient entre les planches d'une grange et allaient plonger dans le foin. Au cœur de leurs jeux, ils devenaient des soldats combattant des ennemis aussi nombreux que terrifiants ou alors des pirates défendant leur île contre des envahisseurs. Le monde d'Émile était toujours peuplé d'aventures et Évangéline s'y engouffrait avec lui comme Alice dans le terrier du lapin blanc où elle accédait au Pays des merveilles. Comme le lapin de Lewis Caroll qui répétait constamment qu'il était en retard, Émile semblait lui aussi être en retard dans la découverte du monde. Il aurait voulu courir devant lui pour voir plus rapidement tout ce qu'il y avait à découvrir. Chaque fois qu'Émile était là, il y avait une bouffée de liberté qui entrait.

Évangéline avait grandi, mais ces doux moments avaient toujours fait partie des images qu'elle évoquait lorsque son cœur avait besoin d'être réconforté. Émile avait un jour quitté la maison pour aller à l'école. Bien sûr, il revenait le soir, mais les choses ne furent plus jamais les mêmes. Il n'aimait pas y aller, mais cette période d'apprentissage l'avait transformé. Il avait rencontré d'autres enfants de son village et il avait besoin de faire sa place parmi eux. Il avait aussi dû faire face à l'autorité des religieuses qui assuraient l'enseignement à l'école. Dès les premiers jours de classe, sœur Mathilde l'avait pris en grippe. Elle n'avait pas apprécié son ton trop enjoué et cette tendance qu'il avait de chuchoter et de s'amuser constamment avec ses petits copains. Il était tombé en totale disgrâce le jour où, suivant la sœur supérieure dans le corridor, il avait imité un corbeau marchant lourdement sur le sol en battant des ailes. Émile s'était attiré un certain succès dans la cour de récréation avec cette imitation loufoque, mais pas auprès de la religieuse qui l'avait vu. C'est Magloire qui lui avait mis cette image en tête en qualifiant de « corneilles » les religieuses qui, comme toujours, se signaient en passant devant l'auberge afin de conjurer les influences néfastes qui émanaient de ce lieu de débauche. Magloire rageait chaque fois qu'elles faisaient ce geste.

À la suite des pitreries d'Émile, Marie-Louise avait eu droit à la visite de la sœur supérieure. Elle était arrivée à la maison, tirant Émile par l'oreille, et affectant un air outré. Marie-Louise avait été élevée dans la piété et dans le respect le plus total de la religion et elle se confondit en excuses, courbant le dos devant la sœur supérieure. Stimulée par l'attitude de soumission de Marie-Louise, qui confirmait le rôle d'autorité que la religieuse estimait être le sien dans la communauté de Bouchette, la sœur se considéra autorisée d'exagérer, et elle prétendit même que cet enfant était peut-être influencé par le démon. Émile eut droit aux remontrances de sa mère et de son père et toutes les religieuses de l'école se mirent à le surveiller. À plusieurs occasions, il se retrouva dans le coin à l'avant de la salle de classe, supportant les réprimandes des sœurs et les quolibets des autres. Il détestait l'école. Il comprit aussi que, malgré l'adoration que lui vouait sa mère, la religion serait plus forte que l'amour qu'elle lui prodiguait. Malgré son jeune âge, il savait que ni l'école ni le milieu familial ne lui offriraient son salut, mais le monde, si. Celui des hommes, du travail, de l'aventure.

Il avait pratiquement fallu le traîner sur les bancs de l'école Notre-Dame de Grâces et Émile avait assisté avec plus ou moins d'assiduité aux leçons, saisissant toutes les occasions de s'absenter. Dès que Paul décrochait un nouveau contrat, Émile se portait volontaire pour l'accompagner sur les chantiers. Après la sixième année, il avait été heureux de quitter les bancs d'école et de suivre son père. La présence de son frère à la maison était devenue aussi rare que précieuse pour Évangéline.

Rapidement, elle avait dû remplacer sa mère et assurer les soins aux autres enfants. Elle trouvait la corvée de lessive particulièrement pénible. Sa mère insistait toujours pour que tout soit impeccable, de la couche jusqu'à la nappe blanche, et l'eau chaude dans laquelle on les plongeait sentait fort le produit javellisant.

À la fin de la journée, Émile trouvait toujours un moment pour s'amuser avec Évangéline. Quand, le soir venu, elle s'assoyait près de lui, elle posait souvent sa petite main sur la sienne. Elle se sentait en sécurité. Un soir, alors qu'il avait sept ans, il était allé rendre visite à son grand-père à l'auberge. En jetant un œil dans le fouillis que Magloire gardait sous le comptoir, il avait découvert une poupée. C'est une famille ayant passé la nuit à l'auberge qui avait oublié le jouet dans une chambre. Magloire l'avait gardée un certain temps, au cas où la famille serait repassée la récupérer. La poupée avait dormi sur la tablette durant une année. En la voyant, Émile avait demandé à son grand-père de prendre le jouet.

— Une catin… Tu veux une catin ? avait dit Magloire, éberlué.

— C'est pour ma sœur, avait simplement répondu Émile en rougissant.

Magloire avait mis la poupée dans un sac de papier et la lui avait remise, heureux de constater que son petit-fils se préoccupait de ses frères et sœurs. En arrivant à la maison, Émile avait discrètement glissé le sac sous l'oreiller d'Évangéline. Après le souper, il lui avait dit d'aller y jeter un œil, parce qu'elle y trouverait quelque chose. « Une surprise ? De la part d'Émile ? Cela ne pouvait être qu'un merveilleux cadeau », songea Évangéline. Et ce le fut. Le sac brun taché ne lui laissa rien deviner de ce qui se trouvait à l'intérieur. Ses yeux étaient ronds comme des billes et sa bouche, pourtant entrouverte, ne laissa échapper aucun son lorsqu'elle vit l'objet qui se trouvait au fond. Même si le jouet avait connu de meilleurs jours, Évangéline n'aurait pas imaginé quelque chose de plus magnifique. La poupée avait de belles joues roses et des cheveux blonds. Elle était vêtue d'une petite robe jaune, assortie d'un bonnet de la même couleur. L'une de ses petites mains semblait avoir été mâchouillée et le pouce était disparu. On pouvait encore voir la marque des petites dents de la propriétaire précédente. Évangéline avait été peinée par cette blessure et en avait conclu que son ancienne famille ne la méritait pas.

— Tu seras bien avec nous, lui avait-elle chuchoté à l'oreille en la berçant.

C'est sans réfléchir que la petite maman décréta que l'enfant qu'elle venait d'adopter s'appellerait Émilie, en l'honneur de son grand frère qui la lui avait offerte. Elle décida aussi qu'il en serait le père. Lorsqu'elle jouait avec elle et qu'Émilie était « désobéissante », elle la grondait :

— Papa Émile va te chicaner lorsqu'il reviendra.

Émile jouait parfois le jeu lorsqu'elle lui racontait les péripéties d'Émilie et pointait la poupée du doigt en la réprimandant. L'amour de la petite fille pour son grand frère n'avait cessé de croître au fur et à mesure qu'ils grandissaient. À treize ans, lorsque Émile abandonna l'école, il avait déjà fière allure. Il n'était plus un freluquet. Au contraire, il était plus lourd que la plupart des autres jeunes de son âge et les muscles de ses bras faisaient saillie sous sa chemise. Sa mère recevait avec joie les compliments qu'on lui adressait sur ce beau grand garçon.

Si la vie scolaire avait été un long calvaire pour Émile, les choses avaient été bien différentes pour Évangéline, qui avait immédiatement apprécié l'atmosphère de sérénité qui régnait généralement à l'école. Contrairement à son frère, Évangéline était une élève docile et studieuse et elle tomba immédiatement dans les bonnes grâces des religieuses du Sacré-Cœur. Le fait qu'elle soit la sœur de ce petit mécréant d'Émile Beauregard et la petite-fille du tenancier de l'auberge, le lieu de perdition dans ce village, ajoutait à la satisfaction que les religieuses éprouvaient à charmer la jeune fille. Dès la première année, son enseignante, sœur Marie-Ange, avait souligné sa grande dévotion et son obéissance. Évangéline était fascinée par les histoires fantastiques de la Bible et des Saintes Écritures. Sœur Marie-Ange avait vu que la jeune fille semblait en état de béatitude lorsqu'il était question de l'histoire sainte. Elle en avait glissé un mot à sœur Martine, la sœur supérieure qui dirigeait l'école.

Si la congrégation avait choisi de s'implanter à Bouchette et dans plusieurs autres villages de la Gatineau, c'était bien sûr pour offrir des enseignants à ces populations isolées, mais c'était aussi pour y recruter de futures religieuses. Il en avait d'ailleurs été question avec le curé et les citoyens de la paroisse en 1910 lorsque les sœurs avaient accepté le mandat d'assurer l'éducation des jeunes de Bouchette. « Il faudra des vocations », avait dit la mère supérieure du couvent des sœurs du Sacré-Cœur à Ottawa lorsque le prêtre et le maire de Bouchette s'étaient présentés pour solliciter l'aide des nonnes. Faute d'argent, le tribut de la communauté se mesurait en jeunes filles. La sœur responsable de l'école Notre-Dame de Grâces devait d'ailleurs veiller chaque année à identifier les jeunes filles susceptibles de se vouer à la prière. Les qualités religieuses des candidates ne figuraient pas toujours en tête des critères de sélection. Les familles de cultivateurs constituaient un terrain fertile pour la récolte des vocations. Plus le nombre d'enfants était grand au sein d'une même famille, plus facile était la tâche de persuader les parents de « donner à Dieu » une de leurs filles. Une bouche de moins à nourrir, c'était important, alors que la plupart avaient de la difficulté à trouver assez pour faire manger tout le monde. Et puis, il était toujours entendu que les portes du paradis s'entrouvraient plus facilement pour une famille ayant donné une religieuse à Dieu. Plus encore s'il s'agissait d'un prêtre.

Évangéline ne faisait pas partie des cibles habituelles des sœurs. La famille de Paul Beauregard ne comptait que cinq enfants, dont deux filles, et il était certain que leur mère requérait la présence d'Évangéline pour la seconder dans sa tâche. Toutefois, sœur Martine songeait au plaisir de pouvoir racoler la petite-fille du tenancier de l'auberge. On racontait tant de choses honteuses sur ce qui se passait dans cet établissement. Tous ces hommes qui s'y enivraient et ces femmes de petite vertu qui les accompagnaient dans leur saoulerie, juste en face de l'école. Elle avait bien vu ce Magloire Beauregard sur le perron de son hôtel pester en les voyant faire le signe de croix lorsqu'elles passaient devant l'établissement. Elle doutait qu'une seule vocation puisse racheter toutes les fautes des Beauregard, mais il y avait une satisfaction dont elle ne souhaitait pas se priver à l'idée de relever un tel défi.

— Je crois qu'elle ferait une bonne candidate, avait annoncé sœur Marie-Ange lorsqu'elle avait préparé la liste des élèves qui montaient en troisième année.

— Il faudra s'en occuper, avait dit sœur Martine à sœur Marie-Anselme, qui l'aurait sous son aile pour les deux années suivantes.

Sœur Martine n'avait pas manqué d'assurer un suivi

rigoureux concernant la vocation possible de la petite Évangéline. Lorsque cette dernière monta au second étage de l'école, dans la classe de sœur Louise-de-Jésus, sœur Martine avait insisté auprès de la nouvelle enseignante pour qu'elle veille sur l'âme de la petite fille, afin qu'elle se prépare à la vie dans les ordres.

Évangéline avait trouvé sur les bancs d'école une fenêtre ouverte sur le monde. Même si elle n'aimait pas particulièrement les cours de mathématiques et de français, elle appréciait tout ce qui se rapportait à la géographie, à l'histoire et à la religion. Elle questionnait fréquemment ses enseignantes sur les pays et les populations qu'ils étudiaient et elle observait la carte du monde avec émerveillement. Son univers à elle s'étendait du village de Gracefield, au sud, où ils s'étaient une fois rendus pour participer à la foire agricole, à celui de Maniwaki, plus au nord, où l'on retrouvait la plupart des commerces et des services gouvernementaux. Son père y faisait souvent chantier et y demeurait toute la semaine avant de revenir passer le dimanche à la maison. Bouchette ne figurait même pas sur la plupart des cartes, mais Maniwaki y était. Sœur Louise avait indiqué d'un petit point dessiné au crayon de plomb la localisation de Bouchette. Les deux points se touchaient sur la carte tellement ils semblaient rapprochés. Pour Évangéline, Maniwaki avait toujours paru si loin, que s'y rendre était une expédition. Il fallait plusieurs heures pour y aller et en revenir. La journée y passait au complet.

Sœur Louise avait voyagé. Elle s'était rendue en France, à Rome et avait même visité Jérusalem. Évangéline l'assaillait de questions sur ses voyages, sur ce qu'elle avait vu, sur le bateau qu'elle avait emprunté pour se rendre dans les vieux pays.

— Avez-vous vu des miracles à Jérusalem? avait demandé Évangéline, comme si la chose était automatique dès qu'un voyageur se pointait en Terre sainte.

Sœur Louise avait hésité, cherchant la bonne réponse.

— Le miracle, ce sont tous ces gens que le Seigneur a sauvés par son sacrifice.

Évangéline n'avait pas trouvé sa réponse intéressante. Elle s'imaginait que Dieu se manifestait presque quotidiennement au moindre détour de route en ces lieux mythiques.

— Si tu étais religieuse, peut-être que tu pourrais un jour, toi aussi, visiter ces pays. Nous avons des congrégations un peu partout.

Sœur Louise estimait qu'elle venait de planter le germe d'une possible vocation et elle se chargea de l'entretenir, évoquant devant la jeune Évangéline les organisations liées aux sœurs du Sacré-Cœur, un peu partout dans le monde, et soulignant la contribution des religieuses dans ces contrées. Elle évita cependant de lui expliquer que les religieuses n'étaient que très rarement autorisées à voyager et que ces voyages n'avaient pas un objectif touristique. La visite des autres pays se faisait le plus souvent à travers les barreaux et les fenêtres d'un couvent.

Évangéline s'imaginait prenant un grand bateau pour traverser la mer, voguant sur cette masse d'eau qui semblait infinie. Elle se voyait à Rome, reçue par le pape, puis en Terre sainte. Elle était convaincue qu'il y aurait un buisson-ardent et qu'une apparition en surgirait. Mais Évangéline ne sentait pas ce que les religieuses désignaient comme « l'appel de Dieu ». Elle s'était toujours vue mère depuis le jour qu'elle avait bercé sa poupée Émilie. Bien qu'elle n'ait jamais osé l'évoquer, elle imaginait aussi qu'Émile serait le père de ses enfants. Aucun des garçons qu'elle connaissait ne pouvait se mesurer avec son frère.

C'est lorsqu'elle atteignit douze ans qu'Évangéline découvrit sa féminité. Lorsqu'elle avait eu ses premières menstruations, elle avait été prise de panique. Personne ne lui avait expliqué ce phénomène. Le sang avait soudainement maculé ses sous-vêtements, traversant même la robe qu'elle portait ce jour-là à l'école. On l'avait immédiatement renvoyée à la maison, sœur Martine lui ordonnant même d'attacher son manteau autour de sa taille pour que personne ne voie la tache honteuse. Évangéline avait pleuré tout le long du parcours, estimant qu'elle était probablement atteinte d'une quelconque maladie fatale. Marie-Louise lui avait alors expliqué que c'était le processus normal qui préparait les femmes à porter un enfant.

Cette explication avait été loin de la rassurer. Évangéline se souvenait particulièrement de la dernière grossesse que sa mère avait connue. Elle avait vu son ventre devenir de plus en plus gros chaque jour, au point où elle s'était imaginé que la peau se fendrait et que sa mère mourrait vidée de ses entrailles, comme ces bêtes qu'on abattait et qu'on éviscérait à l'automne. Elle avait aussi entendu les cris de douleur au moment de l'accouchement et avait vu les draps maculés de sang. La jeune fille n'était pas certaine d'avoir envie de connaître une telle souffrance lorsque « son temps viendrait » comme le disait sa mère. Seule l'idée de trouver au côté d'elle un homme comme Émile lui semblait supportable.

La petite fille arrivait à la fin de son école primaire et les invitations de sœur Louise à s'engager dans les rangs de la communauté s'étaient faites plus pressantes. Elle était secondée par sœur Martine, qui ne manquait jamais une occasion de rappeler à la jeune combien la vie de religieuse pouvait être exaltante.

La vie exaltante, Évangéline l'avait connue durant les rares moments où elle échappait à son rôle de soutien auprès de sa mère pour suivre Émile dans ses folles aventures autour du village de Bouchette. Elle se souvenait du jour où ils avaient traversé la rivière Gatineau sur la grande poutre de fer du pont en construction. Émile avait marché sans hésiter d'un bout à l'autre, malgré le risque d'une chute dans les rapides mortels qui bouillonnaient quelques mètres plus bas. Évangéline, émous-tillée par le danger réel que représentait cette épreuve, avait décidé de le suivre. Elle sentait le sang battre dans ses tempes et l'adrénaline qui l'enivrait, alors qu'elle avançait prudemment sur la poutre à peine large de quinze centimètres. Alors qu'elle arrivait au milieu, elle avait eu le malheur de regarder en bas, malgré les exhortations d'Émile à ne pas le faire. Elle s'était immobilisée, incapable de faire un pas de plus. Sans hésitation, son frère avait franchi d'un pas alerte la distance qui les séparait et avait pris sa main pour la rassurer et la faire avancer. Une fois rendue sur la rive, elle s'était jetée dans ses bras. Émile avait d'abord cru qu'elle s'effondrait en pleurs, terrorisée par l'expérience qu'elle venait de vivre, mais Évangéline n'avait pas versé une larme. Elle s'était simplement blottie dans les bras vigoureux de son sauveur, cherchant à prolonger ce qu'elle considérait comme un moment de grâce et d'excitation. Quand il était question d'exaltation, c'est à cela qu'Évangéline songeait, et non à la vie de prières que lui proposait sœur Martine.

Les chaudes journées du printemps étaient enfin arrivées. Ce jour-là, Paul et Émile revenaient de la tournée d'inspection des chalets qu'ils devaient ouvrir avant l'arrivée des villégiateurs. Ils avaient dû scier quelques branches qui étaient allées choir sur un chalet et Émile était plein de sciure. Les petits morceaux de bois dans son dos le démangeaient et il se précipita à la pompe, retirant sa chemise et sa camisole pour s'en débarrasser. Il avait eu chaud et les sciures avaient collé sur son dos. Évangéline l'avait regardé, alors qu'il se dévêtait, admirant le mouvement de ses muscles qui saillaient et la forme de ses pectoraux légèrement velus. Elle avait senti quelque chose. Quelque chose qui avait provoqué un léger frémissement au bas de son ventre. Elle eut l'impression qu'une chaleur montait en elle. Le soir, lorsqu'elle se retrouva seule dans son lit, elle revit sans cesse cette image, ce qui provoquait de nouveau cet état d'excitation qu'elle avait connu. Elle était troublée, ses mains étaient moites et le bout de ses seins naissant pointait à travers la lourde robe de nuit. Le frottement du tissu sur le mamelon augmentait son excitation. Elle en eut honte. Depuis qu'elle était toute petite, on la mettait en garde contre ce péché terrible qu'on appelait la luxure. Les sœurs parlaient du plaisir de la chair. La chair, pour elle, c'était la viande qu'on découpait dans le porc ou dans le bœuf qu'on tuait à l'automne. Jamais Évangéline n'avait pu comprendre ce que cette phrase pouvait désigner. Et lorsqu'elle avait soulevé la question devant sœur Louise-de-Jésus, celle-ci était devenue rouge comme une belle pomme mûre, et avait baragouiné quelque chose de vague. Si vague, qu'Évangéline n'avait rien compris. À force d'entendre les écrits religieux et les dogmes récités par les religieuses, Évangéline avait fait quelques associations qui lui avaient permis de comprendre où se situait la « chair ». Évangéline savait par quel endroit les bébés passaient pour arriver au monde, mais n'avait aucune idée comment et qui les plaçait dans le ventre des femmes. Ce qu'elle en avait vu ne semblait susciter aucun plaisir. Mais dans la nuit froide de sa chambre, alors qu'elle repassait l'image d'Émile à demi dénudé, elle laissa sa main glisser sur le tissu, s'attardant sur le bout de ses seins qu'elle caressa du doigt. Son cœur battait plus vite et sa respiration était plus lourde. Elle ne se souvenait pas d'avoir connu un tel état, sauf lorsqu'elle avait franchi le pont avec Émile. Elle voulut vérifier si l'effet était le même sans l'écran du vêtement et passa sa main sous la chemise de nuit. Au passage, ses doigts effleurèrent son sexe où étaient apparus les premiers poils de sa puberté naissante. Elle sentit la moiteur soudaine entre ses cuisses et crut d'abord qu'elle arrivait de nouveau à la période de ses menstruations et que cette humidité entre ses jambes était du sang. Elle passa ses doigts sur son sexe et regarda à la lueur de la lune pour voir s'ils étaient rouges. Rien. Le liquide était visqueux et elle voulut toucher de nouveau pour bien s'assurer que ce n'était pas du sang. Lorsqu'elle passa encore ses doigts, elle ne put s'empêcher de répéter le geste à quelques reprises tant il était agréable. Son excitation montait encore. Évangéline savait maintenant que ce qu'elle faisait là, c'était péché, mais elle ne pouvait et ne voulait pas arrêter. Elle gémit une seconde en se cambrant, sa main toujours entre ses jambes. Quand elle reprit son souffle, elle sentit que le mal était sur elle. C'était cela, la chair, elle en était certaine. Elle en avait perdu ses esprits l'espace d'un instant, et le Malin s'était infiltré en elle. Elle était honteuse, non pas de l'image de son frère qu'elle avait évoquée, mais du plaisir qui l'avait envahie.

Cette expérience l'avait troublée et elle sentait qu'elle pourrait être tentée de nouveau. Honteuse, elle se mit à genoux au pied de son lit et pria l'image de la Vierge Marie suspendue sur le mur, face à elle. Elle aurait voulu en parler, se confier, mais à qui? Tant sa mère que les religieuses ne manqueraient pas de la blâmer. Et puis, Évangéline avait beau se répéter que la vie chez les nonnes n'était pas faite pour elle, elle était attirée par la possibilité de s'extirper de la petitesse de son milieu. Si elle avait avoué ses pensées et les gestes obscènes dont elle s'était rendue coupable, on l'aurait à jamais bannie des candidates possibles pour le voile et elle n'aurait plus été la petite préférée. Lorsqu'elle avait repris le chemin de l'école le lendemain, sa conscience s'était apaisée et elle avait même l'impression d'avoir rêvé ce qui s'était produit.

Tous les élèves et même les religieuses étaient fébriles à l'approche des vacances estivales. Le temps était venu de désigner les jeunes filles et sœur Martine avait entrepris de sensibiliser la mère de sa candidate à l'importance des vocations, un jour où elle l'avait rencontrée à la sortie de l'église.

— Le Seigneur a besoin d'ouvrières et je crois que votre fille serait disposée à prendre le voile, avait-elle dit.

Marie-Louise en avait été presque insultée. Sa fille, son Évangéline, chez les sœurs? Après la façon dont les nonnes avaient traité la famille de Magloire, c'en était trop. Elle aurait voulu crier à la face de cette religieuse qui se donnait des airs de curé qu'il n'en serait jamais question, mais elle savait aussi que les sœurs du Sacré-Cœur en menaient large dans la paroisse. Il suffirait à la religieuse de faire pression sur le curé pour que celui-ci les dénonce publiquement en chaire. Déjà qu'elles menaient la vie dure à Magloire et à son auberge, mieux valait éviter d'en ajouter à la liste de leurs doléances contre la famille.

— J'y penserai, mais je doute qu'Évangéline soit faite pour cette vie, avait répondu Marie-Louise diplomatiquement.

Quand, de retour à la maison, elle s'informa auprès d'Évangéline de ses dispositions pour la vie de couvent, celle-ci se raidit immédiatement. Une telle idée ne pouvait venir de sa mère, c'était assurément une des religieuses qui avait abordé le sujet. Alors que la fin de l'année scolaire approchait, il lui faudrait faire un choix. Elle savait que si elle poursuivait ses études, le couvent serait probablement la seule avenue. Cela signifiait l'exil loin des siens, loin des gens de Bouchette et de la vie qu'elle avait toujours connue. Loin d'Émile, surtout, et cela lui semblait insupportable.

— Dis-moi si la vie religieuse t'intéresse, demanda Marie-Louise.

— Je ne sais pas. Je ne crois pas.

— Bientôt, Émile quittera la maison et se mariera, il y aura plus de place pour chacun de nous.

Marie-Louise avait beau être une fervente pratiquante, elle ne pouvait accepter que sa « plus vieille », comme elle la désignait souvent, lui soit enlevée. Évangéline lui apportait une aide précieuse avec les autres enfants et elle savait qu'elle se retrouverait seule pour faire toutes les corvées si sa fille partait. Yvonne était encore beaucoup trop jeune pour la décharger un peu de ses tâches et elle était moins dégourdie qu'Évangéline, qui devenait de plus en plus une belle jeune femme. « Bientôt, songeait Marie-Louise, un prétendant viendrait allumer une flamme en elle et il lui faudrait l'instruire sur la vie ». Mais pour l'heure, elle espérait qu'en évoquant le départ éventuel d'Émile et la place qu'elle occuperait alors en tant qu'aînée de la famille à la maison, ces arguments la convaincraient de rester. Mais en entendant sa mère parler non seulement du départ, mais aussi du mariage d'Émile, Évangéline ne put s'empêcher de lancer :

— C'est impossible. Émile ne partira pas.

Marie-Louise, qui n'était pas aveugle et qui était au fait de l'affection qui unissait ses deux plus vieux, comprit qu'Évangéline craignait de voir son frère s'en aller loin en un lieu où elle ne pourrait plus le voir ni lui rendre visite.

— Ne t'en fais pas, il n'ira pas loin. J'ai entendu ton grand-père et ton père parler de lui céder la compagnie de construction lorsque le jour viendra. Je suis certain que lui et sa femme voudront s'établir près d'ici. Peut-être même pourras-tu aller les visiter à pied.

Le visage d'Évangéline était défait. Ce n'était pas la perspective du départ d'Émile qui inquiétait la jeune fille, mais la possibilité qu'une autre femme puisse se lover dans ses bras. La vie était parsemée de dangers et personne d'autre qu'Émile ne pouvait l'aider à les surmonter.

— Ne dites pas cela, maman, cria Évangéline les larmes aux yeux.

Marie-Louise était surprise et n'arrivait pas à comprendre ce qui mettait sa fille dans cet état. Qu'avait-elle pu dire qui provoque un tel débordement d'émotions ? Elle crut bon de la rassurer :

— Peut-être bien qu'ils s'établiront juste ici à côté. Ça leur ferait une belle maison et nous pourrions voir leurs enfants grandir.

Leurs enfants. Les enfants qu'il aurait avec cette femme, pour le moment inconnue, mais dont l'ombre semblait maintenant planer sur la vie d'Évangéline. C'était intolérable.

— Émile n'aura pas d'enfants de cette femme, dit-elle en masquant ses yeux rougis avec ses mains.

— De quoi parles-tu, ma fille ? Il faudra bien qu'un jour Émile prenne femme. C'est tout à fait normal. Elle sera sûrement gentille, ne t'en fais pas, dit Marie-Louise, de plus en plus choquée par le ton de sa fille.

— Non, cria-t-elle

— Allons, allons, sois sérieuse. Tu es assez grande maintenant pour comprendre les choses de la vie. Un jour viendra où l'homme qu'est ton frère aura besoin d'une femme, et ce jour est proche si j'en juge par la façon dont il regarde certaines jeunes filles du village.

— Émile ne sera jamais à personne d'autre qu'à moi, lança Évangéline.

La main de Marie-Louise s'abattit sur la joue d'Évagéline avant même que celle-ci ait pris conscience de son geste. Elle lui intima l'ordre d'aller dans sa chambre pendant qu'elle reprenait son calme. Évangéline quitta la cuisine en courant et en pleurant, fermant rapidement la porte de sa chambre pour cacher son trouble.

Ce que Marie-Louise avait entendu l'avait bouleversée. Évangéline avait le droit d'admirer son grand frère. Tout cela était normal. Mais dans les yeux de sa fille, ce n'était pas une enfant vouant une grande affection à son frère qu'elle avait vue. Cette étincelle, dans son œil, était celle d'une femme amoureuse. Elle avait décelé la jalousie quand elle avait évoqué le mariage prochain de son fils. Comment cela était-il possible ? Comment sa fille avait-elle développé un sentiment si fort pour son propre frère ? Y avait-il eu entre les deux des gestes, des choses qui s'étaient produites ? C'était impossible. Et pourtant, des histoires semblables étaient arrivées dans d'autres familles. On propageait toutes sortes de ragots à propos de maisons où frères et sœurs forniquaient ensemble sous le même toit, quand ce n'était pas le père qui engrossait ses propres filles. Elle fut prise de dégoût. Marie-Louise comprit que la relation honteuse qui semblait s'être établie entre Évangéline et Émile risquait de blesser sa fille, mais aussi détruire les liens familiaux qui les unissaient tous. Jamais une telle chose ne surviendrait chez elle, et il fallait y mettre fin dès maintenant. Elle sut immédiatement ce qu'il fallait faire.

Chapitre dix-huit
Messines, 2005

Amed avait bien vu le sourire d'Agathe se transformer soudainement lorsqu'elle était arrivée chez elle, et il avait craint que ce soit en raison de sa présence. Ils s'étaient tous deux dit, à de nombreuses reprises, qu'il fallait prendre du temps, s'apprivoiser et éviter que l'un envahisse l'autre. Sûrement qu'en le voyant, elle avait trouvé qu'il exagérait. Amed regrettait déjà d'avoir été si audacieux.

La jeune femme était restée dans son véhicule quelques minutes, essayant de redevenir calme, triste elle aussi de voir le beau visage d'Amed si inquiet. Cela ne pouvait être vrai, cela n'était pas possible. « Maman, je t'en prie, fais que ce ne soit pas vrai », pensa-t-elle pendant qu'Amed, toujours aussi préoccupé, s'avançait lentement vers la voiture. Elle ouvrit la porte et fondit en larmes en tombant dans ses bras. Amed ne savait plus ce qu'il devait faire. Il se contenta de la serrer bien fort contre son corps, réalisant que, quelle que soit la source de son malaise, elle avait probablement besoin de réconfort. Agathe s'y laissa glisser, cédant à l'irrésistible tentation de se sentir aimée, mais elle le repoussa au bout de quelques minutes, comme s'il avait été le fruit défendu. Il fallait qu'elle lui pose la question maintenant, sinon elle risquait de céder. Elle avait tellement besoin de son amour et s'était sentie si bien ces dernières semaines, qu'elle se refusait à lui demander. Il fallait pourtant qu'elle sache.

— Amed, mon amour, dit-elle d'une voix faible, tu m'as dit le nom de ton grand-père, mais je ne me rappelle plus.

Amed ne comprenait rien. Pourquoi s'intéressait-elle soudainement à son grand-père.

— Aldège Richard, pourquoi?

— Aldège, fils d'Hector Richard?

— Oui, c'est bien le nom de mon arrière-grand-père, mais je ne l'ai pas connu.

Le cœur d'Agathe se déchira. Elle sortit le vieux cliché de son sac et le tendit en tremblant à Amed.

— C'est lui? dit-elle en pointant un homme.

— Mais oui, fit-il, surpris. Mais où donc as-tu eu cette photo?

— Il se pourrait bien… je crois… je suis presque certaine que cette dame, au milieu, est ma grand-mère et l'un des deux hommes sur cette photo serait le père de ma mère.

Amed ne sembla pas comprendre ce qu'elle voulait dire et il continuait à fixer avec intensité l'image qu'il tenait encore dans ses mains, cherchant à mettre ensemble les nouvelles informations dont elle lui faisait part. Il réalisa finalement que, si ce qu'Agathe disait était vrai, ils étaient liés par le sang.

— En es-tu certaine?

— Non, dit-elle en se blottissant à nouveau dans ses bras.

Ils passèrent la soirée ensemble, Agathe lui expliquant comment ses recherches pour retrouver la trace de sa grand-mère l'avaient conduite jusqu'à chez Rogatien Lafontaine, qui lui avait révélé que l'un des deux hommes sur la photo était probablement le père de sa mère.

— Il faut revérifier tout cela et voir si les dates concordent, et puis tu n'as aucun document légal qui puisse te relier à cette Anna Morrissette.

Amed avait l'impression d'être l'avocat de la défense à la Cour. Il refusait cette idée et ferait tout pour démontrer qu'elle était fausse. Le contraire serait trop affreux. Il aimait cette femme d'un amour sincère et lors de leurs soirées d'intimité, ils avaient commencé à échafauder des plans pour l'avenir, des plans qui parlaient de maison, de famille et d'enfants. Tout cela s'écroulait si ce qu'Agathe affirmait s'avérait réel.

Quand la nuit commença à s'étirer, Amed dut à regret

annoncer qu'il se retirait. Agathe lui tendit la main comme à un étranger. Il regarda, abasourdi, les doigts de celle qu'il aimait, et prit conscience du changement soudain de la nature de leur relation. Il ne pouvait pas se résigner à partir ainsi comme un vulgaire colporteur. Il prit la main d'Agathe dans la sienne et la porta à sa bouche pour l'embrasser. Elle sentit encore une fois les larmes monter à ses yeux.

— Nous ne devons pas, dit-elle, en laissant cependant sa main dans la sienne.

Elle ne recula pas lorsqu'il se pencha et déposa un baiser sur sa bouche, mais de grosses larmes coulèrent sur ses joues lorsqu'elle entendit ensuite son camion quitter les lieux. Elle toucha ses lèvres dans l'espoir de garder un souvenir plus long de ce qui était probablement le dernier baiser de son amoureux.

Amed aurait souhaité que cette soirée n'ait jamais eu lieu. Bêtement, il regretta de s'être trouvé chez elle lorsqu'elle était arrivée, bien qu'il ait été conscient qu'elle aurait tôt ou tard réalisé qu'ils avaient le même grand-père. Il avait vécu seul si longtemps et c'était la première fois qu'il souhaitait véritablement et du plus profond de son cœur que cette fille soit la bonne. Elle était son âme sœur, il en était certain. Il avait senti cette paix qui s'était installée en lui dès la première soirée en sa compagnie. Tous les autres moments passés avec elle depuis n'avaient servi qu'à confirmer cette certitude : elle était la femme de sa vie. Mais cette hypothèse qui les unirait était-elle plausible ? Tout ce qu'Agathe lui avait raconté de ses recherches semblait la mener dans cette direction, mais était-ce bien la réalité ? Après tout, se disait Amed, il n'y a rien qui atteste que cette Anna Morrissette est sa mère. Il n'y a même aucune preuve concrète qu'elle fut enceinte. Un vague soupçon, alimenté par une vieille nonne dont les rares souvenirs disparaissaient peu à peu et par un vieil homme bavard qui semblait, à l'opposé, se souvenir de tout ce qui s'était passé dans le monde au cours du dernier siècle. C'est tout ce dont elle disposait comme information.

Agathe s'était lancée à corps perdu dans cette recherche. Elle devait absolument savoir, surtout maintenant. Elle ne pouvait se résigner à abandonner tout espoir de retrouver Amed comme amant et non comme membre de sa famille. Et puis, comme le disait le jeune homme, rien ne laissait supposer que cette Anna fut vraiment sa grand-mère. Elle reprit espoir lorsque Beausoleil lui présenta le résultat de certaines recherches qu'il avait effectuées auprès de l'ancien orphelinat Ville-Joie Sainte-Thérèse.

— J'ai un peu triché, mais j'ai réussi à obtenir des informations en invoquant des raisons médicales. J'ai prétendu que vous étiez affectée d'une possible tare génétique et qu'il nous fallait découvrir vos parents. C'est une chose terrible pour un notaire de mentir ainsi, dit-il, non sans afficher un sourire de gamin.

— Et alors ?

— Et bien, l'orphelinat Ville-Joie a d'abord été dirigé par les Chanoinesses des Cinq-Plaies du Saint-Sauveur, de 1927 jusqu'en 1941, alors qu'elles étaient remplacées par les Dominicaines du Rosaire de Trois-Rivières. Elles recevaient alors les enfants abandonnés ou nés dans les hôpitaux. À partir de 1942, les Dominicaines ont mis sur pied une salle d'accouchement et des lits pour les filles-mères qui se présentaient à la fin de leur grossesse. Selon les informations que vous m'avez données, il y aurait eu deux accouchements durant cette période.

Agathe n'en pouvait plus. Il lui semblait que Beausoleil faisait exprès pour retarder le moment qu'elle attendait depuis longtemps.

— On vous a donné les noms de ces femmes ?

— Oui. Les voici, dit-il en tendant un billet.

Marie-Anna Morrisette et Louise Tremblay.

— C'est elle, j'en suis certaine, dit-elle en pointant le premier nom.

Son regard s'était assombri en constatant que ses craintes risquaient d'être confirmées. Beausoleil jeta un coup d'œil et se racla la gorge avant de poursuivre.

— J'en doute, car j'ai demandé si l'on pouvait me fournir des informations sur les enfants.

— Et?

— Et bien, Marie-Anna Morrissette a bel et bien accouché d'une petite fille prénommée Lucie. Elle fut adoptée par Élise Lacourse et Laurier Charrette, mais l'enfant mourut moins d'une semaine après son adoption. Quant à Marie-Anna, elle serait décédée quinze ans plus tard. Elle ne peut donc être votre grand-mère.

— Et l'autre, qui est-elle?

— Elle s'appelait Louise Tremblay et elle a aussi donné naissance à une fille, Berthe, laquelle demeura à l'orphelinat.

— C'est elle, déclara Agathe. Vous savez ce qu'il est arrivé à cette Louise Tremblay?

— Elle est décédée en 1972 et repose au cimetière Notre-Dame-des-Neiges à Montréal.

Agathe remercia le notaire de ses efforts et ne put s'empêcher de pousser un soupir de satisfaction en songeant à Amed. Plus rien ne s'opposerait à leur relation. Et pourtant, elle avait encore des doutes.

— Une dernière chose, demanda-t-elle, qu'a-t-on fait de l'enfant décédé?

— Le registre indiquait que son corps avait été enterré au cimetière de l'orphelinat.

— C'est étrange, vous ne trouvez pas? souligna-t-elle.

— Qu'est-ce qu'il y a d'étrange?

— L'enfant avait officiellement été adopté une semaine plus tôt. Comment se fait-il que son corps ait été mis en terre avec les autres bébés de l'orphelinat? L'inhumation n'aurait-elle pas dû être faite dans le cimetière de la paroisse des parents?

— Je vous avoue que je n'avais pas pensé à cela. C'est

effectivement assez particulier, mais à cette époque, on ne s'accrochait pas les pieds dans les fleurs du tapis, comme on dit. Ces enfants étaient souvent traités comme de la marchandise. Les parents l'auront tout simplement ramené pour en exiger un autre ou pire, parce qu'ils estimaient que l'enfant était mort « trop tôt » pour accepter d'assumer les dépenses liées à l'inhumation. Je sais que c'est terrible à dire, mais les choses se passaient ainsi à cette époque.

Elle communiqua avec Amed et lui annonça la nouvelle. Celui-ci émit lui aussi un long soupir et demanda à la voir le soir même. Ils convinrent de se rencontrer pour dîner, mais Amed sentait dans la voix d'Agathe que tout n'était pas réglé. Lorsqu'il arriva chez elle, elle se précipita dans ses bras, mais semblait avoir gardé certaines réserves.

— Que se passe-t-il? Tu ne sembles pas heureuse...

— Ce n'est pas cela. Il me semble que quelque chose ne fonctionne pas.

— Quoi donc?

— Ma mère m'avait dit que ma grand-mère était décédée alors qu'elle venait d'avoir quinze ans. Or, cela correspond exactement avec la date du décès de Marie-Anna Morrisette.

— Cela ne prouve rien, souligna Amed.

— Berthe m'avait laissé une lettre dans laquelle elle me disait qu'une sœur, qui l'avait connue à sa naissance à l'orphelinat, lui avait annoncé le décès de sa mère et que ses cendres avaient été répandues sur le lac Achigan à Bouchette. Elle lui aurait même remis un objet de la part de celle-ci. Si ce que cette sœur lui a révélé est véridique, cette Louise Tremblay ne peut être ma grand-mère, car elle n'est décédée qu'en 1972 et a été inhumée à Montréal.

— Peut-être que la nonne s'est trompée, déclara Amed.

— Cela me semble difficile à croire. Elle était là lorsqu'elle est née, et puis, qui oserait faire une telle révélation à une enfant de quinze ans sans en être absolument certaine?

— Et l'objet qu'elle lui aurait remis, de quoi s'agit-il?

— Je n'en ai aucune idée, je ne l'ai pas trouvé et Berthe ne m'a pas donné d'indications avant de mourir. Tout cela s'est passé si rapidement et il y avait tellement de questions que j'aurais aimé lui poser.

— Si je comprends bien, commença Amed avec une pointe de déception dans la voix, tu n'es pas rassurée et tu crois encore que nous pourrions avoir le même grand-père?

— Je sais que c'est stupide, mais cela m'agace. Et puis, je crois que ce qui me déçoit le plus, c'est que je pensais avoir trouvé mes racines en venant m'établir ici.

— À défaut d'avoir trouvé les racines de ton passé, tu as peut-être trouvé celles de ton avenir… de notre avenir, dit Amed en passant un bras autour de sa taille.

— J'aimerais en être certaine.

Elle répondit à son appel et se laissa entraîner dans un baiser langoureux.

— Je suis heureux de te retrouver, dit-il.

— Moi aussi.

Ils passèrent la soirée ensemble, mais Agathe demanda à Amed de lui donner du temps. Son corps disait pourtant le contraire. Il la serra dans ses bras, conscient que rien ne semblait joué et que tout pouvait encore arriver.

Chapitre dix-neuf

Bouchette, 1940

Aprés la révélation troublante de sa fille, Marie-Louise avait tourné en rond comme un ours en cage jusqu'au retour de son fils. Dès qu'Émile avait mis le pied dans la maison, elle lui avait intimé l'ordre de s'asseoir au bout de la table. Le ton de sa voix exprimait une colère contenue lorsqu'elle lui relata sa conversation avec Évangéline.

— Voyons, maman, ce sont des histoires de petites filles, avait protesté Émile.

— Ce ne sont pas des histoires de petites filles. Ce genre de chose arrive trop souvent. Jure-moi qu'il ne s'est rien passé entre vous deux, répliqua Marie-Louise, rouge de rage.

Ses mains tremblaient. Elle avait résolu de forcer son fils à lui avouer quelque écart de conduite en lien avec sa sœur. S'il fallait qu'il se soit passé quelque chose entre ces deux-là, le ciel leur tomberait sur la tête.

— Jamais ! Je te le jure. Qu'on me coupe les deux mains si je mens.

Marie-Louise était heureuse de la bonne entente qui régnait entre ses deux plus vieux, mais jamais elle n'aurait pu imaginer que cet amour fraternel puisse se transformer en une passion comme celle qui dévore des amants.

Émile avait été aussi surpris que sa mère d'apprendre que sa sœur entretenait un tel sentiment amoureux à son égard. Il adorait sa sœur, c'était évident, mais pas avec cette envie qui lui faisait reluquer quelques-unes des jeunes filles du village. Évangéline avait été, lorsqu'elle était encore bébé, cette poupée qu'il aurait bien aimé avoir, mais à laquelle les garçons n'avaient pas droit. Il l'avait cajolée, avait joué avec elle, lui avait montré plein de trucs de garçon, mais jamais rien de déplacé.

Marie-Louise avait bien observé son fils, à la recherche d'un indice prouvant qu'il était sincère. La surprise qu'il afficha dès qu'elle lui avait fait mention des paroles prononcées par sa sœur n'était pas feinte et ses explications n'étaient pas celles d'un homme qui cherche à cacher une chose aussi honteuse. Émile essayait au contraire de comprendre ce qui avait fait naître un tel sentiment.

— Nous allons garder cela entre nous, avait-elle dit en guise de conclusion.

Émile ne souhaitait certainement pas qu'une telle rumeur circule sur son compte. Lui et ses copains avaient entrepris, au cours des dernières semaines, de courtiser intensément les jeunes filles. Émile songeait particulièrement à la belle Marie-Anna, qu'il avait rencontrée avec les copains au restaurant Nault à Messines. Il ne lui avait pas déclaré son amour. En réalité, Aldège Richard avait depuis longtemps un œil sur la belle et Émile hésitait à la ravir à son copain. Mais chaque fois qu'il l'apercevait, il ne pouvait s'empêcher de se languir d'amour pour elle. S'il fallait qu'on le soupçonne de tripoter sa petite sœur, jamais plus personne ne lui adresserait la parole.

Satisfaite de la réponse d'Émile, Marie-Louise héla Évangéline et lui commanda de préparer les légumes pour le souper, pendant qu'elle serait absente. Elle avait une course à faire qui ne pouvait attendre au lendemain. Quand elle revint, la table était mise et le repas était prêt. Évangéline n'avait pas osé lever les yeux sur sa mère. Elle avait bien vu l'orage que sa déclaration d'amour enfantine avait provoqué et elle aurait tout fait pour se faire oublier.

Mais Marie-Louise n'avait pas oublié. Lorsque son mari entra à la maison, elle l'empoigna par la manche de sa chemise et le conduisit dans la chambre. Ils y restèrent quelques minutes, au cours desquelles les silences étaient parfois ponctués par les éclats de voix de Paul. Il avait fallu que Marie-Louise retienne son mari à deux mains pour éviter qu'il ne se précipite sur Émile et lui administre une bonne raclée. Ce n'est que lorsque Marie-Louise l'avait assuré qu'Émile n'y était pour rien qu'il s'était calmé. Lorsqu'ils quittèrent la chambre, le visage de Paul était défait, comme s'il avait appris la mort d'un être proche.

Un silence lourd s'était installé et personne n'osa dire un mot du repas, jusqu'au moment de laver la vaisselle. Même les plus jeunes sentaient de manière instinctive que le moment n'était pas aux réjouissances ni aux babillages. Évangéline s'était levée, plus rapidement qu'à l'accoutumée, pressée qu'elle était de se soustraire à ce silence pesant et à l'attention qui était tournée vers elle, mais sa mère arrêta son élan.

— Assieds-toi. Ton père et moi devons te parler.

Le ton ne laissait place à aucune discussion et Évangéline retomba sur son siège comme si elle avait été tirée en arrière par un élastique. Elle savait que le moment était grave et comprenait que ce qu'elle avait dit en était la source. Elle avait treize ans et réalisait bien qu'elle ne pourrait jamais vivre avec Émile. Il était son frère, mais ce qu'elle avait découvert, c'était l'attirance pour un homme. Ce sentiment était si grisant, si nouveau, si dévastateur qu'elle s'était laissée bercer par la vague possibilité que cet amour puisse être partagé et consommé.

— Ma fille, nous avons bien pensé à ton éducation, fit sa mère pour commencer.

Évangéline savait que lorsque sa mère disait «nous» c'était «je»; son père laissait Marie-Louise assumer leur responsabilité. Il avait protesté, juré même, lorsque sa femme lui avait parlé de son projet, mais il avait fini par se rallier à elle. La jeune fille se demanda ce que la question de son éducation avait à faire avec ce qui s'était passé cet après-midi.

— J'ai vu sœur Martine et j'ai accepté que tu poursuives tes études au couvent des sœurs à Ottawa.

— Maman, vous ne pouvez faire ça, répondit Évangéline, au bord du désespoir.

— C'est dit, c'est fait. Tu pars dans dix jours pour la rentrée. Tout est réglé.

Le verdict était tombé comme la hache d'un bourreau sur le cou du condamné à mort. Pas d'appel pour Évangéline. Oui, la jeune fille avait été tentée par la proposition des sœurs, mais elle savait aussi ce que cela impliquait et elle y avait pensé au cours de l'été. Sortir de la médiocrité de son milieu était certes attrayant, mais à quoi bon si c'était pour s'enfermer entre les murs d'un couvent à Ottawa? Évangéline affirmait qu'elle adorait Dieu, mais l'aimait-elle au point de lui consacrer sa vie? Et puis, il y avait cette obligation au célibat. L'idée qu'elle n'aurait jamais de mari ni d'enfant lui était insoutenable. Depuis qu'Émile lui avait fait cadeau de cette poupée, elle se préparait pour le jour où elle tiendrait son propre enfant dans ses bras. Elle luttait maintenant contre cette pensée, c'est-à-dire qu'Émile puisse être le père de cet enfant, comme elle l'avait toujours imaginé. Elle ne pouvait pas partir. Elle ne voulait pas partir.

Marie-Louise avait décidé qu'elle ne laisserait plus Évangéline seule avec Émile jusqu'à ce qu'elle quitte la maison pour le couvent. Elle avait beau faire confiance à son fils, elle ne voulait surtout pas tenter le diable. Et puis, se disait-elle, si Évangéline éprouvait un amour autre que fraternel pour son frère, il valait mieux éviter d'alourdir sa peine. Elle organisa les journées de sa fille de telle sorte que les deux aient le moins de contact possible. Dès qu'Émile revenait à la maison, elle lui trouvait une tâche à accomplir à l'extérieur, pendant qu'Évangéline était dans sa chambre. De sa fenêtre, la jeune fille pouvait cependant voir son grand gaillard de frère, alors qu'il peinait pour fendre et entrer une brassée de bois tout à fait inutile, puisque la boîte installée près du poêle était déjà pleine.

Lorsque Émile apprit que sa sœur entrait au couvent, il fut pris d'une colère violente. C'était injuste et il le savait. Évangéline n'était qu'une petite fille qui aimait son grand frère.

Peut-être l'aimait-elle trop, mais il était certain que ce sentiment serait vite oublié au fur et à mesure qu'elle grandirait. Il en voulait à sa mère d'avoir pris une telle décision, mais il en voulait également à son père de ne pas s'y être opposé, lui qui, pourtant, quelques jours plus tôt, avait refusé net qu'il aille travailler dans le nord de l'Ontario. Il envoyait sa fille au loin sans aucun remords de conscience. Et maintenant, sa mère l'empêchait de voir sa sœur, alors qu'elle s'apprêtait à partir pour toujours. Il avait envie de pleurer et chercha désespérément à retenir ses larmes. Il aurait eu honte si quelqu'un était arrivé et avait vu ses yeux pleins d'eau. Il ne pouvait pas, ne devait pas pleurer. La rage bouillait en lui et il décida que s'il ne pouvait pas voir sa sœur avant qu'elle ne quitte la maison, il valait mieux qu'il parte pour aller vivre ailleurs. « Ça leur apprendra », se disait-il.

Il avait quitté la maison sur-le-champ, n'emportant qu'un peu de vêtements. C'est Magloire qui l'avait d'abord hébergé pour la nuit, puis il en avait parlé à Patrick, le frère de Paul, qui avait accepté de lui louer une chambre. Magloire préférait le voir chez un autre membre de la famille, qui pourrait garder un œil sur lui. Sa colère finirait bien par diminuer.

Pendant plusieurs jours, Émile passa en automobile en compagnie du grand Virgile et d'autres copains, sans même jeter un regard sur la maison de son père. Il souhaitait que ses parents le voient et qu'ils souffrent de son absence.

Avec le départ d'Émile, Marie-Louise, démolie par la décision de son fils, avait été moins stricte, et Évangéline passait moins de temps dans sa chambre. La veille de son départ pour le couvent, sa mère lui avait demandé d'aller cueillir de la salade dans le jardin et elle était sortie au moment même où la voiture de Virgile arrivait à la hauteur de la maison, traînant derrière elle un nuage de poussière. Elle le vit. Il était installé du côté du passager, sa manche de chemise roulée haut sur son bras, laissant voir ses muscles. Ses cheveux noirs flottaient dans le vent. Il était beau et Évangéline réalisa combien il lui manquait. Elle ne pouvait imaginer qu'elle quittait cette vie sans le voir ou, du moins, espérer un geste de lui. Il y avait des filles avec eux dans la voiture et l'on pouvait entendre leurs éclats de rire. Évangéline s'élança vers la route, agitant la main pour attirer son attention. Lui gardait désespérément les yeux devant lui, comme il s'était promis de le faire. Elle cria son nom tout en courant, mais sa voix fut couverte par celle des jeunes filles qui piaillaient sur le siège arrière. La poussière l'enveloppa et Émile ne la vit pas lorsqu'il finit par jeter un œil dans le rétroviseur. Elle était pourtant là, au milieu de la route, alors que le nuage laissait retomber sur elle un voile de sable. De grosses larmes coulèrent, faisant des rigoles sur ses joues salies. C'était fini. Émile ne viendrait pas la voir avant son départ, elle en était certaine.

Le lendemain, lorsqu'elle remonta la route vers l'auberge où Magloire l'attendait pour la conduire en camion jusqu'à Ottawa, elle chercha partout dans l'espoir d'apercevoir son frère, mais il n'y était pas. Son père tenait sa main dans la sienne et portait sa valise de l'autre. Paul avait lui aussi le cœur gros et il réalisait que la décision de Marie-Louise était peut-être excessive. Il crut qu'après quelques jours, la colère de sa femme tomberait et que le projet finirait par être remis en question.

Mais sa femme ne semblait pas avoir changé d'avis. Elle avait préparé un petit paquet contenant quelques biscuits et friandises pour la route. Magloire avait accepté de conduire Évangéline au couvent des sœurs à Ottawa, même s'il désapprouvait la décision de sa bru. Il ignorait ce qui s'était passé, mais il comprenait que quelque chose de grave était survenu pour qu'Émile quitte la maison ainsi, et qu'Évangéline soit envoyée chez les sœurs. Les salutations furent brèves et froides. Au moment de monter dans le camion, sœur Martine et sœur Marie-Ange traversaient la rue pour se rendre à l'école. Comme d'habitude, elles firent le signe de la croix en passant devant l'auberge de Magloire.

— Maudites pisseuses, laissa-t-il échapper.

Chapitre vingt
Maniwaki, 2005

Agathe avait eu un avant-midi bien rempli au bureau. Beausoleil était absent pour la matinée et madame Denise était chez le dentiste. Elle avait quelques clients à rencontrer et devait en même temps répondre au téléphone. Elle recevait un jeune couple qui souhaitait acheter sa première maison et avait préparé l'acte de vente et le document hypothécaire. Elle était en train d'en faire la lecture lorsque le téléphone résonna bruyamment. Elle s'excusa, gênée de cette interruption, et décrocha l'appareil.

— Je vous avais dit de ne pas vous occuper de ce terrain. Vous courez un danger, dit une voix masculine, déformée par un gadget électronique.

Agathe vérifia le numéro sur l'afficheur. Il s'agissait probablement d'un appel local, car le système téléphonique était programmé pour faire entendre une sonnerie différente lorsqu'il s'agissait d'un appel interurbain. Lorsqu'elle reposa le combiné, son cœur battait la chamade et son visage semblait s'être vidé de son sang. Le jeune homme devant elle avait noté le changement.

— Vous vous sentez bien, madame Lecours?

Il lui fallut répéter deux fois sa question avant qu'Agathe sorte de sa torpeur.

— Oui, oui, excusez-moi. Je vais mieux.

Elle poursuivit stoïquement la lecture des documents et les leur fit signer. Elle afficha même un sourire forcé au moment de leur départ, mais elle était encore sous le choc qu'avait provoqué cet appel. Dès que ses clients furent sortis, elle fondit en larmes. Elle communiqua avec Amed et lui fit part des derniers événements.

— Il faut appeler la police et porter plainte, insista Amed. Beausoleil sait-il tout cela ?

— Non.

— Il faut le lui dire. Il sera de bon conseil.

Agathe lui promit de ne pas chercher, cette fois, à cacher ce nouvel incident. Lorsque le vieux notaire revint, elle s'enferma avec lui dans le bureau et lui fit part des menaces dont elle avait été victime. Beausoleil fronça les sourcils, soudainement inquiet par ce qu'il apprenait. Il composa immédiatement le numéro des policiers qui, de nouveau, vinrent prendre la déposition d'Agathe. Ils lui firent différentes recommandations et indiquèrent que, si cela se reproduisait, ils mettraient sa ligne sur écoute. Après leur départ ni Agathe ni Beausoleil ne se sentaient plus rassurés.

— Ils ne feront rien, dit Agathe en se souvenant de l'incident de la roche, dont le rapport traînait probablement encore sur le bureau d'un des policiers.

— Je sais, mais au moins, on ne vous blâmera pas d'avoir gardé cela pour vous.

— Ce n'est pas nécessairement rassurant.

Beausoleil en convint. Après tout, ils n'avaient aucun indice pour identifier ce personnage.

— Je m'occuperai du dossier de ce mystérieux terrain. Vous devez vous reposer, dit-il, en l'invitant à retourner chez elle pour la journée.

Agathe accepta, mais cette perspective ne l'enthousiasmait pas. Malgré les informations reçues de l'orphelinat, elle avait conservé une certaine distance avec Amed. Et pourtant, elle aurait tellement eu besoin de lui.

Quand le jeune homme passa devant chez elle en faisant son circuit scolaire, il nota la présence de sa voiture. Il savait qu'elle était probablement en état de choc, aussi s'empressa-t-il de l'appeler en entrant chez lui.

— Il vous faut sortir de là pour le moment. Je vous propose

quelque chose. Je dois mettre mon prototype à l'essai et je vous invite à m'accompagner. Nous pourrons visiter le fameux terrain, c'est juste à côté du quai public.

Le terrain. Elle se sentait attirée par cet endroit, mais craignait également que celui qui la menaçait puisse la voir sur place. En même temps, elle se disait qu'elle ne pouvait demeurer chez elle sans agir. Et puis, il fallait bien l'avouer, Amed avait piqué sa curiosité en affirmant vouloir faire l'essai de son fameux prototype. Elle se remémora la chose reposant sur les chevalets de l'atelier et pour la première fois depuis des jours, elle dut réprimer le fou rire qui s'empara d'elle. Elle se demanda s'il avait réussi à lui donner la forme d'un brochet, tel que prévu.

— Tu es sérieux? Tu vas mettre cette chose à l'eau? lui demanda-t-elle, non sans une pointe d'ironie dans la voix.

— Mais bien sûr! Et j'ai besoin de toi au cas où quelque chose ne marcherait pas comme prévu.

Agathe fut soudainement inquiète. Elle avait beau croire qu'Amed était un habile bricoleur, elle doutait que ce qu'elle avait vu puisse fonctionner. Elle accepta, non sans lui avoir adressé mille questions sur la sécurité du projet.

— Ne t'en fais pas, il ne se passera rien.

— Et entre nous, non plus, il ne se passera rien, n'est-ce pas?

Presque à regret, il promit. Lorsqu'il vint la cueillir chez elle au volant de son camion, l'engin reposait sur une remorque et était caché sous une bâche, mais elle pouvait voir la forme de la queue. Elle aurait voulu jeter un coup d'œil en dessous tellement elle était curieuse, mais Amed la pressa de monter, car il souhaitait faire ses essais avant que le jour décline. Ils arrivèrent enfin au quai public et le professeur Tournesol découvrit fièrement sa création. Agathe ne put s'empêcher de sourire.

La chose devait faire quatre mètres de long et se terminait à la tête par une sorte de grande bouche plate, comme celle d'un brochet. Agathe était finalement impressionnée par l'invention.

Là où devaient se trouver les yeux, Amed avait installé deux grosses lampes de poche destinées à scruter les abîmes. Le dos du poisson était percé d'un trou fermé d'une cloche de plexiglas où il devait s'asseoir. Le sous-marin était mû par une hélice installée au bout d'une longue tige et reliée à un moteur électrique. Amed serait en mesure de diriger le sous-marin grâce à un ingénieux système de manettes et de pédales qui faisait bouger les nageoires et la queue du brochet géant. Il avait tenté d'expliquer comment, à l'aide de ballasts placés sur les côtés, l'appareil pourrait s'enfoncer sous l'eau, et par la suite, remonter à la surface, mais il avait renoncé en constatant que celle-ci ne l'écoutait plus. Le visage d'Agathe témoignait de son inquiétude.

Il prépara avec fébrilité le sous-marin, inséra la bouteille d'oxygène qui devait lui fournir de l'air durant sa plongée et recula la remorque dans l'eau du lac, jusqu'à ce que celui-ci flotte de lui-même. Agathe était entrée dans l'eau jusqu'aux genoux pour le retenir.

— Tu es certain que ça va fonctionner?

— Non, mais il me faut bien l'essayer pour savoir.

— Tu veux dire que tu n'as fait aucun test auparavant?

— Tu crois vraiment que j'aurais pu entrer une telle chose dans mon bain?

Amed n'attendit pas d'autres objections de sa part. Il y avait déjà plusieurs jours que son sous-marin d'eau douce était prêt, mais il hésitait à en faire l'essai. Il lui semblait toujours qu'il avait oublié un détail important. En entendant Agathe le taquiner, il avait pensé que cela lui permettrait de se changer les idées. La jeune femme, effectivement, ne songeait plus du tout au terrain ni aux menaces qu'elle avait reçues. Elle anticipait plutôt un naufrage.

— Au fait, tu lui as donné un nom?

— J'avais pensé à Agathe, mais une tête de brochet, je ne crois pas que ça aurait été un compliment. C'est le Tournesol I, dit-il.

— Le Tournesol I? répéta-t-elle, incrédule à l'idée qu'il puisse y avoir un modèle II ou III de cet engin.

Amed sortit de sa poche une casquette de capitaine de bateau qu'il arbora fièrement. Agathe ne put s'empêcher de rire du gamin devant elle. Il approcha ensuite le poisson géant d'une roche sur laquelle il grimpa pour se glisser à l'intérieur. Le sous-marin tangua dangereusement et un peu d'eau s'infiltra par le bord avant qu'Amed ne referme la coupole et fixe les crochets qui devaient assurer l'étanchéité de l'engin. Coincé dans cet espace étroit, Amed avait de la difficulté à rejoindre les boutons pour allumer les lampes de poche dans les yeux, et il dut faire des contorsions pour actionner l'oxygène. Il mit ensuite l'hélice en marche. Le Tournesol I vogua quelques secondes en surface avant que les ballasts se remplissent et qu'il amorce sa plongée. Il fit un dernier sourire à Agathe et lui adressa un signe de la main. La jeune notaire aurait voulu lui crier que c'était dangereux, qu'elle sentait qu'un malheur allait se produire, mais il était trop tard. L'appareil coula; lentement au début, puis de plus en plus rapidement. Amed sombrait graduellement, l'eau atteignant maintenant le bord de la coupole.

Agathe courut vers le bout de la pointe, suivant la progression du sous-marin à partir du bord. Juste avant qu'il disparaisse, elle avait entendu un petit claquement sec, mais ne s'en était pas souciée. Elle s'arrêtait parfois pour crier son nom, puis elle repartait de l'avant en essayant de suivre la progression de l'engin. Elle était maintenant rendue à l'extrémité d'une grande roche plate lorsqu'elle réalisa qu'elle se trouvait sur le terrain qui hantait ses pensées depuis plusieurs semaines. Elle sentit un danger qui les menaçait, comme une ombre maléfique.

Ses pensées revinrent rapidement à Amed. À la surface du lac, on pouvait voir quelques bulles, indiquant l'emplacement du Tournesol I. Un gros bouillon d'air creva soudainement la surface de l'eau. Le cœur d'Agathe s'arrêta lorsqu'elle reconnut la casquette d'Amed flottant à la dérive. D'autres objets, qui se trouvaient dans le sous-marin, avaient aussi remonté à la surface. Pas de doute, l'engin avait sombré, mais il n'y avait aucune trace du capitaine. Les secondes passaient et Agathe était sur le point de fondre en larmes. Amed aurait dû remonter, se disait-elle. Près d'une minute s'était écoulée et il n'y avait même plus de bulles témoignant qu'il était en vie. Agathe s'avança dans l'eau, désespérée et pleurant maintenant à chaudes larmes. Il fallait qu'elle plonge, qu'elle aille l'extirper de ce cercueil submersible avant qu'il soit trop tard. Elle avait malheureusement l'impression que la mort avait plané au-dessus d'elle quelques minutes plus tôt. Elle continuait à avancer et avait maintenant de l'eau sous les aisselles lorsque, soudainement, la tête d'Amed creva la surface de l'eau. Il prit une grande goulée d'air et se tourna immédiatement vers le visage paniqué d'Agathe.

— Amed! cria-t-elle en larmes.

— Agathe, répondit-il sur un ton enjoué, tu as vu comment il a bien fonctionné?

Agathe s'arrêta net. Après avoir eu si peur, elle était maintenant furieuse contre lui.

— Amed Richard, t'es vraiment pas drôle. J'ai eu peur pour mourir.

— Non, mais tu as vu ça? Ça marche!

— Qu'est-ce que tu racontes, tu as coulé à pic. Ton sous-marin, c'est une ancre.

— Mais non, c'est merveilleux. Si le plexiglas ne s'était pas brisé, ça aurait marché. Pendant quelques minutes, tout s'est très bien passé. Puis, il y a eu un petit trou et l'eau s'est infiltrée. J'essayais de boucher le trou et de conduire en même temps, mais je n'ai pas pu. Puis, l'eau s'est mise à s'infiltrer plus rapidement et j'ai été forcé d'ouvrir les crochets de la coupole. Il faudra cependant que je me rappelle d'enlever la ceinture de sécurité sur le siège. Ce n'est vraiment pas pratique en cas de naufrage.

Agathe se jeta sur lui, pleurant et rageant.

— Ne me fais plus jamais une telle chose, Amed Richard, dit-elle en l'embrassant avec fougue.

Debout dans l'eau froide du lac, ils échangèrent le plus chaud baiser qui soit. La joie d'Amed fut double. Quand elle eut retrouvé son calme, Agathe demanda :

— Le Tournesol, il est perdu ?

— Non, non. J'ai un copain qui fait de la plongée, il viendra me donner un coup de main.

— Tu sais que tu es fou ?

— Oui, c'est ça qui fait mon charme.

Ils rirent aux éclats tout en sortant de l'eau, heureux de retrouver enfin leur complicité. Ils s'étendirent sur une roche pour se sécher et Amed ne put résister à l'envie de reprendre ce baiser brûlant. Elle répondit à son étreinte. Agathe avait eu si peur de le perdre. Il passa sa main dans sa chemise pour défaire les boutons. Elle regarda nerveusement aux alentours, craignant que quelqu'un puisse les voir. La roche était cachée par les branches d'un grand cèdre qui s'étendait loin au-dessus de l'eau et il n'y avait aucun chalet aux environs. Elle s'étendit sur le dos et le laissa faire. Grisés par le côté interdit et la caresse du vent, ils firent l'amour avec passion, étouffant les cris de leur jouissance pour ne pas attirer l'attention.

Ils se laissèrent aller sur le dos pour se chauffer au soleil, dès qu'ils furent repus, et les doutes d'Agathe refirent surface. Et si Beausoleil se trompait à propos de sa grand-mère et qu'Amed soit parent avec elle, elle aurait fait l'amour avec un membre de sa famille. Elle eut honte.

Chapitre vingt et un
Bouchette, 1940

Marie-Louise avait durement pris le départ de son fils de la maison. Il avait beau habiter à quelques arpents à peine, elle avait perdu sa bonne humeur habituelle. Elle regrettait les moments où les pitreries d'Émile ou sa simple présence suffisaient à amuser tout le monde autour de la table. Elle avait perdu son fils et sa fille en même temps et la maison lui paraissait bien vide. Émile logeait toujours chez son oncle, même si sa colère semblait s'être apaisée avec le temps. Le soir, il venait quelques secondes pour saluer sa mère, au retour du travail avec son père. Marie-Louise était bien consciente que c'était probablement Paul qui l'incitait à venir la saluer. Mais elle espérait qu'il oublie enfin son amertume et revienne à la maison.

En ce froid matin de septembre 1940, Marie-Louise était allée comme à l'accoutumée chercher le courrier. Le visage du postier était livide lorsqu'il lui remit la petite pile de lettres qui leur étaient destinées. Elle en comprit la raison lorsqu'elle arriva chez elle et commença à dépouiller le courrier. Elle tremblait de tout son être et ce n'était pas le froid qui provoquait ses grelottements. Son fils Émile risquait de ne jamais revenir à la maison. Elle tenait dans ses mains la convocation de l'Armée canadienne pour son service militaire. Marie-Louise n'avait pu s'empêcher de l'ouvrir en voyant les armoiries sur le coin gauche. Elle n'avait jamais reçu une telle lettre, mais dans toutes les familles, on craignait l'arrivée d'une telle missive et l'on savait ce que cela signifiait. Le diable lui-même lui aurait fait parvenir un message qu'il n'aurait pas eu plus d'impact que ce bout de papier. Marie-Louise était si nerveuse qu'elle eut de la difficulté à déchirer l'enveloppe. Elle se doutait bien de quoi il était question. Quand elle déplia le papier, la feuille tremblait tellement entre ses doigts qu'elle eut de la difficulté à lire. Elle poussa un cri où se mêlaient l'horreur et la douleur. Elle ne prit même pas la peine de réfléchir plus longuement et jeta immédiatement la lettre et l'enveloppe dans le poêle à bois de la cuisine. En quelques secondes, la mauvaise nouvelle avait disparu, envolée en fumée. Que le diable reprenne son message. Son cœur de mère voulait croire, espérer qu'il suffisait de jeter la lettre au feu pour que la convocation n'existe plus. Peut-être oublierait-on Émile Beauregard sur les listes de l'armée. Peut-être aussi que la guerre se terminerait avant. Marie-Louise se garda d'en parler à son mari, de crainte qu'il ne s'empresse d'aller prévenir Émile. Garder le silence, prier et attendre, c'était sa meilleure arme.

Les jours passaient et Marie-Louise était de plus en plus torturée par ce qu'elle était la seule à savoir. Rolland, le fils de la voisine, avait lui aussi reçu sa convocation de l'armée, tout comme plusieurs autres jeunes hommes du village. On ne parlait même que de cela. Marie-Louise avait entendu à la radio que Camilien Houde, le maire de Montréal, avait fait une violente sortie contre la conscription et avait été emprisonné. Plusieurs jeunes hommes de Bouchette avaient décidé de suivre son exemple et de refuser l'enrôlement.

C'était le cas d'Aldège Richard. Il avait résolu de se cacher, incité par son père Hector qui craignait qu'il tombe sous les balles, comme son propre frère Robert durant la Première Guerre. Aldège avait discuté de ses plans avec Émile, qui avait été surpris de ne pas avoir lui-même reçu un ordre de convocation.

Lorsque la seconde lettre arriva un mois plus tard, Marie-Louise reconnut l'enveloppe. Elle l'ouvrit à nouveau. Le ton était cette fois menaçant et on indiquait à Émile que la police militaire irait le chercher s'il refusait de se conformer à cet avis. Cette fois, elle résista à l'envie de jeter la lettre au feu. L'armée n'oublierait pas son fils, elle en était maintenant certaine. Et le grand Fernand Latourelle se ferait un plaisir de dénoncer tous ceux qui tenteraient d'échapper au service militaire, elle n'en doutait pas.

Quand Émile entra dans la maison en compagnie de Paul, ce soir-là, c'est la mort dans l'âme que Marie-Louise finit par révéler l'arrivée de la lettre maudite. Émile était furieux de constater que l'enveloppe était ouverte, mais encore plus lorsqu'il réalisa qu'il s'agissait de la seconde convocation qui lui était envoyée. Il avait quitté la maison sans rien dire, en claquant la porte, laissant Paul et Marie-Louise fous d'inquiétude à l'idée de voir leur enfant partir pour la guerre. Les deux étaient restés assis face à face, et lorsque Marie-Louise s'était mise à pleurer, Paul n'avait pas mis ses mains sur ses épaules pour soulager sa peine. Il en était incapable. Sur ses joues, des larmes coulaient aussi.

Paul était demeuré éveillé une bonne partie de la nuit, passant en revue les moyens à sa disposition pour soustraire son fils du service militaire. Le lendemain, il avait décidé d'aller voir Magloire pour le prévenir et lui demander d'intervenir. Le vieil aubergiste connaissait le député et avait travaillé à son élection. Il pourrait s'organiser pour obtenir une dispense. Au besoin, Émile pourrait se cacher dans la cabane sur la terre des Lefebvre où ils fabriquaient de l'alcool. Mais lorsqu'il alla chercher Émile pour entreprendre leur journée de travail et qu'il le mit au courant de ses intentions, le jeune homme refusa net.

— C'est pas une décision qui vous appartient, son père, avait-il répondu d'un ton ferme.

Paul eut beau traiter son fils de fou, lui rappeler les nombreux morts sur les champs de bataille, et lui dire que cela tuerait sa mère, rien n'y fit. Émile se souvenait du jour où il avait voulu aller à l'aventure et que son père avait refusé toute discussion. Cette fois, il ne pourrait l'empêcher de prendre lui-même ses décisions. En voyant son père sans voix et forcé de se plier à sa volonté, Émile en avait tiré beaucoup de satisfaction. Il était enfin un homme et c'est lui qui avait le dernier mot.

Émile était cependant conscient que la guerre n'était pas un jeu et que la mort pouvait se trouver au bout, mais il n'arrivait pas à s'imaginer poursuivant tranquillement sa petite vie ici, pendant que ses camarades mettraient leur vie en péril dans les tranchées d'Europe. Même si la majorité des gens de la place réprouvait la guerre et encore plus l'envoi de troupes par le Canada, Émile et plusieurs autres se rendaient bien compte que seule la force arrêterait le massacre qui était en train de se produire. Hitler dominait l'Europe et il ne lui faudrait pas beaucoup de temps pour qu'il débarque en Amérique. Émile avait d'ailleurs entendu à la radio que des sous-marins allemands avaient été vus dans le fleuve Saint-Laurent. Refuser d'aller au combat aurait été, pour lui, faire preuve de lâcheté.

Paradoxalement, il n'arrivait pas à considérer Aldège comme un poltron, malgré sa décision de fuir l'armée. Il le connaissait bien. Aldège avait la mentalité d'un fermier. Jamais il ne s'éloignerait de sa terre natale et jamais il ne voudrait voir de quoi le reste du monde avait l'air. La vraie aventure, pour Aldège, se trouvait sur la terre de son père et dans la forêt environnante. Pas pour Émile, qui voyait là une occasion de partir à l'aventure, de quitter ce milieu qui l'étouffait et l'empêchait de voir ce qu'il y avait au-delà des collines de la Gatineau. Il en était presque heureux et s'en confia au grand Virgile, qui avait aussi reçu l'avis de mobilisation. Pour échapper à l'armée, il ne lui restait plus qu'à se marier. Cela ne devait pas poser problème, puisque lui et Murielle avaient convenu depuis longtemps que, s'il était appelé, ils uniraient leurs destinées à l'église. Mais aujourd'hui, Virgile semblait moins enthousiaste à cette idée qu'il ne l'avait été à l'époque où ce projet était quelque chose de lointain et incertain.

Émile trouvait que Virgile avait changé. Il était toujours aussi bêta, mais sa candeur s'en était allée. Il était devenu aigre et ne semblait plus prendre plaisir aux activités qui, auparavant, lui auraient fait parcourir des kilomètres. Émile fut surpris lorsqu'il l'entendit dire :

— Je crois que je vais entrer dans l'armée moi aussi.

— Toi ? Et ton mariage avec Murielle ?

— J'suis pas certain d'avoir envie de me marier… peut-être aussi que je n'ai plus envie de me marier avec elle.

Le grand Virgile, qui envisageait de prendre l'uniforme, c'était un changement radical d'attitude et Émile ne parvenait pas à comprendre ce qui l'avait ainsi influencé. Il était cependant heureux de penser qu'il aurait un copain dans sa nouvelle vie.

Comme prévu, Aldège leur annonça qu'il n'avait pas l'intention de donner suite à l'avis de convocation qu'il avait reçu. Tout était déjà prévu et Aldège devait vivre dans la cabane de l'érablière sur la terre de son père pendant quelque temps. Il sortirait une fois ou deux par semaine pour venir chercher des vivres et saurait éviter les pièges de Fernand Latourelle qui avait commencé à débusquer les conscrits. Aldège n'arrivait pas à comprendre que ses camarades envisagent d'aller se battre dans une guerre qui ne cessait de faire de plus en plus de morts. Il était inquiet pour son ami Émile et il aurait souhaité qu'il accepte de prendre la poudre d'escampette à ses côtés pour fuir cette folie. Il pouvait même s'imaginer en train de pêcher ou de chasser avec lui, mais il savait bien que ça ne correspondait pas au caractère d'Émile. Il était conscient depuis longtemps que celui-ci joindrait l'armée afin de quitter la région.

Émile devait se présenter au début du mois suivant au Centre de recrutement de l'Armée canadienne à Ottawa pour aller faire son service à Farnham, en Ontario, avant de joindre les rangs des Fusiliers du Mont-Royal. Il lui restait donc quelques semaines pour mettre sa vie en ordre et se préparer. Émile ne savait trop ce qui allait se passer par la suite, mais il avait hâte d'entrer dans l'armée. Il savait qu'Aldège resterait ici et qu'il pourrait à loisir faire la cour à la belle Anna. S'il souhaitait lui affirmer son amour, c'est maintenant qu'il fallait le faire.

Mais Anna avait d'autres chats à fouetter et ne venait que très rarement au village. Burgess avait embauché beaucoup de gens et Anna dirigeait tout ce petit monde. Le fait que Magloire ait décroché le contrat de construction pour l'Allemand, aurait dû permettre à Émile de la rencontrer seul. Malheureusement, les ouvriers ne s'arrêtaient qu'à midi, au moment même où la cuisine bourdonnait d'activité et qu'Anna était débordée. Émile avait décidé de forcer un peu le destin et il était allé frapper à la porte de la cuisine. Il cherchait encore le prétexte qu'il allait invoquer pour lui parler lorsqu'elle sortit sur le perron. Émile eut le vague sentiment d'être un chat devant un bol de lait frais. Il songea un instant à la prendre dans ses bras et à l'embrasser, avant même de lui avoir dit un mot. Il tremblait presque lorsqu'il parvint enfin à prononcer une parole. Ils parlèrent de banalités, mais le contact avait été suffisant pour qu'Émile puisse espérer qu'il y ait plus que de l'amitié.

Maintenant qu'il allait partir au loin, il lui fallait révéler son amour, sans se soucier de son ami Aldège, lequel n'avait toujours pas réussi à charmer la belle, malgré ses nombreuses tentatives.

— Je pars pour la guerre, avait-il dit d'entrée de jeu lorsqu'il s'était rendu chez elle.

Dans les faits, il lui faudrait six mois pour faire son service militaire et il se pouvait bien qu'il ne traverse jamais en Angleterre, mais il avait considéré que cette affirmation aurait un effet plus dramatique. Anna avait d'ailleurs paru sincèrement peinée, mais sa surprise fut totale lorsqu'il lui annonça :

— Je crois que je t'aime et je voudrais pouvoir t'écrire lorsque je serai au loin.

La déclaration d'amour d'Émile l'ébranla. Ses yeux se remplirent d'eau et elle pressa sa main sur sa bouche pour refouler un sanglot. Il voulut l'embrasser, mais elle l'arrêta.

— Pas ici, pas ce soir, dit-elle simplement, cherchant

toujours à refouler les émotions qu'elle ressentait.

Émile hésita, mais fit une nouvelle tentative en se penchant vers elle.

— Non, pas maintenant, répéta-t-elle.

— Quand ?

— Samedi, après le grand bal chez monsieur Burgess.

Ce soir-là, Émile rentra heureux et troublé. Son cœur battait encore à toute vitesse, longtemps après l'avoir quittée, et il trouva difficilement le sommeil.

Chapitre vingt-deux
Bouchette, 2005

Agathe n'avait pas pu inspecter le terrain avant de repartir, après le curieux baptême du Tournesol I, mais elle se demandait, de toute façon, ce qu'elle aurait pu découvrir. La parcelle était couverte d'érables, de pins blancs géants et de thuyas, sous les branches desquels poussait un épais mur de sapinages. Amed l'avait reconduite chez elle et y avait passé une partie de la soirée. Elle ne parvenait pas à fermer la porte de son cœur à cet homme, malgré ses doutes. Elle se rendait cependant compte qu'il lui serait de plus en plus difficile de le faire, puisque les sentiments qu'elle éprouvait à son égard s'approfondissaient. Elle en était amoureuse, et chaque fois qu'ils se trouvaient ensemble, ce sentiment devenait de plus en plus intense. Elle songeait que si elle ne le quittait pas, un jour elle souhaiterait fonder une famille avec lui. Elle en avait toujours rêvé. Mais avec cette menace qui planait au-dessus de leur tête, elle devrait y renoncer ou alors risquer que l'enfant soit affecté d'une tare congénitale. Elle lui fit encore une fois part de ses craintes.

— Si je reste avec toi, je voudrai des enfants, lui avoua-t-elle, et tant que nous ne saurons pas, je ne pourrai l'accepter.

Amed était torturé. L'idée qu'Agathe envisage d'avoir des enfants de lui l'amenait au septième ciel, mais la possibilité que le mystère de ses racines ne soit jamais résolu le désolait. En la quittant, il décida qu'il ne voulait pas vivre le reste de sa vie dans le doute. Lui aussi avait besoin de savoir, même si cela impliquait de lui fermer son cœur à tout jamais.

Agathe retourna au travail le lendemain, bien décidée à faire la lumière sur le fameux terrain. Lorsqu'elle arriva au bureau, elle constata que le notaire Beausoleil n'avait pas chômé. Il avait fait jouer ses contacts à New York et disposait d'informations intéressantes.

— J'ai des nouvelles pour vous. Votre Burgess a eu un passé mouvementé, le saviez-vous ?

— Que voulez-vous dire ?

— D'après les informations dont je dispose, l'homme se présentait comme le président de la compagnie Briarwood, une entreprise mondialement connue pour ses pipes.

— Des pipes ? Vous voulez dire, une pipe pour fumer ?

— Combien de sortes de pipes connaissez-vous, demanda Beausoleil avec un sourire taquin qui fit rougir Agathe de la tête aux pieds. Oui pour fumer. D'ailleurs, je me souviens avoir reçu l'une de ces pipes en cadeau à l'époque où je fumais. Briarwood avait été fondée au début de 1930 par un immigrant allemand, Rudolph Schmidt, celui-là même qui est cité dans son testament. La compagnie a fait un bond à partir de 1939, lorsque les autres entreprises américaines fabriquant des pipes ont commencé à avoir de la difficulté à se procurer le bois dont ils avaient besoin. Les pipes étaient fabriquées à partir des racines de certaines essences qui ne se retrouvaient qu'en Italie et en France. Curieusement, Briarwood fut la seule entreprise qui ne sembla jamais avoir de difficultés d'approvisionnement durant la guerre, ce qui lui permit de prendre pratiquement tout le marché et d'accumuler une fortune considérable.

— Qu'est-ce que cela a à voir avec Burgess.

— Burgess est arrivé en 1938, avec les rares réfugiés juifs qui cherchaient à fuir le régime nazi que le Canada ait accepté de recevoir. Il a acheté une terre dans la municipalité de Cameron, mais il a immédiatement immigré aux États-Unis où il s'est établi. Il a acquis une action et est devenu président de la compagnie Briarwood la même semaine. Pas mal, n'est-ce pas, comme ascension dans une entreprise ? Ce qui est curieux, c'est que cette entreprise existe toujours et, s'il est fait mention de Rudolph Schmidt comme président fondateur, le nom de

Burgess n'apparaît nulle part dans les archives. On indique les années de présidence de chacun des hommes qui ont tenu ce rôle, mais entre 1938 et 1943, il n'y a rien. J'ai communiqué avec l'un des responsables de l'entreprise et j'ai senti son malaise à l'évocation du nom de Burgess, bien qu'on m'ait affirmé ne pas connaître cet homme. Visiblement, il ne s'agissait pas d'un inconnu.

— Intéressant.

— J'ai également voulu savoir si ce Burgess avait eu des descendants. Son épouse Kathleen n'a pas eu d'enfants et elle est demeurée à New York jusqu'en 1946, puis elle a quitté les États-Unis pour l'Argentine, aussitôt que le domaine, dont elle était propriétaire ici, à Bouchette, a été vendu. Ne trouvez-vous pas cela curieux ?

Agathe le regardait d'un air béat, cherchant à comprendre où il voulait en venir. Qu'y avait-il donc de si curieux dans ce fait ? Beausoleil réalisa que sa jeune protégée avait une connaissance limitée de la Seconde Guerre mondiale. Ceux qui l'avaient vécue se souvenaient de la chasse aux nazis qui avait suivi.

— Après la guerre, bon nombre des criminels de guerre nazis ont trouvé refuge en Amérique du Sud, en Argentine surtout, où ils bénéficiaient d'une certaine protection du régime en place. Quelques-uns d'entre eux, dont le fameux Adolf Eichmann, le concepteur de la « solution finale », ont été capturés et sortis du pays pour être jugés, mais la plupart n'eurent jamais à répondre de leurs crimes. Plus de huit mille d'entre eux s'y sont réfugiés dans les années qui ont suivi la fin de la guerre. Je trouve curieux que cette Kathleen, Allemande d'origine, mais immigrante américaine reçue, ait choisi d'émigrer dans un pays qui, finalement, lui offrait une moins bonne qualité de vie, un pays où convergeaient justement bon nombre d'Allemands ayant des choses affreuses sur la conscience.

— Il y a définitivement plein de mystères autour du domaine de ce Burgess, dit Agathe en songeant que celle qu'elle avait prise pour sa grand-mère, cette Marie-Anna Morrissette, avait travaillé durant plusieurs années à cet endroit.

— D'autre part, ce John David Burgess est mort dans des circonstances pour le moins étranges en novembre 1943. On a retrouvé son corps dans une chambre du luxueux hôtel Waldorf Astoria au centre-ville de New York. Le rapport ne donne aucun détail sur les raisons du décès, ce qui est assez surprenant. S'il était mort naturellement, ce serait noté; or, ce n'est pas le cas. Que faisait-il dans cet hôtel, alors qu'il habitait une luxueuse résidence à quelques minutes de là?

— Je ne parviens pas à tout comprendre encore…

— Je savais que j'avais gardé quelque chose sur Bouchette, dit le vieux notaire en exhibant un gros livre. C'est un vieux bouquin publié en 1987 par la paroisse Sainte-Philomène de Bouchette. Les responsables en avaient imprimé quelques exemplaires qu'ils ont vendus dans la région. Je crois d'ailleurs avoir été sollicité pour acheter les cahiers-souvenirs de toutes les paroisses du coin, comme vous avez sûrement pu le constater en faisant le ménage dans mon fouillis.

Agathe se rappelait effectivement avoir rempli une pleine boîte de vieux livres que le notaire conservait.

— J'ai retrouvé celui de Bouchette et m'y suis plongé, poursuivit Beausoleil. Outre quelques notes tirées des archives de la paroisse et de la municipalité, ce sont surtout des témoignages, des souvenirs de familles sur les grands et les petits événements de leur vie. Je dois vous avouer que la lecture de certains textes fut pénible et ennuyante, mais j'ai trouvé un passage très intéressant à la page cinquante et un.

Il poussa devant elle le gros livre dont la page couverture représentait, bien sûr, la fameuse église de pierres qui avait toujours fait la fierté des Bouchettois, avec en arrière-plan la rivière Gatineau coulant paresseusement vers le sud. *Bouchette et Cameron au fil des ans*. Elle se plongea le nez dedans avec avidité. Le début était consacré, bien sûr, à la petite et grande histoire de la paroisse, aux congrégations religieuses, à l'organisation municipale et à quelques faits sur l'industrie locale. Le reste n'était qu'une suite de souvenirs brodés au fil de la mémoire de certains membres de chaque famille. Agathe se rendit immédiatement à la page que lui avait indiquée le notaire et lut la note :

« Une anecdote ou légende du temps de la guerre 1939-1945 nous revient encore en mémoire. Plusieurs se souviennent encore de ce riche millionnaire américain, M. Burgess, qui avait fait aménager sa propre piste d'avions pour pouvoir venir à son chalet. Par la presse, on apprit à la fin de la guerre que cet homme était un espion à la solde de l'Allemagne. Il transmettait des messages à l'aide de puissants émetteurs cachés sur sa propriété. Il fut exécuté sur la chaise électrique. »

— Nom d'un chien, ne put s'empêcher de s'exclamer Agathe. Quelle histoire !

— En réalité, si je dois me fier aux informations inscrites par le notaire lors de l'ouverture du testament et celles collectées auprès de mon collègue de New York, le sieur Burgess ne serait pas mort électrocuté, mais il se pourrait bien qu'il ait été exécuté malgré tout ou qu'il se soit suicidé.

Tout cela épaississait le mystère encore plus. Était-ce pour cette raison qu'on la menaçait de représailles si elle poussait plus loin ses recherches sur le bout de terrain ? Qu'est-ce qui pouvait se cacher derrière tout cela ?

Mais Agathe n'était pas au bout de ses surprises. Lorsqu'elle revint chez elle, Amed y était et, cette fois, c'est lui qui semblait dévasté. Que s'était-il passé pour que cet éternel optimiste soit ainsi démoli ? Il était assis sur le bord de la galerie et tenait devant lui la coupole de plexiglas brisée de son sous-marin, qu'il était allé récupérer plus tôt dans la journée. Il n'avait eu aucune difficulté à retrouver le Tournesol I et à l'attacher avec une corde, ce qui avait permis de le remorquer sur la rive.

— Agathe, tu es en danger, dit-il sans préambule.

— Que veux-tu dire ?

— Le sous-marin.

— Quoi, le sous-marin ?

« S'il y avait quelqu'un en danger en rapport avec ce bidule, c'était surtout lui », songeait-elle.

— Tu te souviens que je t'ai dit que j'avais entendu la coupole se briser et l'eau entrer soudainement au moment de sombrer. Je croyais qu'il s'agissait d'un défaut dans le plexiglas, une erreur que j'aurais faite et qui aurait entraîné sa rupture sous la pression de l'eau. En réalité, j'étais convaincu que c'était de ma faute.

— Et alors ?

— Regarde ici, à la base.

— Un trou. Et puis ?

— Ce n'est pas un hasard ni une erreur. Un trou bien rond comme celui-là, ce n'est pas un accident. Souviens-toi que je suis armurier. Ce trou est celui fait par une arme de calibre .22 et cette balle était une *long riffle*. Au moment de plonger, quelqu'un a fait feu sur moi, mais probablement que c'est toi qu'il visait.

— Je me souviens de ce petit claquement. Je n'y ai pas fait attention, lança Agathe en se frappant le front de la main.

— La détonation d'une cartouche de .22 ne provoque pas une explosion bruyante comme les autres armes. S'il y a d'autres bruits pour la masquer, elle s'y confond. Je te le répète, tu es en danger. Il y a eu la roche, l'appel téléphonique et maintenant un coup de feu. La prochaine fois… dit Amed, en lui prenant les mains sans terminer sa phrase. Tu ne peux pas rester ici. Viens chez moi, lui proposa-t-il.

Agathe aurait eu envie de laisser ses bras l'entourer pour la protéger, mais elle résistait à cette tentation. Elle savait qu'elle risquait de flancher encore une fois, et cela, elle ne pouvait l'accepter.

— Je…je ne peux pas. Tu dois comprendre. Je t'aime trop et le simple fait de te voir est pour moi une torture. Nous ne devons plus.

Amed aurait voulu l'emmener loin du danger, mais il savait qu'elle n'accepterait pas. Elle voulait que l'homme qui entrerait dans sa vie soit aussi le père de son enfant.

— D'accord. Alors, il te faut aller vivre ailleurs pendant un certain temps. Ton ami le notaire, il se ferait certainement un plaisir de t'héberger?

Agathe savait qu'Amed avait raison et elle lui assura qu'elle l'appellerait, mais il refusa de la quitter tant qu'elle n'aurait pas joint Beausoleil pour lui expliquer la situation. Ce dernier ne comprit rien à l'histoire décousue qu'elle lui raconta à propos d'un tournesol et d'un sous-marin, mais lorsqu'elle mentionna qu'un coup de feu avait été tiré dans leur direction, il la somma immédiatement de le rejoindre.

— Vous avez prévenu les policiers? demanda-t-il.

— Non, pas encore.

— Alors, faites-le immédiatement, ordonna le vieil homme.

Amed n'était pas chaud à l'idée de montrer son invention aux policiers, mais il dut adhérer à l'opinion de Beausoleil. Il avait l'impression que le départ d'Agathe, fût-il temporaire, risquait de mettre définitivement fin à leur relation. L'idée qu'il ne puisse plus jamais tenir cette femme dans ses bras lui était insupportable.

Chapitre vingt-trois
Bouchette, 1940

É mile était impatient de revoir enfin l'élue de son cœur. « Après le bal chez Burgess », avait-elle dit. Il avait sagement attendu. Il était maintenant mal à l'aise avec son ami Aldège et il cherchait à l'éviter. Il avait l'impression de l'avoir trahi, même si, dans les faits, ce dernier ne pouvait prétendre qu'Anna fût sa petite amie. Sa seule prétention aurait été de l'avoir vue le premier.

Bien qu'il ait quitté la maison, Émile était demeuré proche de ses parents. Quand il avait claqué la porte, Paul était allé voir son fils, non pour lui demander de revenir à la maison, mais pour le convaincre de ne pas laisser tomber son travail. Paul avait invoqué le fait qu'il avait absolument besoin de lui sur le chantier de Burgessville et que, de toute façon, il lui faudrait du travail pour survivre.

Paul savait que son fils aurait probablement pu trouver un emploi chez un autre entrepreneur, mais les chantiers étaient rares et ne duraient jamais plus que quelques semaines. Émile avait accepté, conscient qu'en quittant aussi l'entreprise de son père, il réduisait ses possibilités de voir Anna.

Assis au bord de la fenêtre de sa chambre, il vit une lumière s'allumer dans le village. C'était peut-être la fenêtre de la maison de sa mère. Se languissait-elle à l'attendre ? Émile sentait son cœur se serrer. Il lui en voulait d'avoir « envoyé Évangéline en prison », comme il le lui avait crié en partant. Mais les lettres qu'il recevait de sa sœur semblaient montrer qu'elle était heureuse. Émile n'était pas porté sur l'écriture, mais il lui avait envoyé quelques lettres en lui recommandant de bien réfléchir à la question. « Le couvent, c'est pire que l'armée, c'est pire que la prison », avait-il écrit. Elle lui avait répondu quelques semaines plus tard en lui disant de ne pas s'en faire, qu'elle avait «trouvé la paix auprès du Seigneur».

«Elles l'ont embarquée dans leur propagande», s'était dit Émile en lisant la lettre d'Évangéline.

L'image de sa petite sœur habillée en religieuse lui était insupportable. Il avait d'ailleurs refusé d'aller la visiter lorsque Paul avait offert de se rendre au couvent d'Ottawa pour l'unique visite de l'année. Sa vie avait changé depuis le départ d'Évangéline et il savait que son existence changerait davantage lorsqu'il aurait entrepris son service militaire. Émile avait beau savoir ce que la guerre représentait, il ne craignait pas pour sa vie. Sa mère, par contre, ne vivait plus depuis qu'elle savait qu'il devait prendre le chemin de l'entraînement. Lors de leur dernière rencontre, Marie-Louise avait insisté pour qu'il n'en fasse pas davantage que ce qu'on exigeait de lui.

— Émile Beauregard, tu vas me promettre de ne pas signer pour aller de l'autre bord, avait-elle dit.

Les soldats avaient encore la possibilité de refuser le service outre-mer. De guerre lasse devant les récriminations de sa mère, Émile avait promis.

Avec les idées de grandeur de ce Burgess, le chantier était quasi permanent sur l'ancienne terre d'Arthur Roy, et tous, à Bouchette, essayaient de trouver un moyen de profiter de cette manne. Burgess ne négociait pas directement avec les gens du village; c'est Georges Caron qui agissait en son nom. Celui-ci avait reçu comme mot d'ordre d'acheter tout ce dont il avait besoin localement, dans la mesure du possible. Burgess s'était aussi informé sur les œuvres de bienfaisance de la paroisse et s'organisait pour contribuer généreusement. Il avait même défrayé le coût d'une statue de la Vierge Noire pour l'église de Pointe-Confort, une petite communauté située au sud du lac Trente et Un Milles. Un don surprenant; ce genre d'icône dispendieux étant surtout prisé en Europe, mais fort peu au Québec. Ce geste de générosité en avait surpris plus d'un, puisqu'on affirmait que Burgess était juif. On saluait son ouverture d'esprit et sa munificence, mais Georges s'était étonné qu'en nul endroit, dans la maison du riche homme d'affaires, il n'y ait de symboles religieux. Pas une seule étoile de David, rien qui permette de déceler les croyances du propriétaire. Ni lui ni son épouse ne pratiquaient le shabbat et personne ne se souciait du fait que la nourriture soit kasher ou non. Le seul autre Juif qu'il avait connu, celui du rang Gagnon, avait semblé tenir avec beaucoup de rigueur à ces rites.

— Burgess est un Juif d'Allemagne. L'autre arrivait de Pologne, disait-on pour expliquer son comportement.

Georges estimait que c'était suffisant comme explication, mais Paul n'arrivait pas à comprendre. Émile avait lui aussi écouté les commentaires que Caron avait faits à son père. Il n'avait rencontré ce Burgess qu'à quelques reprises et savait peu de choses de lui. Il considérait pour sa part qu'il avait l'air beaucoup plus allemand que juif et son accent guttural ressemblait à celui des dirigeants nazis qu'il avait entendus à la radio. À Bouchette, on se souciait peu de ce détail; tout le monde l'admirait en raison de son immense richesse.

Comme tous les samedis, il y avait eu une grande soirée au domaine des Burgess. L'avion Beechcraft avait déversé un premier lot d'une dizaine de visiteurs et reprenait aussitôt les airs en direction d'Ottawa pour y cueillir un autre groupe. Plus tôt dans la journée, Caron était venu chercher un ensemble de musiciens que le maître avait spécialement fait venir de la capitale. Lorsque les premiers invités étaient arrivés, ils avaient commencé à jouer des airs endiablés. Rapidement, après le repas, le pavillon était devenu une grande salle de danse où les convives, que l'alcool semblait avoir émoustillés, se déhanchaient à s'en déboîter le bassin. Encore une fois, la soirée s'était terminée très tard.

Émile était arrivé peu avant vingt-trois heures et avait attendu patiemment que la fête prenne fin dans le grand chalet, avant d'aller frapper à la porte de la cuisine. Il restait encore quelques joueurs de cartes attablés pour la nuit, totalement concentrés sur leur jeu et personne ne porta attention au jeune homme qui faisait le tour du chalet. Lorsqu'il tambourina à la porte, Anna se précipita pour éviter que d'autres entendent son visiteur.

Elle sortit immédiatement sur le perron. Émile était là, l'air un peu penaud, un bouquet de fleurs à la main. C'était la première fois qu'il offrait des fleurs à quelqu'un d'autre qu'à sa mère et il se sentait ridicule avec sa gerbe dans les mains. Heureusement que la nuit empêchait les autres de le voir, car il l'aurait probablement jeté dans un fossé avant d'arriver. Il tendit les fleurs à Anna, incapable d'ouvrir la bouche pour dire quoi que ce soit.

La jeune femme était émue. Elle avait bien senti qu'Émile s'intéressait à elle, mais en présence de son ami Aldège, il semblait incapable de faire autre chose que sourire. Quand il lui avait proclamé son amour, elle n'avait su que dire tellement elle avait été surprise. Anna était depuis longtemps torturée par son désir d'être femme et celui d'avoir une carrière. Elle avait jusqu'à présent accumulé un joli pécule et serait bientôt en mesure de partir pour Montréal où elle pourrait louer un petit appartement. Elle n'était pas indifférente aux avances des jeunes hommes de Bouchette, mais elle avait depuis longtemps décidé qu'elle devait d'abord acquérir son autonomie.

Celui qui partagerait sa vie devait être prêt à accepter ses désirs et ses rêves. Anna ne croyait pas qu'un des garçons de Bouchette soit prêt à quitter famille et pays pour la suivre à Montréal. Elle ne connaissait pas deux personnes à Bouchette qui ait eu quoi que ce soit de positif à dire à propos de cette ville et de ceux qui y vivaient, mais en même temps, ils rêvaient tous de ces lieux magiques. Elle avait été touchée par la cour assidue que le copain d'Émile, Aldège, lui faisait, mais lorsqu'il lui avait parlé de la ferme, de son désir de prendre la relève de son père et de son amour pour son village, elle avait compris qu'ils ne voyaient pas l'avenir de la même façon. Le beau jeune homme ne voudrait jamais quitter sa terre pour les rues sales et encombrées de Montréal. Un soir, il l'avait raccompagnée chez elle et avait lui aussi déposé un baiser sur ses lèvres. Anna en avait été chavirée. Tout son corps aurait voulu répondre à ce premier baiser et elle avait laissé Aldège l'embrasser quelques minutes avant de se ressaisir et le repousser. Le pauvre était si excité qu'il avait de la difficulté à cacher la bosse dans son pantalon. Anna l'avait remarquée et avait rougi de plaisir.

Ce soir, c'est Émile qui faisait vibrer son cœur avec ce bouquet et son petit air timide. Peut-être que lui, qui se disait prêt à partir au front pour quitter son village, aurait envie de la suivre dans son aventure...

— Je vais partir pour l'entraînement, Anna, et j'aimerais que tu sois là quand je reviendrai.

— Tu ne t'en vas pas seulement faire ton service, Émile. Tu pars pour la guerre.

— Je sais, mais je reviendrai.

Ses beaux grands yeux l'imploraient et Anna y vit une certaine détresse. Le jeune homme semblait torturé. Émile reprit le discours qu'il avait préparé.

— Je pars dans deux jours, mais je reviendrai avant… dit-il en laissant en suspens les mots qu'il n'osait prononcer. J'aimerais que tu m'écrives.

Anna comprenait très bien; il partirait à la guerre et risquait de ne pas en revenir. Elle ne pouvait s'engager envers lui, car elle n'était pas certaine de ses sentiments à son égard, mais elle estimait aussi qu'il était de son devoir de lui apporter un peu de soutien. Émile avait besoin de savoir que quelqu'un pensait à lui. Quand il reviendrait, il serait bien temps d'aviser et le fait de lui écrire pour lui donner des nouvelles n'engageait à rien.

— Oui, je le ferai, promit Anna.

Émile s'approcha et mit son bras autour de ses épaules. Elle ne put résister et se blottit contre sa poitrine puissante. Elle sentait les pectoraux sous sa joue. Émile glissa un doigt sous son menton pour lui relever la tête et déposa un baiser sur ses lèvres. Il la serra bien fort et elle crut que le souffle lui manquerait. Elle se dit qu'elle devrait résister, mais elle savait que son ami partait pour l'enfer et que ce baiser serait peut-être le dernier doux souvenir qu'il évoquerait dans les tranchées. Sa langue toucha la sienne et Anna ne put s'empêcher d'émettre une petite plainte. Elle avait envie de cet homme et l'excitation qu'elle sentait monter en lui, tiraillant les coutures de son pantalon, la mettait dans un état proche de l'extase. La main d'Émile descendit le long de son cou et s'arrêta sur son sein. Elle sentit son mamelon se pointer sous sa chemise. Anna n'en pouvait plus. Elle savait qu'elle devait mettre fin immédiatement à ce terrible jeu de la tentation, car elle ne pourrait résister plus longtemps. Bien que toujours vierge, elle avait depuis longtemps découvert le désir et le plaisir que certaines zones de son corps pouvaient provoquer. Elle savait combien la sexualité pouvait être agréable, mais refusait de se donner à un homme, tant qu'il n'aurait pas été convenu que celui-ci serait là pour la vie. Elle sentait la moiteur entre ses cuisses. Elle le repoussa doucement.

— Non, il ne faut pas, dit-elle.

Émile était conscient de son audace, mais il vibrait de bonheur. Il avait vaguement souhaité un baiser qui lui aurait confirmé que la belle éprouvait quelque chose à son égard. Il avait eu plus que cela. Le baiser avait été brûlant, il avait touché son sein et elle ne lui avait pas interdit le chemin de son corps. Même lorsqu'elle avait senti la bosse dans son pantalon, elle avait simplement poussé son genou entre ses jambes. Jamais Émile n'oublierait cet instant.

Ils restèrent là quelques minutes à discuter et le jeune homme finit par partir lorsqu'elle l'avisa qu'elle devait se lever tôt le lendemain. Il la quitta non sans lui avoir volé un dernier baiser, et il siffla tout le long du chemin du retour.

Marie-Louise pleurait à chaudes larmes le lendemain lorsqu'elle et Paul reconduisirent leur fils aîné à la gare de Messines pour qu'il prenne le train. Émile, au contraire, avait l'air serein.

— Je reviendrai, se contenta-t-il de dire.

Les policiers s'étaient rendus au quai public de Bouchette, avaient rapidement inspecté les lieux et conclu qu'il s'agissait probablement d'une balle perdue, tirée par un chasseur. Amed avait rappelé qu'on était au printemps et que la chasse n'était pas encore ouverte.

— Dans le coin, il y en a beaucoup pour qui les dates d'ouverture et de fermeture de la chasse ne sont que des détails insignifiants. Ça pourrait être une balle perdue tirée par un de ces braconniers, avait dit l'un des policiers.

Amed savait cela, mais les braconniers n'utilisaient pas ce genre d'armes; pièges, filets, collet, oui, mais rarement une .22. Tant qu'à faire entendre une détonation, ils utilisaient un gros calibre plutôt qu'une petite arme qui aurait pu nécessiter plusieurs coups de feu et beaucoup plus de précision. Si les braconniers avaient des armes à feu, ils savaient aussi s'en servir. Il doutait donc de l'explication du policier.

Il était plutôt convaincu que ce n'était pas lui qui était visé, mais Agathe. Mais pourquoi? Qu'est-ce que ce terrain oublié de tous avait de particulier? Et était-il réellement oublié de tous? Amed avait la ferme intention de percer ce mystère.

Il y avait aussi Agathe, dont il avait été forcé de s'éloigner. Elle était allée trouver refuge chez Beausoleil. Le vieil homme en était heureux, bien qu'il ait constaté qu'une présence féminine permanente dans sa maison avait eu pour effet de troubler ses habitudes de vie. Bien sûr, les repas étaient mieux équilibrés et plus agréables que lorsqu'il mangeait seul et la cuisine était toujours rutilante de propreté, mais il n'arrivait plus à trouver quoi que ce soit. Il lui fallait s'adresser à Agathe pour dénicher le moindre objet. Cela lui rappelait avec nostalgie l'époque où son épouse était encore de ce monde. Agathe, cependant, n'appréciait pas cette retraite forcée. Il y avait bien sûr le travail pour apporter un peu de distraction, mais elle se sentait prisonnière.

— Vous devriez prendre des vacances durant quelques jours, lui disait Beausoleil, de plus en plus inquiet pour sa jeune collègue, je saurai m'occuper du bureau. Je l'ai fait durant de très longues années, vous savez.

Agathe avait hésité. Elle n'était là que depuis quelques mois et cette idée, de prendre des vacances précipitées, ne faisait pas partie de ses plans. Mais en même temps, elle savait qu'il fallait qu'elle s'éloigne du danger qui semblait la guetter en permanence.

Il y avait aussi Amed qui la tourmentait. Non pas qu'il l'ait harcelée, mais elle le savait là, présent, non loin. Elle était consciente qu'il pensait aussi à elle. Elle avait eu l'occasion de le rencontrer sur la route, à quelques reprises, lorsqu'elle était retournée prendre des choses à la maison. Agathe y était allée dans la voiture du notaire Beausoleil pour éviter que quelqu'un puisse la suivre, mais lorsqu'elle avait croisé l'autobus scolaire, Amed l'avait reconnue et lui avait adressé un petit signe de la main. Elle avait vu son beau sourire nostalgique. Elle aurait voulu se jeter dans ses bras pour y trouver protection et chaleur, comme elle l'avait fait au cours des quelques semaines que leur amour passionné avait duré. Malgré les recherches de Beausoleil, elle vivait toujours dans le doute. Le nom de l'enfant né à l'orphelinat correspondait bien à celui de sa mère, mais pour le reste, il y avait des choses qui ne concordaient pas.

Partir, fuir, était-ce la solution? Agathe savait qu'elle aurait vécu le reste de ses jours en se demandant qui elle était. Et Amed, était-il comme elle l'avait cru, celui qu'elle attendait depuis si longtemps? Elle s'était sentie si bien auprès de lui et avait vécu des émotions comme elle n'en avait jamais connu. Pourquoi fallait-il que tout cela se complique?

Théophile Beausoleil avait bien vu le désarroi et la tristesse dans l'attitude de la jeune femme. Il avait cru que l'identification de sa grand-mère maternelle lui permettrait de retrouver le chemin du cœur du jeune homme qu'elle avait rencontré, mais ça ne semblait pas être le cas. Depuis les quelques jours qu'elle vivait chez lui, jamais elle n'en avait fait mention et jamais il n'était venu la voir. Beausoleil n'avait jamais eu à s'occuper des affaires de cœur de ses enfants et ne savait pas trop s'il devait ou non aborder le sujet. Il finit par se décider, un soir qu'ils étaient attablés pour le repas. Agathe poussait de sa fourchette ses petits pois d'un côté à l'autre de l'assiette, fouillant au milieu, comme si elle cherchait les meilleurs, mais n'en goûtant aucun. Elle n'avait pratiquement pas touché au reste de son repas.

— Cessez de torturer ces malheureux légumes et dites-moi ce qui ne va pas, morbleu.

Agathe, perdue dans ses pensées, leva la tête de son assiette rapidement, et se redonna un air qui se voulait le plus normal possible.

— Mais rien, dit-elle.

— Allons, je suis trop vieux pour qu'on me raconte des histoires et vous avez passé l'âge de jouer à la cachette. Ce sont ces histoires de menaces, qui vous tourmentent?

Elle secoua négativement la tête. Les yeux pleins d'eau, Agathe lui expliqua les doutes qui l'empêchaient de poursuivre sa relation avec Amed.

— Pourtant, protesta Beausoleil, si les registres de l'orphelinat sont exacts, cette Marie-Anna Morrissette n'est pas votre grand-mère.

Agathe lui fit part de la lettre que Berthe lui avait laissée et dans laquelle elle affirmait que la religieuse qui s'était occupée d'elle était venue la rencontrer lors de son quinzième anniversaire pour lui dire que sa mère biologique était décédée.

— Si ce que cette religieuse a dit à ma mère est vrai, cette

Louise Tremblay ne pouvait être ma grand-mère.

— Je n'ai pu retrouver la trace de la religieuse en question. Elle était à la crèche lors de sa naissance, mais il se peut que d'autres religieuses aient connu votre mère plus tard. Il faut chercher des personnes qui l'ont côtoyée à cette époque avant qu'elle quitte les ordres. Je vous suggère d'aller faire un tour du côté du couvent à Ottawa. Les religieuses ne sont plus qu'une cinquantaine, mais il y en aura possiblement une qui se souviendra d'elle.

L'idée plaisait à Agathe. Elle avait besoin de s'éloigner de la tourmente qui secouait son cœur et sa vie. Tout ce qui pouvait l'approcher de la vérité valait mieux que vivre dans le doute perpétuel. Et puis, il y avait si longtemps qu'elle n'était pas allée flâner à Gatineau et à Ottawa qu'elle considérait presque cette escapade comme un retour aux sources.

Elle avait appelé le couvent des sœurs du Sacré-Cœur à Ottawa et avait demandé à rencontrer la responsable en expliquant qu'elle faisait des recherches sur sa mère, une ancienne religieuse associée à leur ordre. La sœur avait immédiatement accepté de la rencontrer, notant également le nom de la religieuse en question, dans le but de faire une recherche dans les dossiers du couvent. Agathe s'attendait à un accueil froid. Une sœur qui défroque pour se marier, cela n'avait rien de réjouissant pour la communauté et c'est généralement un souvenir qu'on voulait oublier. Lorsque Agathe se présenta à la porte du couvent, elle fut surprise de l'enthousiasme de la supérieure. Elle la conduisit à son bureau par un dédale d'escaliers et de corridors aux parquets brillants, s'arrêtant ici et là devant des salles presque toujours vides pour lui expliquer la vocation des lieux; salle d'artisanat, salon de repos, chapelle, salle de prières, anciennes classes. Parfois, une vieille dame levait les yeux et lui faisait un large sourire ravi. Agathe avait l'impression que jamais elle ne pourrait retrouver le chemin de la sortie sans l'aide de son hôtesse. Lorsqu'elles finirent par arriver à son bureau, la supérieure lui indiqua qu'elle n'avait pas connu sa mère, mais il se pouvait bien que l'une des « anciennes » puisse avoir mémoire de son passage au couvent. Celles qu'elle avait vues semblaient toutes être «anciennes».

— Joignez-vous à nous pour le souper, vous pourrez les rencontrer toutes!

Un peu mal à l'aise de cette invitation, Agathe accepta malgré tout avec joie. Il fallait traverser une autre série de corridors et d'escaliers pour se rendre à la salle à manger. L'endroit pouvait accueillir trois cents personnes, mais il n'y avait plus qu'une cinquantaine de nonnes qui y vivaient encore. Avant de se mettre à table, la sœur expliqua aux autres l'objet de la visite d'Agathe. La jeune femme suivit la sœur et attrapa le plateau qu'on lui tendait sous les regards curieux des autres religieuses. Il y eut quelques chuchotements et des rires discrets parmi les dames. Si quelques-unes portaient encore le voile, la plupart étaient vêtues civilement, même si toutes partageaient le même goût pour les vêtements pâles et la petite veste blanche. Agathe alla s'asseoir avec le premier groupe qui lui fit signe. Les questions fusèrent aussitôt. Il y avait si peu de visiteurs au couvent que chacune voulait parler à la jeune femme. Sa présence était une distraction dans leurs journées bien planifiées. L'une affirmait être là à l'époque où sa mère était encore au couvent, mais n'avait aucun souvenir d'elle. Une autre prétendait avoir entendu son nom, mais ne se rappelait aucun détail. Elles étaient cependant charmantes et manifestaient ouvertement le plaisir que leur apportait cette visite impromptue. Agathe discuta avec trois ou quatre groupes, mais n'en tira rien, sinon des détails sur la vie des sœurs de Sainte-Croix. Elle essayait d'imaginer sa mère dans ce milieu et avait de la difficulté à croire que Berthe ait fait partie de ce groupe de femmes. Par contre, elle reconnaissait en elles certains des traits de caractère de sa mère; cette manière de marcher sur la pointe des pieds en évitant que le talon de ses chaussures ne frappe bruyamment le sol, et cette façon de rire avec la même retenue, la même gêne qui semblait l'affecter chaque fois qu'un accès soudain la prenait. Sur les murs, il y avait plein de photographies des anciennes de la congrégation, la plupart portant le voile noir. Agathe avait vu une photo de Berthe avec un groupe de sœurs portant ce type de coiffe, mais cela lui semblait si étranger à tout ce que sa mère avait été qu'il lui était difficile de l'imaginer ainsi.

Elle en était rendue au dessert et avait déjà discuté avec une vingtaine de religieuses, lorsque l'une d'elles la tira par la main pour l'inviter à se joindre à leur groupe. Agathe se laissa conduire vers la table et s'installa avec quatre autres dames qui s'y trouvaient.

— J'ai connu votre mère, dit celle qui l'avait invitée.

La femme était toute petite, menue, avec de beaux cheveux tout blancs. Ses minuscules yeux bruns la sondaient jusqu'au fond de son âme. Agathe sentit un malaise.

— Vous êtes sa fille ? Sa seule fille ? demanda-t-elle, embarrassée.

Agathe acquiesça, surprise de sa question. Le cœur battant, elle s'assit à la table. Ils parlèrent de longues minutes. Sœur Lucie était originaire de Montréal. Elle était entrée chez les religieuses à l'âge de seize ans et avait côtoyé durant quelques années sœur Marie-Julien, sa mère, avant que celle-ci quitte la congrégation. Tout le monde, alors, connaissait l'orpheline.

— Elle avait horreur qu'on la désigne ainsi et qu'on lui pose des questions sur ses origines, souligna sœur Lucie. Ce n'était pas facile pour elle. Nous avions toutes des familles chez qui nous allions en vacances de temps en temps ou des proches qui nous envoyaient des lettres, mais pas elle.

— Elle vous a déjà parlé de sa mère ?

— Oui, lorsqu'elle est morte. Elle a pleuré durant plusieurs jours lorsque sœur Madeleine de l'Enfant-Jésus lui a appris que sa mère venait de mourir. Je crois que ça a été la fin de ses rêves d'enfance. Quand on est orphelin, on croit toujours que sa mère reviendra, fera irruption comme par magie pour vous emporter loin. Sœur Madeleine a toujours veillé sur elle, un peu comme une mère. Je crois qu'elle la connaissait depuis la crèche.

Agathe pouvait facilement concevoir le désarroi de la jeune adolescente qu'était Berthe à cette époque. Elle imaginait combien elle avait souffert de ne pas avoir une mère comme les autres et combien les murs de ces institutions avaient pu ressembler à une prison. Celles qui prenaient le voile y consentaient, la plupart du temps. Certaines, issues d'une famille trop grande, y étaient poussées pour des raisons pécuniaires, mais elles avaient toutes connu le monde extérieur, la vraie vie. Berthe était née et avait passé toute sa vie dans des bâtisses comme celle-ci. Avec son réseau de salles reliées par d'innombrables corridors et escaliers, le couvent était une cité dans la cité. Bien sûr, ce n'était plus le cas aujourd'hui, puisque les religieuses pouvaient facilement circuler en ville, un privilège, cependant, dont elles bénéficiaient peu, étant donné leur grand âge et leur habitude de vivre entre quatre murs. Mais à une certaine époque, elles entraient au couvent et ne sortaient qu'en de rares occasions, généralement pour se rendre dans leur famille. Berthe n'en avait aucune. Pas de mariage ni même de funérailles et encore moins des naissances pour justifier une sortie. Toute sa vie s'était déroulée entre ces murs.

Agathe se demanda pour la première fois comment elle avait fait pour rencontrer son père, Rhéal, ainsi cloîtrée. Berthe n'avait jamais donné de détails sur les circonstances qui les avaient réunis et Agathe ne l'avait pas questionnée à ce sujet. Elle se souvenait que Berthe disait avoir quitté le couvent en 1979 et elle, Agathe, était née en 1980. Cela lui avait laissé peu de temps pour rencontrer quelqu'un, se marier et faire un enfant. Cette vérité la frappait soudainement et soulevait des doutes. Elle fouillait dans sa propre mémoire. Berthe et Rhéal célébraient leur anniversaire de mariage le 16 avril et Agathe était née le 14 août. Il n'y avait pas de doute, sa mère était déjà enceinte lorsqu'elle s'était unie à son père. Cette révélation ne la choquait pas, mais la laissait si surprise qu'elle n'entendait plus sœur Lucie qui en était à lui expliquer combien sa mère était habile aux cuisines. Peut-être que cette religieuse avait eu l'occasion de rencontrer son père avant que Berthe quitte les ordres.

— Et mon père, vous l'avez connu ? demanda-t-elle soudainement en interrompant la dame dans sa description du menu que Berthe leur avait un jour préparé pour la fête de Noël.

La vieille dame devint blanche, balbutia quelques sons et mit sa main devant sa bouche, visiblement mal à l'aise. Sœur Lucie ne savait plus que faire et tripotait nerveusement sa fourchette, déchirée entre le mensonge qu'elle aurait préféré lui dire et la vérité qu'elle se sentait obligée de révéler. Elle invoquait sa conscience pour lui dire ce qu'elle devait faire, mais elle ne recevait visiblement aucune réponse.

— Je… je… je ne peux vous en parler. Le départ de sœur Marie-Julien avait fait scandale, vous savez, dit-elle, baissant la voix pour que personne ne l'entende. C'était un sujet tabou. Pensez donc, une sœur et un prêtre.

Agathe ne comprenait pas. Que voulait-elle donc dire en parlant d'une sœur et d'un prêtre ? Rhéal n'avait jamais été dans les ordres. Elle l'avait entendu à plusieurs reprises évoquer ses débuts comme homme à tout faire, puis l'époque où il avait travaillé comme menuisier pour une compagnie de construction italienne d'Ottawa. Il tirait une grande fierté d'avoir participé à la construction des édifices de Place du Centre, au cœur de l'ancienne ville de Hull.

— Parlez-moi de lui, demanda Agathe, feignant d'être déjà au courant de ce que sœur Lucie venait de lui dire.

— Le père Étienne était jeune. Il avait eu une paroisse sous sa responsabilité dans les Laurentides, mais il était revenu à l'évêché d'Ottawa où il s'occupait notamment du couvent des sœurs du Sacré-Cœur. Il venait chaque jour pour célébrer la messe et sœur Marie-Julien était chargée de l'aider dans la préparation des offices religieux. C'est là qu'ils se sont connus.

Agathe écoutait, le cœur bouleversé, retenant son souffle afin de mieux saisir ce que la vieille dame était en train de lui révéler. Elle réalisait que tout ce qu'elle avait pris pour des certitudes jusqu'ici venait de s'effondrer. Rhéal n'était pas son père. Depuis des mois, elle essayait de lever le voile sur l'identité de ses grands-parents, mais au lieu de faire la lumière sur ses origines, elle se rendait compte qu'elle plongeait encore plus dans le noir. Elle n'avait cependant pas cessé d'afficher un sourire imperturbable, comme si elle savait depuis longtemps ce que la sœur Lucie était en train de lui dire. Elle hochait simplement de la tête d'une manière entendue, mais son cerveau tournait à toute vitesse. Elle aurait voulu faire pleuvoir sur elle toutes les questions qu'elle avait en tête, lui demander ce qui s'était vraiment passé entre eux, comment, quand, mais elle savait bien que le fil était mince et que la bonne sœur risquait de ne plus rien lui dire.

— Qu'est-il advenu de lui? demanda-t-elle d'un air faussement détaché.

Le visage de la vieille religieuse s'assombrit et elle se mordit la lèvre.

— Il a été envoyé dans une des missions des Oblats en Afrique et il est mort de la malaria quelques années plus tard. Je m'en souviens comme si c'était hier. Nous étions réunies pour le souper et la sœur supérieure a pris la parole avant le bénédicité pour nous demander d'adresser nos prières à Dieu pour le père Étienne, décédé après avoir *courageusement* servi dans les missions lointaines.

Par le ton qu'elle avait utilisé en prononçant le mot *courageusement*, Agathe pouvait comprendre que le père Étienne n'avait peut-être pas choisi de s'exiler en Afrique, que cette lointaine destination lui avait probablement été imposée pour l'éloigner du « mal ». Et sa mère? Comment avait-elle été traitée ? Elle n'avait eu aucun choix, c'est bien évident. Si l'on pouvait cacher, enterrer la faute du père Étienne, celle de Berthe serait bientôt évidente pour tous. On lui avait retiré ses habits de religieuses, lui avait remis quelques vêtements parmi le lot qu'on distribuait aux indigents et on avait claqué la porte du couvent derrière elle. Elle essayait d'imaginer la détresse de Berthe, se retrouvant seule face à un monde hostile dont elle ignorait tout. Toute sa vie s'était déroulée entre les murs des institutions religieuses et elle en était soudainement exclue, rejetée.

— Et Rhéal Lecours, vous l'aviez connu ?

Sœur Lucie sembla surprise de sa question, comme si celle-ci n'avait aucun lien avec la conversation. Elle fouilla un instant dans sa mémoire, avant de demander :

— Vous connaissez monsieur Rhéal ? C'était un gentil garçon. Durant plusieurs années, il était chargé de faire les travaux de menuiserie au couvent. On le voyait souvent, puis il n'est plus venu.

La lèvre supérieure d'Agathe trembla quelques secondes, mais aucun son ne sortit de sa bouche, même si elle essayait de formuler un mot. Des larmes coulèrent sur ses joues. Elle finit par dire :

— C'était mon père.

Chapitre vingt-cinq
Bouchette, 1942

Émile arborait fièrement son insigne de caporal sur son uniforme fraîchement empesé. Il était fier et son supérieur n'avait pas manqué de souligner son mérite lors de son entraînement. Il avait ensuite été transféré à Valcartier pour rejoindre les troupes canadiennes-françaises, mais sa connaissance élémentaire de l'anglais lui avait permis d'être promu caporal. Dans le train qui l'avait amené à Montréal, il s'était détendu, admirant, en compagnie d'autres camarades en permission, le paysage qui défilait. Il y avait de superbes fermes dont les champs semblaient sans fin. En voyant ces terres s'étendant à perte de vue, Émile se demandait comment les fermiers de son coin parvenaient à survivre sur leurs petits bouts de glaise, coincés entre les montagnes, et arrachés si difficilement à la forêt. Ici, la plupart des agriculteurs travaillaient le sol avec des tracteurs, alors qu'à Bouchette, on en était encore à s'émerveiller lorsqu'un fermier troquait ses chevaux pour un tel engin.

Lorsque le train arriva à la gare de Montréal, plusieurs de ses compagnons quittèrent le wagon et il se retrouva seul en compagnie du grand Virgile Lefebvre. Émile n'avait pas osé le faire auparavant, mais il savait qu'il était temps d'éliminer de son uniforme l'écusson indiquant qu'il figurait parmi les volontaires pour le service outre-mer. Sa mère serait furieuse contre lui et elle s'y opposerait. Il pouvait imaginer son visage déchiré par la peine et l'inquiétude. Émile avait été avisé qu'il s'agissait probablement de sa dernière permission avant de traverser et il n'avait surtout pas envie de passer ses vacances chez lui dans une atmosphère lugubre. Il avait besoin d'entendre les rires et les taquineries de Marie-Louise, les boutades de son père, et surtout, il voulait admirer encore le beau visage de la belle Anna. Il avait commencé à lui écrire depuis la base de Valcartier, mais n'avait pas reçu de réponse. Il voulait emporter une photo d'elle de l'autre côté. Son seul regret était de savoir qu'il ne pourrait revoir sa sœur Évangéline avant de partir. Lorsqu'elle lui avait écrit pour lui dire qu'elle acceptait maintenant « avec joie » sa nouvelle vie, il en avait été furieux et il s'était promis de ne pas aller la visiter au couvent, mais il ne pouvait se résoudre à quitter le pays sans aller la saluer, conscient qu'il pourrait s'agir d'un adieu.

Il sortit son petit canif et défit les coutures de l'écusson pour le glisser dans la poche de sa veste. Il ne faudrait pas qu'il oublie de le recoudre avant de rentrer à la base. Non seulement il ne voulait pas faire face à des visages peinés, mais de plus, il était tenu au silence. Tous ceux qui partaient en mission avaient été clairement avisés qu'ils ne devaient, sous aucun prétexte, laisser entendre qu'ils traversaient l'océan. Depuis le début de la guerre, plusieurs bateaux avaient été coulés dans le Saint-Laurent ou au large de Terre-Neuve par les U-boats allemands. On racontait que les espions pullulaient partout dans la population, informant les militaires à bord des sous-marins. Le gouvernement avait même lancé une campagne de propagande pour inciter les citoyens à la discrétion. « Une indiscrétion peut causer une catastrophe », pouvait-on lire sur l'affiche qui avait été placardée dans tous les villages, ce qui contribuait à créer un climat de méfiance.

Émile aurait voulu confier ce terrible secret à Anna pour qu'elle comprenne la gravité du moment et la sincérité de son amour. Si elle avait accepté de l'épouser comme il l'avait souhaité lors de sa dernière permission, ils auraient pu s'unir avant son départ. Mais la belle Anna restait distante. Il savait qu'elle avait envie de devenir autre chose qu'une mère, mais il savait aussi qu'elle ne voulait pas rayer à tout jamais cette option de sa vie. Il le lui avait dit en lui demandant de l'épouser.

— Si je dois partir pour la guerre, ça te laissera du temps pour faire ce que tu as envie de faire. Après, lorsque je reviendrai, nous pourrons fonder une famille, avait dit Émile.

— Pas maintenant. Je ne puis te dire ce que sera ma vie et je ne veux pas m'engager aujourd'hui. Lorsque tu reviendras, nous pourrons en reparler, avait répondu Anna, distante.

Émile ne s'avouait pas vaincu et il se disait qu'elle serait à lui lorsqu'il reviendrait. Mais dans son esprit, une petite voix lui disait que d'autres tourneraient autour durant son absence, à commencer par Aldège, qui demeurerait à Bouchette. Aujourd'hui, il lui en voulait d'avoir déserté, alors qu'hier encore, il avait trouvé cela tout à fait normal. À l'armée, ses copains, et surtout les soldats anglophones, avaient peu d'estime pour les Canadiens français qui avaient fui plutôt que s'enrôler.

— *Those french pea soup are just a bunch of coward*, avait raconté l'un d'eux en sa présence.

— Je vais te montrer si je suis un *coward*, avait répondu Émile.

Le type n'avait pas eu le temps de réagir que déjà, il recevait deux solides crochets qui l'avaient envoyé au tapis, les yeux noircis. Ses compagnons avaient rapidement compris qu'il valait mieux éviter ce genre de commentaires en présence du soldat Beauregard.

Lorsque le train arriva enfin à la gare de Messines, Paul était sur le quai, attendant son fils avec impatience.

— Ta mère va être contente de te voir, avait-il dit en regardant son fils descendre du train.

Paul n'avait rien laissé paraître sur ses sentiments, mais Émile savait bien que son père attribuait ses propres émotions à sa mère. Il avait placé ses mains sur les épaules de son fils, l'avait serré plus fort qu'il ne l'avait jamais fait et ses paupières s'étaient inondées de larmes qu'il s'était empressé de refouler. La présence de son fils à ses côtés sur le chantier lui manquait terriblement et les commentaires des autres ne faisaient qu'accentuer le chagrin de son absence. Quand ce n'était pas Marie-Louise qui lançait un « Ah! Si Émile était là », c'était Magloire qui s'inquiétait pour son petit-fils. Parfois, c'est un client qui, constatant qu'Émile ne l'accompagnait pas, s'informait des raisons de son absence.

Quand le père et le fils arrivèrent à la maison, celle-ci était décorée comme pour un jour de fête. Marie-Louise avait endimanché toute sa marmaille et avait invité le grand-père Magloire, ainsi qu'oncle Patrick et son épouse pour le retour au bercail de « l'enfant prodigue », comme avait dit l'hôtelier. Il ne manquait qu'Évangéline. Émile n'avait pas eu droit au veau gras, mais à une magnifique dinde que Marie-Louise avait placée au four le matin et arrosée toutes les vingt minutes pour qu'elle soit impeccablement dorée. La fête se poursuivit tard en soirée, le son du violon de Patrick incitant tout le monde à faire quelques pas de danse avec le héros du jour. Ce soir-là, Émile coucha chez lui dans son ancien lit. Il y avait si longtemps qu'il n'avait pas dormi là qu'il lui sembla tout à coup que son matelas avait rétréci.

Après une bonne nuit de sommeil, Émile fut sur pieds tôt le lendemain. Il voulait voir tout le monde, revisiter chacun des coins de son village avant de partir. Il savait qu'il risquait d'être absent pour un long moment et il voulait faire le plein de toutes ces images qu'il pourrait ensuite évoquer pour tromper son ennui et sa peur. Il serrait avec chaleur la main de chacun, saluait des personnes du village auxquelles il n'avait pourtant pas parlé depuis des années et il assista même aux offices du dimanche, ce qui ne lui était pas arrivé depuis la messe de Noël.

Lorsque le grand Virgile vint le cueillir en compagnie d'Aldège, les copains se retrouvèrent avec joie. Peut-être souhaitaient-ils faire renaître la magie de l'époque où ils étaient comme les trois mousquetaires, mais le temps avait changé bien des choses. La vie dans les camps militaires avait contribué à former le caractère d'Émile et de Virgile. Même le visage de ce dernier, d'habitude plein de candeur, s'était transformé. Seul Aldège semblait toujours le même. Pour le moment, il ne s'inquiétait pas trop. Son nom avait probablement été ajouté à la liste des déserteurs, mais il y en avait tant, partout, dans chaque municipalité, que la chasse aux fuyards était difficile.

Ils se rendirent d'abord à l'auberge où Magloire, trop heureux du retour de son petit-fils, leur servit une goulée de sa « réserve spéciale ». Virgile et Émile, qui connaissaient la provenance de cet alcool, échangèrent un clin d'œil en enfilant leur verre. Aldège avait grimacé en buvant le liquide, trop fort à son goût. Émile insista ensuite pour faire un détour par Burgessville où il espérait voir la belle Anna. En demandant à Virgile de les y conduire, il savait bien qu'il risquait de froisser Aldège, qui commençait à se douter de quelque chose. Ils ne purent se rendre plus loin qu'à la maison du gardien. Georges Caron les prévint que le maître des lieux donnait une fête et il ne désirait pas être dérangé par des visiteurs importuns. Lorsque Émile lui expliqua qu'il était en permission pour quelques jours seulement et qu'il désirait voir Anna, Caron leur suggéra de ranger la voiture sur le côté et de faire le reste du chemin à pied, en passant derrière les chalets pour ne pas être aperçus. Ils glissèrent derrière les petits cottages et se faufilèrent le long du bâtiment de béton.

Quand ils arrivèrent en vue de la grande maison, les trois comparses purent voir qu'effectivement, Burgess donnait une grande fête. Les invités étaient attablés sur la grande galerie. Le piaillement de leurs conversations n'était interrompu que par l'explosion des bouchons de champagne qui semblait couler à flot. L'hydravion de Burgess était amarré au quai et le grand Virgile dut se retenir pour ne pas courir afin d'aller admirer l'appareil. Ils firent le tour pour accéder à la porte de la cuisine. Anna était là, au milieu de la pièce, donnant des ordres à tout le monde, une louche à la main. Lorsqu'elle regarda par la fenêtre et reconnut ses amis, elle leur fit un grand sourire, remit l'instrument qu'elle avait à la main à un assistant et se précipita à l'extérieur en défaisant son tablier. Elle donna un baiser à ses trois visiteurs, mais seuls Émile et Aldège en furent troublés.

Ils parlèrent un instant, le temps qu'Émile lui explique qu'il était en permission pour quelques jours et qu'il rendait visite à ses amis avant de repartir. Il insistait tant sur certains mots qu'il était impossible de ne pas comprendre qu'il partait de l'autre côté, là où la vraie guerre faisait rage. Il aurait voulu se retrouver seul avec Anna quelques minutes, mais il lui aurait été difficile de demander à ses compagnons de partir. Émile avait apporté un appareil photo afin de faire quelques clichés. Il souligna combien les soirées étaient longues à la caserne et expliqua qu'il aimerait avoir quelques photos de ses amis de Bouchette et de Cameron. C'est le grand Virgile qui s'offrit pour photographier Anna en compagnie d'Aldège et d'Émile. Ils hésitèrent, mais la jeune femme les entraîna en riant pour qu'ils se placent de chaque côté d'elle et passa ses bras autour de leur taille. Émile enserra ses épaules de son bras puissant et offrit son plus beau sourire. Aldège fit de même, mais se rendit bien compte que son ami Émile semblait éprouvait autre chose que de l'amitié pour la belle Anna. Il baissa les yeux sur la jeune femme, juste au moment où le grand Virgile prenait la photo. Anna déposa un baiser sur la joue de ses deux chevaliers pour les remercier de leur galanterie.

Dans la cuisine, Burgess, dont le regard avait été attiré par les uniformes militaires, était venu s'enquérir de la raison de la présence de ces jeunes hommes. Il s'était informé de l'identité de ces visiteurs et lorsqu'on lui expliqua qu'il s'agissait d'amis d'Anna, il avait simplement hoché la tête, s'était attardé quelques minutes à la porte avant de retourner à ses invités.

Au moment de quitter les lieux, Émile feignit d'avoir oublié de dire quelque chose à Anna et courut vers elle. Il se pencha à son oreille et lui murmura :

— Quand je reviendrai, je te marierai. Écris-moi.

Anne avait rougi, mais elle s'était contentée de répondre :

— Je t'écrirai.

Émile sifflait joyeusement en revenant vers ses camarades. Lui et ses compagnons avaient rapidement déguerpi pour aller fêter ailleurs. Ils s'étaient arrêtés dans tous les débits de boisson, avaient chanté et dansé partout, saluant gaiement toute la compagnie, comme si ce soir était le dernier de leur liberté. Et c'était le cas.

Chapitre vingt-six
Bouchette, 2005

Agathe était démolie. Elle s'était empressée de quitter le couvent, courant vers sa voiture pour s'y réfugier et pleurer, loin du regard des autres. Elle avait rapidement remercié la sœur supérieure, laquelle avait bien vu le malaise de la jeune femme. Agathe conduisit sans vraiment savoir où elle irait. Elle repassa devant l'appartement où elle avait habité, espérant probablement y retrouver une certitude à laquelle elle pourrait s'accrocher. Ceux qui l'habitaient maintenant semblaient accorder peu d'intérêt à l'apparence des lieux. Les boîtes à fleurs que Berthe accrochait à chaque fenêtre et qu'elle entretenait religieusement avaient été laissées à l'abandon. On voyait poindre les derniers vestiges desséchés des géraniums. La porte d'entrée était entourée de bouteilles de bière et de canettes de boissons gazeuses, en plus de sacs d'ordures et d'objets abandonnés, qui ne semblaient avoir aucune utilité particulière. Rien d'invitant. La maison de son enfance avait disparu, elle aussi.

Ce qu'elle avait appris l'avait profondément bouleversée. Elle était maintenant tourmentée par toutes ces questions qui se bousculaient dans sa tête, de nouveaux doutes et d'immenses trous noirs dans sa propre existence. Elle songea à Rhéal, se demandant si elle pouvait encore affirmer qu'il était son père. Cette pensée la choqua. Comment pouvait-elle douter que cet homme, qui l'avait cajolée, soignée, consolée et aimée soit son père ? Mais il y avait cet homme inconnu, ce père biologique, et tout le drame qui s'était joué derrière les portes closes du couvent. Si Berthe n'avait aucune famille, Rhéal avait pour sa part laissé, dans le nord de l'Ontario, frères et sœurs pour venir vivre à Ottawa. Mais Agathe avait peu connu ces gens.

Sa tête était sur le point d'éclater tant les questions s'y succédaient, sans qu'elle puisse y trouver une seule réponse dont elle soit sûre et certaine. Plus que jamais, Agathe avait besoin de savoir, de dissiper l'épais brouillard qui l'entourait. Qui donc pourrait l'aider à lever ce voile? Elle songea à Rhéal qui, tout comme Berthe, avait gardé le silence pour préserver l'honneur de celle qu'il chérissait. Berthe n'avait aucune autre famille que ces religieuses, mais Rhéal, lui, avait une sœur: Martine Lecours. Seule survivante de la famille, elle vivait dans la petite ville de Hearst, d'où les Lecours étaient originaires. Agathe l'avait rarement rencontrée. C'est lors du décès de Rhéal, dix ans plus tôt, qu'elle l'avait vue pour la dernière fois. Agathe réalisa qu'elle n'était pas venue aux funérailles de sa mère et s'en offusqua. La jeune femme avait vécu ces quelques jours comme s'il s'agissait d'un mauvais rêve, d'un cauchemar; les visages attristés se succédaient devant le cercueil de Berthe, sans qu'elle fasse le décompte de ceux et celles qui étaient venus. On lui avait également remis le livre des condoléances, que les nombreux visiteurs avaient signé, mais elle ne l'avait pas consulté.

Tante Martine ne les avait jamais visités avec assiduité. Agathe fouilla dans sa mémoire pour faire le compte des occasions où elle avait rencontré la dame et elle réalisa qu'en vingt-cinq ans, elle ne l'avait vue que trois ou quatre fois. Agathe l'aurait croisée sur la rue qu'elle n'aurait pu la reconnaître. Était-elle toujours vivante? Et pourquoi n'était-elle pas venue aux funérailles de sa mère?

Plus elle y songeait, plus elle trouvait la chose inexcusable. Agathe était indécise face à l'attitude à adopter. Elle aurait voulu la rencontrer, lui poser toutes les questions qui la tourmentaient, mais elle était également inquiète de l'accueil que la vieille dame lui réserverait. Elle hésitait à la joindre. Elle fouilla rapidement dans son sac à la recherche de son carnet d'adresses. Son nom y figurait, mais elle ne se souvenait pas de l'avoir noté. Il avait été inscrit là par quelqu'un d'autre. Elle reconnut l'écriture de Berthe. Pourquoi sa mère avait-elle expressément noté le nom de Martine Lecours dans son annuaire personnel ? Après quelques secondes d'hésitation, Agathe attrapa son téléphone cellulaire et composa le numéro. La sonnerie retentit à l'autre bout. « Peut-être est-elle morte, depuis le temps », se disait Agathe, prête à raccrocher. Cela expliquerait son absence lors du décès de sa mère. Le téléphone sonna une seconde fois sans que personne y réponde. Il se pouvait aussi que tante Martine ait quitté le nord de l'Ontario et que ce numéro ne soit plus le sien. La jeune femme s'attendait à ce qu'une voix étrangère, possiblement anglophone, lui réponde. « Driiiing ! » Troisième sonnerie. Agathe allait raccrocher lorsque la voix rauque d'une femme se fit entendre. Agathe la reconnut immédiatement. On aurait dit que les cordes vocales de cette femme avaient été grattées au couteau, endurcissant et émaillant le son, comme si deux plaques de métal se frottaient l'une contre l'autre. Au téléphone, ceux qui ne la connaissaient pas la prenaient souvent pour un homme. Cette voix peu gracieuse était à l'image de son caractère. Elle parlait peu, mais ce qu'elle disait était toujours tranchant. Agathe n'avait jamais eu de penchant pour cette dame et elle avait bien senti que cette antipathie était partagée. Tante Martine n'avait rien de maternel et n'était pas portée sur les sentiments.

— Tante Martine, c'est Agathe.

Un long silence suivit et Agathe crut bon d'ajouter :

— La fille de Berthe.

— Je sais qui tu es, répondit-elle sèchement, je m'attendais à ce que tu m'appelles un jour. Viens, je t'attends.

Un déclic au bout de la ligne lui apprit que la conversation était terminée. Agathe avait été sur le point de lui poser l'une des nombreuses questions qui lui brûlaient les lèvres, mais la vieille dame n'avait pas attendu. Pas de discussion, juste un ordre : « Viens ! »

Agathe souhaitait lui parler, mais elle doutait que Martine

Lecours, qui avait toujours été si éloignée de son univers, puisse lui apprendre quoi que ce soit sur sa propre famille. D'autant plus que la perspective de se retrouver en tête-à-tête avec la vieille dame acariâtre n'avait rien de réjouissant. Mais les révélations des religieuses l'avaient perturbée et il lui fallait des réponses. Tante Martine était peut-être la seule qui pouvait lever un peu le voile qui obscurcissait sa vie. Elle se dit que ce voyage lui permettrait de s'éloigner, comme le notaire Beausoleil le lui avait suggéré. Elle partirait le lendemain pour Hearst. Il y avait certainement un motel dans cette petite ville où elle pourrait se reposer après l'avoir rencontrée. Dans moins de quarante-huit heures, elle serait de retour chez elle.

Toute cette partie du nord de l'Ontario avait été colonisée à peu près à la même période où des milliers de colons avaient été amenés par wagons à bestiaux en Abitibi, puis dans le nord de l'Ontario vers Moosenee, Kapuskasing, Mattice et Hearst, la communauté la plus typiquement francophone.

Les premiers arrivants fuyaient la misère et étaient aveuglés par l'espoir d'une vie meilleure, que le clergé leur avait fait miroiter pour les attirer. Avec à peine quelques semaines sans gel et un hiver interminable, la plupart ne parvenaient pas à cultiver leur petit lopin de terre. Seule la forêt leur avait permis de subsister.

Célestin Lecours était arrivé au début du siècle dernier avec sa femme et ses deux enfants. Il avait rapidement réalisé qu'il lui faudrait trouver une source additionnelle de revenu pour nourrir sa famille grandissante. Il avait construit son premier moulin sur la rivière Missinaibi, desservant d'abord les nombreux colons qui débarquaient encore du train. Les fermiers lui apportaient les billes de bois qu'il sciait, prélevant au passage les meilleures planches pour se payer. Le moulin Lecours tournait à plein régime. Profitant de ce succès, Célestin avait réussi à conclure un contrat avec un important distributeur de bois de Toronto et avait rapidement fait fortune.

Martine était la vieille fille de la famille. Elle avait vécu dans l'ombre de ses parents et de ses nombreux frères et était devenue le poteau de vieillesse de son père. Quand Célestin Lecours s'était éteint, Martine avait jugé que le temps pour elle de prendre mari et de fonder une famille était passé. On ne lui avait jamais connu de fréquentation. Elle avait vivement désapprouvé le choix de Rhéal de s'expatrier à Ottawa. Il était le plus jeune de la famille et il voulait connaître autre chose que son petit village. «Une folie», répétait Martine depuis qu'il avait quitté Hearst.

Agathe se souvenait vaguement que, lorsqu'elle avait eu quatre ans, tante Martine était venue en train, et avait passé quelques jours à la maison durant la période des fêtes. La première fois que la dame s'était adressée à Agathe, elle avait été si surprise d'entendre une telle voix qu'elle s'était mise à pleurer, presque terrifiée. Ce premier contact avait donné le ton à la relation tante-nièce, et lorsque Martine était revenue quelques années plus tard pour une nuit, elles s'étaient soigneusement évitées. Martine était venue lors du décès de Rhéal, mais ne s'était présentée que pour le service religieux. Agathe l'avait aperçue à l'église. Pour la première fois de sa vie, elle avait vu la vieille dame pleurer. Elle avait rapidement quitté la ville après le passage au cimetière.

Tout en conduisant, Agathe se remémorait les dernières images de tante Martine à l'église et se demandait si elle saurait la reconnaître. La route était longue, mais elle ne s'était arrêtée que pour faire le plein d'essence et se restaurer un peu. La jeune femme était arrivée en début de soirée, fatiguée et courbaturée d'avoir roulé si longtemps. Agathe s'arrêta au premier motel sur sa route. Elle espérait pouvoir rencontrer tante Martine le soir même, mais elle ne pourrait certainement pas refaire le chemin inverse avant le lendemain et il lui faudrait un endroit pour dormir. L'établissement avait connu des jours meilleurs, mais Agathe n'avait pas besoin d'une chambre luxueuse. Un lit propre, une douche chaude, c'est tout ce qu'elle demandait. La préposée qui lui remit la clé de la chambre n'eut aucune difficulté à lui indiquer comment se rendre chez les Lecours. La famille ne jouissait plus de la même réputation qu'à l'époque, mais tout le monde connaissait Martine.

Lorsque Agathe arriva enfin à l'adresse indiquée, elle sentit soudainement son cœur s'emballer. Elle se trouva ridicule et eut envie de tourner les talons. Les pneus de sa voiture crissèrent sur le gravier de l'entrée. Agathe eut l'impression qu'un rideau avait bougé à l'une des fenêtres de la grande maison. Elle s'avança, le cœur serré et inquiète, mit le pied sur la grande véranda et chercha en vain la sonnette. Rien pour avertir les occupants de la maison de la présence d'un visiteur. Elle allait cogner sur le montant de bois de la porte-moustiquaire lorsque la voix éraillée de tante Martine se fit entendre.

— Entre!

Durant quelques secondes, elle se demanda si cet ordre était destiné à quelqu'un d'autre. Elle entra sur la pointe des pieds, ponctuant chacun de ses pas d'un «allo!» ou d'un «youhou!» pour indiquer qu'elle était à l'intérieur, ne sachant plus très bien si elle y avait vraiment été invitée.

— Je suis dans la cuisine.

Agathe marcha d'un pas plus déterminé le long du corridor en direction de la porte du réfrigérateur qui apparaissait au bout. Martine Lecours était assise à la table, deux tasses de thé fumant reposant devant elle. Elle en poussa une devant elle en lui indiquant du menton l'endroit où s'asseoir. La jeune femme s'exécuta sans dire un mot. Le regard perçant de la vieille ne la quittait pas, mais Agathe n'osait la toiser. C'est seulement lorsqu'elle serra la tasse chaude entre ses mains qu'elle ouvrit la bouche:

— Je ne sais pas trop ce que je suis venue faire ici, dit-elle pour commencer, sans lever les yeux de sa tasse, mais je crois que vous avez peut-être des réponses pour moi, et je voudrais…

Tante Martine ne lui laissa pas le temps de finir sa phrase. Elle n'était pas femme à placoter inutilement. Élevée dans un monde d'hommes et condamnée la plupart du temps au silence, elle n'aimait pas les détours. Elle était certaine qu'Agathe tournerait longtemps autour du pot avant de lui poser les vraies questions qui l'avaient amenée si loin. Elle leva la main pour l'interrompre et mettre fin à ces préliminaires :

— Je n'étais pas d'accord avec ce mariage, lança-t-elle sans préambule. J'ai toujours pensé qu'il l'avait mariée par pitié, parce qu'elle était enceinte. Rhéal et moi étions très proches. Je lui ai dit ce que je pensais et il a préféré ne plus m'adresser la parole.

Agathe trempa ses lèvres dans le thé brûlant et écouta la vieille dame sans l'interrompre, même si ce qu'elle lui disait suscitait son indignation.

— Rhéal travaillait depuis un bout de temps au couvent. C'est l'évêque du diocèse de Hearst, un ami de la famille, qui lui avait obtenu ce travail à Ottawa. Il connaissait ta mère et, lorsqu'elle a été renvoyée du couvent, il avait été involontairement témoin de son départ, alors qu'il était affairé à réparer la porte d'entrée. Il l'avait reconnue pour l'avoir rencontrée à quelques reprises. En revenant du travail, Rhéal l'avait vue en pleurs, assise sur le banc d'un petit parc où il avait l'habitude de passer. Il s'était arrêté pour lui parler. Je ne sais ce qu'elle lui a dit, mais il a décidé de l'inviter chez lui. Elle n'avait nul endroit où aller; elle a accepté, dit-elle, comme s'il s'agissait d'une calamité. Rhéal lui avait dit qu'elle pouvait rester aussi longtemps qu'elle le souhaitait. Un mois plus tard, il nous annonçait qu'il allait se marier. Il a toujours voulu nous faire croire que l'enfant était de lui, mais moi je savais.

Martine Lecours se tut un moment, comme pour laisser le temps à la jeune femme d'assimiler les informations qu'elle lui transmettait. Elle lui jeta un regard étonné en constatant que sa nièce ne semblait pas surprise par ces révélations. Agathe essayait de visualiser la scène, imaginant sa mère désespérée d'être ainsi rejetée du monde qui l'avait entourée depuis sa naissance. Elle se souvenait que son père lui avait déjà parlé du petit appartement que ses parents avaient habité avant de déménager. Le logis n'avait qu'une seule chambre à coucher et il était situé près du marché public, mais Agathe n'avait pas un souvenir clair de ce qu'il lui avait dit.

— Ta mère n'a pas voulu suivre mon conseil. Je lui avais dit de te « placer », mais elle n'en a fait qu'à sa tête. Elle ne cessait de répéter que Dieu avait voulu qu'elle enfante, pour racheter la faute de sa propre mère. Il n'était pas question de te mettre en adoption. « Mon enfant ne sera pas un orphelin né d'une orpheline » m'avait-elle dit. Je ne croyais pas que Rhéal l'eût vraiment aimé. Il y avait au moins deux mois qu'il vivait à Ottawa et on ne lui connaissait pas de petite amie, alors quand il nous a annoncé son mariage, ça nous a tous surpris. J'ai toujours pensé qu'à défaut de pouvoir séduire une femme, il avait accepté celle-là comme un prix de consolation.

Agathe avait envie d'étouffer la vieille chipie, de lui faire ravaler ses paroles. « Celle-là », comme elle désignait Berthe, était sa mère. Elle avala difficilement une gorgée de thé, le temps de laisser baisser la pression en elle.

— J'avais tort, lâcha-t-elle solennellement comme un aveu qu'elle aurait gardé pour elle durant toutes ces années. Il l'aimait vraiment. Je croyais qu'au bout de quelques semaines, quelques mois, il réaliserait son erreur et la renverrait à son sort. Ce ne fut pas le cas; il l'a gardée auprès de lui.

Agathe risqua une question pendant que Martine Lecours semblait avoir momentanément arrêté son récit pour réfléchir à ce qu'elle venait de dire.

— Et ma mère, vous lui parliez parfois ?

— Pas au début. Je n'avais rien à lui dire et elle non plus, mais après un bout de temps, lorsque j'ai vu que ça durerait, j'ai voulu savoir qui elle était. Nous nous sommes rencontrées et j'ai trouvé que c'était une très bonne personne. J'ai surtout vu qu'elle aimait Rhéal.

— Elle vous a parlé de sa mère?

— J'aurais plutôt pensé que tu aurais voulu que je te parle de ton père… ton vrai père.

— Pourquoi, vous le connaissiez?

— Non, mais elle m'en a parlé.

— Je ne suis pas certaine de vouloir en entendre plus à son sujet. Un homme, et encore plus un prêtre, qui met une religieuse enceinte et l'abandonne à son sort ne mérite pas d'être connu.

La vieille dame regarda Agathe, surprise qu'elle soit au courant, mais également étonnée de la fermeté de ses paroles. Elle croyait que la jeune femme aurait voulu en savoir davantage sur son père biologique. Berthe lui avait un jour confié son aventure. Cela s'était passé dans la sacristie du couvent. Le père Étienne était un jeune curé, probablement poussé vers la prêtrise par sa famille, qui avait déjà eu quelques ennuis à cause de ses manquements à ses vœux de chasteté. Il avait demandé à Berthe de l'assister, la complimentant pour sa beauté et sa douceur, lui disant tout ce qu'une femme rêve d'entendre. À trente-cinq ans, Berthe respirait encore la jeunesse et était très jolie. Si elle avait été élevée dans une famille, elle aurait probablement attiré nombre de prétendants dès son adolescence. Les compliments du prêtre avaient éveillé la femme et les élans de sa sexualité refoulée. Un jour, il l'avait embrassée. Berthe, qui n'avait jamais connu cela avant avait été si troublée qu'elle avait prié durant des jours pour demander sa rédemption. Mais le père Étienne l'avait rassurée, lui affirmant que ce n'était pas un vrai péché, que le Seigneur pouvait comprendre certains besoins physiques et fermer les yeux sur ces petites choses. Elle n'avait pas résisté quand il l'avait embrassée de nouveau, se laissant envahir totalement par le désir refoulé qui dormait en elle. Elle était sortie de son rêve euphorique lorsqu'elle avait senti la déchirure provoquée par le membre du prêtre en elle. Elle eut beau essayer de le repousser, c'était trop tard. Quelques secondes et ça avait été fini.

Martine garda pour elle les détails de la confession que Berthe lui avait faite, et elle fut surprise de constater qu'Agathe ne lui avait posé aucune des questions auxquelles elle s'attendait. Seules les origines de sa mère et l'identité de ses grands-parents semblait l'intéresser. Elle n'avait aucune envie d'en savoir plus sur l'homme qui avait séduit Berthe et se demandait même comment il avait pu, par la suite, prêcher la miséricorde, le respect et l'amour, alors que lui-même n'avait respecté aucun des préceptes qu'il prétendait défendre.

— Tu as raison, dit Martine, et ce que je t'apprendrais sur lui ne ferait que renforcer cette opinion.

— Alors? demanda Agathe.

— Alors quoi?

— Sa mère, Berthe vous en a parlé?

— Elle n'en avait pas! fit la vieille dame.

Agathe sentait que la réponse mordante cachait quelque chose d'autre. Visiblement, Martine n'avait aucune sympathie pour une femme qui abandonnait son enfant.

— Allons, ma tante, tout le monde a une mère, même les orphelins.

Martine fit une grimace, comme si ce souvenir était resté de travers dans sa gorge toutes ces années et qu'on l'en extirpait soudainement.

— Elle s'appelait Anna Morrissette.

La gorge d'Agathe se serra et sa voix n'était plus qu'un filet:

— Vous en êtes certaine?

Martine hocha simplement la tête.

— Berthe vous a-t-elle expliqué comment elle avait su pour sa mère?

— Elle est venue au couvent.

— Comment? Ma grand-mère s'est rendue au couvent?

Vous voulez dire que Berthe a rencontré sa mère?

— Non. Les religieuses le lui ont interdit. Ta mère ne l'a su que bien plus tard.

— Qui le lui a dit?

— La religieuse qui a accueilli cette femme est celle qui s'est occupée de ta mère lorsqu'elle était toute petite à l'orphelinat. Je sais qu'elle et Anna Morrissette ont discuté. Je crois qu'elle souhaitait entrer en relation avec sa fille et elle avait laissé un message à son intention. Malheureusement, elle est morte peu de temps après.

Les pensées tournaient dans la tête d'Agathe. Pourquoi cette femme était-elle venue à la recherche de sa fille si longtemps après sa naissance? Un soudain et tardif élan maternel pour tenter d'amoindrir sa culpabilité d'avoir abandonné son enfant? Voulait-elle reprendre sa fille et l'emporter loin de ce couvent? Que lui avait-elle remis qui soit si important et qu'est-ce que Berthe en avait fait? Agathe était dévastée de tout ce qu'elle avait appris au cours des derniers jours. Peut-être aurait-il mieux valu qu'elle laisse le passé au passé. Elle tenta de prendre une autre gorgée de thé, mais la tasse maintenant refroidie tremblait dans sa main.

La vieille dame nota son malaise, vit sa lèvre se crisper et l'eau de ses larmes qui inondait ses yeux. Les traits habituellement durs du visage de la vieille se détendirent et elle avança sa main vers celle d'Agathe. Elle hésita un instant lorsque ses doigts ne furent plus qu'à quelques centimètres de ceux de la jeune femme. Les contacts physiques avaient été si rares dans sa vie que l'idée de toucher la peau de l'autre l'incommodait. Le corps d'Agathe fut soudain secoué de sanglots, dès que la main de Martine toucha la sienne. La peau était jeune, douce comme la pelure d'une pêche. La chaleur de sa nièce réchauffa les doigts engourdis de la vieille dame. Par ce toucher, elle pouvait aussi sentir le trouble d'Agathe. Sensation étrange pour Martine de pouvoir ainsi deviner les émotions de l'autre sans qu'un seul mot soit prononcé. Elle eut envie de prendre Agathe dans ses bras, mais réalisa qu'elle n'aurait pas su comment s'y prendre.

— Pauvre petite. Je sais que tu ne m'as jamais aimée. Je n'ai pas fait grand-chose pour aider, mais je peux te dire aujourd'hui que j'appréciais Berthe. J'ai appris à la connaître sur le tard. C'était une femme bonne et je sais qu'elle aussi aimait profondément Rhéal.

— Mais vous n'êtes pas venue à ses funérailles, ajouta Agathe d'un ton accusateur.

— Tu ne m'as pas appelée pour me le dire non plus. Quand je l'ai su, le service avait déjà eu lieu. Tout était fini. Et de toute façon, c'est de son vivant que j'aurais voulu lui parler, lui dire le bien que je pensais d'elle. Après sa mort, c'était trop tard. Et pour toi, qui m'as si peu et si mal connue, ma présence n'aurait été qu'un geste d'hypocrisie.

Martine se détendit et se laissa aller à évoquer le souvenir de Rhéal. Elle parla de son départ pour Ottawa malgré le désaccord de leur père et de la menace qu'il lui avait faite de ne pas l'aider s'il mettait son plan à exécution. Rhéal en avait assez du Nord et voulait connaître l'effervescence et l'action de la grande ville. Il s'était dirigé naturellement vers Ottawa, un lieu incontournable pour les francophones du nord de l'Ontario. La capitale fédérale offrait un triple avantage. Outre les attraits liés à son statut fédéral, Ottawa faisait aussi partie de l'Ontario, mais se trouvait à un jet de pierre du Québec, la grande province française au Canada.

— Mon père a toujours cru qu'il reviendrait au bout de quelques semaines, quelques mois peut-être, comme l'enfant prodigue dans la Bible. Mais Rhéal était têtu. Probablement aussi têtu que son propre père. Il serait revenu s'il n'avait pas connu ta mère. C'est du moins ce que tout le monde a dit lorsqu'elle est entrée dans sa vie. Il est resté là-bas.

— Et vous n'êtes pas allée vers lui, laissa échapper Agathe avec tristesse.

Martine aurait pu s'offusquer de cette réflexion, mais elle admit plutôt son erreur :

— C'est vrai. C'est pour cela que nous ne t'avons jamais connue. Aujourd'hui, je le regrette.

— Et le père de ma mère, mon grand-père, vous savez de qui il s'agit ?

Tante Martine lui jeta un coup d'œil interrogateur avant de répondre.

— Non.

— Vous avez dit que Marie-Anna Morrissette avait laissé un message, quelque chose, pour sa fille. Vous savez de quoi il s'agissait ?

— Non. Berthe m'a seulement dit qu'elle n'arrivait pas à comprendre pourquoi sa mère avait tenu à lui transmettre une chose aussi insignifiante et inutile.

Agathe et Martine évoquèrent toute la soirée les souvenirs qu'elles conservaient de leurs êtres chers, et la vieille dame venait souvent au secours de la jeune fille pour soulager ses larmes. À quelques reprises, elle avait elle aussi senti son cœur chavirer à l'évocation de Rhéal, son jeune frère. Chaque fois, Agathe prenait sa main entre les siennes et la frottait doucement. Quand l'horloge sonna minuit, elles ne faisaient que commencer à dresser les bases d'un pont au-dessus du fleuve qui les avait séparées. Lorsque, épuisée de son voyage et de cette soirée remplie d'émotions, Agathe indiqua qu'elle avait loué une chambre de motel en ville et qu'elle souhaitait se reposer, tante Martine en fut presque insultée :

— Il n'en est pas question. Tu es un membre de la famille et il y a suffisamment de chambres vides ici pour loger un régiment.

La chambre qu'elle avait louée ne fut jamais occupée. Quand elle quitta Hearst le lendemain, après avoir ingurgité goulûment quelques pointes de tarte de sa tante, elle avait l'estomac lourdement rempli, mais le cœur léger. Elle avait le sentiment qu'elle ne serait plus complètement seule.

Chapitre vingt-sept
Bouchette, 1942

Personne ne savait comment Fernand Latourelle avait fait pour devenir policier, mais la municipalité de Messines nouvellement formée d'une partie du territoire de Bouchette avait convenu qu'il lui faudrait un agent de police pour assurer la protection de son territoire et l'avait embauché. En réalité, c'est surtout ce nouveau phénomène, la circulation automobile, qui inquiétait le conseil municipal. Les jeunes s'entassaient dans des voitures et filaient impunément à toute allure dans les rues du village. Des citoyennes en colère étaient venues se plaindre à quelques reprises lors de la réunion du conseil. Si certaines de ces dames craignaient pour leurs enfants et les piétons qui circulaient dans la rue, la plupart en avaient surtout contre la poussière soulevée qui allait se déposer sur la lessive fraîchement lavée séchant sur les cordes à linge. Même les légumes du potager étaient recouverts d'une fine couche de sable.

— On peut même plus laver notre linge!

— Ça rentre partout dans la maison et il est impossible de faire aérer les pièces.

Dans les rues de gravier et de terre battue de la municipalité, on pouvait effectivement voir de loin la longue colonne de poussière lorsqu'une voiture approchait. Plusieurs des conseillers avaient eux-mêmes été incommodés par les passages successifs des jeunes chauffards. Il fallait agir et Fernand Latourelle, qui était à la recherche d'un emploi qui lui éviterait d'aller bûcher en forêt, en avait eu vent et s'était immédiatement pointé sur les lieux pour offrir ses services. Il alléguait avoir une certaine expérience de la chose puisqu'il avait travaillé comme policier pour la ville d'Ottawa; mais en réalité, il avait occupé un poste de gardien de sécurité dans un entrepôt.

Le maire avait suggéré que le postulant fournisse son propre véhicule et recueille au moins l'équivalent de son salaire en amendes. Latourelle avait accepté le travail et le conseil avait adopté une série de règlements sur la circulation que le nouveau policier devait faire respecter. Le frère du policier avait ouvert une station-service dans le village et disposait d'un atelier de mécanique où il essayait tant bien que mal de s'attirer une clientèle, malgré ses faibles connaissances dans le domaine. Il récupérait toute sorte d'engins dont il se servait parfois pour en réparer un autre. C'est ainsi qu'il avait acquis une vieille moto à laquelle Fernand s'était immédiatement intéressé. Il n'avait pas encore terminé de la réparer, mais il lui suffirait de quelques jours pour qu'elle soit en état de rouler. Il l'avait peinte lui-même, reproduisant sur le réservoir le sigle d'un service de police des États-Unis qu'il avait vu sur une illustration. Les mots « *Highway patrol* » étaient pompeusement inscrits sous l'insigne, bien que Latourelle ne soit pas en mesure de dire plus de deux mots en anglais et que les routes qu'il avait à patrouiller n'aient rien d'un « *highway* ».

Le conseil municipal avait aussi convenu de s'associer à la municipalité voisine, Bouchette, pour payer la note, celle-ci ayant également manifesté le désir d'avoir un constable pour protéger son territoire. À cheval sur sa puissante moto, Fernand Latourelle parcourait les petits chemins à la recherche d'une faute à punir. Pour la plupart des gens de la place, Latourelle était désigné comme le *speed cop* puisqu'il s'agissait des seules infractions contre lesquelles il sévissait. Mais Fernand devait assurer sa survie et il distribuait allègrement ses contredanses aux rares automobilistes circulant sur les chemins municipaux.

Les jeunes conducteurs étaient ses cibles préférées et il ne ratait jamais une occasion de les harceler, leur imposant des amendes salées pour le moindre écart de conduite. Souvent, les plus hardis refusaient de s'arrêter, ce qui donnait lieu à des poursuites endiablées. Le grand Latourelle avait beau compter sur sa puissante moto, dès que la voiture poursuivie filait sur un chemin de terre battue, la poussière l'empêchait de voir. Il lui était déjà arrivé de se retrouver dans le décor en poursuivant l'un d'eux. Il n'avait pas vu le virage devant lui et avait fait une embardée spectaculaire dans le fossé. Il s'était retrouvé coincé sous sa moto et, bien qu'il ait été à faible distance d'une maison, les occupants n'étaient pas venus lui porter secours. La femme qui travaillait dans son jardin avait bien vu la moto et son conducteur qui culbutait juste au bout de leur terrain, mais elle avait détourné la tête en constatant qu'il s'agissait de Latourelle. Il avait fallu trente minutes à Fernand pour réussir à sortir de son trou, mais il en avait été quitte pour quelques ecchymoses et une moto amochée. Pendant une semaine, les chemins de Messines et de Bouchette avaient été libérés de la surveillance de Latourelle, mais les jeunes ne perdaient rien pour attendre. Le policier les aurait au détour.

Lorsque la guerre s'était déclarée, on avait bien cru que Latourelle serait le premier à se porter volontaire, depuis le temps qu'il s'inventait des actes de bravoure et des faits d'armes. Il aimait se mettre en valeur en racontant des exploits qu'on savait faux. Sa photo était même passée dans le journal *La Gazette* lors d'une descente qui avait permis de découvrir un groupe de braconniers dans la région de Bouchette. Il était photographié en compagnie d'une dizaine de policiers provinciaux devant une série de chevreuils morts, suspendus à une branche d'arbre. Latourelle affirmait avoir affronté presque seul le groupe des braconniers armés. En réalité, sa contribution à cette arrestation avait été de dénoncer les chasseurs illégaux.

Même si on lui accordait un sourire poli au passage, tous s'en méfiaient. Non seulement était-il rapide à dresser des contraventions, mais il était le délateur de service. Si un pauvre bougre trop miséreux allait tuer un chevreuil pour survivre ou pêcher quelques truites, c'est invariablement Latourelle qui le dénonçait aux gardes-chasse. Même chose pour ceux qui fabriquaient de l'alcool ou qui exerçaient des activités illégales. On racontait que sa vigilance pouvait cependant être défaillante, moyennant quelques billets qu'on lui glissait dans une petite enveloppe. L'aubergiste de Bouchette semblait échapper miraculeusement à son regard.

Lorsque les choses se corsèrent en Europe et que le gouvernement proclama la conscription pour le service au pays, Fernand Latourelle proposa immédiatement ses services à la police militaire. Il leur avait fait valoir qu'il connaissait bien le territoire et qu'il lui serait facile de débusquer les éventuels déserteurs qui manqueraient à leur obligation. Non seulement ce type de poste était-il exactement dans ses cordes, mais cela lui évitait aussi d'avoir à aller combattre outre-mer. De *speed cop*, Latourelle était devenu chasseur d'hommes.

Armé de la liste de ceux qui avaient été appelés, mais qui ne s'étaient pas présentés, et accompagné de l'équipe de la police militaire, Latourelle allait de maison en maison à la recherche des fuyards. Chaque fois que le petit groupe de gens armés arrivaient à la résidence de celui qu'on recherchait, la réponse était la même :

— Il n'est pas ici et je ne sais pas où il est, répondait-on invariablement.

Latourelle avait toujours droit au regard qu'on réserve aux traîtres. Il les haïssait tous. Il savait bien ce qu'on pensait de lui et feignait l'indifférence, mais il en était blessé, et cette blessure accentuait sa propre haine à leur égard. Il s'était juré de les débusquer tous, où qu'ils soient. Fernand n'était pas dupe comme les soldats qu'il accompagnait dans ces expéditions. Pendant que ceux-ci questionnaient les gens de la maison sur les allées et venues de celui qui était recherché, il faisait une inspection des lieux. Les granges étaient l'endroit de prédilection pour l'aménagement d'une chambre où un homme pouvait se cacher. Après une première vérification, ils surveillaient les lieux et s'organisaient pour arriver à l'improviste.

Quant il vit le nom d'Aldège Richard sur la liste des fuyards, il s'en frotta les mains. Il faisait partie de la bande des jeunes de Bouchette qui venaient à Messines faire leurs mauvais coups. Avec sa puissante voiture, Virgile avait réussi à quelques reprises à le semer et à se payer sa tête lorsqu'il n'était que simple policier.

— Celui-là ne m'échappera pas, avait dit Latourelle en pointant son nom sur la liste.

Mais la ferme des Richard n'était accessible que par un long chemin qui longeait les champs. De jour, on pouvait donc facilement voir venir la troupe et se cacher, aussi Latourelle avait-il recommandé qu'on attende après le coucher du soleil pour le prendre par surprise. Lorsqu'ils arrivèrent sur la ferme, l'un des soldats, armé d'une mitraillette, se plaça à la porte de derrière pendant que les autres passaient par en avant. Au signal donné, ils firent irruption dans la cuisine pendant que le soldat entrait par l'autre porte, pointant son arme sur les personnes présentes. Églantine était affairée à ranger la vaisselle lorsqu'ils entrèrent et, en apercevant le canon de l'arme, elle laissa tomber l'assiette qu'elle tenait dans ses mains. Elle alla se briser sur le sol. Marguerite, qui se préparait à aller se coucher, se mit à crier d'effroi, piétinant sur place de ses pieds nus, comme si le sol était soudainement devenu un foyer rempli de braises ardentes. Hector se leva de son siège où il écoutait justement des nouvelles de la guerre. Il crut un instant que c'était l'armée d'Adolf Hitler qui avait débarqué et qui envahissait chacun des domiciles canadiens. C'est Fernand Latourelle qui cria :

— Où est-il? Où est Aldège?

Marguerite avait cessé de crier et s'était précipitée dans les jupes de sa mère. Elle pleurait abondamment, terrorisée par ces hommes armés. Églantine l'avait immédiatement accueillie dans ses bras pour lui éviter de marcher pieds nus sur les éclats de l'assiette, toujours au sol. En un instant, les soldats étaient partout. Gérard, qui se trouvait à l'étable lorsque les soldats avaient débarqué à la maison, avait été surpris de se trouver nez à nez avec le canon de l'arme d'un des militaires. Ces derniers l'avaient traîné jusqu'à la maison en criant « On l'a trouvé ».

Fernand fut déçu en apercevant Gérard. Celui-ci ne figurait pas sur la liste.

— Où est ton frère, dit-il, furieux.

— Mon frère ? demanda Gérard sur un ton faussement surpris. Ça fait des jours que je ne l'ai pas vu.

— Maudit menteur, lui cracha Latourelle au visage en l'empoignant au collet.

La voix d'Hector tonna derrière lui, arrêtant son élan.

— Latourelle, mon maudit Judas, si tu ne le lâches pas, je te coupe la gorge.

Les soldats furent paralysés un instant en voyant l'homme s'avancer vers Latourelle, armé d'un long couteau de cuisine avec lequel il menaçait de l'occire. Fernand était devenu blanc en voyant la longue lame si près de son visage. On entendit le cliquetis des armes. L'un des soldats leva son fusil en direction d'Hector, le doigt nerveusement posé sur la gâchette. Le moindre mouvement et la cuisine se serait transformée en un bain de sang.

Le caporal qui dirigeait l'équipe s'interposa juste à temps, forçant Latourelle à lâcher le jeune homme et repoussant Hector. Églantine tremblait de tout son être, priant en silence pour qu'Aldège ne revienne pas à ce moment précis. Il était allé s'amuser avec Émile, qui venait de terminer son service militaire et, bien qu'Églantine considérait qu'il s'agissait d'un sacrilège d'aller bambocher un soir de semaine, elle avait laissé son fils partir pour la soirée, consciente que son ami devait quitter la région dans quelques jours. Pour une fois, Églantine souhaita qu'ils se soient attardés en chemin.

Les soldats restèrent sur place une heure durant, fouillant en vain la maison et l'étable, sous la pression d'un Fernand Latourelle fou de rage. Malgré la nuit, il entreprit même de mesurer l'étable à l'intérieur et à l'extérieur, dans l'espoir d'y déceler une pièce secrète où Aldège aurait pu se cacher. C'est finalement le caporal qui mit fin à l'opération, malgré les protestations de Latourelle.

— Allez. Il n'y a personne ici. On part.

— Il ne perd rien pour attendre, celui-là, dit Fernand en grommelant.

Il se retira à regret, mais on savait qu'il serait de retour sous peu. Hector était encore hors de lui et déclara :

— Jamais ils n'auront un autre Richard.

Chapitre vingt-huit
Bouchette, 2005

Agathe avait été absente durant quelques jours seulement, mais elle avait l'impression qu'une éternité s'était écoulée depuis son départ. Elle songeait au notaire Beausoleil, qui devait être débordé de travail, malgré l'aide de madame Denise. Elle pensait aussi à Amed, qu'elle n'arrivait pas à chasser de ses pensées. Avait-il accepté l'idée que leur amour fût impossible ? Si elle avait écouté son cœur, elle se serait précipitée chez lui dès son retour et l'aurait couvert de baisers. Cette seule pensée la troublait, mais la possibilité qu'ils soient du même sang suffisait à la retenir.

Quelques mois auparavant, elle avait encore des certitudes sur ses racines ; elle était la fille de Berthe et de Rhéal Lecours. Maintenant, plus rien n'était vrai à cause d'une bête histoire de nom de lac. Ses convictions avaient été à ce point secouées qu'elle en était même venue à considérer que Berthe n'était peut-être pas sa véritable mère biologique et qu'elle avait tout simplement été adoptée. Elle avait beau se raisonner, le doute s'était installé en elle. Elle s'était même regardée devant un miroir pour scruter son visage. Sa ressemblance physique avec sa mère était évidente : même nez, mêmes yeux, même couleur de cheveux. Et puis Martine Lecours lui avait bien dit qu'elle avait rencontré Berthe alors qu'elle était enceinte. Par contre, la vieille dame lui avait aussi affirmé que Marie-Anna Morrissette était bien sa grand-mère, alors que les recherches du notaire Beausoleil, dans les registres de l'orphelinat, indiquaient plutôt qu'il s'agissait d'une certaine Louise Tremblay.

Elle voulait bien croire le notaire, mais il y avait trop d'éléments qui le contredisaient et qui orientaient ses recherches vers cette Marie-Anna Morrissette. Elle était originaire de Bouchette et elle avait eu un enfant à l'orphelinat Ville-Joie Sainte-Thérèse. Anna avait travaillé au domaine de cet Allemand, Burgess, où il y avait un petit plan d'eau que l'on nommait justement, dans le passé, le lac Achigan. Elle avait donc toutes les raisons de souhaiter que ses cendres reviennent à cet endroit. Ce qui n'était pas le cas de Louise Tremblay, qui avait passé la majeure partie de sa vie à Montréal, où elle était décédée, et avait été inhumée. Rien ne la reliait à la vie de cette femme.

Il lui fallait se remettre au travail, même si elle aurait souhaité se consacrer à ses recherches. Elle avait laissé en plan quelques dossiers dont il fallait qu'elle s'occupe : une succession à régler, un acte de vente pour un terrain et un contrat de mariage à rédiger. Et puis, il y avait surtout cette curieuse affaire autour du terrain du Trente et Un Milles. Théophile Beausoleil lui avait recommandé de se tenir loin de cet endroit, mais la curiosité était trop forte. Était-ce véritablement le hasard qui l'avait amenée à faire des recherches sur l'endroit où la grand-mère qu'elle tentait désespérément d'identifier aurait fait déposer ses cendres ? Et pourquoi avait-on tenté de l'en éloigner ? Se pouvait-il que le terrain ait un autre intérêt que sa valeur marchande ? Et pourquoi s'en prenait-on à elle ainsi ?

Ces menaces et ces incidents, dont elle avait été victime, laissaient toujours planer le danger autour d'elle, et ce n'est pas la présence des policiers qui la rassurait. Selon Beausoleil, les agents n'avaient pas beaucoup avancé dans leur enquête. En réalité, l'affaire en était restée là où elle était avant son départ. Les policiers s'étaient rendus au quai public de Bouchette, avaient inspectés les environs, trouvé une douille de calibre .22, mais aucune trace qui aurait pu les conduire à l'auteur de l'attentat. Rien non plus à l'égard de l'incident de la vitrine brisée, qui semblait maintenant oublié. L'inspecteur responsable de l'enquête, à qui Agathe n'avait toujours pas montré la note qui était attachée à la pierre, n'était pas convaincu qu'il puisse y avoir un lien entre ces deux affaires. Elle-même se demandait parfois si elle n'avait pas inventé tout cela.

Le vieux notaire était toutefois inquiet pour sa jeune protégée. Toute cette affaire avait pris une bien étrange tournure. De quoi cherchait-on à l'éloigner ? Ceux qui avaient voulu l'effrayer avaient intérêt à ce qu'elle ne fouille pas dans le passé. Or, songeait Beausoleil, les seuls, que ce bout de terrain pouvait intéresser, étaient le groupe de TMO Investment et la municipalité. Il savait que les petites querelles municipales pouvaient parfois en pousser certains aux coups, mais pas au point de terroriser la jeune professionnelle pour l'empêcher de faire son travail. Il avait continué ses recherches à propos de TMO et il avait réalisé que le groupe avait été à l'origine constitué de riches propriétaires fonciers, tant du Canada que des États-Unis. Les grands industriels du début du siècle dernier s'y trouvaient : ceux de l'industrie métallurgique, de l'armement, de l'automobile et même quelques célébrités artistiques. Des empires aujourd'hui déployés à travers le monde. La plupart des terrains que TMO avait acquis après la guerre avaient été revendus au cours des décennies suivantes ou avaient été cédés aux héritiers lorsque le propriétaire décédait. Que pouvait donc représenter cette minuscule parcelle de terrain pour eux aujourd'hui ?

Agathe avait expliqué à Beausoleil qu'elle ne pouvait demeurer chez lui éternellement et qu'il faudrait bien qu'elle retrouve sa vie normale. Le vieil homme n'était pas rassuré, mais il n'avait pu la retenir. Agathe se tenait éloignée de son ancien amant, qu'elle n'avait pas revu depuis sa visite chez Martine Lecours. Pourtant, elle fit un long détour en rentrant pour aller jeter un coup d'œil chez lui. En passant devant la maison d'Amed, elle avait constaté que son camion n'y était pas et la maison semblait fermée. Même les portes de l'atelier où il poursuivait ses petites expériences sur le Tournesol I avaient été barricadées par un grand madrier placé en travers. Elle se reprocha immédiatement ce détour qui alimentait son désir de le revoir et, lorsqu'elle s'attabla au restaurant Le Manoir, elle ne put s'empêcher de questionner Bruno Gagnon pour savoir s'il l'avait vu.

— Il est parti, répondit-il sans plus de détail.

— Parti ? Et son circuit d'autobus, qui s'en occupe ?

— C'est la fin des classes. L'école est finie, madame Lecours.

— Et vous savez s'il est parti pour longtemps ?

— Il avait une remorque avec quelque chose sous une toile. Il s'en allait à Ottawa. J'ai trouvé ça étrange.

— Étrange ? demanda Agathe.

— Cette chose qu'il traînait sur sa remorque, j'ai trouvé cela inquiétant. Je ne l'ai pas vraiment vue, mais c'était étrange, répéta-t-il encore une fois, comme si c'était le seul qualificatif qui lui venait à l'esprit.

Agathe avait une bonne idée, elle, de ce qu'il pouvait y avoir sur cette remorque et réprima un sourire.

— Mais de quoi s'agissait-il, d'après vous ?

— J'ai juste vu le bout, pis pour tout vous dire, ça ressemble en maudit à une torpille. Ce gars-là fabrique et répare des armes, on sait jamais s'il ne lui est pas venu à l'esprit de construire un canon ou un missile.

Agathe ne put s'empêcher de pouffer de rire. Ainsi, Amed avait ressorti le Tournesol I de son atelier.

— Ce n'est pas un missile, rassurez-vous.

— Qu'en savez-vous ? demanda Bruno Gagnon, irrité de la voir se payer sa tête.

Question embêtante pour Agathe qui hésita un instant. Bruno Gagnon avait imaginé une fusée à partir de la forme de l'objet sur la remorque d'Amed. Il ne lui faudrait pas beaucoup d'information sur la nature de la relation qui la liait à Amed pour s'inventer une histoire invraisemblable qui ferait rapidement le tour du village.

— Je suis notaire, mon ami, je suis liée par le secret, dit-elle, comme si Amed était un simple client, mais je tiens malgré tout à vous assurer qu'il n'y a rien de bien dangereux sous cette bâche.

— En tout cas, il était pas mal mystérieux. Quand j'ai voulu lever un coin pour y jeter un coup d'œil, il m'en a empêché. Et pas à peu près. J'ai bien cru qu'il me bousculerait.

— Quand même, Bruno, vous ne trouvez pas que vous exagérez un peu?

— Ben, on n'est jamais trop prudent. Avec un nom comme Amed, on ne sait jamais.

Agathe était estomaquée. Elle ne riait plus. Bruno était prêt à considérer le jeune conducteur d'autobus comme un terroriste potentiel, uniquement parce que son prénom avait une consonance arabe.

— Franchement, Bruno, il est né ici de parents originaires de Bouchette. Le nom des Richard, dans cette paroisse, remonte à la nuit des temps. Que voulez-vous de plus?

Bruno constata que la jeune femme semblait irritée et réajusta le tir.

— Bien sûr que non. N'empêche, il est plutôt bizarre. Vous savez ce qu'il mange chaque fois qu'il vient ici? De la salade. Comme si on n'était pas capable de servir de la viande de qualité.

Agathe réalisait que, malgré les liens serrés qui unissaient les membres de cette communauté, les pires préjugés pouvaient avoir cours. Bruno ne connaissait pas vraiment Amed, il le jugeait. Elle laissa le restaurateur, se promettant d'espacer un peu ses prochaines visites, histoire de le punir de son attitude.

Amed était parti. Pour combien de temps? Elle n'en savait rien. L'école ne reprendrait qu'en septembre. Peut-être serait-il alors de retour pour conduire son autobus? Soudain, son cœur se serra si fort qu'elle en eut de la douleur. Et si Amed était allé faire l'essai de son foutu sous-marin seul? Si l'engin avait à nouveau sombré, Amed n'avait peut-être pas eu le temps de se sauver? Plus elle y pensait, plus elle était morte d'inquiétude. Elle avait beau se raisonner, sa tête inventait les pires scénarios. Oubliant sa promesse de rester loin de lui, elle se dirigea instinctivement vers le quai public du lac Trente et Un Milles où il avait fait l'essai de son invention la première fois. Elle avait le cœur battant lorsqu'elle arriva près du lac. Elle chercha parmi les véhicules stationnés le camion d'Amed, et alla explorer la plage publique à sa recherche, mais il n'y avait rien. Il était bel et bien parti.

Lorsqu'elle rentra chez elle ce soir-là, elle avait le cœur triste. Son bel amour, son impossible amour, s'en était allé au loin. «Ça vaut mieux ainsi», se disait-elle pour se raisonner, mais même le silence de sa maison hurlait l'absence d'Amed. Son corps lui aussi avait gardé le souvenir des caresses de son amant et le désir montait en elle. Agathe poussa un grand soupir. Elle aurait eu besoin de la compagnie de Mistigri pour lui faire oublier sa solitude, mais l'animal avait pris la poudre d'escampette lorsqu'elle avait ouvert la porte, comme il le faisait souvent lorsqu'elle rentrait. Le chat avait rapidement pris possession des lieux lorsqu'ils avaient emménagé et semblait apprécier grandement son nouveau milieu de vie, moins stressant, moins pollué que la ville et rempli de surprises. Il revenait souvent avec un mulot ou un oiseau qui avait eu le malheur de passer près de ses griffes. Agathe se rendit à la porte et l'appela, mais Mistigri avait semble-t-il des choses plus importantes à faire. Elle se rabattit sur un livre dont elle avait entrepris la lecture quelques semaines plus tôt, mais qu'elle avait laissé de côté, le trouvant trop aride. Son intérêt pour ce bouquin n'avait pas augmenté, puisqu'au bout de quelques minutes, elle commença à s'endormir et alla se coucher.

Le soleil chauffait déjà la chambre d'Agathe de ses rayons lorsque celle-ci émergea de ses rêves. Pour la première fois depuis des semaines, elle avait pu compter sur un bon repos et elle se sentait en grande forme. Elle s'offrit un café bien fort et un croissant avant de se précipiter dans la douche pour se rafraîchir. Elle n'avait pas oublié Amed, mais son inquiétude de la veille s'était calmée. Le jeune inventeur était parti avec son sous-marin, probablement pour aller chercher conseil auprès d'un autre mordu comme lui. Elle espérait cependant qu'il n'aurait pas l'idée de faire l'essai de son engin seul. Elle envisageait sa journée de travail avec joie pour la première fois depuis des semaines.

Elle prépara l'assiette de Mistigri et se rappela qu'il n'était pas revenu la veille. Ce n'était pas la première fois que le matou découchait. Il avait dû sentir une femelle dans les environs. Il rentrait parfois amoché de ce genre d'expédition amoureuse lorsqu'il lui avait fallu affronter un rival. Elle sortit sur le perron en l'appelant. Mistigri ne répondit pas à son appel. Elle se dit qu'il reviendrait durant la journée et déposa son assiette à l'extérieur sur sa galerie, en espérant qu'un autre chat ou un chien ne vienne pas la vider avant lui.

Agathe s'installa au volant, prête à partir, lorsqu'elle remarqua quelque chose de rouge sur le capot. On aurait dit une tomate trop mûre qu'on aurait lancée et qui se serait écrasée sur la voiture. Le jus qui s'était écoulé du fruit avait séché sur la tôle. Agathe sortit, furieuse de cette blague de mauvais goût. Lorsqu'elle arriva devant l'auto, elle resta paralysée quelques secondes, son cerveau refusant de croire ce qu'elle voyait. Elle constata avec effroi qu'il s'agissait de la tête de Mistigri qui avait été tranchée et déposée comme un trophée sur sa voiture. Elle ne put réprimer un cri qui se propagea comme une grande plainte de douleur dans le jour naissant.

Chapitre vingt-neuf
Bouchette, 1942

Aldège revint chez lui ce soir-là, éméché par toutes ces bières qu'ils avaient ingurgitées dans les bars et les auberges de la région et il fut surpris de constater que la lumière était toujours allumée dans la cuisine, malgré l'heure tardive. Il songea immédiatement à sa mère qui s'était probablement inquiétée pour lui et qui attendait patiemment son retour en se berçant. Il aurait probablement droit à des remontrances. À sa grande surprise, tout le monde était debout lorsqu'il entra dans la maison.

— Sainte Marie mère de Dieu, merci, Aldège, ils ne t'ont pas pris, cria Églantine, les bras au ciel, en apercevant son fils dans l'embrasure de la porte.

Aussitôt, Hector se lança vers la fenêtre, cherchant dans le noir les yeux de fouine de Latourelle. Il le sentait tout proche encore, prêt à s'abattre sur eux comme un vautour.

— Qu'est-ce qui se passe ici, demanda Aldège, d'une voix rendue pâteuse par l'alcool.

Ils essayèrent de parler tous en même temps et le jeune homme ne parvenait à saisir qu'un bout de phrase de chacun. Hector, qui avait quitté son poste de surveillance, imposa le silence et demanda à Gérard de le remplacer à la fenêtre.

— Surveille bien le chemin. Ces maudits chiens pourraient revenir sournoisement les phares éteints.

Hector lui raconta le passage des soldats de la police militaire, ponctuant son discours d'exclamations, chaque fois qu'il était question de Fernand Latourelle : ce « maudit vendu », ce « chien sale », ce « collabo des Anglais ».

— Mon fils, il te faut prendre le bois. Voici des provisions.

Tu iras te cacher à la sucrerie le temps qu'il faudra. Nous irons te porter de la nourriture.

— J'ai pas peur de ce maudit Latourelle, répliqua Aldège en serrant les poings.

Mais Hector et Églantine semblaient avoir décidé pour lui. Encore engourdi par la bière, il avait surtout le goût d'aller se coucher et n'envisageait pas de faire deux kilomètres en pleine forêt pour se rendre à la cabane. Bien sûr, il en avait été question dans la famille lorsque Aldège avait reçu sa convocation et il était en accord avec le plan prévu. Il devait aller vivre quelque temps dans la cabane à sucre. La petite construction n'était visible ni du chemin ni des airs et le sentier y conduisant se refermait presque totalement sous la végétation chaque année. Il avait toujours considéré ce plan comme quelque chose qu'on prépare tout en espérant ne jamais devoir le mettre en application. Dans ses pensées, Aldège imaginait sa fuite dans la cabane, si jamais elle devait se produire, comme des vacances. Il se voyait par une belle journée d'été en train de pêcher la truite dans le ruisseau qui traversait la terre d'Hector, un brin d'herbe entre les lèvres, le dos appuyé sur le tronc d'un gros érable, laissant le soleil chauffer sa peau. On était aujourd'hui en novembre et le temps avait tourné au froid. On attendait la neige d'un jour à l'autre. Aldège frissonna.

— Aldège. Tu dois partir. Je ne survivrais pas si tu devais aller là-bas.

— J'aurais pas peur, répliqua Aldège, enhardi par l'alcool.

— C'est pas notre guerre. Camillien Houde est en prison pour avoir refusé de se battre pour ces maudits Anglais. Nos soldats canadiens-français servent de chair à canon. Tu as vu ce qui est arrivé à Dieppe cet été ? Ils veulent t'envoyer te faire tuer pour protéger la reine.

Le paquet préparé par Églantine avait été déposé dans le sac à dos contenant les autres choses dont il pourrait avoir besoin. Gérard avait placé le fusil de chasse, une canne à pêche et un grand couteau dans son fourreau pour lui permettre de chasser et de pêcher pour se nourrir. La vue des raquettes fixées sur son sac lui indiqua que son séjour risquait de se prolonger jusqu'au printemps.

Il fut convenu que Gérard irait, une fois par semaine, déposer des provisions au pied du pin géant qui marquait le début de la forêt et la fin du champ.

— J'irai le samedi après-midi, précisa Gérard qui était peiné de perdre son compagnon.

Gérard avait échappé au service militaire en tant qu'aîné de la famille parce qu'il devait s'occuper de la terre. Si cette excuse lui permettait d'éviter la guerre, elle faisait peser sur lui toutes les tâches de la ferme et Gérard se rendait compte qu'il ne pourrait plus s'inventer des prétextes pour se soustraire à son travail.

Églantine serra son fils dans ses bras et lui recommanda la plus grande prudence. Elle le prévint qu'il ne fallait pas sortir de sa cachette, mais elle lui expliqua qu'elle étendrait une nappe blanche sur le bord de sa fenêtre pour lui indiquer que le chemin était libre si jamais il cédait à la tentation de venir sur la ferme. Hector lui remit un fanal et pressa son épaule d'une main ferme. Il se dépêcha d'en finir, car il sentait que les larmes lui montaient aux yeux. Il se moucha le nez du revers de la main pour cacher son émotion et rendre le moment moins intense.

Lorsque Aldège se mit en marche et qu'il arriva à un point du terrain où le sentier tournait et que la maison disparaissait derrière les arbres, son cœur se serra et il sentit le poids de la solitude qui pesait sur lui. Dans cette nuit grise de novembre, il eut de la difficulté à retrouver son chemin et se trompa de route à quelques reprises. Il avait dû faire marche arrière et, à la faible lueur de son fanal, avait réussi à retrouver le sentier parfois enfoui sous les nouvelles branches de l'été dernier. La nuit commençait à laisser la place au jour naissant lorsqu'il aperçut enfin la vieille cabane. Il se pressa, car le froid de la nuit avait pénétré ses vêtements et il était glacé jusqu'aux os. Sa longue marche avait achevé de dissiper les dernières vapeurs de l'alcool qu'il avait consommé la veille. Il lui fallait chauffer la cabane avant que le jour se lève et qu'on puisse voir la fumée de son feu.

La petite cabane ne servait qu'au printemps, à la période des sucres. Il y avait un lit de chaque côté et une table au milieu. Au bout de la salle unique, un gros poêle en fonte, la « truie », comme on le désignait, trônait. Fort heureusement, il restait une bonne provision de bois du printemps dernier et Aldège put rapidement faire un gros feu. À genoux près du poêle, Aldège grelottait, les mains tendues vers les flammes. Le silence de la cabane n'était perturbé que par le crépitement du bois sec qui se consumait. Tout en regardant par l'unique fenêtre, alors que le jour prenait le dessus sur la nuit, le jeune homme songeait qu'il lui faudrait bientôt se priver de sa source de chaleur pour éviter que les avions militaires puissent le localiser par la fumée qui s'échappait de la cheminée. Il jeta quelques grosses bûches de bois dur sur les jeunes braises et souhaita que celles-ci puissent réchauffer les lieux suffisamment longtemps. La cabane n'avait pas été prévue pour y vivre. De larges fentes entre les planches laissaient entrer l'air comme, si la porte était ouverte en permanence. Il lui faudrait trouver de la mousse pour calfeutrer ces trous. Dès que la température se fit plus douce à l'intérieur de la cabane, Aldège s'enroula dans une couverture et alla se coucher sur la paillasse bourrée de paille. La bourre du matelas sentait le vieux, mais cela ne l'empêcha pas de sombrer dans un profond sommeil. Dans ses rêves, il voyait les soldats le poursuivant en pleine forêt et, lorsqu'ils parvenaient à le prendre à l'issue d'une longue et épuisante course, c'est le visage de Fernand Latourelle qui se penchait vers lui.

Les premiers jours de l'exil d'Aldège furent occupés par divers travaux. Il savait qu'il avait peu de temps devant lui avant que le froid s'installe pour de bon et que la neige vienne recouvrir le sol. Il passa une journée complète, les doigts gourds à force de boucher les nombreuses fentes de la cabane. Il s'installait pour vivre à cet endroit. Dès qu'il entendait un avion, il s'empressait de rentrer ou de s'abriter sous un arbre pour éviter qu'on l'aperçoive. Aldège avait travaillé du matin au soir chaque jour pour préparer le bois destiné à chauffer sa cabane, en prévision de l'hiver, alors que la neige ne lui permettrait plus de circuler librement. Il avait aussi inspecté les environs à la recherche de traces d'animaux qu'il pourrait trapper. Après avoir repéré quelques pistes, il avait tendu des collets et avait déjà attrapé deux lièvres. Il avait aussi pêché quelques truites, les premières ayant servi à son repas du soir, alors qu'il avait fumé les autres pour les conserver pour plus tard. Aldège avait même rencontré un magnifique chevreuil, un mâle au panache impressionnant, qui l'avait longuement regardé avant de lui adresser un grand souffle de ses puissants naseaux. Le bel animal avait battu du sabot sur le sol maintenant presque gelé pour le menacer. Aldège avait épaulé son fusil de chasse en direction de la bête superbe qui le toisait toujours. Il lui aurait suffi d'appuyer sur la gâchette pour que le chevreuil se retrouve au menu de ce long hiver qui se préparait, mais il avait finalement abaissé son arme.

— Plus tard, peut-être, mon ami, mais pas aujourd'hui. Tu as de la chance, dit Aldège à la bête.

Estimant avoir clairement indiqué à cet intrus que cette forêt était son territoire et que toutes les femelles qui y vivaient étaient siennes, le cerf fit un saut gracieux par-dessus un buisson et disparut en silence dans les bois. À cette époque de l'année, les femelles étaient en rut et Aldège savait que la viande des mâles prenait le goût des sécrétions de testostérone qui les lançaient à la recherche des femelles.

Il se leva tôt le samedi suivant, anxieux de se rendre au point de rencontre prévu avec son frère pour y cueillir des provisions. Gérard avait dit qu'il viendrait en après-midi, mais très tôt,

Aldège fut sur place, craignant de le rater. En l'attendant sous le grand pin, le jeune déserteur songeait au fait que sa famille lui manquait. Il dut se dégourdir les jambes à plusieurs reprises, car cette longue attente laissait le froid pénétrer au travers de ses vêtements. Lorsque le soleil commença à décliner, Aldège comprit que Gérard ne viendrait pas.

— Ce paresseux de Gérard. Il a oublié ou alors il n'a pas voulu venir, grommela Aldège en se tapant dans les côtes pour essayer de se réchauffer.

Il se mit en route vers la ferme en pestant contre son frère et se promettant de lui savonner les oreilles. Ce n'était pas lui qui était coincé tout seul en forêt, se disait-il. Sa colère montait à chaque pas contre cet égoïste lorsqu'il arriva au bout du sentier. Il pouvait enfin voir la maison. Son cœur se radoucit à cette vue. La paresse de Gérard lui permettrait de saluer tout le monde. Il n'était parti que depuis une semaine, mais il lui semblait qu'il n'avait pas vu la vieille maison depuis des siècles. Il considéra la fenêtre de sa chambre et songea que son lit était bien douillet en comparaison de la paillasse de sa cabane. Il avait aussi le goût de revoir son fidèle chien Pompon qui lui manquait terriblement. Il jeta un coup d'œil à la fenêtre de la cuisine et vit qu'il y avait de la lumière.

— Maudite marde, ils sont sûrement en train de manger tranquillement pendant que je me gelais dans le champ, grogna-t-il encore.

Ses yeux s'arrêtèrent aussi sur la fenêtre de la chambre de sa mère qu'il pouvait maintenant distinguer facilement en arrivant près de l'étable. Il eut envie de siffler pour voir si Pompon le reconnaîtrait, mais il s'arrêta un instant. Il y avait quelque chose qui manquait. Il constata que la nappe blanche que sa mère avait promis d'étendre à la fenêtre pour lui indiquer qu'il n'y avait pas de danger ne s'y trouvait pas. Un instant, il songea qu'elle avait probablement oublié de le faire, mais il se ravisa et s'empressa de se cacher derrière l'étable.

— Maman n'aurait pas oublié, se dit-il.

Il fit le tour de la grange en prenant bien soin de ne pas être vu. Lorsqu'il arriva à l'autre bout de la bâtisse, il put voir les véhicules militaires stationnés près de la maison. Il eut juste le temps de se cacher dans le foin entassé dans la grange lorsque Latourelle émergea de la maison en gueulant qu'il le trouverait. Aldège se glissa dans l'étable et plongea dans un tas de foin, souhaitant que les militaires quittent les lieux rapidement. Il entendit le pas de bottes se dirigeant vers lui et une voix qui criait à Gérard d'ouvrir la porte pour qu'il puisse inspecter l'intérieur du bâtiment. Ils firent le tour à la recherche d'un indice qui aurait pu lui confirmer la présence du fugitif. Aldège retenait son souffle, essayant de ne pas bouger d'un cil. Latourelle attrapa la fourche accrochée au mur et se mit à frapper partout dans le foin avec rage. Les longues dents s'enfoncèrent à plusieurs reprises dans le fourrage avant que, de guerre lasse, il finisse par se retirer.

Encore une fois, les soldats repartirent bredouilles de la ferme des Richard. Hector ricana dans sa barbe en voyant les camions filer sur la petite route d'accès. Latourelle et sa bande étaient arrivés au milieu de l'après-midi, au moment même où Gérald devait partir pour aller porter des provisions à son frère. Ce fouineur de Latourelle n'avait pas manqué de noter la présence de ce sac de toile près de la porte. Il en avait vidé le contenu sur la table, osant même manger une des galettes de mélasse qu'Églantine avait préparées pour son fils.

— Pour qui est ce sac? avait-il demandé.

— C'est à moi, avait dit Gérard, je dois aller chasser demain.

— Où est donc ton fusil? questionna Latourelle qui n'était pas dupe.

Un instant, Gérard avait été saisi de panique, ne sachant que répondre, mais il s'était rapidement ressaisi.

— Il est chez un de mes amis qui doit venir me rejoindre.

— Il y a du manger pour un mois là-dedans. Tu mens.

— Je ne te permettrai pas de nous traiter de menteurs, avait répliqué Hector en voyant son fils dans une mauvaise position.

— De la farine, des œufs, du lard salé, des galettes, des pains. Ça ressemble beaucoup plus au menu d'un déserteur qu'à celui d'un chasseur.

Latourelle s'était dirigé vers la fenêtre de la maison et avait regardé au loin vers la forêt.

— Il doit être là, caché quelque part dans les bois. Je crois que moi aussi je vais aller à la chasse.

Hector était fou de rage et résistait difficilement à l'envie qu'il avait de se jeter sur ce traître et de l'étouffer de ses mains. Il songeait que si cette guerre finissait un jour, Latourelle aurait à répondre de ses gestes, mais pour l'heure, il devait refouler sa colère pour protéger non seulement son fils, mais toute sa famille.

Les soldats étaient partis depuis plusieurs minutes, mais Pompon s'était soudainement mis à s'agiter, tournant et retournant devant la porte de la cuisine. Hector avait cru que les soldats revenaient, mais en regardant par la fenêtre, il n'avait rien vu. La porte s'ouvrit soudainement. Églantine manqua de perdre connaissance en reconnaissant son fils. Son visage était aussi blanc que la nappe qu'elle avait retirée de la fenêtre en voyant la colonne de camions arriver. Aldège fit quelques pas avant de s'écrouler face contre terre. Dans son dos, son manteau était percé de quatre petits trous, au centre d'un grand rond humide. Gérard se précipita vers lui pour le retourner.

— Mon Dieu, cria Églantine en voyant la main de Gérard rougie par le sang de son frère.

On écarta tout ce qui se trouvait sur la table pour y déposer Aldège, qui perdit connaissance. Hector et Gérard retirèrent rapidement ses vêtements, pendant qu'Églantine versait de l'eau dans un grand bassin. Elle regarda les blessures. Les trous étaient petits et sans déchirure.

— C'est Latourelle qui lui a fait cela avec la fourche, dit

Gérard qui l'avait vu frapper avec fougue dans le foin, sans savoir que son frère y était caché.

Elle saisit sans hésiter sa belle nappe blanche et la déchira en longues bandes afin qu'elles servent de pansement. Églantine craignait que la plaie s'infecte. La fourche dont Latourelle s'était servi avait probablement été en contact avec des excréments d'animaux. Elle souhaita également que les pointes ne soient pas entrées assez profondément pour percer un poumon. Aldège avait été chanceux, car il y avait un trou de chaque côté de sa colonne vertébrale. Quelques centimètres à droite ou à gauche et il aurait probablement été incapable de marcher. Il serait peut-être mort gelé, souffrant durant plusieurs heures, sans que personne se rende compte de sa présence dans la grange. Églantine lava le corps de son fils et fit couler de l'alcool à friction sur les plaies pour désinfecter le tout. Le blessé émit une faible plainte en sentant la morsure brûlante de l'alcool dans son dos. Émergeant du brouillard où il avait sombré, il ouvrit les yeux un instant et put voir Marguerite à genoux dans un coin, en train de prier, les mains jointes et le regard inquiet. Il lui sourit et referma les paupières.

Chapitre trente
Bouchette, 2005

Il y avait une heure que les policiers avaient quitté la maison et Agathe était toujours en état de choc. Le notaire Beausoleil, qu'elle avait appelé en larmes, était arrivé avant les agents et l'avait trouvée roulée en boule sur son canapé. Avant d'entrer, le vieil homme avait jeté un coup d'œil à la voiture et avait vu la mise en scène macabre. Celui qui avait fait le coup avait sûrement tranché la tête alors que la bête était encore vivante, car son expression semblait figée au milieu d'un grand miaulement de terreur. Il eut un frisson d'horreur. Il se doutait bien de l'état de la jeune femme.

— Agathe… Vous avez besoin d'aide. Venez avec moi, répétait-il calmement depuis plusieurs minutes sans obtenir de réaction cohérente.

— Ils ont tué Mistigri, ils l'ont tué, disait-elle d'une voix secouée par les pleurs.

— Je sais. C'est écœurant, mais pour le moment, vous devez prendre soin de vous, Agathe. Et là, ce qui est arrivé est grave. Nous devons vous protéger.

En disant «nous», Beausoleil ne songeait pas aux policiers, mais à lui et à Amed. Quand il avait reçu l'appel d'Agathe, il avait aussitôt composé le numéro du jeune homme en se disant qu'il arriverait plus rapidement que lui sur les lieux. Il n'avait pu le joindre, mais avait laissé un message sur son répondeur. Le notaire savait que dès qu'Amed entendrait son message, il se précipiterait à son chevet. Beausoleil était conscient qu'il était possiblement absent, puisque le jeune homme lui avait fait part de ses projets et il était le seul à savoir ce qu'il était allé faire.

Il avait eu, ces dernières semaines, une conversation avec

Amed qui s'inquiétait lui aussi pour Agathe et il lui avait expliqué que leur relation avait été mise entre parenthèses en attendant d'en savoir plus sur cette fameuse grand-mère. Outre ses difficultés sur le plan amoureux, Amed était également venu demander conseil au notaire sur la façon de protéger son invention et d'obtenir un brevet, lequel l'avait référé au Bureau des brevets du gouvernement canadien. Amed s'était rendu à Ottawa pour y présenter son prototype et ses plans et il avait prévu être absent plusieurs jours. Théophile Beausoleil espérait qu'Amed prenne ses messages à distance. Le vieil homme était cependant conscient que la responsabilité d'agir reposait, pour le moment, exclusivement sur ses épaules. Il devait mettre Agathe à l'abri.

À l'urgence de l'hôpital de Maniwaki, après une attente de deux heures, Agathe rencontra enfin le médecin en poste qui l'examina rapidement, lui posa quelques questions et lui prescrivit un calmant pour l'aider à dormir. Il lui conseilla de s'éloigner de sa maison et de prendre congé pendant quelques jours. Agathe répondait machinalement aux questions, hochait la tête à chacune de ses recommandations, mais elle avait l'air absente.

Elle trouva à nouveau refuge chez le notaire qui avait repris ses habitudes de veuf. À la maison, la chambre de la fille de Beausoleil, où Agathe avait couché, était telle qu'elle l'avait laissée. Elle y monta sans demander la permission et se roula tout habillée dans la couverture sur le lit. Malgré la chaleur estivale qui s'installait, elle frissonnait. Beausoleil ne dit rien. Il savait qu'elle avait besoin de solitude pour le moment. Demain, il la forcerait, si nécessaire, à sortir de sa torpeur.

Ce qui arrivait à Agathe le touchait. Que pouvait-il y avoir derrière l'histoire de ce terrain qui pousse quelqu'un à utiliser de tels moyens pour l'empêcher de faire des recherches? Dans sa longue carrière, il n'avait jamais eu à faire face à des situations comme celle-ci. Il fallait éloigner Agathe de ce terrain le temps d'y voir un peu plus clair. Pour le moment, elle était en sécurité chez lui, mais il fallait pousser les recherches plus loin.

La journée était encore jeune et il résolut de s'y mettre immédiatement, pendant qu'Agathe se reposait. Madame Denise était au bureau et pourrait garder un œil sur elle. Il avait remonté la trace de Burgess jusqu'à son décès, en 1943. Mais que s'était-il passé par la suite ? Kathleen Burgess avait vendu les terrains au groupe TMO Investment. Qui était vraiment ce groupe ? Il consulta le dossier qu'Agathe avait préparé pour le conseil municipal de Bouchette. La liste des propriétaires qui avaient racheté les parcelles de l'ancien domaine Burgess se trouvait sur le dessus. Ces noms ne lui disaient rien. La plupart de ces gens étaient probablement décédés aujourd'hui, comme le lui confirma le transfert de plusieurs terrains aux héritiers. La majorité des propriétés avaient par la suite été revendues, certaines à plusieurs reprises, avec un fort joli profit.

Il consulta les documents qui lui avaient été télécopiés de New York, concernant TMO Investment, à la recherche d'un indice. La compagnie avait seulement existé le temps de l'achat et de la vente des terrains. Son administrateur principal et celui qui avait signé l'acte de vente était ce Daryl Thompson de New York. Le nom des autres administrateurs n'apparaissait nulle part. Beausoleil sourcilla cependant en apprenant que TMO était une abréviation de *Thirty-one-Miles Owners*. Ce nom, c'était aussi celui de l'Association des propriétaires qui contestait aujourd'hui la propriété du terrain sur lequel Agathe avait fait des recherches. Y avait-il un lien entre la compagnie qui avait acquis les terrains en 1945 et la *Thirty-One-Miles Owners Association* qui représentait les propriétaires actuels ? Curieuse coïncidence.

Le vieux notaire résolut d'appeler le président de l'association, un certain John Burns. Son nom avait été inscrit par Agathe sur une petite note jaune collée sur le dossier. L'homme sembla surpris de son appel, mais le reçut plutôt cordialement.

Beausoleil se présenta comme étant le collègue de la notaire Lecours, responsable de la vérification des titres de la propriété en litige. Il s'attendait à ce que celui-ci se ferme comme une huître et refuse de lui parler, mais il n'en fit rien. Ils bavardèrent amicalement; Burns lui expliqua dans un français laborieux que lui et sa famille séjournaient dans la région tous les étés depuis que son père avait acquis le terrain, peu après la guerre.

— Vous souvenez-vous du moment où votre père a acheté ce terrain?

— Pas vraiment, je n'avais que cinq ou six ans, répondit-il.

— Dommage.

— Ce que je me rappelle cependant, c'est que nous étions tous fous de joie. En près de soixante ans, je n'ai jamais manqué un seul été. J'adore la région, souligna Burns.

— Je ne voudrais pas discuter des arguments que vous pourriez faire valoir devant la cour, mais j'aimerais savoir pourquoi vous tenez tant à ce bout de terrain.

— Cette parcelle faisait partie du terrain original acheté par TMO Investment, la compagnie qui l'a ensuite divisé en plus petits terrains pour les revendre. Nous estimons que ce bout de terrain devrait donc revenir aux propriétaires de l'association parce que c'est ainsi que les ententes avaient été prises au départ avec le gouvernement. Et puis, nous ne voulons pas plus de circulation qu'il n'y en a actuellement au quai public. Nous voulons préserver notre tranquillité, déclara-t-il.

— Les ententes? De quelles ententes parlons-nous?

— Il y avait eu des ententes avec le gouvernement. Ce type, Burgess, c'était un espion, vous le saviez? TMO Investment avait obtenu l'assurance du ministère de la Défense que les terrains lui seraient réservés s'il y avait vente publique une fois que l'Allemand aurait été dépouillé de ses droits en sol canadien. Il y a des lettres de l'époque qui le confirment. L'entente prévoyait la totalité de la terre.

Beausoleil était abasourdi, et surtout surpris, de n'avoir

trouvé aucun de ces documents dans le dossier. Le ministère de la Défense avait-il fait une réserve sur ces terrains? C'était impossible. Si cela avait été le cas, il en aurait été question dans les actes du Bureau de la publicité des droits.

— Mais TMO a racheté le terrain de la veuve Burgess et non du ministère de la Défense, n'est-ce pas?

— Oui, c'est vrai, admit-il. Mais elle n'avait pas le choix, c'était la condition pour la laisser partir. Elle était suspectée aussi. Après la guerre, le gouvernement ne pouvait plus utiliser les mêmes règles, et le Club a décidé de payer la veuve pour racheter la place.

Beausoleil savait que les propriétés de certains espions ou prétendus espions avaient été saisies par le gouvernement, comme ce fut le cas des citoyens d'origine japonaise dans l'Ouest, durant la Seconde Guerre. Il ne comprenait pas, cependant, pourquoi cela n'avait pas été fait de cette façon dans le cas de Burgess.

— Ça ne s'est pas fait parce que Burgess est mort, avant même d'être arrêté, et donc d'avouer. La propriété est passée à sa veuve.

Le vieux notaire voyait le fil de l'histoire se tisser dans sa tête. Les preuves recueillies n'avaient probablement pas été suffisantes pour permettre de saisir les terres que le décès de Burgess avait fait passer à sa femme. À l'issue de la guerre, il avait bien fallu régler le transfert de la propriété. Kathleen Burgess n'avait eu d'autre choix que d'accepter de vendre et de quitter le pays.

Beausoleil doutait qu'un juge donne raison aux représentants de l'association des propriétaires sur la base de cette argumentation. Individuellement, chacun des propriétaires de la TMO n'avait acquis que l'emplacement qu'il occupait et qui était décrit dans l'acte de vente, mais Beausoleil garda pour lui ses commentaires. Burns exprimait le désir de « préserver leur tranquillité » ce qui avait un relent de la bonne vieille époque où ils avaient un droit absolu sur tout le lac. Le vieux notaire remercia son interlocuteur et il lui adressa une dernière question :

— Une dernière chose, je vous prie. Comment votre père a-t-il été informé que ces terrains étaient à vendre ?

— Il était membre du Club.

— Le Club ?

— Le Gatineau Fish and Game. Ma famille y a passé quelques étés avant d'acheter cet emplacement. On désignait le coin de Burgess comme la Grosse Loge.

La conversation terminée, Beausoleil avait appris des faits surprenants, mais il n'arrivait pas à croire que la menace qui planait sur Agathe ait un lien avec cette sombre histoire de la Seconde Guerre. Ce Burns semblait être un bon bougre. Le notaire était bien conscient que les apparences sont souvent trompeuses, mais il n'arrivait pas à croire que celui qui venait de lui parler avec candeur puisse avoir commandé la campagne de terreur dont Agathe avait été victime. Le vieil homme estimait qu'il aurait probablement senti le malaise Burn dès la mention du nom d'Agathe s'il avait eu quelque chose de répréhensible sur la conscience. Il s'était d'ailleurs attendu, avant de l'appeler, à ce que le président des *Owners* refuse catégoriquement de lui parler en apprenant qu'il faisait partie du même bureau que la jeune notaire. Au contraire, Burns avait été presque naïf de s'entretenir avec lui aussi ouvertement.

Il scruta de nouveau la liste des propriétaires, fit un crochet au côté de Walter Burns, le père du président, et se demanda ce qu'il devait maintenant chercher. Par curiosité, il décida de faire une recherche dans Internet à partir des noms des autres propriétaires fonciers concernés. Il se trompa trois fois sur la façon de procéder et pesta contre son ignorance et son entêtement à refuser cette nouvelle technologie. Au bout de quelques minutes, il parvint à se brancher et à lancer sa recherche. Le premier nom qu'il entra ne lui donna rien. Le second l'amena sur le site d'une compagnie minière. Il fit encore quelques recherches qui ne lui apportèrent aucune réponse. Au cinquième nom, un certain Bauman, il nota que celui-ci avait aussi été président du Gatineau Fish and Game Club.

Cet endroit existait toujours et Beausoleil estima qu'il s'agissait d'une piste intéressante. Il en trouva facilement le numéro et s'empressa d'appeler. Celui qui répondit était le directeur général mandaté par le conseil d'administration pour voir à la bonne marche du domaine. Beausoleil lui mentionna les noms sur sa liste, mais l'homme n'y travaillait que depuis deux ans et ne connaissait pas l'histoire du club. Il l'informa cependant que l'un des membres avait publié, en 1980, un petit ouvrage à l'occasion du cinquantième anniversaire du club. Beausoleil demanda à en acheter un exemplaire, mais tous avaient été distribués. Il n'en restait qu'un seul au club.

— Pourrais-je le consulter? demanda Beausoleil.

— Je peux même faire mieux. Si vous me donnez votre adresse courriel, je vous ferai parvenir une copie du fichier informatique.

Le vieux notaire toussota, mal à l'aise de son ignorance et demanda à son interlocuteur d'attendre un instant. Le bureau avait une adresse courriel, mais madame Denise et Agathe étaient les seules à traiter les messages Internet. Le notaire chercha fébrilement sa carte professionnelle, sachant que la « chose » y était inscrite. Il balbutia l'adresse. L'homme le remercia et l'assura qu'il recevrait le document dans les prochaines secondes.

Dès qu'il reçut le fichier, Beausoleil l'imprima et alla s'installer dans le vieux fauteuil de cuir qui ornait le coin de son bureau. Au bout de quelques pages, l'exercice devint une torture. Le ton était pompeux, le style amateur et l'auteur référait à des personnes sans les identifier, comme si tous les lecteurs devaient savoir de qui il s'agissait. Il sauta les passages anecdotiques et s'arrêta sur la liste des administrateurs du Gatineau Fish and Game de 1943. Le premier nom, Darryl Thompson, lui sauta aux yeux. C'était lui qui avait créé la société TMO Investment et qui avait acquis les terrains. Son doigt glissa sur les noms des autres membres du conseil d'administration. Tous ceux qui avaient ensuite acquis les terrains du domaine de Burgess s'y trouvaient. Il y avait même, dans la liste, un haut gradé de l'armée canadienne. Quel hasard pour le moins suspect. Tous avaient eu le flair de la bonne affaire qui s'offrait à eux juste à côté.

Il apparaissait de plus en plus aux yeux du notaire qu'il y avait eu collusion entre un groupe de membres du Club et des représentants du gouvernement pour que les terrains leur soient transférés. Quelqu'un de la Défense nationale avait même fait pression sur la veuve pour qu'elle cède ses terrains à TMO Investment. «C'est le genre d'histoire que certains pourraient vouloir cacher», se disait Beausoleil. Il y avait aussi le fait que les terrains en bordure du Trente et Un Milles se vendaient à prix d'or. Cette parcelle orpheline pouvait valoir deux cent mille dollars. Autant de raisons de vouloir faire stopper les recherches et de ne pas déterrer le passé.

Chapitre trente et un

Bouchette, 1942

Il était étendu derrière le bar, une bouteille de sa « réserve spéciale » renversée près de lui. On l'avait trouvé la bouche grande ouverte dans un rictus de douleur. Magloire Beauregard était mort.

Il s'était éveillé aux petites lueurs du jour et avait senti une pression sur sa poitrine. Il était descendu tôt dans le bar désert de l'auberge, après s'être tourné et retourné dans son lit une partie de la nuit, inquiet pour son petit-fils qui venait de rejoindre son régiment. Le vieux renard avait bien senti qu'il y avait quelque chose de changé chez Émile lors de sa récente permission et ce n'était pas seulement l'entraînement de l'armée qui avait fait cela. Il y avait autre chose que le jeune homme aurait voulu dire à son grand-père, mais les mots se bloquaient dans sa gorge.

Magloire avait vu l'eau couler sous les ponts suffisamment longtemps pour comprendre ce qui arrivait. Il se demandait d'ailleurs pourquoi Marie-Louise n'avait pas vu les traces de coutures sur la manche du veston d'Émile. Un écusson avait été enlevé à son uniforme et Magloire avait malheureusement une bonne idée duquel il s'agissait. Il s'était levé avec une douleur au bras et à la poitrine. Contre ce genre de mal, l'homme ne connaissait qu'un remède, sa réserve spéciale. Il s'en était versé un verre et l'avait enfilé d'un seul coup. Il allait s'en verser un autre lorsque la crise l'avait terrassé d'un seul coup, comme un sabre planté directement au cœur. Il avait lâché la bouteille et s'était effondré en se tenant la poitrine de ses deux mains.

La nouvelle s'était répandue comme une traînée de poudre. Magloire Beauregard était connu partout et son influence s'étendait à tous les niveaux de la petite société de Bouchette et des environs. Les maires et les conseillers, et même les curés passaient, mais lui, Magloire Beauregard, restait. Paul avait été dévasté en apprenant la nouvelle et il s'était précipité à l'auberge pour constater de ses propres yeux le décès de son père. Avec l'aide d'un des curieux, ils avaient monté le corps dans la chambre en attendant le passage du médecin. Celui-ci ne pouvait plus rien, mais on l'avait malgré tout fait venir pour confirmer que l'hôtelier était bien mort. Il fut décidé que Magloire serait exposé là où il avait toujours vécu, dans son auberge. L'établissement avait été fermé et transformé en salon funéraire pour quelques jours. On avait rangé les tables et dégagé le mur du fond pour y mettre le cercueil.

Marie-Louise se rendit au magasin général et utilisa le téléphone pour appeler à la base de Valcartier afin de prévenir Émile, et au couvent d'Ottawa, pour aviser Évangéline. La sœur supérieure lui communiqua la nouvelle, mais la jeune novice ne fut pas autorisée à se rendre aux obsèques. Bien qu'Émile ait bénéficié d'une permission quelques semaines plus tôt, le commandant de la base lui accorda trois jours pour lui permettre d'assister aux funérailles de son grand-père.

— Nous embarquons… bientôt, déclara son commandant.

Il fallait compter une journée de voyagement en train pour se rendre jusqu'à Messines et autant pour en revenir, ce qui lui laissait vingt-quatre heures pour faire ses adieux à Magloire. Il ressentait un grand vide lorsqu'il entreprit le voyage. Il avait voulu parler à son grand-père, mais s'était rappelé les ordres. Il avait aimé cet homme plus que son propre père. Magloire était toujours plus conciliant avec le jeune homme au caractère bouillant et il excusait facilement ses petites erreurs. Seul dans ce train triste qui filait vers le Nord, Émile versa quelques larmes en songeant au trou énorme que laissait le départ de son grand-père.

Toute la famille était là lorsqu'il arriva et il se rendit immédiatement à l'auberge pour voir une dernière fois le patriarche. Magloire était plus pâle que ce dont il se souvenait et on n'avait pas réussi à éliminer l'expression de douleur qui marquait ses traits, mais il avait toujours la même prestance qu'on lui connaissait.

Durant sa carrière, il avait construit, rénové et réparé des centaines de maisons ou de bâtiments de ferme de la région. Le bâtisseur s'était écroulé, mais la plupart de ses réalisations pourraient résister encore cent ans. Tous les gens du village défilèrent au cours de la soirée. Plusieurs étaient venus également des villages environnants.

Magloire eut aussi droit à un service religieux comme ceux qu'on réservait aux dignitaires officiels. Les sœurs avaient même entraîné une chorale pour entonner quelques chants durant la messe. Le prêtre fit une longue homélie au cours de laquelle il vanta le leadership et la générosité de Magloire, mais il se garda de faire part des activités nocturnes qui irritaient tant l'évêché. Au moment de la sortie du corps, tout le village était en pleurs.

Après la mise en terre, tous furent invités à l'auberge où un repas fut servi. Marie-Louise et la femme de Patrick avaient travaillé toute une journée pour préparer tous les plats. On mangea beaucoup, mais on but aussi généreusement, à la mémoire de Magloire et de sa réserve spéciale. À la fin de la soirée, les pleurs s'étaient transformés en éclats de rire, les derniers convives, enhardis par l'alcool, racontaient les anecdotes les plus drôles à l'égard du célèbre Magloire. Émile avait d'abord été outré de ces excès et du manque de retenue des invités, mais après quelques verres, et en écoutant ce que les autres racontaient, il avait conclu :

— Grand-papa aurait aimé ça.

Émile savait qu'il devait partir dès le lendemain, mais il avait quelque chose d'important à faire avant de quitter son village, et cette chose ne pouvait plus attendre. Il abandonna le groupe. Il avait vu Aldège, qui s'était discrètement mêlé à la foule ; il était venu rendre un dernier hommage à Magloire, mais il s'était esquivé rapidement après la cérémonie. En passant près d'Émile, il lui avait serré la main.

— Je suis désolé, mon ami. Je ne pourrai pas rester, j'ai la police militaire sur le dos. Je pense à toi, lui avait-il glissé à l'oreille avant de quitter prestement les lieux.

Émile l'avait vu marcher rapidement vers le pont de fer, pendant que tout le monde se dirigeait vers l'auberge. Émile savait que l'armée cherchait Aldège et il avait donc été surpris de le voir dans un lieu public tel que l'église. Il était reconnaissant que ce dernier ait pris des risques pour venir lui offrir ses vœux de sympathie.

La mort de Magloire lui avait aussi permis de revoir une dernière fois la belle Anna qui, comme tout le monde de la place, avait assisté aux funérailles. Émile n'avait pas eu l'occasion d'être seul avec elle, alors qu'il aurait eu besoin plus que jamais de lui parler. Il savait maintenant que ce n'était plus qu'une question de jours avant que leur régiment quitte pour Halifax où il devait s'embarquer pour l'Angleterre. Chaque geste prenait une grande importance, comme s'il n'y avait pas de lendemain. Anna, c'étaient ses racines et ses plus grands espoirs. Elle avait quitté rapidement l'église après le service funèbre pour retourner au travail et ils n'avaient eu l'occasion d'échanger que des banalités.

À bord du train qu'il avait pris le lendemain matin pour retourner à sa base, entre Maniwaki et Hull, Émile réfléchissait à ce qui était arrivé au cours des derniers jours. Il regarda défiler les collines de la Gatineau avec nostalgie. Un regret lui serrait le cœur. Il aurait souhaité revoir Évangéline avant de partir, mais la directrice du couvent lui avait interdit d'assister aux funérailles de son grand-père. Il se souvenait encore de la belle époque de l'enfance, alors qu'ils jouaient tous deux. Il la revoyait quand, terrorisée par le rapide sous le pont, elle l'avait suivi sans crainte sur la poutre de métal. Quand il entra dans la gare de Hull, il avait décidé qu'il lui fallait revoir sa sœur une dernière fois avant de partir pour la guerre. Il réalisait qu'il lui serait impossible de rattraper le train à temps pour être de retour à la base, mais il était prêt à en assumer les conséquences.

En descendant du train, Émile sauta dans un taxi et se fit conduire au couvent de la congrégation. Quand il actionna la sonnette à la porte de l'établissement, une sœur vint ouvrir un petit guichet grillagé et lui demanda froidement ce qu'il désirait.

— Je suis venu voir Évangéline Beauregard, avait-il dit.

— Les visites sont interdites, surtout à cette heure. Revenez un autre jour, dit la sœur en voulant refermer le guichet.

— Attendez, ma sœur. Je suis le frère d'Évangéline et je dois partir pour… pour la guerre. Je ne peux quitter la région sans la voir. Pour l'amour de Dieu.

La femme, qui affichait jusque-là un visage de glace, sembla touchée par la supplication du soldat. Elle arrêta sa main sur la porte du guichet et le dévisagea quelques secondes, jaugeant la sincérité de ses paroles. Satisfaite, elle lui fit signe de s'approcher.

— Les visites sont interdites, mais pas les prières, dit la sœur. Si vous désirez faire brûler les lampions de la chapelle et prier la Vierge Marie pour votre protection, il n'est pas impossible que sœur Marie-Émile puisse venir aussi s'y recueillir.

Marie-Émile! Émile n'en revenait pas. Évangéline avait choisi le nom de son frère comme nom de religieuse. Jamais sa mère ne lui en avait soufflé mot et chaque fois qu'il était question d'elle en famille, on utilisait son nom de baptême. Il accepta sans avoir demandé combien de lampions la chapelle pouvait compter, puisqu'il aurait à payer pour chacun d'eux s'il voulait profiter de cet instant d'intimité avec sa sœur.

Le cœur d'Évangéline avait fait un tour lorsque la religieuse était venue lui glisser à l'oreille que son frère soldat priait dans la chapelle du couvent. Ils ne s'étaient pas vus depuis le drame qui l'avait envoyée derrière les murs de cet établissement, et lui, en exil chez son oncle. Deux ans déjà. Elle marchait rapidement vers la chapelle, faisant glisser le bout de ses pieds sur le parquet impeccablement ciré pour éviter que ses talons martèlent le sol. Elle aurait couru si elle ne s'était pas trouvée dans un tel lieu. Courir comme lorsqu'ils étaient jeunes et se poursuivaient à travers les champs en jouant. Son visage était empourpré et elle redressa son voile avant d'ouvrir la porte de la chapelle.

Il était là, debout devant la croix, illuminé par toutes les chandelles qui brûlaient, magnifique dans son uniforme vert. Ses beaux cheveux bouclés noirs avaient été coupés court, mais l'adolescent était devenu un homme bien charpenté. Il se tourna vers elle lorsqu'elle entra et lui adressa un sourire nostalgique. Il serrait nerveusement son képi dans ses mains, mal à l'aise de se trouver dans un tel lieu. Évangéline sut immédiatement qu'Émile n'était pas simplement venu lui faire une visite de courtoisie. Elle aurait voulu le serrer dans ses bras, mais elle savait que ses gestes étaient épiés et se contenta de prendre ses mains dans les siennes et de les presser bien fort. Il leva vers elle des yeux remplis de larmes.

— Ma grande folle. T'es en prison, ici, dit Émile en s'efforçant de rire.

Elle le regarda droit dans les yeux :

— J'aime mieux ma prison que d'aller là où tu vas.

— Je… je voulais te voir avant… dit Émile sans chercher à nier ce que sa sœur semblait avoir deviné.

— Quand ?

— Bientôt. Je ne puis t'en dire plus.

— Maman le sait ?

— Non, je lui écrirai une fois de l'autre côté. Tu es la seule à savoir.

Cette fois, Évangéline ne put résister et le tira vers elle, accueillant sa peine, sa douleur et ses craintes. Émile sanglota sur son épaule et se demanda s'il pleurait la perte de son grand-père, le voile qui avait fait disparaître celle qui était sa sœur ou son départ imminent vers le front. Réalisant qu'il venait de céder au trop-plein de sentiments qui le submergeait, le jeune homme se ressaisit et recula d'un pas. Un rideau bougea dans un coin, mais Évangéline garda ses mains dans les siennes. Peu lui importait aujourd'hui les remontrances de la sœur supérieure et les punitions, il était là devant elle, son grand frère, son idole, et rien n'aurait pu la priver de cet ultime moment. Le contact des nonnes avec l'extérieur avait beau être limité, elles savaient ce qui se passait dans le monde et avaient entendu les récits d'horreur de la part de membres d'autres congrégations religieuses ayant fui les persécutions. Émile lui raconta les funérailles de Magloire et ils se consolèrent en se rappelant les bons moments.

— Tu te souviens de la poupée que je t'avais donnée ?

— Émilie ?

— Oui, Émilie. C'est Magloire qui me l'avait remise pour toi.

— J'espère que le bon Dieu lui a fait une place au ciel.

— J'espère pour Magloire que saint Pierre a une petite « réserve spéciale », ajouta Émile.

Tous deux pouffèrent de rire, Évangéline essayant désespérément de reprendre son sérieux.

— Arrête ça, Émile Beauregard, nous sommes dans la maison de Dieu, dit-elle, faussement honteuse.

Il y avait si longtemps qu'elle n'avait pas ri de si bon cœur. Le toussotement de la sœur, derrière le rideau, leur indiqua que la visite était sur le point de se terminer. Évangéline prit encore une fois les mains d'Émile et lui demanda de prier avec elle.

— Je prie pour que Dieu te vienne en aide.

Émile se recueillit quelques secondes avec elle avant de partir.

— Fais attention à toi, ma petite sœur, lui dit-il en lui adressant un dernier salut.

Sœur Marie-Émile resta à genoux, les mains jointes devant la croix, priant le ciel de veiller sur le soldat Beauregard. Mais au fond d'elle, Évangéline savait que là où son frère allait, il serait beaucoup plus près de l'enfer que du paradis.

Agathe n'était sortie de la chambre que le lendemain matin et elle n'avait pas l'air en grande forme, même si elle était restée longtemps au lit. Elle huma l'air et sentit l'odeur du café frais que Beausoleil avait préparé. Le vieil homme avait beau se coucher tard, il était toujours debout dès l'aurore. Le parfum du chaud liquide rappelait à la jeune femme la nuit qu'Amed avait passée chez elle pour la protéger. Par la suite, chaque fois qu'il avait couché chez elle, il était le premier debout pour préparer le petit déjeuner. L'évocation de cet heureux souvenir du passé lui était douloureuse. Elle aurait eu besoin de son nouvel ami, mais c'est elle-même qui l'avait repoussé et insisté pour qu'il se tienne loin d'elle. La veille, alors qu'elle était roulée en position fœtale, elle aurait souhaité sentir ses bras musclés qui l'entourent. Le contact de sa barbe drue sur sa joue l'aurait rassurée et elle aurait laissé glisser ses doigts entre les poils de ses pectoraux. Amed lui manquait dans son cœur et dans son corps. Elle fut accueillie à la cuisine par son vieil ami qui semblait avoir commencé sa journée depuis longtemps déjà.

— Bonjour, lui lança-t-il, assis au bout de la table, feuilletant son journal. Vous avez passé une bonne nuit?

— Pas vraiment, répondit Agathe en se laissant tomber sur la chaise en face de lui, après s'être servi une tasse de café.

Le notaire Beausoleil était inquiet pour sa jeune protégée. Il avait eu toute la nuit pour y penser. Il tira un bout de papier sur la table et le poussa vers Agathe. Il y avait un nom, Thérèse Dupuis, et une adresse, dans la ville d'Heidelberg en Allemagne. Agathe regarda le bout de papier sans comprendre.

— Qu'est-ce que c'est?

— Si je vous dis sœur Madeleine de l'Enfant-Jésus, est-ce que cela éclaire votre lanterne un peu plus ? demanda-t-il.

Elle avait entendu ce nom auparavant, mais elle mit quelques secondes pour se remémorer qu'il s'agissait du nom de cette autre religieuse qui avait travaillé à l'orphelinat.

— La religieuse qui s'est occupée de ma mère.

— Effectivement. La dame a d'abord été religieuse Dominicaines-du-Rosaire de Trois-Rivières. Lorsque votre mère a été en âge de choisir, on l'a dirigée vers le couvent des sœurs de Sainte-Croix, qui avait une école à Ottawa. Sœur Madeleine de l'Enfant-Jésus est retournée à la maison-mère. Je sais qu'elle a par la suite quitté l'endroit pour s'établir en Europe. Elle est toujours vivante et elle habite cette ville d'Allemagne. Elle a apparemment travaillé durant plusieurs années pour les nécessiteux avant de prendre sa retraite. Elle est restée là-bas et n'est jamais revenue au pays.

— Comment avez-vous eu ces informations ?

— L'évêque est un bon ami. Je suis de la vieille école et j'ai toujours cultivé de bonnes relations avec les autorités religieuses. Quand je lui ai expliqué l'objet de mes recherches, il m'a ouvert quelques portes. Cette adresse correspond au dernier endroit où elle œuvrait. C'est un centre d'aide pour les pauvres et les sans-abri.

Agathe regarda le bout de papier, ne sachant trop ce que le vieux notaire voulait qu'elle en fasse.

— Je vous remercie, mais cela ne m'avance pas dans mes recherches. Cette dame est peut-être toujours vivante, mais je n'ai aucun moyen de lui parler. Je n'ai même pas un numéro de téléphone, fit-elle en avalant une grande gorgée de café.

Le liquide lui fit du bien et réveilla son corps endolori. Personne ne l'avait touchée, mais elle avait l'impression d'être ankylosée comme si on l'avait battue.

— Alors, parlez-lui en personne.

— En personne ? Que voulez-vous dire ?

Il poussa sur la table une autre feuille de papier sur laquelle était imprimée une confirmation faite par Internet d'un vol entre Dorval et Berlin, ainsi qu'un billet de train de Berlin à Heidelberg. La réservation était faite au nom d'Agathe Lecours et le départ était prévu pour la semaine suivante. Elle leva des yeux médusés vers Beausoleil qui semblait jouir de sa surprise.

— Vous avez réservé un billet d'avion pour moi… dans Internet? balbutia-t-elle.

— Non, je dois l'avouer, ce n'est pas moi. C'est madame Denise qui l'a fait pour moi.

— Mais pourquoi?

— Pourquoi? Mais voyons, parce que je tiens à vous, ma chère. Vous allez vous éloigner de cette histoire de terrain avant qu'il vous arrive quelque chose et je vais m'en charger. Puisque vous semblez préoccupée par vos origines, je vous offre l'occasion d'aller rencontrer cette bonne sœur qui pourra vous en dire plus sur votre grand-mère. À partir de l'adresse du centre, j'imagine qu'on pourra vous dire où elle habite. La ville ne compte que cent cinquante mille habitants, vous devriez être capable de la retracer en deux semaines, n'est-ce pas?

— Cela n'a aucun sens. Je n'ai pas les moyens de payer ces billets et…

— Voyons… Depuis le temps que j'utilise ma carte de crédit et que j'accumule des points… Je pourrais faire le tour du monde trois fois! Je vous ai simplement transféré quelques points pour payer le tout. Si ça se trouve, je serai mort sans les avoir utilisés au complet.

— Mais le bureau…

— Le bureau survivra. C'est la période estivale, de toute façon. Madame Denise et moi, nous nous débrouillerons.

— Je commence d'ailleurs à me demander pourquoi vous avez besoin de moi, lança-t-elle.

— Ma chère, vous avez apporté dans ce bureau un vent de fraîcheur… et de mystère, il faut bien l'avouer. Je n'avais jamais connu autant d'action depuis l'histoire du faux testament de la veuve Éthier.

— Vous savez que vous êtes un père pour moi.

— Plutôt un grand-père, malheureusement.

— Et le terrain ? Vous avez vu le dossier ?

— Oui, je m'occupe de cette histoire. J'ai téléphoné au président des *Thirty-one-milles Owners*, et j'ai appris des choses très intéressantes.

— Vos croyez que ce serait eux qui auraient tué mon chat ? demanda-t-elle, incrédule.

— On ne sait jamais. Je dois fouiller davantage. Oubliez cela, et préparez-vous à partir.

— Et si je ne trouve pas cette femme, tout cela n'aura servi à rien.

— À rien ? Un voyage en Allemagne, dans un des plus beaux décors qui soit ? Si vous ne trouvez rien, au moins, profitez du paysage. J'espère que vous ne manquerez pas de visiter le château, ce serait un sacrilège.

— Je ne saurai jamais vous remercier assez.

— Oubliez ça et dépêchez-vous d'aller faire vos bagages et de vous vous procurer votre passeport.

Elle allait remonter se changer, mais Beausoleil la retint.

— Il y a autre chose, dit-il en hésitant.

Agathe sentit que le notaire, pourtant fort volubile, semblait chercher ses mots, comme si le sujet qu'il souhaitait aborder était particulièrement délicat.

— Vous aurez peut-être besoin de prendre quelques précautions avant le voyage et vous aurez peut-être besoin de vous rendre à une clinique pour y recevoir des injections préventives.

— L'Allemagne, ce n'est pas l'Afrique, vous savez, dit-elle, mais oui possiblement, maintenant que vous le dites.

— J'aimerais que vous alliez à cet endroit, dit-il en lui remettant une note avec une adresse, et que vous acceptiez de passer un test additionnel.

— Un test additionnel ? Pour le voyage ?

— Non, cela n'a aucun rapport avec le voyage. Je souhaiterais que vous vous soumettiez à un test d'ADN.

— Un test d'ADN ? Qu'est-ce que c'est que cette histoire ? demanda la jeune femme.

— J'ai demandé à Amed de passer le même test, dit-il, en baissant les yeux.

Chapitre trente-trois

Bouchette, 1942

Aldège avait rapidement récupéré de ses blessures, grâce aux bons soins d'Églantine. En quelques jours, il était sur pied et il était retourné à l'érablière, en sécurité. Il avait appris la nouvelle de la mort de Magloire lorsque Gérard était venu lui remettre ses provisions de la semaine. Il avait immédiatement songé à son ami Émile et il avait eu de la peine pour lui. Magloire avait occupé une grande place dans la vie de son petit-fils et Aldège était conscient que son décès laisserait une plaie béante dans le cœur d'Émile.

— Il faut que je sorte pour son enterrement, avait-il dit. Demain, tu m'apporteras des vêtements décents.

— Es-tu fou? Tu vas te faire prendre! Latourelle surveille l'accès à la maison presque chaque jour, avait souligné Gérard.

— Je trouverai un moyen de m'y rendre sans me faire prendre.

Aldège connaissait la forêt et les petites routes secondaires comme le fond de sa poche. Il savait qu'en passant par les terres, il lui serait possible de se rendre jusqu'à Bouchette sans être vu. Après le pont de fer, cependant, il serait à découvert et devrait faire preuve de prudence. Il était arrivé tôt et avait été chanceux de pouvoir avancer discrètement en se mêlant à un groupe de personnes qui marchait en direction de l'église. Il s'était glissé dans les bancs, à l'arrière de la nef, en prenant bien soin de ne pas attirer l'attention.

En sortant, cependant, la foule avait convergé vers l'auberge, forçant Aldège, qui allait en direction opposée, à marcher seul sur la route conduisant au pont de fer. Il n'avait plus que quelques mètres à franchir pour retrouver la sécurité de la forêt, et il courait presque lorsqu'il arriva enfin sur le pont. Il s'arrêta soudainement au milieu. En avant de lui, une jeep de l'armée venait de s'avancer et en bloquait la sortie. Il voulut rebrousser chemin, mais Fernand Latourelle et deux soldats se tenaient là, l'arme à la main, l'empêchant de fuir.

Latourelle exultait d'avoir enfin réussi à capturer sa proie. Ce jeune morveux paierait enfin pour son arrogance et pour celle de son père, qui avait osé le menacer d'un couteau.

— Arrête-toi, Richard. Tu es pris.

Aldège se sentait comme un chevreuil coincé dans un cul-de-sac devant une meute de loups ou un groupe de chasseurs. Il se dirigea rapidement vers le parapet du pont et jeta un coup d'œil en dessous. L'eau coulait à toute vitesse et s'engouffrait dans l'espèce d'entonnoir que formait la rivière à cet endroit. Il risquait de se noyer ou de se briser les jambes sur les roches s'il décidait de sauter. Il n'avait jamais été un bon nageur. Latourelle suivit le regard d'Aldège et lança l'ordre de l'attraper avant qu'il se décide à sauter. Avant même que le jeune déserteur ait fait mine de se lancer, ils étaient sur lui, l'agrippant de chaque côté.

— Les gars, ça, c'est un maudit petit baveux et un peureux. Faut lui montrer c'est quoi le courage, dit Latourelle.

Aldège fut poussé sans ménagement sur la rampe métallique du pont. Sur un signal de Latourelle, deux soldats l'attrapèrent par les jambes et le firent passer au-dessus du parapet. Le déserteur était suspendu la tête en bas dans le vide, au-dessus du torrent furieux. Il était terrorisé et criait à s'en fendre l'âme pour qu'on le remonte, mais il entendait derrière lui les rires sadiques des soldats et de Latourelle. Les deux militaires le secouaient et le balançaient au-dessus du gouffre. Aldège criait toujours, mais il s'était maintenant mis à pleurer. Les soldats semblaient le tenir avec moins de ferveur et il sentait qu'il glissait lentement vers l'abîme.

— Laissez-moi, implora Aldège.

— Si on te laisse maintenant, tu vas tomber, mon Richard, dit Latourelle en ricanant.

Les soldats continuaient à le balancer. Aldègle se voyait mort. L'eau sous lui était glacée et le courant si rapide qu'il serait emporté en quelques secondes. Il était si terrifié qu'il sentit soudainement sa propre urine qui remontait le long de son ventre sous ses vêtements. L'un des soldats s'en rendit compte et lâcha prise en criant son dégoût. Aldège se retrouva suspendu par une seule jambe. Celui qui le maintenait encore avait beau mettre tous ses efforts pour le retenir de la chute mortelle, il était lui-même entraîné par-dessus la balustrade. Il allait plonger lui aussi s'il ne laissait pas aller son fardeau. En le voyant sur le point de basculer dans l'eau, Latourelle et l'autre soldat s'étaient précipités pour l'aider. Ils avaient réussi à saisir la seconde jambe d'Aldège et à le remonter sur le pont. Il s'écroula sur le sol, secoué de sanglots. Latourelle riait à gorge déployée.

— Il a pissé dans ses culottes, le salaud. Quel misérable lâche!

Aldège pleurait toujours, mais cette fois, c'était de rage. Cet ignoble Latourelle le harcelait lui et sa famille depuis des semaines, et maintenant, il l'avait ridiculisé comme une fillette. Il avait uriné de peur. Quelle honte! Aldège était à genoux et une colère sourde grondait en lui. Il en tremblait. Tel un taureau, il fonça soudainement tête baissée en direction de Latourelle qu'il frappa en plein estomac. Celui-ci perdit soudainement son air arrogant et tout son souffle. Mais cet obstacle n'arrêta pas le jeune déserteur qui criait et fonçait devant lui. Il renversa le second soldat avant que celui-ci ait pu se saisir de son arme et il fit rouler Latourelle en direction du second qui, surpris, tomba lui aussi à la renverse. Aldège s'élança vers le bout du pont et plongea dans les fourrées, au moment où les autres soldats qui bloquaient le passage du pont réagirent et firent feu dans sa direction. Les balles ricochèrent sur les poutres de métal du pont.

Latourelle, le souffle coupé, essayait de crier pour qu'on rattrape le fugitif, mais il ne parvenait pas encore à émettre un son. Tous couraient en direction des fourrées le long de la rivière, cherchant à retrouver le fuyard. Aldège courait aussi vite qu'il le pouvait, ne ralentissant même pas lorsqu'il traversait un bosquet d'épines ou de ronces, ou qu'une branche venait le frapper dans l'œil. Il avait bien cru que sa dernière heure était venue encore une fois lorsqu'il avait entendu les coups de feu, mais il ne semblait pas avoir été touché. Sur la route, ses poursuivants criaient et couraient en tout sens. Ils avançaient lentement vers les buissons, ne sachant s'ils devaient ou non s'y engager. La pente le long de la rivière était raide et ils hésitaient à descendre. Latourelle, qui avait repris ses esprits, fulminait. S'il avait aperçu Aldège, il l'aurait tué lui-même, il en était certain. Sa bouche écumait de rage et de frustration. Ils poursuivirent leurs recherches et passèrent tout près de leur gibier à quelques reprises, mais Aldège demeurait tapi. Il se souvenait encore du coup de fourche qu'il avait reçu de Latourelle quelques semaines auparavant et il savait que l'immobilité et le silence étaient ses seules armes. Quand il avait senti la fourche s'enfoncer dans son dos dans la grange d'Hector, il avait mordu dans la manche de son manteau pour ne pas crier et n'avait pas bougé d'un centimètre, tant qu'il n'avait pas été certain que les soldats étaient loin. Caché dans l'herbe haute, il craignait aujourd'hui d'être transpercé par une baïonnette. Aussitôt que les soldats s'éloignaient de l'endroit où il était camouflé, il se remettait en marche, rampant bien souvent pour ne pas se faire voir.

Se cachant dans les bois et évitant les chemins, Aldège avait réussi à revenir à la cabane à sucre de son père, mais il savait maintenant que ce n'était plus qu'une question d'heures avant que les soldats fassent irruption dans son repère. Latourelle ne savait pas exactement où se trouvait la sucrerie des Richard, mais il savait que la plupart des fermiers érigeaient des abris en pleine forêt pour la période des sucres. Il ne lui faudrait pas beaucoup de temps pour retrouver sa trace. Aldège s'empressa de mettre le plus de choses possible dans deux sacs, apporta les outils dont il aurait besoin et s'enfonça dans les bois. Lorsqu'il arriva sur le dessus d'une colline, il monta au sommet d'un grand pin qui surplombait toute la terre de son père. Il put apercevoir au loin les véhicules militaires qui, après avoir passé la maison paternelle, s'engageaient dans le champ en direction du boisé. Ils arrivaient.

Chapitre trente-quatre

Maniwaki, 2005

Agathe avait d'abord protesté, insultée d'avoir à se soumettre à un tel test, mais les arguments de son vieil ami avaient eu raison de ses objections. L'analyse de son sang et de celui d'Amed déterminerait hors de tout doute s'ils étaient de la même lignée. Même si elle craignait que les résultats ne soient pas ceux qu'elle espérait, elle était anxieuse de savoir enfin ce qu'il en était. Il faudrait probablement plusieurs semaines avant qu'elle soit fixée, si bien qu'elle serait probablement en Europe à ce moment-là.

Elle avait été fâchée d'apprendre qu'Amed était allé voir le notaire Beausoleil pour lui relater les déboires de leurs relations amoureuses. Elle avait l'impression que tous deux avaient tramé cette histoire dans son dos, mais elle avait réalisé qu'Amed avait eu besoin, lui aussi, de dissiper ce doute affreux concernant leur relation. Beausoleil était un homme de bon conseil et il avait précisé que cette idée du test d'ADN était la sienne. Ce qui la frustrait, c'était de constater qu'il savait tout.

— Ce serait trop dommage de vous priver l'un de l'autre pour rien, n'est-ce pas? avait-il dit.

Agathe avait dû reconnaître que le vieil homme n'avait pas tort. Mieux valait une certitude douloureuse que le doute perpétuel. Elle se rendit à Ottawa pour obtenir son passeport et en profita pour passer à la clinique dont Beausoleil lui avait donné l'adresse. L'infirmière avait recueilli le contenu d'une éprouvette de sang et lui avait expliqué qu'il faudrait compter au moins trois semaines avant que les résultats soient connus. Trois semaines, c'était une éternité pour son cœur en veilleuse.

Elle était toujours sans nouvelle d'Amed, qui semblait avoir disparu depuis le début de l'été. Elle aurait presque souhaité que tous deux se rendent ensemble à la clinique et avait même failli l'appeler, mais s'était finalement abstenue. Si l'analyse du sang révélait un lien de parenté, la nécessaire et définitive rupture serait encore plus difficile.

Quelques jours plus tard, elle avait en main son passeport et elle était prête à partir. Ce voyage en Allemagne l'enthousiasmait de plus en plus. Elle devait constamment se rappeler qu'elle s'y rendait pour trouver la vieille sœur et non pour s'amuser. Elle n'avait pu s'empêcher de faire quelques recherches dans Internet et de lire un guide de voyage pour en savoir plus sur sa destination. Elle avait également retenu une petite chambre pour son séjour à quelques minutes seulement du fameux château, ce qui lui permettrait sûrement d'aller faire du tourisme dans les environs. Maintenant que Beausoleil lui avait mis cette idée dans la tête, elle se réjouissait comme une enfant qui attend sa part de son gâteau préféré. Elle n'avait jamais fait un tel voyage et n'avait pas imaginé qu'elle puisse avoir l'occasion de sortir du pays avant quelques années.

La ville d'Heidelberg avait la réputation d'être un haut lieu de romance et de culture. Tout ce qu'elle avait lu dans les quelques jours précédant son départ la fascinait. Alors que bon nombre des grands monuments et des villes historiques avaient été détruits ou sérieusement endommagés au cours de la Seconde Guerre mondiale, Heidelberg avait été miraculeusement épargnée par les bombardements alliés.

Lorsqu'elle se présenta à Dorval pour le départ, elle songeait à Amed; elle aurait souhaité qu'il puisse découvrir avec elle les merveilles qu'elle s'apprêtait à voir. Elle constatait depuis quelque temps que chaque fois qu'un événement, heureux ou malheureux, survenait dans sa vie, sa première pensée était toujours pour Amed. Elle saurait enfin à quoi s'en tenir lorsqu'elle reviendrait. Peut-être aussi que la vieille nonne pourrait lui en apprendre un peu plus sur sa mère et sa grand-mère, mais après la visite à Évangeline Beauregard, au couvent d'Ottawa, elle en doutait. Même si la vieille dame était encore lucide, ses souvenirs risquaient d'être confus, imprécis. En réalité, jamais elle n'aurait fait un tel voyage sans y avoir été poussée par Beausoleil. Les chances étaient bien minces qu'elle retrouve la religieuse. Elle se rendit au bureau de change de l'aéroport pour s'y procurer des euros. Elle était si concentrée sur les taux inscrits sur le panneau qu'elle ne vit pas l'homme qui se trouvait là et se buta contre lui. Elle se confondit en excuses, pendant que l'homme récupérait nerveusement les papiers qu'il avait à la main au moment de l'impact et qui étaient allés choir sur le plancher. Il ne lui jeta qu'un regard furtif, se défilant rapidement, alors qu'Agathe en était encore à balbutier ses regrets.

L'aéroport de Dorval était, comme toujours, bondé de gens, et la circulation y était difficile. Avec l'été, des milliers de voyageurs s'apprêtaient à partir, pendant que d'autres rentraient à la maison. Agathe était toujours impressionnée par la foule qu'on pouvait rencontrer dans un tel lieu. Il y avait une impressionnante cohabitation de toutes les nations du monde.

Quand elle embarqua dans l'avion, elle constata que l'homme qu'elle avait bousculé suivait dans la file. Elle passa un agréable voyage auprès d'un couple de retraités de l'enseignement qui se rendaient en Allemagne pour y visiter leur fils militaire, enrôlé dans les forces armées canadiennes. L'avion fit une halte à Paris, mais repartit moins d'une heure plus tard vers Berlin. Agathe se sépara du couple avec qui elle avait passé les dernières heures, non sans avoir échangé leurs adresses et pris une photo souvenir.

Fort heureusement, les indications pour la gare étaient claires et l'organisation des services de transport, impeccable. Elle arriva à temps pour prendre le train en direction d'Heidelberg et se laissa tomber avec armes et bagages sur la banquette. Des centaines de personnes s'engouffraient dans les voitures pour obtenir une place. Il y avait probablement quelques voyageurs comme elle, dans le compartiment, mais la plupart des gens étaient de la place; des Allemands rentrant tout simplement à la maison ou au contraire, se rendant au travail. Elle entendait des conversations autour d'elle, mais n'arrivait pas à en saisir un mot. Ce voyage la grisait au plus haut point et elle aurait souhaité avoir un compagnon de voyage pour partager ses impressions. Elle avait entrepris dès son départ de tenir un journal et d'y inscrire chacun des détails. Elle décida de noter immédiatement ses premières impressions, histoire de tuer le temps. Elle griffonnait depuis quelques minutes lorsqu'elle sentit que quelqu'un l'observait. Elle leva la tête et regarda autour d'elle. Rien. Elle avait sûrement rêvé, puisque aucun des autres passagers ne semblait intéressé par sa présence.

Habituée aux importantes distances qui séparaient les grandes villes du Québec et au service discutable des trains canadiens, elle fut presque surprise, lorsque le train arriva à la gare de Heidelberg une heure plus tard. Elle se demanda si elle trouverait facilement quelqu'un pour la conduire à son hôtel. Elle s'exerçait depuis une semaine à indiquer l'adresse dans un allemand intelligible. Elle franchit les portes de la gare et un taxi s'avança vers elle dès qu'elle jeta un regard dans sa direction. L'homme descendit de son véhicule et salua cordialement Agathe, du moins à ce qu'il lui sembla par le ton et le geste. Il s'empara de ses bagages, ouvrit le coffre de sa voiture et les y plaça pour ensuite lui ouvrir la portière. Il s'installa au volant et se tourna vers elle dans l'attente d'une adresse. Agathe inspira et déclina le tout :

— *Köwnen Sie mir zu dieser Adresse*[8] ? s'il vous plaît, fit-elle en montrant un bout de papier où était inscrit le nom de l'hôtel et l'adresse.

Le sourire de l'homme se figea, puis tomba complètement avant que celui-ci n'éclate d'un grand rire.

---

8   Pouvez-vous me conduire à cette adresse?

— *Zur Alten Brücke hotel*? répéta-t-il avec une expression de plus en plus amusée.

— *Ya, ya, Alten Brücke hotel. Obere Neckarstrasse 2*, dit-elle en opinant de la tête.

Elle lui montra l'adresse indiquée sur son bon de réservation. Il éclata de rire de plus belle.

— Vous être française? demanda-t-il avec un très lourd accent.

Agathe eut l'impression qu'on venait de lui lancer une bouée.

— Je suis québécoise. Je suis canadienne, ajouta-t-elle en constatant que son interlocuteur semblait chercher dans sa tête à quel endroit dans le monde se trouvait le Québec.

— Ah, Canadienne. C'est bon, dit-il avec un grand sourire.

Les présentations étant faites, elle estimait qu'il était temps de la conduire à son hôtel, mais l'homme se pencha vers Agathe et pointa, de l'autre côté du Neckar, le fleuve qui traverse la ville. Juste en face d'un vieux pont médiéval l'enjambant, une enseigne indiquait le nom de l'hôtel qu'elle cherchait. Trois minutes de marche la séparaient de l'endroit. Agathe rougit de la tête aux pieds.

— Je m'excuse, balbutia-t-elle, ce qui mit l'homme encore plus de bonne humeur.

Agathe aurait pu marcher pour s'y rendre, mais elle offrit au chauffeur de lui faire une balade dans la ville, histoire de mieux connaître les lieux. Günter, dont elle avait lu le nom sur le permis affiché dans la voiture, était trop heureux de lui servir de guide et lui fit faire le grand tour. Il lui montra bien sûr les fameuses ruines du château d'Heidelberg construit sept cents ans plus tôt. Agathe était fascinée par cette construction magnifique qui surplombait la ville. Curieusement, il y avait quelque chose dans ce monument qui lui semblait familier, une impression de déjà-vu. Il ne lui indiqua pas seulement les plus beaux sites touristiques, il lui fit une liste des meilleurs endroits pour manger, pour acheter des produits locaux ou simplement pour sortir. Quand elle arriva enfin à l'hôtel, la course lui avait coûté trente euros, mais elle ne regrettait pas cette dépense. Günter lui avait aussi indiqué comment se rendre à l'adresse du centre d'aide aux démunis qu'elle cherchait. C'était tout près du *Zur Alten Brücke*, le vieux pont, et elle préférait attendre au lendemain matin, le temps de s'adapter un peu au décalage horaire. Le chauffeur lui remit sa carte professionnelle en lui recommandant de l'appeler si elle avait besoin de quoi que ce soit.

Sa chambre était propre et ne comportait que ce dont elle avait besoin. Elle retira ses vêtements de sa valise et les plaça dans la penderie. Elle ouvrit bien large la fenêtre pour admirer le paysage magnifique qui se présentait devant elle. Elle imagina la vie cinq cents ans plus tôt, au même endroit, alors que les paysans y installaient leurs étals. Elle se demanda s'il y avait eu une princesse dans ce château. Le décor avait tout ce qu'il faut pour être romantique.

Agathe descendit au restaurant de l'hôtel et regarda le menu écrit en allemand, dont elle ne comprenait pas un mot. Elle s'en remit au serveur qui lui proposa la *schropska salat* en guise d'entrée, suivi du *bayerisher Bratwurstautlauf*, un gratin bavarois de saucisses *bratwurst*. Elle avait l'impression qu'elle était sur le point d'éclater et dut refuser un morceau de gâteau *baumkuchen* que le serveur insistant lui offrit. « *Sher gut* », l'avait-il assurée, repliant l'index et le pouce en un rond qu'il porta à ses lèvres. Après avoir profité d'un bain chaud, elle s'était endormie profondément.

C'est le bruit de la circulation en face de l'hôtel qui la tira de ses rêves. La matinée était déjà avancée et Agathe devait se mettre le plus rapidement possible au rythme de la ville. Après avoir dégusté une pâtisserie et un café bien fort, elle se mit en chasse afin de trouver l'adresse du centre où Thérèse Dupuis, alias sœur Madeleine de l'Enfant-Jésus, avait travaillé. Le groupe œuvrait surtout auprès des enfants, ce qui ne surprit pas

Agathe. La dame avait passé une bonne partie de sa vie religieuse, au Canada, à porter assistance aux orphelins.

Le centre était coincé entre deux édifices. Lorsque Agathe en poussa la porte, une jeune dame vint s'enquérir de ce qu'elle cherchait. L'endroit ressemblait à une garderie, mais tout était bien rangé. Un couloir conduisait à l'arrière vers une porte qui devait ouvrir sur un jardin. Elle entendait les voix des enfants, probablement en train de jouer. Après de laborieuses explications qu'Agathe tenta de lui donner, tantôt en français, tantôt en anglais, la personne qui l'accueillit lui fit signe d'attendre et se rendit chercher une autre femme, plus âgée, et qui, fort heureusement, parlait français.

— Je suis la responsable. Que puis-je faire pour vous? dit-elle un peu agacée d'être ainsi dérangée, alors qu'elle était concentrée sur la comptabilité qu'elle devait compléter pour le lendemain.

— Je suis du Québec… au Canada et je cherche quelqu'un qui a travaillé ici. Une religieuse ou du moins, elle l'était lorsqu'elle vivait au Canada. Sœur Madeleine de l'Enfant-Jésus. Thérèse Dupuis de son vrai nom.

— Ah, la Canadienne. Sœur Madeleine. Oui, je l'ai connue. Elle est partie il y a un an. Elle a été malade. Trop âgée pour marcher jusqu'ici.

Sa façon de parler ressemblait à un télégramme.

— Vous savez ce qu'elle est devenue?

— Je ne sais pas, mais vous pourriez vous adresser à la pension Aberdoff. Je crois que c'est là qu'elle habitait. Plusieurs vieux s'y sont retrouvés.

Agathe était déçue. Elle ne s'attendait pas à ce que sœur Madeleine y soit, mais elle aurait souhaité qu'on puisse lui indiquer l'endroit où elle vivait… si elle vivait encore. Elle passa le reste de la journée à monter et à descendre les rues abruptes de Heidelberg à la recherche de la fameuse pension. Les voies étaient étroites et il fallait faire attention aux voitures qui filaient entre les obstacles. Lorsqu'elle arriva enfin à l'adresse, celle qui l'accueillit, une grande blonde au visage froid, eut beaucoup de difficulté à comprendre ce qu'elle voulait. La femme ne connaissait que quelques mots de français. Elle nota cependant le nom, chercha distraitement dans le registre des personnes qui vivaient à cet endroit et lui fit signe que non. Agathe lui demanda de chercher sous Thérèse Dupuis, ce qui eut l'air de l'agacer. Toujours négatif. Elle insista pour que la blonde note le nom de la personne qu'elle cherchait, ainsi que son propre nom et le numéro de l'hôtel où elle vivait. De guerre lasse, la dame promit de rappeler Agathe pour l'informer de ses recherches.

Sa première journée d'investigation avait été décevante. La seconde et la troisième le furent tout autant. Agathe n'osait quitter l'hôtel, de crainte de manquer l'appel de la pension Aberdoff. Elle rappela la seconde journée et tomba encore une fois sur la jeune secrétaire qu'elle avait vue sur place. Celle-ci n'avait pas poussé ses recherches plus loin et prétexta qu'elle avait été débordée. Elle promit de nouveau de la rappeler. Agathe dut se résoudre à attendre, tout en profitant des lieux. Le magnifique château trônait sur la ville, majestueux, témoin d'un âge si loin et pourtant si près. Agathe avait encore la curieuse impression qu'elle connaissait cet endroit. Elle estima que c'était probablement parce qu'elle avait consulté des brochures et des sites Web où le château de Heidelberg apparaissait. Sa visite des ruines avait fait fuir cette impression. Agathe s'émerveillait de tout ce qu'elle voyait. Édifié entre 1293 et 1303, le château avait été endommagé par quelques guerres, mais il était demeuré le symbole du romantisme. Du haut de ses tours, les soldats avaient probablement une vue sur toute la région, et tout belligérant qui se serait présenté avec une armée n'aurait pu surprendre les occupants du château. Agathe admira la chapelle d'inspiration gothique et elle s'imagina un instant en dame de la cour, attendant le passage du roi, de la reine, mais surtout du prince. Elle se sentit ridicule. Pourtant, le prince qu'elle avait imaginé un instant avait le visage d'Amed.

Au cours des jours suivants, elle retourna à la pension, bien décidée à insister tant qu'on ne lui répondrait pas. Elle eut cependant la malchance de se retrouver de nouveau face à la blonde qui, cette fois, se montra fort désagréable. Agathe expliqua qu'elle devait quitter le pays dans quelques jours et qu'elle avait un urgent besoin de retrouver la religieuse. Elle se résolut à mentir pour tenter de toucher le cœur de cette femme en lui affirmant qu'il s'agissait d'une question de vie ou de mort. La blonde resta de glace.

Elle s'installa à la terrasse d'un petit café, grognant de rage. Elle prit un verre de vin et se calma, admirant le paysage du fleuve qui coulait lentement devant elle. Des gens passaient, déambulant, parfois sans se rendre compte de la magie des lieux, trop habitués à ce décor du quotidien. Agathe sentait le poids du passé qui berçait les lieux. Son regard s'arrêta sur un homme, partiellement caché derrière une carte touristique dépliée devant lui. Il semblait chercher une direction, mais l'espace d'un instant, Agathe réalisa qu'en réalité, c'est elle qu'il regardait. Il s'empressa de cacher son visage derrière le document qu'il tenait à la main et de changer de direction. Elle reconnut immédiatement la silhouette de l'homme qu'elle avait croisé à l'aéroport et dans l'avion. Un frisson lui parcourut l'échine.

Chapitre trente-cinq
Bouchette, 1942

En voyant les camions de l'armée qui arrivaient, Aldège avait couru aussi rapidement que le lui permettaient ses jambes, se faufilant avec la même adresse qu'un animal sauvage dans l'inextricable mur d'arbres de cette forêt encore vierge. Il empruntait des sentiers dans lesquels il n'avait jamais mis les pieds, s'enfonçant de plus en plus loin vers l'est, en direction du lac des Trente et Un Milles. Il ne connaissait pas cette partie de la forêt et il savait qu'il devait éviter de paniquer pour ne pas se perdre, mais il fallait fuir rapidement. Il avait probablement déjà dépassé les limites de la terre paternelle.

Fernand Latourelle ne prendrait pas de repos tant qu'il ne l'aurait pas pris. Il n'avait pas fallu beaucoup de temps à l'ancien *speed cop* pour découvrir la cabane des Richard en forêt. Furieux, il avait saccagé les lieux pour assouvir sa colère. Dès lors, Latourelle avait fait du zèle au point où, au bout de quelques jours, les autorités militaires durent le rappeler à l'ordre. Ce déserteur était loin d'être le seul, il y en avait des centaines comme Aldège, cachés dans la région, et les guerres personnelles de Latourelle n'intéressaient pas ses supérieurs. Forcé de laisser sa proie s'échapper momentanément, il avait développé pour lui une haine viscérale et consacrait pratiquement tous ses temps libres à le retrouver. Lors des patrouilles, Latourelle s'organisait pour passer près de la ferme de Richard. S'il ne pouvait le prendre, ce dont il doutait, sachant qu'un jour ou l'autre, le déserteur finirait par commettre une erreur, il le forcerait à se terrer comme un lapin poursuivi par une meute.

Aldège s'était éloigné des zones habitées pour ne pas être repéré. Le premier soir, il s'était couché sous les branches d'un sapin et avait grelotté toute la nuit malgré ses couvertures. Il avait dû se relever et marcher en rond pour ne pas geler. Il aurait pu faire un feu, mais il craignait que Latourelle n'aille se percher sur le dessus d'une montagne pour guetter une flamme dans la nuit. Il aurait voulu retourner chez lui, mais il savait que les soldats le surveilleraient. Il n'avait pas le choix; il en était réduit à se cacher comme un sauvage en pleine forêt. Avec le froid glacial qui l'enveloppait, Aldège réalisait qu'il aurait à se construire rapidement un abri, sinon il risquait de crever seul au milieu de ces bois.

Le jour n'était pas encore levé qu'il se mit à la recherche d'un endroit propice pour établir sa cachette. Aldège ne pouvait dire exactement où il se trouvait, mais en montant sur les branches d'un grand pin, il reconnut ce qui lui semblait être le lac des Trente et Un Milles, du nord au sud. De loin, on aurait dit qu'il y avait des dizaines de lacs, mais cet effet était créé par la présence de nombreuses îles dont la plus longue faisait six milles de longueur, séparant le lac en deux. Aldège choisit une belle dune et entreprit de creuser sur son flanc sud un trou suffisamment grand pour établir une couchette et un endroit pour faire un feu. Il lui fallut la journée pour creuser un trou suffisamment grand pour s'y tenir debout. Il en referma la sortie à l'aide de perches qu'il avait coupées, puis avait recouvert le tout de branches de sapin. Demain, il utiliserait la terre du trou qu'il avait creusé pour enterrer l'ouverture et ne laisser qu'une discrète entrée. La cabane devait se fondre dans le décor. Dès que la nuit fut tombée, il fit un bon feu dans l'âtre qu'il avait aménagé. La fumée suivait la tranchée et sortait à l'extérieur de l'abri. Bientôt, il sentit la chaleur des flammes qui gagnait sur le froid ambiant. Il mangea un bout de lard, accroupi près du feu, pigeant avec parcimonie dans les provisions qu'il avait apportées. Aldège avait l'impression d'être revenu à l'âge des cavernes. Il dormit mal, et dut se relever à plusieurs reprises pour alimenter le feu.

Il mit quelques jours pour finir l'aménagement de son abri

de terre, mais quand il eut terminé, il fut satisfait. La couche de terre qu'il avait déposée sur les branches contribuait à isoler sa caverne et gardait la chaleur à l'intérieur. Il avait ajouté d'autres branches et de petits sapins destinés à rendre la cachette pratiquement invisible. Tant que la neige ne se mit pas à tomber, il ne craignait pas qu'on puisse le retrouver. Mais dès les premières chutes, Aldège dut s'inventer un réseau complexe de sentiers pour s'assurer que, s'il était suivi, son poursuivant ait de la difficulté à s'y retrouver. Certains sentiers conduisaient simplement à un cul-de-sac, alors que d'autres faisaient une longue boucle pour revenir sur le sentier principal. Il retourna prudemment à la faveur de la nuit à la cabane à sucre pour y chercher d'autres effets. Il n'avait pu boire de thé ou de café, ne disposait que d'un seul plat pour faire chauffer sa pitance quotidienne. Il manquait maintenant l'essentiel : il n'avait plus de farine ni de sucre et il était sur le point d'utiliser ses dernières allumettes. Il s'était glissé subrepticement dans la cabane et avait ramassé le plus de choses possible. Par les traces à l'extérieur, il avait vu que quelqu'un était venu à quelques reprises dans la cabane et il ne doutait pas que ce fût ce Latourelle. Les empreintes étaient celles de bottes de militaires. Au moment de partir, il aperçut dans la pénombre, derrière la porte, un sac de jute sur lequel était imprimé *Robin Hood* en rouge. Aldège le reconnut au trou dans le côté qu'il avait dû repriser grossièrement un jour qu'ils étaient allés cueillir les fruits du gros noyer qui trônait au milieu du grand champ. Ce sac avait été placé là par son frère Gérard, il n'en douta pas. Il l'ouvrit rapidement, regardant nerveusement autour de lui, craignant que Latourelle fonce sur lui comme un fauve sur sa proie. Le sac était rempli de denrée et il y avait une lettre. Il n'inspecta pas plus à fond le contenu et se mit en route immédiatement. Il aurait le temps plus tard de vérifier tout cela.

Lorsqu'il arriva enfin à sa cachette après des heures de pénible marche, il se précipita sur le sac comme un affamé privé de toute nourriture durant des semaines, découvrant soudainement un festin devant lui. En réalité, Aldège avait faim du contact de ses semblables, des membres de sa famille. Il mordit avec délice dans la miche de pain qu'Églantine avait glissée dans le sac, fermant les yeux pour savourer le goût du bonheur. Il revoyait la cuisine de la maison, sa mère au four en train de surveiller la cuisson, son père Hector assis dans la berceuse à réparer quelque chose, la pipe à la bouche. Ils devaient sûrement se préparer pour les fêtes. Il y aurait plein de gâteaux, de beignes, de tourtières et de pâtés de toutes sortes. Seul au fond des bois dans une cabane de terre et de branches de sapin, Aldège pouvait sentir le fumet de tous ces mets, comme s'il y était. Il pleura en silence, mordant dans toutes les autres denrées que sa mère avait mises dans son sac pour tenter de prolonger le souvenir des moments heureux. Le bon sens lui aurait recommandé de rationner ses vivres, mais chaque nouvelle bouchée le ramenait en arrière, alors que le bonheur pouvait se goûter et se sentir. Plus il pleurait, plus il s'empiffrait, comme si ce bouchon de nourriture pouvait bloquer le flot de larmes qu'il retenait depuis si longtemps. Il s'étouffa dans un grand hoquet de peine. Quand il parvint à se calmer, il finit par ouvrir la lettre. Comme il s'y attendait, l'écriture était celle de sa mère :

Cher fils,

Je meurs d'inquiétude après ce qui est arrivé avec les soldats au pont de fer. Ils sont venus à plusieurs reprises et ont fouillé partout, même dans la cabane à sucre. Latourelle t'en veut. Cache-toi. Ton père dit la même chose que moi. Sois prudent et surtout évite de venir à la maison, car il nous fait surveiller pratiquement jour et nuit. Le curé a promis d'intervenir pour toi.

Ta mère qui t'aime.

Avant, Aldège était un déserteur comme les autres. Si tous disposaient d'une cachette où se terrer lorsque la police militaire faisait une rafle, la plupart jouissaient d'une relative liberté et circulaient dans les villages et dans les commerces sans trop de crainte. S'ils ne pouvaient compter sur un «soutien local» pour identifier les fuyards, les soldats pouvaient passer à côté de l'homme recherché sans le savoir. Maintenant, Aldège était devenu l'homme à abattre, un symbole de la résistance canadienne-française qu'il fallait éliminer. Son nom était en tête de tous les avis de recherche. Il lui faudrait être extrêmement prudent.

Sa mère avait rempli le sac de denrées essentielles, mais son père et Gérard y avaient ajouté des articles précieux; la vieille boussole d'Hector, du fil de laiton pour tendre des pièges, un crochet et des pommes pour prendre un chevreuil, une corde solide, le magnifique couteau de chasse de Gérard, des pierres à briquet, des chaussettes de laine, du fil de pêche et des hameçons.

Dès le lendemain, il se mit en train d'explorer son territoire de trappe à la recherche d'indices sur les allées et venues des animaux. En réalité, son œil expert avait déjà repéré les meilleurs endroits. Aldège avait toujours adoré la trappe. L'hiver, alors que les autres se terraient à l'intérieur, lui et Pompon sillonnaient les bois à la recherche des traces des animaux ou pour inspecter les pièges déjà installés. Ici un castor, là une marte ou encore un lapin et parfois un renard. Mais maintenant, il ne s'agissait plus d'un passe-temps, mais d'une question de survie. Il tendit quelques collets à des endroits stratégiques, là où les pistes des animaux semblaient converger dans un étroit passage. Il repéra des traces de chevreuil, installa le crochet au bout du câble et le suspendit à une grosse branche à une hauteur de près de deux mètres. Aldège connaissait bien cette technique utilisée par les braconniers, mais ne l'avait jamais employée parce qu'il la jugeait trop cruelle. Il plaça une pomme au bout du crochet et en découpa une autre en morceaux au pied du piège. L'animal viendrait renifler et goûter à la pomme placée par terre et tenterait ensuite d'attraper celle sur le crochet. En mordant l'appât, il s'y prendrait comme un vulgaire poisson au bout d'un hameçon. Aldège préférait le fusil, qui pouvait tuer l'animal en un instant et sans douleur, mais le bruit aurait attiré l'attention. Il lui faudrait donc faire plusieurs rondes par jour pour que, le cas échéant, il puisse mettre fin rapidement aux souffrances de la bête. Deux jours plus tard, il avait sa première prise. D'un coup de couteau précis, il avait saigné la bête. Il rangea ensuite le piège ignoble et se promit de ne l'utiliser qu'en cas de nécessité.

Au cours des jours suivants, Aldège parvint à améliorer son garde-manger en y ajoutant quelques lièvres. Avec le froid, il pourrait garder cette viande pour plus tard, mais il devait s'assurer de la mettre à l'abri des prédateurs. Il prenait bien soin d'éviscérer les bêtes loin de sa hutte et de ne laisser aucune trace qui aurait pu les attirer.

Le jeune déserteur avait beau se raisonner, il s'ennuyait à mourir de sa famille et de son ancienne vie. À force de se concentrer sur sa survie, il en avait oublié le décompte des jours, mais il savait que décembre tirait à sa fin et il songeait aux célébrations de Noël. Était-on le 23 ou le 24 décembre? Si c'était le cas, les Richard se rendraient comme tous les autres gens du village à la messe de minuit. Comme toujours, Anastase Saumur entonnerait le *Minuit chrétiens* dans une église bondée. Tous auraient revêtu leurs habits du dimanche et les jeunes filles se présenteraient sous leurs plus beaux atours. Il songea à Anna qu'il n'avait revue que furtivement lors de sa brève, mais mouvementée sortie pour les funérailles de Magloire Beauregard. Il aurait voulu la voir, lui parler. Au fil des heures, sa crise de nostalgie alla en s'empirant. Il avait beau se raisonner, se rappeler la recommandation de sa mère, il n'y avait rien à faire. Accepter de ne pas voir sa famille en ces moments de réjouissances lui semblait une épreuve trop grande. Quand le soleil lui indiqua qu'il était midi, il se dit que, dans à peine quelques minutes, il lui faudrait abandonner l'idée de voir sa famille pour Noël. Il n'aurait pas le temps de sortir des bois avant la pénombre qui risquait de lui faire perdre son chemin. Il songea à Latourelle et se dit qu'il ferait surveiller la maison. Et puis non. Latourelle avait beau être un traître, il avait de la famille lui aussi et souhaiterait passer la nuit de Noël avec les siens plutôt que de courir les chemins enneigés de Messines et de Bouchette à la recherche de fuyards. Tout cela tournait dans sa tête et le jour déclinait rapidement. Il résista encore, mais attrapa finalement son sac et ses raquettes et se mit en route, alors que la prudence aurait dû l'inciter à attendre au lendemain. Au loin, le ciel s'obscurcissait de gros nuages lourds de neige.

Chez les Richard, Églantine avait mis la dinde au four pour qu'elle soit prête lorsque la famille reviendrait de l'église. Elle ne pouvait s'empêcher de songer à Aldège, seul dans les bois, et son cœur se serrait.

— Maudite guerre. Maudit Latourelle, grommelait-elle en arrosant la grosse volaille.

Tout était prêt pour la soirée, mais personne n'avait le cœur à la joie et à l'énervement que provoquait habituellement cette fête. Seule Marguerite se laissait encore bercer par la magie de Noël et attendait cet instant avec impatience. Elle se disait que son grand frère ne pourrait manquer la fête et qu'il serait de la partie lui aussi.

— Aldège sera là ce soir, n'est-ce pas, maman? demanda-t-elle.

La question déchira de nouveau le cœur d'Églantine.

— Aldège ne pourra pas être avec nous cette année.

— Pourquoi?

— À cause de la guerre.

La petite Marguerite en avait assez de cette guerre. Tout arrivait à cause d'elle. Aldège était parti, on manquait de sucre pour les gâteaux et les tartes, et de plusieurs denrées essentielles.

Ses parents parlaient de plus en plus souvent de familles où des hommes étaient morts au combat. Malgré tout, son cœur de petite fille espérait que Noël apporterait son lot de cadeaux et de miracles.

Ils s'étaient rendus à l'église de Messines comme chaque année, mais Gérard était demeuré à la maison. Il avait prétexté qu'il fallait surveiller le feu du poêle à bois et arroser la dinde. Églantine, toujours très stricte sur la nécessité pour ses enfants de maintenir une pratique religieuse constante, n'avait pas insisté. Elle espérait, même si elle craignait toujours une entourloupette de la part de Fernand Latourelle, qu'elle aurait pu voir son fils Aldège pour Noël. « S'il revenait, se disait-elle, Gérard serait là pour l'accueillir. »

Lorsque la famille Richard entra dans l'église, Fernand Latourelle était là, dans le dernier banc, sa place habituelle. De cet endroit, il pouvait observer les villageois et s'esquiver sans être vu avant la fin de la messe. Il avait jeté un regard rempli de haine à la famille Richard, puis il s'était rendu compte de l'absence de Gérard. Quelques minutes plus tard, il se glissait discrètement par la petite porte, certain que Noël allait cette année lui livrer le cadeau qu'il souhaitait. Il se rendit immédiatement chez lui; il était l'un des rares habitants du village à disposer d'un téléphone. En tant qu'indicateur pour l'armée, il avait eu droit à une ligne installée aux frais de la reine. Quand le commandement reçut l'appel, l'officier ne partagea pas l'enthousiasme de son indicateur et refusa de déplacer ses troupes un soir de Noël pour la recherche d'un seul fugitif. Latourelle insista, rappelant l'incident du pont de Bouchette et argumentant qu'il s'agissait d'un homme dangereux qui avait attaqué les soldats. De guerre lasse, celui-ci accepta finalement d'envoyer un détachement le lendemain matin. Latourelle aurait préféré une attaque immédiate, certain de trouver l'oiseau dans son nid.

La famille Richard était rentrée de la messe de minuit avec l'espoir de pouvoir y retrouver Aldège, mais en arrivant à la maison, il n'y avait que Gérard, fumant cigarette sur cigarette, assis près du four. Sa mère n'eut qu'à lui jeter un coup d'œil auquel il répondit par un léger signe de la tête. Celui qu'ils espéraient n'était pas là. Hector avait invité les voisins, Auguste Clément et sa femme pour le réveillon, mais chacun manqua d'enthousiasme. Pas de rigodon que Gérard interprétait sur le vieux violon dont il avait hérité de son grand-père, pas de ces chansons à répondre qu'Hector apprenait on ne savait où, mais qui avaient le don de faire rougir Églantine de honte chaque année, pas de traditionnel *set carré* qu'on dansait en criant et en chantant. Ils mangèrent en parlant de la messe de minuit, qui avait encore une fois été célébrée de belle façon, et de la tempête de neige qui s'était levée et qui blanchissait encore une fois la nuit de Noël.

— J'espère qu'Aldège est bien au chaud, avait laissé échapper Églantine en regardant le vent balayer les champs.

Cette petite phrase avait jeté un froid sur le festin qu'elle avait servi. Tous avaient regardé vers la fenêtre, malgré le rideau blanc qui obstruait la vue.

— Je pense qu'il vaut mieux partir, avait dit Auguste en faisant un signe de la tête à l'intention de sa femme, sinon nous risquons de nous écarter dans une telle tempête, avait-il ajouté.

Il y avait tant d'histoires dans le folklore local de voyageurs et de coureurs des bois qui s'étaient perdus dans la tourmente hivernale et étaient morts de froid, que tous les Richard y avaient pensé. Si Auguste Clément estimait qu'il risquait de perdre son chemin, alors qu'il habitait à moins d'un kilomètre de la ferme de Richard, et n'avait qu'à suivre le chemin pour retourner chez lui, qu'en serait-il d'un homme qui tenterait de franchir la forêt à pied ? De nuit et en pleine tempête, il y avait peu de chance pour qu'il puisse s'y retrouver.

Églantine décréta immédiatement, après le départ des Clément, que le moment était propice pour une prière. Personne ne s'en plaignit et tous se mirent à genoux devant le crucifix de la cuisine. Bien que tous se soient mis au lit très tard cette nuit-là, personne ne dormit, pas même Pompon qui s'était soudainement mis à tourner en rond et à geindre comme s'il était blessé. Le manège du chien n'avait laissé personne indifférent, et au matin, le moral des Richard était au plus bas. Hector aurait pu mettre fin aux gémissements du chien d'un simple regard, mais il se sentait aussi désemparé que la bête. Il aurait hurlé sa douleur avec Pompon.

— Ce chien hurle à la mort, papa. Il est arrivé quelque chose à Aldège. Je pars à sa recherche.

Le jour s'était enfin levé, mais la neige ne semblait pas vouloir s'arrêter et toute tentative de partir à la recherche de quelqu'un en pleine forêt par un tel temps aurait été un acte de folie. Hector bondit de sa chaise.

— Personne n'ira nulle part tant que la neige tombera ainsi. Si Aldège a commis l'imprudence de se mettre en route par un tel temps, il est déjà dans le trouble. On n'ira pas en mettre un autre en danger. Aldège sait ce qu'il a à faire mieux que nous.

La tempête prit fin presque aussi soudainement qu'elle avait commencé. Partout, le paysage était d'une blancheur aveuglante. Même les arbres, dont chacune des branches était couverte d'une lourde couche de neige, semblaient sortis directement d'un conte fantastique. C'est en regardant les derniers flocons tomber qu'Églantine aperçut deux camions de l'armée canadienne qui remontaient le chemin d'accès vers la ferme. La neige folle semblait rouler à l'avant des gros camions.

Les Richard n'eurent que le temps d'écarquiller les yeux pour voir débarquer les hommes avec, bien sûr, Fernand Latourelle à leur tête. Ils firent irruption dans la maison sans y être invités. Habitué aux lieux, l'indicateur fit le tour de toutes les chambres et de tous les placards, à la recherche de sa proie, pendant que le reste de la troupe allait vérifier dans les bâtiments de ferme. Rien, aucune trace dans la neige fraîchement tombée ne laissait croire que quelqu'un s'en était approché dans les dernières heures. Seules les empreintes conduisant de la maison au cabinet d'aisance faisaient état de la présence humaine en ces lieux. Latourelle regarda la piste et inspecta les bottes des occupants de la maison, laissées dans l'entrée. Celles de Gérard étaient encore humides de neige fondue.

Pompon, qui n'avait cessé de gronder depuis que les camions de la police militaire avaient fait irruption sur la propriété, prêt à mordre le mollet de ces étrangers, était maintenant agité, sa queue dansant de gauche à droite, pendant qu'il grattait frénétiquement le bas de la porte. Latourelle était tout aussi furieux qu'Hector Richard, qui parvenait difficilement à maintenir sa colère. Ce dernier résistait à l'envie presque incontrôlable d'enfoncer son poing dans la figure de ce renégat. Gérard, qui s'était rangé près de lui, l'avait saisi par la manche de sa chemise pour le retenir. Chaque fois qu'Hector faisait mine de protester, son fils le tirait en arrière de plus en plus brutalement.

De guerre lasse, Latourelle dut admettre qu'il ne piégerait pas Aldège Richard aujourd'hui.

— Le p'tit maudit! Il savait qu'on viendrait. Vous pourrez lui dire qu'il ne perd rien pour attendre.

Latourelle avait la tête basse lorsqu'il se rassit dans le camion. Il savait qu'on lui reprocherait d'avoir mobilisé inutilement une patrouille un 25 décembre, ce qui ne diminuait en rien sa haine pour Aldège. Dès que les camions furent hors de vue, Hector explosa :

— Écoute-moi bien, mon jeune! Quand ton père veut parler, t'as pas d'affaire à l'en empêcher.

— Fallait bien que je vous arrête, son père. Vous n'avez pas vu les traces qui allaient vers la bécosse?

— Ben sûr que je les ai vues. C'était les tiennes, non?

— Vous n'avez pas regardé comme il faut, pis heureusement que Latourelle non plus. Personne n'a remarqué qu'il y avait des empreintes qui se dirigeaient vers la bécosse, mais aucune qui en revenaient.

— Mais tes bottes étaient trempées de neige.

— Je suis sorti sur le palier juste au moment où nous avons vu venir les soldats. J'avais vu les traces.

— Mais alors… balbutia Hector en se précipitant à l'extérieur.

Il marcha à grandes enjambées; il avait enfilé rapidement ses bottes, si bien qu'elles laissaient entrer la neige à chaque pas. Quand il ouvrit la porte de la petite cabane de bois, Aldège y était, une hache à la main, terrifié comme un animal piégé et prêt à frapper quiconque. Églantine avait suivi Hector au petit trot. Elle ne portait que ses bottes, sans manteau pour se couvrir les épaules, mais le froid ne semblait pas l'incommoder. Elle tomba à genoux dans la neige en apercevant son fils, pleurant à la fois de joie et de peur.

— Aldège Richard, mon p'tit maudit, t'aurais pu te faire prendre, dit-elle, sans parvenir à cacher le bonheur que provoquait sa désobéissance.

Toute la famille se précipita dans la maison. Églantine semblait être animée de ferveur, remerciant le ciel toutes les cinq minutes pendant qu'elle voletait du four à la table. La dinde, qui avait été à peine entamée la veille, se retrouva dans le four et les pommes de terre furent mises à cuire avec une généreuse portion de navet. La petite Marguerite, tout heureuse de voir enfin son grand frère, fut placée près de la fenêtre avec comme mission de surveiller le chemin d'accès, au cas où le grand Latourelle et ses sbires reviendraient. Malgré l'heure matinale, Hector alla fouiller dans le placard sous l'escalier et en sortit une cruche d'alcool dont il versa une grande rasade à tous. À midi, le phonographe fut débarrassé des objets saints qui l'encombraient et tout le monde se mit à danser au son des vieux disques égratignés. Ce jour de Noël, la guerre fut oubliée, même si l'on savait que le danger était tout proche, aussi proche que Latourelle pouvait l'être.

Chapitre trente-six

Heidelberg, 2005

Agathe avait été saisie de panique en reconnaissant l'homme de l'aéroport. Se pouvait-il que quelqu'un soit sur ses traces ici? Qui était-ce et que faisait-il si loin du Québec à la suivre? Elle aurait voulu courir vers lui et l'affronter, mais elle fut soudainement saisie d'une peur grandissante. Elle paya rapidement sa consommation et se dirigea vers son hôtel, jetant à chaque coin de rue un coup d'œil derrière elle pour voir si l'homme la suivait. Il y avait trop de marcheurs sur les étroits trottoirs pour l'apercevoir et elle avait maintenant l'impression d'entendre son pas dans son dos. Elle entra dans le hall de l'hôtel et se cacha derrière une grande plante, regardant au travers de la vitre pour voir si l'homme l'avait suivie. Au bout de quelques minutes, ne voyant pas l'individu, elle retrouva son calme et remonta vers sa chambre.

Ce soir-là, Agathe ne mit pas le nez hors de son hôtel, picorant nerveusement son assiette au restaurant, en surveillant les autres convives, à la recherche de celui qui la suivait. Elle essaya de se raisonner, mais les événements de la journée la ramenaient à ce qui l'avait forcée à quitter le pays. Celui qui la menaçait l'avait-il suivie jusqu'ici? Quelle belle cible elle faisait maintenant, seule, inconnue, loin de chez elle et de ceux qui pourraient la protéger. Elle ne pouvait tout de même pas appeler la police allemande et lui demander d'intervenir. Elle n'avait que d'affreux soupçons. Elle ne savait pas non plus qui était cet homme et sa description aurait été si vague qu'elle aurait pu correspondre à n'importe qui.

Il ne lui restait plus que quelques jours en sol allemand avant de repartir pour le Canada et elle n'avait pas pu retrouver sœur

Madeleine. Elle était coincée et se sentait constamment épiée, bien qu'elle n'ait pas revu l'homme qui la suivait. «Si j'avais quelqu'un pour m'aider», songea-t-elle. Elle se souvint de ce type, Günter, qui lui avait fait un tour de ville lors de son arrivée. Elle fouilla dans son portefeuille à la recherche de la carte qu'il lui avait remise. Un chauffeur de taxi connaît mieux une ville qu'une fourmi sa fourmilière. Elle composa le numéro et il répondit immédiatement. Il lui fallut quelques secondes pour se rappeler la jeune femme, mais il semblait fort heureux d'avoir de ses nouvelles. Elle lui expliqua l'objet de ses recherches et lui demanda s'il pouvait lui prêter assistance.

— Je travaille aujourd'hui, mais je suis en congé demain. Je passerai vous prendre tôt.

Agathe protesta, affirmant ne pas vouloir gâcher sa journée de congé avec ses problèmes.

— Ce n'est pas grave. Cela me fera plaisir. C'est tout, dit-il mettant fin à toute objection.

Le lendemain, Agathe n'eut que le temps d'avaler un café avant que Günter se présente à la porte de l'hôtel. Il la salua bruyamment et avec effusion, comme si elle avait été un membre de la famille. La jeune femme lui expliqua le but de ses démarches et surtout ses déboires avec la préposée à l'accueil de la pension où, supposait-on, la vieille dame avait habité. Ils se rendirent directement sur les lieux, mais cette fois, Günter prit les choses en main. Il déposa le billet sur le comptoir et demanda qu'on vérifie immédiatement si cette personne avait habité là. La grande blonde regarda avec des yeux remplis de fureur la jeune femme qui suivait Günter. Agathe ne saisissait pas un mot de ce qu'ils disaient, mais elle réalisa qu'elle lui répétait probablement les mêmes excuses, car son ami changea soudainement d'attitude. Il fit signe à la dame de s'approcher, appliquant sa main devant sa bouche pour lui murmurer quelques mots à l'oreille. Il aurait pu crier qu'Agathe n'aurait rien compris de toute façon. Le visage de la blonde devint cramoisi et elle se mordit la lèvre.

Elle hésita quelques secondes et lui fit un signe affirmatif de la tête. Günter se tourna et afficha un large sourire en sortant.

— Que s'est-il passé ? Que lui avez-vous dit ?

— Ça n'est pas important, répondit-il simplement.

Agathe insista, mais l'homme restait muet. Au bout de quelques minutes, il finit par dire :

— Un chauffeur de taxi voit des choses, beaucoup de choses, et chacun a une histoire qu'il veut cacher. J'ai déjà vu cette fille, se contenta-t-il de conclure.

Agathe comprit que la grande blonde avait peut-être un amant chez qui elle se rendait ou alors elle achetait de l'herbe chez un petit vendeur de drogue et Günter l'y avait déjà conduit. Peu importe. Le grand visage de glace de la blonde était tombé en morceaux lorsqu'il lui avait susurré quelques mots à l'oreille. Ils devaient revenir en après-midi pour qu'elle leur fasse part du résultat de ses recherches. Ils se rendirent dans un petit café hors des circuits touristiques pour casser la croûte, là où les chauffeurs prenaient leur repas. Ils dégustèrent une choucroute dont Agathe se délecta. Günter en profita pour lui poser quelques questions sur l'objet de ses recherches. Agathe hésita un instant, mais son nouvel ami s'était montré si prévenant à son égard qu'elle se sentait en confiance. Elle estima que l'avis d'un étranger pourrait peut-être l'aider à y voir plus clair. Elle lui parla de sa mère orpheline, récemment décédée, de cette grand-mère inconnue dont elle cherchait à retrouver la trace, de son bel amour, dont elle avait par la suite appris qu'il pouvait être de la même famille.

— Vous comprenez, je dois en savoir le plus sur cette grand-mère et si possible sur le père de ma mère.

— C'est triste. Très triste. Cette guerre a fait beaucoup de morts et de malheureux, souligna Günter.

Son regard avait soudainement perdu toute joie. Il portait comme nombre d'autres Allemands le poids des horreurs commises par ses parents et ses grands-parents et se demandait si un jour ce douloureux et affreux souvenir finirait par s'estomper. Probablement lorsque les ruines de la guerre seront aussi vieilles que celles du château de sa ville.

Quand ils se présentèrent de nouveau à la pension, la grande blonde ne s'adressa qu'à Günter. Elle lui tendit une feuille et lui parla quelques minutes. Il la remercia et lui adressa un clin d'œil complice.

— Je crois que j'ai perdu une cliente, mais ce n'est pas grave. Votre bonne sœur a bel et bien habité ici, mais son état s'est détérioré et on l'a fait conduire dans un hôpital pour personnes âgées. Elle ne sait pas si elle est toujours vivante, mais nous savons où elle est.

Günter connaissait la ville comme le fond de sa poche et ils n'eurent aucune difficulté à trouver le centre de santé. Il se chargea de discuter avec le personnel pour voir si la vieille dame s'y trouvait. On lui indiqua le numéro d'une chambre au second étage et ils s'y rendirent en prenant les escaliers. L'endroit était propre et bien tenu et le personnel était avenant. Ils arrivèrent à l'étage et trouvèrent rapidement la chambre. Günter entra avec Agathe. Une vieille dame était assise dans une chaise berçante près de la fenêtre. Elle tenait une canne, son menton appuyé sur ses mains, le regard perdu au loin. Par la fenêtre, elle pouvait apercevoir une partie du château et le Neckar, plus bas. La vieille dame semblait vivre un moment de sérénité qu'Agathe hésitait à rompre. Günter ne savait plus trop que faire : sortir ou rester. Il considéra que le moment était trop important et trop intime, malgré ce qu'Agathe lui avait révélé, pour qu'il s'y immisce. La jeune femme s'avança lentement, se rappelant la pénible rencontre avec Évangeline Beauregard. Peut-être que la vieille ne se souviendrait même pas de cette époque si lointaine. Agathe toussota pour ne pas la surprendre et ainsi risquer de lui donner son coup de mort. La dame se tourna vers la porte et plissa les yeux derrière ses épaisses lunettes pour tenter de voir l'origine du bruit.

— *Wer sind Sie?*[9] demanda-t-elle d'une voix dont la fermeté surprit Agathe.

— Sœur Madeleine… madame Dupuis, madame Thérèse Dupuis? demanda-t-elle d'une voix qu'elle voulait la plus douce possible.

— C'est moi, dit-elle, hésitante et surprise en reconnaissant l'accent du français parlé au Québec.

Il y avait si longtemps qu'elle n'avait pas discuté avec quelqu'un du pays qu'elle eut un petit hoquet et porta la main à sa bouche, comme si elle allait pleurer. Ses yeux s'emplirent d'eau et elle sortit un petit mouchoir de papier roulé dans la manche de sa veste dont elle épongea cette larme. Ici, on la connaissait sous le nom de sœur Madeleine. Il lui fallait remonter dans ses souvenirs de jeunesse pour se rappeler la dernière fois qu'on l'avait désignée sous son nom de jeune fille. En même temps, elle avait revu l'espace d'une seconde le visage de ses parents, de ses frères et sœurs, tels qu'ils étaient soixante-dix ans plus tôt. Elle jeta sur la jeune femme un regard interrogateur, l'invitant silencieusement à poursuivre.

— Je suis Agathe Lecours, mais vous ne me connaissez pas. Je viens du Québec.

— J'avais reconnu l'accent, dit la vieille dame amusée.

Agathe apprécia sa vivacité d'esprit.

— Je suis la fille de Berthe, la petite Berthe dont vous vous êtes occupée à l'orphelinat de Hull. Vous vous souvenez?

Le sourire de la vieille tomba d'un coup et son visage devint tout blanc. Agathe se demanda un instant si elle devait appeler une infirmière, craignant que sœur Madeleine soit victime d'une attaque. Elle lui aurait annoncé qu'une bombe venait de tomber sur sa chambre que la vieille dame n'aurait réagi autrement. Sœur Madeleine regarda un instant autour d'elle à la recherche de quelque chose. Agathe suivit son regard et tendit

---

9 Qui est là?

le bras pour lui servir un verre d'eau. Elle prit une gorgée et se cala dans son fauteuil, reprenant lentement ses couleurs.

— Berthe? La petite Berthe?

Agathe songea soudainement à cet autre choc qu'elle risquait de lui causer lorsqu'elle lui révélerait que Berthe était morte.

— J'ai eu beaucoup de peine lorsque j'ai appris son décès, dit sœur Madeleine.

Ainsi, elle savait. Cette vieille dame se trouvait à des milliers de kilomètres du Canada, mais elle recevait malgré tout des nouvelles des gens qu'elle avait côtoyés. Elle poussa un soupir de soulagement.

— Vous saviez?

— Oui. On m'a prévenue.

Elle regardait Agathe avec curiosité et retrouva son large sourire. Elle respirait la bonté. Sa chevelure blanche était clair-semée, probablement à cause de toutes ces années où elle avait porté le voile, mais ses yeux avaient gardé toute leur vivacité. Elle avait dû souffrir d'embonpoint, car elle avait de la difficulté à marcher et elle était encore assez corpulente.

Agathe lui expliqua la dernière requête de sa mère concernant ses cendres. Elle lui fit part de ses recherches dans les archives de l'orphelinat pour connaître sa grand-mère biologique et lui tendit le nom de Louise Tremblay.

— Ce nom ne correspond à personne qui ait été lié à Bouchette, souligna Agathe. Croyez-vous que ma mère se soit trompée?

La vieille sœur écoutait en se tordant les mains, comme si le souvenir qu'Agathe évoquait avait quelque chose de honteux; une histoire qu'il fallait oublier. Le silence qui s'était installé était lourd, alors que sœur Madeleine, embarrassée, semblait fouiller dans sa tête. Ce n'était pas le souvenir qu'elle avait de la difficulté à évoquer. Ce sont les mots qu'elle devait choisir. Agathe sentit le malaise qui grandissait jusqu'à ce que la vieille dame se décide à parler.

— J'ai toujours su qu'il me faudrait un jour avouer cette faute. Je m'en suis confessée à Dieu, mais je savais que je laissais derrière moi un mensonge, un odieux mensonge. J'étais une jeune sœur et je venais tout juste de prononcer mes vœux lorsque je me suis retrouvée à Ville-Joie. J'avais peu d'expérience avec les enfants, et surtout en si grand nombre. J'étais toute seule, dit-elle, comme pour expliquer à l'avance ce qu'elle allait lui dire.

Agathe ne voulait pas l'interrompre, mais n'arrivait pas à suivre son discours décousu.

— Lorsque cette dame, qui avait adopté un bébé, une semaine plus tôt, s'est présentée à l'orphelinat pratiquement en pleine nuit pour le remettre, je ne savais pas trop ce qu'il fallait faire. Je l'ai pris sans prévenir personne en me disant que le lendemain, il serait bien temps d'aviser. J'avais entendu l'autre bébé, mais je n'y ai pas prêté attention tout de suite. Mon Dieu Seigneur, s'exclama-t-elle, elle est morte alors que j'en étais responsable. J'étais tellement paniquée. J'ai pensé qu'on me jetterait dehors pour une telle faute et c'est probablement ce qui serait arrivé. J'ai pris le corps du bébé mort dans son berceau et je l'ai enveloppé dans les langes et la couverture du bébé que cette dame venait de me redonner. J'ai mis la petite fille à sa place avec les autres.

— Vous avez remplacé les bébés, dit Agathe, incrédule.

— Je sais, c'est affreux. La petite s'était étouffée en vomissant et je n'ai pas réagi à temps. J'ai fait porter la faute sur ce couple. J'ai dit à la sœur que le bébé m'avait été rapporté mort. Comme il s'agissait d'un notaire, une personne en vue, la sœur n'a rien dit et le bébé a été enterré près de l'orphelinat. Le bébé de Thérèse Tremblay n'a vécu que quelques semaines. La petite Berthe était la fille de Marie-Anna Morrissette, lâcha-t-elle en portant ses mains sur ses yeux pour cacher sa honte.

Ainsi donc, c'était bien vrai. Cette Anna était sa grand-mère et le changement de bébé expliquait pourquoi les registres l'avaient dirigée vers une autre personne. La vieille religieuse avait porté cette faute depuis si longtemps qu'elle sembla écrasée par le poids de cette révélation. Agathe insista pour qu'elle lui parle des premières années de Berthe. Sœur Madeleine lui expliqua que ce début tragique avait lié leur destin. Elle avait gardé un œil sur la petite, développant avec l'enfant une relation privilégiée. Plus tard, lorsque Berthe avait été envoyée à l'école des religieuses de Sainte-Croix, elle avait continué à prendre des nouvelles d'elle.

— C'est vous qui lui avez annoncé la mort de sa mère?

Sœur Madeleine baissa les yeux.

— Oui, c'est moi. Marie-Anna Morrissette est venue me voir. Elle voulait retrouver sa fille. Je lui ai demandé pourquoi. J'espérais qu'elle la reprendrait, mais je craignais tout à la fois qu'elle le fasse. Ce n'était pas le cas. Marie-Anna se savait mourante et elle voulait la revoir. Je lui ai expliqué les démarches à faire, mais elle savait qu'elle n'aurait probablement pas le temps. Anna m'a alors demandé de remettre quelque chose à sa fille.

Agathe était intriguée au plus haut point.

— Vous savez de quoi il s'agissait?

— Non. Elle m'avait demandé de remettre cela à sa fille en cas de décès et c'est ce que j'ai fait. Ce qu'il y avait à l'intérieur de cette boîte ne me regardait pas.

— Cette femme, ma grand-mère, vous a-t-elle parlé du père de l'enfant? demanda-t-elle, presque implorante.

— Je n'ai pas beaucoup connu votre grand-mère. Je n'ai pas assisté à l'accouchement et je me suis surtout occupée de l'enfant, de votre mère. Je ne l'ai revue, comme je vous le disais, que peu avant son décès pour recevoir ses dernières volontés.

— Ses dernières volontés? Vous voulez dire que vous étiez l'exécutrice testamentaire?

— Il n'y avait pas de testament. J'étais la seule à connaître l'identité de sa fille et c'est pour cela qu'elle m'a demandé de lui remettre ce qu'elle avait alors qualifié «d'héritage». Elle m'a demandé de disposer de ses cendres.

— En les versant dans le lac Achigan?

La vieille dame hésita avant de répondre.

— Eh bien… Oui et non. Cette partie-là, ce n'était pas moi.

— Ce n'était pas vous?

— Non. Marie-Anna, votre grand-mère, m'avait dit de confier cette tâche à quelqu'un de Bouchette en qui elle avait confiance.

— Vous vous souvenez du nom de cette personne?

Elle hésita encore une fois. Ces choses étaient si loin et remontaient à une époque remplie de drames. Fallait-il vraiment rouvrir les vieilles plaies?

— C'est un homme. Un certain Aldège Richard. Elle l'avait connu auparavant.

La jeune femme, qui prenait des notes, échappa son crayon en entendant ce nom. Son cœur se serra si fort qu'elle crut défaillir. Le nom du grand-père de son amoureux confirmait les pires craintes d'Agathe.

Chapitre trente-sept

Bouchette, 1943

Fernand Latourelle estimait s'être fait berner par les Richard et, à défaut de pouvoir prendre Aldège dans les mailles de son filet, il jetterait le discrédit sur la famille. Chaque fois qu'il en avait la chance, il ne manquait pas une occasion de rappeler la lâcheté de certains qui préféraient se cacher dans les bois plutôt que combattre les Allemands. Il finissait toujours sa petite rhétorique en citant le nom d'Aldège. Même si peu de gens prêtaient attention aux racontars de l'indicateur, Hector ne parvenait pas à s'immuniser contre ses diffamations lorsqu'il en avait écho. Il aurait bien voulu lui tordre le cou et lui faire ravaler ses paroles. Le misérable oubliait de mentionner que la famille Richard avait déjà donné un des siens lors de la Première Guerre mondiale.

Aldège était retourné dans sa tanière, mais Gérard et lui se voyaient une fois par semaine à la cabane à sucre, du moins lorsque Latourelle ne venait pas perturber leurs plans. Gérard lui remettait des denrées, parfois le journal, et Aldège prenait des nouvelles de ce qui se passait à la maison et au village. Le printemps était enfin arrivé, à l'issue d'un hiver particulièrement rigoureux. Les Allemands avaient subi une lourde défaite aux mains des Russes et s'étaient repliés. On racontait toutes sortes d'histoires sur les camps de travail où les prisonniers étaient envoyés par train de marchandises.

Lorsque le froid arctique ne s'abattait pas sur la région, c'était la neige qui venait recouvrir et transformer le paysage. Dans la solitude de sa caverne, Aldège avait passé l'hiver à penser à ses amis, Émile et Virgile, partis à la guerre. Il se demandait si sa situation était meilleure que la leur. Valait-il mieux être ici dans ce trou que dans celui des tranchées d'un champ de bataille ?

Au moins, Virgile et Émile n'étaient pas seuls. Et au nom de quoi, au juste, Aldège se terrait-il comme un renégat ? Au nom de la fierté des Canadiens français, comme le prétendaient son père, l'abbé Gélinas et tous les bien-pensants de *La Patente* ? Même si tous ceux de sa race estimaient qu'ils n'avaient rien à faire dans cette guerre, Aldège n'était plus aussi convaincu que la fuite était la meilleure solution pour lui. Avec l'altercation qu'il avait eue avec les militaires, il n'était plus seulement un déserteur, il était recherché pour agression contre des soldats. On le considérait maintenant comme un personnage dangereux. L'armée avait beau donner la chasse aux fuyards, ils ne se seraient jamais déplacés d'Ottawa jusqu'à Bouchette s'ils n'avaient pas eu l'impression que la prise en valait la peine. Cela signifiait que ceux qui le poursuivaient pouvaient maintenant faire feu sur lui sans craindre de représailles. Peut-être serait-il fusillé sur place, dès qu'on lui mettrait la main au collet.

Il pensait aussi à Marie-Anna. Durant toute la période de grand froid et de neige, elle avait été constamment présente dans son esprit. Il réalisait que la vie ne donnait pas de seconde chance et qu'il fallait la saisir maintenant. Avec le printemps, elle était probablement retournée travailler chez Burgess. Il n'était pas loin du lac des Trente et Un Milles et il avait poussé l'audace jusqu'à aller pêcher la truite grise sur la riche réserve de pêche. Aldège savait qu'il fallait se méfier des gardiens qui n'hésitaient pas à faire feu en direction des braconniers.

Bien qu'il ait voulu se convaincre que c'est l'envie de taquiner le poisson qui l'avait attiré à cet endroit, il savait que c'était son désir ardent de revoir Anna qui lui avait servi de boussole. Le domaine de Burgess n'était pas loin. Au cours des dernières semaines, il avait discrètement questionné son frère Gérard, son seul contact avec le monde extérieur, afin d'avoir des nouvelles des gens du village, demandant des informations sur plusieurs autres personnes avant d'en arriver à celle qui l'intéressait. Gérard ne lui avait pas dit grand-chose. «Elle va bien», fut sa seule réponse. Aldège aurait bien voulu en savoir plus, demander d'autres détails, mais Gérard n'avait rien ajouté.

Aldège venait de jeter discrètement sa ligne dans le Trente et Un Milles, lorsqu'il entendit le bruit d'un avion. Il avait d'abord cru qu'il s'agissait du moteur d'un des bateaux des gardes-pêche, mais il avait reconnu l'hydravion de Burgess tournant en rond au-dessus du lac avant d'amerrir. Si le richissime homme était à Burgessville, Anna y était sûrement déjà. Sans vraiment réfléchir, il prit la direction du domaine. Il louvoya dans les bois, puis finit par rejoindre le chemin d'accès au domaine. Il resta sous le couvert forestier, bien que la route fût déserte. Le printemps était encore frais et la chaleur n'avait pas encore ramené avec elle les visiteurs de l'été, mais il y avait probablement plein d'ouvriers en train de préparer les chalets. Camions et voitures circulaient sur ce chemin et Aldège savait que le riche fabricant de pipes, réputé pour ses dépenses extravagantes, avait toujours de nouveaux travaux de construction à faire avant la belle saison. Son domaine était devenu un des plus connus de la région et chacun profitait de ses largesses. Paul, le père de son ami Émile, dirigeait sûrement les travaux, comme il le faisait depuis l'arrivée de l'Allemand au Canada. Anna serait là pour superviser le nettoyage des chalets, laver les draps, les taies d'oreillers et les nappes en vue des grandes réjouissances que Burgess organisait.

Il arriva en vue de la maison du gardien qui marquait l'entrée du domaine. Georges Caron, qui agissait aussi comme chauffeur durant la belle saison, y habitait à l'année afin de surveiller les lieux. Aldège savait qu'il devait éviter de se faire voir. Caron ne l'aurait sûrement pas dénoncé aux soldats, mais il ne lui aurait pas permis d'aller flâner sur le terrain. Il contourna la maison, se cachant d'arbre en arbre. En quelques minutes, il avait réussi à passer la barrière sans attirer l'attention. Sur sa droite, on pouvait apercevoir, un peu en retrait de l'auberge et des chalets, la ferme où les ouvriers avaient commencé les travaux du printemps. Le déserteur pouvait distinguer les hommes au bout du pré, en train d'installer le fil barbelé, dont on se servait pour réparer la clôture. Il se glissa discrètement en direction de l'auberge où il espérait voir Anna. Aldège passa le long d'un petit bâtiment en retrait. Il colla son dos sur le mur de ciment, réalisant sans trop y porter attention que toutes les autres constructions de la propriété étaient faites de bois rond, probablement coupés directement sur la terre de Burgess.

Il fit les derniers mètres qui le séparaient de l'édifice principal au pas de course, le cœur battant d'espoir. Il resta à distance, guettant le passage des personnes à l'intérieur. Une femme apparut à la fenêtre et son cœur s'emballa un instant avant de réaliser qu'il ne s'agissait pas d'Anna. Il resta longtemps immobile, les yeux rivés sur la cuisine. Ses espoirs de la voir diminuaient lorsque, soudain, sa silhouette passa devant l'ouverture. Il ne pouvait distinguer son visage, mais il reconnut facilement son allure. Elle était grande et élégante, malgré son petit uniforme de servante, et portait comme toujours les cheveux noués en chignon. Un instant, elle s'était arrêtée devant la vitre. Il voulut lui faire signe en agitant les bras, mais elle ne regardait pas dans sa direction. Son regard était attiré par le petit édifice de ciment qu'Aldège venait de longer. Les yeux d'Anna ne quittaient pas la cabane. Aldège suivit son regard, s'attardant pour la première fois aux détails de l'étrange construction. L'édifice ressemblait, en plus petit, à l'école de rang où il avait fait ses premières classes. Les murs étaient hauts, faits de mortier, probablement remplis de pierres. Ils étaient exceptionnellement épais à en juger par la profondeur de l'ouverture de la porte et des fenêtres, et Aldège estima leur épaisseur à environ soixante centimètres. Les volets étaient fermés. Le toit était recouvert de bardeaux de cèdre, comme les autres constructions du domaine. Aldège se demanda à quoi pouvait servir cette construction, dont la superficie ne dépassait pas celle d'une cabane. Peut-être profitait-on de la fraîcheur que devaient procurer les murs épais pour y garder les denrées périssables. Seule la présence d'un grand mat métallique émergeant discrètement au milieu du toit tranchait dans le décor. La tige s'élevait dans les branches des grands arbres qui poussaient tout autour de la bâtisse, si bien qu'on ne pouvait en voir le bout.

Anne se tourna vers lui sans le voir. Ses yeux semblaient perdus dans le vide juste au-dessus de la tête d'Aldège. Dès qu'il se remit à agiter les bras dans sa direction, la jeune femme sortit de sa rêverie, réalisant sa présence avec surprise. Elle ouvrit immédiatement la porte de la cuisine et s'avança sur le perron en jetant autour d'elle un regard effrayé. Elle referma silencieusement la porte et lui fit signe d'approcher. Elle semblait inquiète. Aldège prit conscience immédiatement de son malaise et s'avança lui aussi en scrutant les environs à la recherche de ce qui pouvait susciter une telle crainte. Elle avait changé depuis qu'il l'avait vue au début de l'hiver dernier. Elle semblait épuisée, mais en même temps, elle respirait la santé et Aldège ne l'avait jamais vue ainsi. Ses joues étaient plus rouges et il lui semblait qu'elle était moins maigre que dans ses souvenirs, ce qui lui allait très bien.

— Que fais-tu ici ? dit-elle, anxieuse, regardant toujours en direction de l'étrange remise.

— Je voulais te revoir, te parler.

— Il ne faut pas, c'est très dangereux.

Elle semblait sur le point de pleurer et Aldège crut que Latourelle était venu la cuisiner.

— C'est Latourelle, n'est-ce pas ?

— Oui. Il est devenu fou. Il l'était déjà auparavant, mais la bagarre au pont de fer l'a rendu pire qu'avant. Il te cherche partout et harcèle les gens en les menaçant de les dénoncer à l'armée en tant que complices. Il est venu ici aussi avec les soldats. Il n'arrêtait pas de dire qu'il savait que tu viendrais me voir et qu'il m'embarquerait avec toi pour avoir aidé un dangereux déserteur.

Anna avait défilé son discours sans quitter la cabane de ciment des yeux.

— Il faut que tu partes, ajouta-t-elle, ici, c'est trop dangereux.

Chaque fois qu'Aldège sortait de sa tanière, il savait qu'il prenait un risque, mais tout de même pas au point de mettre Anna dans un tel état. À moins d'avoir mobilisé l'armée au complet et de s'être terré dans la forêt environnante, il y avait peu de chances que l'indicateur débouche à Burgessville sans qu'on le voie venir de loin. Aldège aurait amplement le temps de prendre la fuite et de se cacher avant que le premier camion soit en vue. Il ne doutait pas cependant que ce rat de Latourelle puisse s'en prendre à Anna et lui faire croire qu'elle risquait de se retrouver dans un cachot si elle ne le dénonçait pas. Il fit le fanfaron pour la rassurer.

— Latourelle ne me prendra pas. Il n'arriverait même pas à attraper un rhume.

— Aldège, c'est très dangereux. Tu ne peux pas rester ici.

Le jeune homme était déçu de constater qu'après une si longue absence, Anna n'était pas plus heureuse de le voir. Il lui fallait faire un geste, dire un mot pour qu'elle sache enfin combien il l'aimait. Émile était parti à la guerre et on était toujours sans nouvelle de lui. Peut-être même avait-il rencontré quelqu'un en Angleterre où les soldats étaient cantonnés en attendant le grand débarquement qui ne semblait jamais vouloir venir.

— Anna, si je suis sorti des bois, c'est pour toi, fit-il.

Il n'avait pas pensé à ce qu'il lui dirait en se rendant à Burgessville. Seule l'idée de la voir comptait. Il croyait qu'Anna l'accueillerait avec le même enthousiasme qu'elle les avait accueillis, lui et Émile, lorsqu'ils étaient venus la visiter l'année précédente. Tout semblait avoir changé. Anna n'était plus une jeune fille, mais une femme. La naïveté de son jeune âge avait fait place, dans ses yeux, à l'inquiétude propre à la plupart des adultes. En cet instant, cette angoisse prenait l'apparence d'une frayeur.

— Je t'aime, dit-il sans autre artifice.

Il se rendait compte que leur conversation ne durerait pas plus longtemps et il n'arrivait pas à formuler d'une manière romantique les phrases qui tournaient dans sa tête. Il voyait bien qu'Anna était terrorisée et semblait sur le point de rentrer à l'intérieur pour se cacher comme si c'était elle la fugitive.

— Aldège, non, il ne faut pas, dit-elle en pressant sa main sur sa bouche.

— Je t'ai toujours aimée, ajouta-t-il, comme si elle n'avait rien dit.

Un long silence passa. Anna s'était figée dans sa position. Après la surprise de la révélation, ses traits se firent plus doux. Elle s'avança vers lui et prit sa main.

— Je sais.

— Partons d'ici, lui proposa-t-il. Nous irons à Montréal. La guerre finira bien un jour !

Aldège n'était pas sans savoir qu'Anna avait toujours souhaité aller vivre dans la grande ville. Cette perspective ne lui avait jamais plu, mais aujourd'hui, les choses avaient changé. Il n'en pouvait plus de vivre dans l'isolement. L'hiver l'avait confiné à son abri de fortune, mais avec le printemps, il s'était mis à penser à sa vie et à ce qui se passerait au village. Il y avait les travaux qui se préparaient, les labours et les semences. Il y avait aussi le retour à la vie communautaire, aux célébrations religieuses qui permettaient aux gens du village de se rencontrer, les expéditions à Maniwaki, les grandes corvées destinées à venir en aide à un voisin et les rencontres des jeunes au café du village. Il avait voulu revenir à la vie avec les autres et il était allé rencontrer son père et Gérard pour faire les sucres. Latourelle était venu faire son tour, si bien qu'on lui avait ordonné de rester au fond des bois. Il se demandait aussi ce qui se passerait lorsque la guerre serait terminée. Serait-il toujours un déserteur ? Sa vie à

Bouchette était finie, il lui fallait fuir. S'il lui fallait vivre caché de toute façon, aussi bien se cacher au milieu d'une grande ville où personne ne le connaissait et où il pourrait refaire sa vie.

— Viens me retrouver ce soir, dit-elle, en le pressant de se mettre à l'abri des regards.

Aldège savait qu'il lui serait difficile de retrouver son chemin vers son refuge dans le noir, mais il aurait franchi l'enfer pour elle. Il promit d'être là, hésitant à abandonner sa main chaude et douce.

— Je serai là à sept heures.

— Huit heures, s'empressa-t-elle de préciser.

Elle jeta un coup d'œil du côté du pavillon où la porte s'ouvrit. Aldège se dirigea rapidement vers une touffe de petits sapins où il s'engouffra. Il se jeta au sol, observant l'homme qui venait de sortir. Il le reconnut. Tout le monde à Bouchette connaissait cette silhouette, cet homme marchant avec sa canne, dont le pommeau représentait une tête d'aigle. L'Allemand portait des pantalons d'écuyer et des bottes de cuir qui lui montaient jusqu'aux genoux. Sa canne était coincée sous son bras et il fixait le sol en marchant d'un pas décidé vers le « lodge », comme Anna désignait le chalet principal. Il passa devant Aldège, tapi sous les branches de sapin, mais ne le vit pas, marmonnant des mots dans une langue que le déserteur ne connaissait pas. Il s'arrêta un instant devant le perron et jeta un regard sur son domaine. Il semblait préoccupé, plongé dans des pensées peu réjouissantes.

Dès qu'il eut franchi le pas de la porte, Aldège se faufila entre les arbres, prenant encore plus de précautions pour ne pas se faire voir. Il refit le circuit qu'il avait fait quelques minutes plus tôt et se glissa de nouveau le long du bâtiment d'où Burgess venait de sortir. Il courait presque lorsqu'il passa devant la porte entrouverte. Il l'avait dépassée lorsqu'il entendit le son d'une voix émise par ce qui semblait être un poste de radio. Aldège s'arrêta net. Il ne comprenait pas les mots, mais il s'agissait de la même langue que celle que Burgess venait d'utiliser. De l'allemand. Il fit prudemment marche arrière et jeta un coup d'œil dans l'entrée. Il y avait de la lumière et il pouvait voir un peu à l'intérieur. Il y avait là un gros appareil avec plusieurs cadrans. Aldège n'en avait jamais vu un si gros, mais il savait ce dont il s'agissait. Un poste de radio à basse fréquence. Il poussa délicatement la porte pour tenter d'en voir plus. Il y avait une autre table ou s'entassaient livres et plans. Plus loin, une bibliothèque était chargée de gros bouquins dont Aldège ne put lire aucun des titres. Sur les murs, des cartes géographiques faisaient office de décorations, dont une immense représentant le fleuve Saint-Laurent, de Gaspé jusqu'aux Grands Lacs. Des points en rouge y marquaient des emplacements. Seul élément artistique présent, une toile représentant une petite fleur blanche poussant à flanc de montagne. «Heidelweiss» était inscrit au bas du tableau. Sur une tablette, une pipe d'ivoire finement sculptée était déposée sur un écrin de velours.

Que faisait donc ce Burgess dans un tel endroit? Pourquoi donc de tels équipements de communication dans un village perdu comme Bouchette? Avec qui communiquait-il? «Pas avec du monde de chez nous en tout cas», songea Aldège en écoutant la voix qui semblait répéter inlassablement le même message. Il avait beau ne rien comprendre, il reconnaissait les mots répétés. «*Pauchenslag, Pauchenslag*», disait de temps à autre le correspondant. Aldège aurait voulu pousser plus à fond son exploration, mais il craignait de se faire prendre. Il y avait une impression de mystère et de danger qui émanait de cet endroit. Il quitta les lieux en courant, fuyant comme s'il avait le diable à ses trousses.

Lorsqu'il fut suffisamment loin, il s'arrêta et trouva un grand pin en bordure du Trente et Un Milles et il y grimpa. L'arbre surplombait la forêt et il pouvait voir loin. Un chaud soleil le réchauffa et le sentiment de crainte qui l'habitait depuis qu'il avait visité le petit pavillon de Burgess commença à s'estomper.

Il resta perché dans son refuge, attendant il ne savait trop quoi et réfléchissant à ce qui venait de se passer. Trop de choses se bousculaient maintenant dans sa tête. Qui était réellement ce Burgess? Il était arrivé à Bouchette, prétendant être un riche réfugié juif venu d'Allemagne. En pénétrant dans cette bâtisse, Aldège avait l'impression d'avoir vu quelque chose qu'il n'aurait pas dû voir. Ces appareils radio et cette voix qui répétait inlassablement le même message, c'était de l'allemand, il en était certain. Il avait vu des notes sur la table et des cartes du monde suspendues aux murs. Qu'est-ce que cela voulait dire? Que faisait Burgess de ces notes et de ces cartes? Quelle était sa mission?

Il songea alors à Anna et se rappela sa mise en garde. Il avait d'abord pensé qu'elle craignait le retour de Latourelle, mais il réalisait qu'elle avait probablement peur d'autre chose. Ses regards effrayés vers le pavillon où se trouvait Burgess avaient maintenant un tout autre sens. Se sentait-elle menacée elle aussi? Il devait lui venir en aide, mais comment pouvait-il intervenir? Il verrait ce soir, au moment de la rencontrer.

Lorsque le jour commença à descendre, il se rapprocha de nouveau du domaine et se faufila entre les arbres, comme il l'avait fait la première fois.

Si Anna acceptait de partir avec lui, il lui faudrait d'abord passer à la maison pour prévenir sa famille et éviter qu'ils le cherchent. Ils pourraient probablement y passer la nuit sans trop de risque, mais demain, il faudrait envisager un moyen pour fuir. Plus Aldège y réfléchissait, plus il constatait son impuissance. Peut-être parviendraient-ils à partir, mais que leur arriveraient-ils lorsqu'ils seraient rendus à Montréal? Où loger et comment trouver du travail, Aldège n'en avait aucune idée. Il avait un peu d'argent, mais probablement pas assez pour survivre longtemps. Il envisageait de prendre le train, mais il réalisait également que les gares étaient peut-être surveillées par la police militaire.

Il repassa derrière la maison du gardien, se camouflant avec plus de soin qu'il ne l'avait fait le matin. Il hésita quelques minutes avant de s'approcher du pavillon de béton. Bien que les volets soient toujours fermés, il constata avec satisfaction qu'il ne semblait pas y avoir de lumière à l'intérieur. Il courut vers le bosquet de sapins et s'y glissa. Le jour tombant le fit totalement disparaître derrière son écran de branches. Il cherchait Anna du regard à travers les carreaux. La douce chaleur du jour n'était pas encore totalement disparue et la porte de la cuisine était ouverte pour laisser les lieux profiter de ce souffle de fraîcheur. À travers la grande porte moustiquaire, Aldège pouvait voir dans la cuisine, mais aussi jusque dans la grande salle située du côté opposé. Il reconnut la silhouette de Burgess. Il le vit passer de la gauche vers la droite, puis de la droite vers la gauche. Le manège se poursuivit ainsi durant de longues minutes, l'homme arpentant les lieux tout en parlant à un interlocuteur qui se trouvait avec lui, mais qu'Aldège ne pouvait voir de son poste d'observation. Parfois, Burgess s'arrêtait juste devant l'ouverture du corridor conduisant à la cuisine et se tournait pour faire face à son compagnon. Bien qu'il eût été difficile de détailler l'habillement de l'Allemand, Aldège constata qu'il avait délaissé son pantalon d'écuyer et ses bottes pour un pantalon de ville et des souliers. Il portait à la main une pipe dont Aldège pouvait apercevoir les volutes de fumée qui s'en échappaient. Puis, Burgess sembla sur le point de s'effondrer et quelqu'un qu'Aldège ne put voir se porta à son secours. Les deux disparurent de son champ de vision. Quelques minutes plus tard, Burgess quittait le pavillon principal en direction de son chalet.

Aldège resta longtemps sous les branches avant d'apercevoir enfin Anna dans l'embrasure de la porte. Il regarda soigneusement autour de lui avant de sortir, plus que jamais inquiet d'un danger qu'il ne connaissait pas, mais dont il suspectait l'imminence. Elle se dirigea rapidement vers lui, les mains crispées sur une lettre tordue tant elle semblait s'y agripper. Aldège s'empressa de marcher vers elle, le cœur battant. Il ne savait plus que penser. Anna était-elle la promise d'Émile ? Le beau visage de la jeune femme était défait, affichant un mélange de peine, de peur et de grande tristesse, ce qui n'était pas de bon augure, songea-t-il.

— Aldège, commença Anna, il faut que je parte.

— Je pars avec toi, s'empressa de répondre Aldège, avant qu'elle ajoute quelque chose qu'il ne voulait pas entendre.

— Écoute-moi, dit-elle, faisant un effort pour retenir les larmes. Je dois partir, je n'ai pas le choix. Là où je dois aller, tu ne peux pas venir. L'armée te prendrait rapidement.

— Peu m'importe. Je ne veux plus me cacher comme un sauvage. Si tu veux de moi, j'irai avec toi.

— Tu ne peux pas. Tu ne peux plus rien pour moi.

Ces mots avaient été dits avec une telle gravité qu'Aldège en était bouleversé. Que s'était-il produit pour qu'Anna soit dans un tel état de détresse ?

— Anna, il n'est pas trop tard, j'en suis certain. Je peux t'aider.

— C'est impossible. Demain, je m'envole.

— Tu t'envoles ? demanda Aldège estomaqué, tu veux dire en avion ?

— Oui.

Aldège perdit instantanément son sourire en constatant qu'Anna était sérieuse.

— Avec lui ? dit-il en pointant le chalet de Burgess.

Elle opina de la tête.

— Pourquoi ?

— Je ne peux pas t'expliquer. Je ne peux pas te le dire.

Cette fois, des larmes coulèrent sur ses joues lorsqu'elle plongea ses beaux yeux dans ceux d'Aldège qui ne savait plus que faire.

— C'est à cause de lui, de l'Allemand. C'est ça ?

Elle n'arrivait plus à parler, mais son attitude confirmait à Aldège que Burgess était bien la cause de cette grande peine qui l'accablait.

— Va-t'en, Aldège. Va-t'en! dit-elle en reculant vers le pavillon.

— Anna…

— Va-t'en, répéta-t-elle en entrant dans la cuisine.

Aldège se dirigea vers le buisson où il s'était caché, encore plus inquiet de ce qui pourrait arriver. Tout tournait dans sa tête. Anna était en péril. Cet Allemand était un espion, il en était maintenant certain. Ce qu'il avait vu à l'intérieur de ce qui ressemblait maintenant beaucoup plus à un bunker qu'à un chalet était suffisant. Toutes ces cartes, la radio et la voix allemande qu'il avait entendue, tout concordait. Probablement qu'Anna avait découvert le secret du petit pavillon et que Burgess la menaçait, ce qui expliquerait l'état de détresse dans lequel il l'avait trouvée. « Tu ne peux plus rien pour moi », avait-elle dit. Ça ressemblait aux paroles d'un condamné à mort. Il lui fallait la sauver à tout prix.

Dès que le notaire Beausoleil lui avait suggéré l'idée de subir un test d'ADN, Amed avait été enthousiaste. Ce genre d'analyse de l'empreinte génétique permettrait de lever les doutes. On l'utilisait bien sûr dans les affaires criminelles pour identifier un meurtrier et dans les affaires civiles lorsqu'il était question de reconnaissance de paternité, mais fort peu souvent pour une question amoureuse comme celle soulevée par Agathe et Amed. En l'absence d'un échantillon de la grand-mère ou du grand-père, les tests des deux tourtereaux seraient comparés. Le coût était assez élevé et devait être assumé par les demandeurs, mais Amed estima que six cents dollars, ce n'était pas beaucoup pour connaître enfin la vérité.

— Ce test est fiable ? avait-il demandé.

— Totalement fiable, avait répondu le médecin qui l'avait reçu.

Amed aurait probablement pu obtenir les résultats avant qu'Agathe revienne, mais il avait préféré l'attendre. Si la nouvelle était mauvaise, elle viendrait bien assez tôt. Et puis, il avait amplement de projets sur la table, à commencer par le Tournesol II. Cette seconde version comportait plusieurs corrections qu'il avait apportées à la suite de sa brève, mais intense première expédition. La seconde tentative avait attiré nombre de curieux au quai public. Amed avait omis de recouvrir le sous-marin d'une bâche en passant dans le village, et on s'amusait ferme en voyant ce curieux engin en forme de brochet. Le jeune inventeur avait commencé par faire un essai des ballasts, coulant sous seulement un ou deux mètres d'eau pour réapparaître au même endroit quelques minutes plus tard.

Cette seconde tentative avait été plus fructueuse que la première. Muni d'un crayon feutre, Amed avait marqué chaque endroit où l'eau s'infiltrait. Il lui faudrait colmater chaque voie d'eau avant de présenter son prototype.

Amed avait ensuite effectué une brève plongée libre. Il avait tourné en rond pour éviter de trop s'éloigner, mais le Tournesol répondait bien. Dès qu'il aurait réglé les dernières petites infiltrations, le sous-marin serait prêt pour la mise à l'épreuve officielle de son prototype. Il avait encore beaucoup de démarches à faire et de paperasse à remplir pour faire reconnaître son invention, mais pour le moment, il avait d'autres préoccupations. Il avait décidé de chercher l'énigme des attentats dont Agathe avait été victime.

Depuis qu'il était allé faire l'essai du Tournesol, il avait en permanence cette curieuse impression que quelqu'un l'observait. «Je deviens paranoïaque» s'était-il dit. D'autant plus qu'avec la foule de curieux qu'il avait attirés au quai public, des dizaines d'yeux étaient effectivement braqués sur lui.

Lorsqu'il était revenu quelques jours plus tard pour faire une nouvelle plongée, Amed avait pris soin de bien camoufler le Tournesol II et avait fait un long détour pour éviter de passer dans le village. Il n'appréciait pas les sarcasmes et les rires trop gras des badauds. Le quai public était désert, mais le jeune inventeur avait encore cette curieuse impression qui l'avait perturbé la fois précédente. Il jeta un regard nerveux autour de lui. L'espace d'un instant, il avait cru voir quelqu'un à travers les branches. Il s'était demandé si ce n'était pas son imagination qui lui avait joué des tours, et il avait résolu d'aller voir de plus près ce fameux terrain. Il avait laissé son camion dans le stationnement et s'était avancé vers la barrière d'arbres qui longeait le terrain de la municipalité. La végétation était si dense qu'Amed eut de la difficulté à trouver une faille pour y entrer. Il marcha dans une direction, puis dans l'autre, avant d'entrevoir ce qui ressemblait à un sentier. Probablement une piste que les animaux empruntaient. Il avança quelques minutes le dos courbé, protégeant son visage pour éviter les branches. Il déboucha soudainement dans une clairière et s'immobilisa immédiatement sur place.

— Nom de Dieu, ne put-il s'empêcher de lancer en apercevant le spectacle devant lui.

Il n'arrivait plus à faire un geste ni un pas. Il était sidéré. Il comprenait maintenant le sombre danger qui pesait sur eux. Il recula au moment même ou un coup de feu retentit. Il tomba à la renverse, frappé en pleine poitrine.

Chapitre trente-neuf
Bouchette, 1943

Fernand Latourelle avait dû oublier ses déserteurs et se mettre au service de l'armée et de la Gendarmerie royale du Canada. La nouvelle courait depuis le début de l'été 1943 selon lequel le premier ministre canadien, William Lyon Mackenzie King, avait invité le président américain Franklin Delano Roosevelt, et le premier ministre britannique, Winston Churchill, afin de préparer le débarquement prochain des forces alliées en France. L'armée avait particulièrement insisté pour garder ces informations strictement secrètes. On craignait qu'Hitler, s'il était informé de cette rencontre, planifie une attaque sur Québec. Avec les sous-marins allemands qui circulaient dans le fleuve Saint-Laurent, plus aucun endroit n'était vraiment sûr.

Il s'agissait surtout d'un exercice de relations publiques. La rencontre déterminante, c'était celle des généraux et des responsables militaires, qui devait avoir lieu ailleurs, dans le plus grand secret, loin de l'attention publique et des espions. Les responsables du ministère des Affaires étrangères avaient exigé que l'endroit soit particulièrement isolé et difficile d'accès afin de faciliter la sécurité de ceux qui y participeraient. C'est un haut gradé de l'armée, lui-même membre, qui suggéra que la conférence se déroule au Gatineau Fish and Game Club à une centaine de kilomètres au nord d'Ottawa. Le centre de villégiature privé répondait à tous les critères. Il était situé en pleine forêt et il n'y avait qu'une seule route qui y conduisait. Le village le plus proche, Pointe-Confort, ne devait pas compter plus d'une centaine de personnes et la plupart étaient connues des gens du club à qui ils fournissaient denrées et services. La place offrirait un lieu parfait pour cette rencontre secrète.

La GRC avait demandé qu'on procède à une inspection des lieux, et surtout, qu'on s'assure de contrôler tous les accès possibles. Latourelle était le seul qui connaissait ce secteur, niché à la pointe sud du lac des Trente et Un Milles, mais il n'avait jamais été invité à entrer dans ce lieu mythique. On racontait que plusieurs grandes vedettes du cinéma s'étaient rendues à cet endroit pour y profiter de l'été, pour pêcher et même pour chasser. Ses yeux s'écarquillèrent lorsqu'il aperçut le gigantesque chalet de bois couvrant trois étages, avec sa grande galerie qui courait tout autour. Les allées étaient soignées, les fleurs entretenues quotidiennement et on pouvait sentir que tout, ici, respirait le luxe.

Fernand Latourelle était fasciné par la magnificence des lieux et le luxe qui régnait partout. Même le hangar à bateaux dépassait tout ce qu'il avait déjà vu. La « boat house » comportait une vingtaine de portes où étaient amarrés des canots à moteur, comme il n'en avait vu que dans les films. De beaux bateaux construits tout en cèdre, vernis si soigneusement qu'on les aurait dit recouverts de verre, avec un volant, comme une voiture, pour le conduire, et des sièges en cuir…

Il fut rapidement tiré de sa rêverie et envoyé en forêt avec une troupe pour inspecter les alentours. La seule propriété contiguë à l'immense domaine du club était assez éloignée et appartenait à ce riche fabricant de pipes américain, où Latourelle s'était déjà rendu pour importuner la belle Marie-Anna Morrissette, dans l'espoir de trouver le fugitif Aldège Richard.

— Pas de problème de ce côté, dit-il, je connais l'endroit. Il n'y a aucun danger.

Pendant qu'un groupe emprunterait un bateau pour vérifier les abords par le lac, Latourelle et la patrouille étaient chargés de faire le tour par Bouchette pour aller inspecter la propriété de ce Burgess. Il leur faudrait la moitié de la journée pour s'y rendre tant les routes étaient sinueuses et difficiles. L'indicateur s'installa confortablement, songeant combien son sort était mille fois plus enviable que celui de ces bougres qui devaient aller se battre de l'autre côté de l'océan. Ils avaient traversé le pont de fer au-dessus de la rivière Gatineau entre Bouchette et Cameron, lorsqu'un homme sortit des fourrées et se jeta devant leur camion, forçant le conducteur à freiner pour ne pas l'écraser. Le type avait les deux bras en l'air et ne semblait pas disposé à leur céder le passage. Latourelle manqua de s'étouffer. Celui qui se tenait devant lui avait les cheveux longs et ressemblait à un trappeur, mais il le reconnut immédiatement: c'était Aldège Richard.

Il sauta du camion en vociférant et en criant aux soldats qu'il s'agissait d'un dangereux déserteur qui avait déjà attaqué et blessé des soldats. L'insoumis n'eut pas le temps de leur expliquer quoi que ce soit, que déjà, Latourelle lui administrait un coup de poing dans le ventre. Aldège tomba sur le côté et fut roué de coups par son assaillant, qui semblait avoir perdu le contrôle de lui-même. Il jouissait des cris de douleurs de sa victime. Aldège tenta de se relever, mais la crosse du fusil de l'un des soldats le frappa à la nuque et il sombra dans le noir.

Lorsqu'il émergea des ténèbres, il était enfermé dans une cellule, une douleur lancinante à la tête. Il porta la main à sa nuque et constata qu'il y avait une bosse de la taille d'une pomme. Depuis combien de temps était-il inconscient? Où était-il? Ses pensées se mélangeaient. Il se souvenait d'Anna et de son cri de détresse. Puis, il y avait eu ce camion de soldats qu'il avait voulu arrêter. Aldège de souvint du visage fou de colère de Latourelle au même moment qu'un éclair de douleur lui transperçait le crâne. Il grimaça. Il avait fallu qu'il tombe sur cet escogriffe. Il n'avait pas eu le temps de les prévenir, de sauver Anna. Peut-être était-il trop tard. L'espion allemand s'était peut-être enfui en emportant avec lui la jeune femme en guise d'otage. Il se releva péniblement, ses yeux plissant sous la lumière vive des lampes protégées d'un grillage métallique. Il lui fallait réagir, faire quelque chose, sinon il le regretterait à tout jamais. Il tapa de ses pieds et de ses poings dans la porte jusqu'à ce qu'un garde vienne lui donner l'ordre de cesser ce boucan. Il demanda à voir un officier, mais son geôlier lui répondit en lui faisant un doigt d'honneur. Aldège recommença à s'agiter, à frapper les murs et à crier, jusqu'à ce que le garde revienne, cette fois, accompagné d'un autre soldat. Aldège espérait qu'ils l'écoutent enfin, mais ceux-ci se montrèrent sourds à ses supplications, pendant qu'ils déroulaient le boyau à incendie.

— Ferme ta grande gueule si tu ne veux pas prendre une tasse.

Aldège n'eut pas le temps de comprendre. Il voulut encore protester et reçut le puissant jet en pleine figure, avalant de force une grande rasade d'eau avec laquelle il s'étouffa. Il se retrouva cloué sur le mur au fond de sa cellule et il se roula en boule pour se protéger du geyser qui déferlait sur lui. Lorsqu'ils eurent l'impression qu'il avait eu sa leçon, les deux gardes l'abandonnèrent à son sort. Il fallut de longues minutes à Aldège pour se remettre et cesser de tousser, mais il se remit aussitôt à brasser sa cage dans l'espoir qu'on l'écoute. Cette fois, les gardes n'entendaient plus à rire et Aldège savait qu'ils s'apprêtaient à lui offrir une raclée dont il se souviendrait. Il tomba à genoux, les implorant de l'écouter un instant :

— Vous pourrez me tabasser après, si vous croyez que je mens, dit-il, désespéré.

Le premier garde sembla touché par les paroles du prisonnier alors qu'il débarrait la serrure de la cellule. L'autre semblait plutôt galvanisé par les supplications d'Aldège, sa matraque tapotant d'impatience dans sa main gantée de cuir. Il afficha un air de déception lorsque son collègue arrêta son élan pour écouter ce que le détenu avait à dire. Ni l'un ni l'autre n'avait de sympathie pour les déserteurs et les fuyards. Toutefois, il valait mieux s'assurer que ce type n'avait rien à déclarer qu'on pourrait par la suite leur reprocher d'avoir ignoré.

— Dis ce que tu as à dire.

— Je veux parler à un officier.

— Tu me parleras à moi ou tu ne parleras à personne.

Aldège hésita. Il aurait voulu parler à quelqu'un qui était en position de prendre une décision, mais il voyait bien que l'homme qu'il avait devant lui ne ferait rien et ne dérangerait personne s'il n'avait pas lui-même le sentiment que ce que le prisonnier avait à dire était important.

— Il y a un espion… un espion allemand, bredouilla-t-il

— Bon, c'est assez, maudit peureux. Tu ne nous auras pas avec ça, Richard. Tu vas le faire, ton service militaire.

— Ce que je vous dis est vrai. Il y a un espion allemand à Cameron. Burgess, qu'il s'appelle. J'ai vu ses équipements et je l'ai entendu parler en allemand à la radio. Il garde une jeune femme contre sa volonté.

— Qu'est-ce que c'est que cette histoire. Ferme ta grande gueule, ordonna le militaire à la matraque.

Ils se retirèrent rapidement, mais Aldège avait l'impression que, cette fois, son message serait transmis aux bonnes personnes. En entendant ce que le garde lui raconta, le sergent Larouche voulut absolument entendre le prisonnier de ses propres oreilles. Avec la tenue prochaine de la rencontre dans cette auberge du Trente et Un Milles, la présence possible d'un espion dans les parages devait être prise au sérieux. Aldège répéta son histoire, interrompu à quelques reprises par les questions du sergent Larouche. Ce dernier lui demanda s'il se rappelait quelque chose qu'il avait entendu provenant de cette fameuse radio.

— Le seul mot que j'ai retenu, c'est « *Pauchenslag* ». Le gars à la radio répétait cela tout le temps.

— Tu en es certain, demanda Larouche, qui commençait à prendre l'histoire de Richard au sérieux.

Ce qu'il lui avait raconté, le bâtiment de béton surmonté d'une très haute antenne, les appareils, les cartes, tout semblait crédible. Et ce mot, *pauchenslag*, c'était de l'allemand, il en était certain. Les services secrets avaient découvert l'existence d'une opération allemande dans l'Atlantique portant ce nom. Larouche communiqua avec son capitaine, lui raconta l'histoire, que celui-ci retransmit à son propre supérieur hiérarchique. Jamais on n'aurait pardonné au Canada d'avoir laissé un espion s'infiltrer près du lieu d'une rencontre secrète au cours de laquelle on déciderait probablement du sort du monde. Quand, enfin, on donna l'ordre de perquisitionner la propriété de ce Burgess, plusieurs jours s'étaient écoulés et le moment du sommet approchait.

Une première patrouille était venue tourner à l'entrée du domaine. Ils avaient parlé quelques instants avec Georges Caron avant de repartir. Puis, il y avait eu ce bateau avec plusieurs policiers à son bord qui était passé lentement le long de la rive. Les hommes avaient scruté les environs à l'aide de puissantes jumelles. Burgess aussi les avait vus et son anxiété n'avait cessé de croître dans les jours qui avaient suivi. Ses derniers invités avaient été conduits à la piste d'atterrissage par Caron et avaient quitté les lieux la veille. Il avait passé quelques heures dans le petit bâtiment de béton qu'il avait quitté en emportant ce qui ressemblait à une boîte à chaussures. Il entra dans la cuisine, y demeura que quelques minutes et en ressortit les mains vides. Il ne prit rien d'autre avec lui, se dirigeant immédiatement vers l'hydravion. Les flotteurs se détachaient de la surface du lac des Trente et Un Milles lorsque le véhicule de la Gendarmerie royale franchit la barrière qui marquait l'entrée de Burgessville.

Chapitre quarante

Heidelberg, 2005

Agathe était encore sous le choc. Sa rencontre avec la vieille sœur lui en avait appris plus que tout ce qu'elle avait pu glaner ailleurs comme informations. Ainsi donc, c'est le grand-père d'Amed qui avait dispersé les cendres de sa grand-mère. Ce détail risquait de confirmer que celui-ci était beaucoup plus qu'une simple connaissance, qu'un simple ami d'Anna. N'aurait-elle pas demandé au père de sa fille de répandre ses cendres dans le lac Achigan? Cela lui semblait maintenant de plus en plus logique.

Günter avait bien vu le malaise d'Agathe lorsqu'il l'avait reconduite à son hôtel. Elle voulut le payer, mais il refusa.

— *Nein,* je ne travaille pas aujourd'hui. Demain, vous mangez à notre maison, dit-il, je viendrai vous chercher. Ma femme sera heureuse de vous rencontrer.

Agathe se confondait en remerciements, enchantée de cette invitation qui lui permettrait de pénétrer dans la vie quoti-dienne des Heidelbourgeois et d'oublier, l'espace de quelques heures, ses préoccupations.

La rencontre avec la vieille dame avait duré une bonne vingtaine de minutes et Agathe se promettait bien de revenir dès le lendemain pour lui poser d'autres quelques questions qui lui trottaient maintenant dans la tête. Elle avait eu beau noter tout ce que sœur Madeleine lui avait dit, elle n'était plus certaine de l'avoir entendu dire que Marie-Anna lui avait remis un paquet ou une boîte pour sa fille. Lui avait-elle dit autre chose susceptible de la guider? Elle entra à l'hôtel où elle constata dès son arrivée dans sa chambre qu'elle avait un message. Elle composa le numéro de la réception où on lui fit entendre la voix du notaire Beausoleil. Dès les premières syllabes, elle sut que quelque chose de grave était arrivé. Il cherchait à la rassurer à l'avance avant de lui dire l'objet de son appel, mais ses paroles trahissaient son émotion. « Il est arrivé un malheur. C'est Amed. Il est à l'hôpital aux soins intensifs. Il va être opéré et il y a de fortes chances… Le pronostic n'est pas très bon et… Il vaudrait mieux que vous reveniez si vous désirez le voir. »

— Non, non, cria-t-elle, seule dans sa chambre.

Elle pleurait à chaudes larmes en tentant de rappeler Beausoleil, si bien qu'elle ne parvenait plus à lire les opérations à suivre pour effectuer un appel outre-mer. Incapable de se ressaisir, elle composa le zéro et demanda à la réceptionniste de l'aider. À deux reprises, la tonalité indiqua que la ligne était occupée, ce qui ne fit qu'accentuer l'inquiétude d'Agathe. Beausoleil avait dit « si vous désirez le voir ». On dit de telles choses lorsque quelqu'un est à l'agonie. Elle avait finalement joint Beausoleil qui, la voix brisée, lui expliqua qu'Amed avait été atteint d'un coup de feu en plein cœur. Les médecins tentaient de tout préparer pour extraire la balle, mais les chances de réussite étaient, semble-t-il, très minces. L'opération devait avoir lieu le lendemain. Elle écoutait le vieil homme, bouleversée.

— J'arrive, dit simplement Agathe.

Devant l'urgence de la situation, elle avait instantanément retrouvé son calme. Elle téléphona à l'aéroport, retint une place pour Montréal, vérifia l'horaire des trains, communiqua avec la réception de l'hôtel et boucla sa valise en quelques minutes. Elle appela également Günter pour le prévenir de son départ et lui laissa ses coordonnées en espérant qu'il viendra un jour la visiter. Günter était inquiet pour sa nouvelle amie, dont il avait senti la détresse.

— À quelle heure est votre avion? demanda-t-il.

— À dix-huit heures.

— Alors, je vous conduis à l'aéroport.

Quinze minutes plus tard, il était devant la porte de l'hôtel.

Elle eut le temps de lui expliquer durant le voyage entre Heidelberg et Berlin les raisons de son départ précipité, ce qui ne fut pas pour le rassurer.

— Et moi qui croyais que les notaires étaient des personnes sans histoire.

— Moi aussi, dit-elle.

Agathe ne put fermer l'œil de tout le voyage, pleurant parfois en silence. Elle ne pouvait croire qu'Amed allait mourir. Mourir, ce mot était horrible. Ceux qu'elle aimait semblaient destinés à périr et à disparaître. Elle s'en voulait maintenant d'avoir écarté son amoureux de sa vie au cours des dernières semaines. Elle aurait pu être avec lui. Aujourd'hui, il était peut-être trop tard. La dame assise à ses côtés, dans l'avion, vit ses larmes, mais ne passa pas de commentaire. Lorsque la jeune femme eut épuisé ses réserves de mouchoir, elle fouilla dans son sac et lui tendit discrètement les siens.

Quand elle arriva à l'aéroport de Montréal, elle était épuisée, mais soulagée de voir le visage du vieux notaire. À travers la vitre qui la séparait de lui, elle pouvait distinguer l'expression de tristesse sur son visage. « Il est mort », pensa Agathe, retenant ses larmes, alors qu'elle passait devant le douanier. Le vieil homme se fraya un chemin, jouant du coude pour atteindre Agathe. Il lui prit les mains en arrivant près d'elle.

— Comment est-il ?

— Mal. La balle est toujours là près de l'aorte. En la retirant, ils craignent une hémorragie qui provoquerait sa mort en quelques secondes. L'opération doit avoir lieu dans deux heures. Nous avons tout juste le temps de nous y rendre.

Ils piétinèrent d'impatience devant la sortie des bagages et ils s'élancèrent vers la voiture. Dès qu'ils furent à bord, Agathe l'inonda de questions. Beausoleil lui expliqua qu'il était allé prendre le petit déjeuner au restaurant Le Manoir à Bouchette et que le propriétaire lui avait raconté qu'un pêcheur, qui s'était rendu au quai public pour y mettre son embarcation à l'eau, avait découvert Amed inconscient et ensanglanté près de son camion. Le blessé avait d'abord été transporté vers Gatineau, où les médecins avaient rapidement constaté la gravité de la situation. Il avait été transféré à Montréal où une équipe de chirurgiens s'était penchée sur son cas.

Ils arrivèrent à l'hôpital juste à temps pour qu'Agathe puisse voir Amed avant qu'on l'emmène dans la salle de chirurgie. Lorsqu'elle entra dans la chambre, les parents du jeune homme y étaient déjà. Agathe les avait aperçus dans le village, mais ils n'avaient pas été présentés. François Richard et Pauline Larivière, semblaient dévastés. Agathe se dirigea vers eux, la main tendue, ne sachant comment se présenter. Elle n'eut pas à le faire. Bouchette est un bien petit village et ce genre de chose n'échappe à personne, et surtout pas à une mère. Elle ne prit pas la main maladroitement tendue d'Agathe, mais ouvrit plutôt bien grand les bras en disant :

— Merci, d'être revenue d'aussi loin. Amed aurait souhaité que vous soyez là, mademoiselle Lecours, dit Pauline, les yeux pleins d'eau.

— Appelez-moi Agathe, s'il vous plaît, dit-elle, en se laissant aspirer dans les bras chaleureux de la dame.

Depuis qu'Agathe avait reçu l'appel du notaire Beausoleil, elle avait éprouvé le brûlant désir que quelqu'un la prenne dans ses bras et presse sa tête sur son cœur, exactement comme le faisait cette femme. Sentir son oreille confortablement déposée sur un sein généreux, c'est exactement ce dont elle avait besoin. La jeune femme laissa couler ce qui lui restait de larmes.

Avec tact, François et Pauline se retirèrent de la chambre sans rien dire pour lui laisser quelques minutes avec lui. Amed était branché de partout et était maintenu dans un état d'inconscience depuis son arrivée. Le moindre mouvement pouvait lui être fatal. Il y avait tellement de choses qu'elle aurait voulu lui dire, tant de regrets, tant de phrases non dites, de questions non résolues et si peu de temps. S'il fallait qu'Amed ne survive pas, elle perdrait un amant ou un membre de sa famille.

Elle aurait voulu parler, lui dire quelque chose, trouver les bons mots à murmurer à son oreille. Elle n'avait que quelques minutes, alors qu'il lui aurait fallu des heures. La rage, engendrée par l'impuissance, montait en elle.

— Maudite marde, Amed Richard, je t'aime. Tu n'as pas le droit de mourir!

Deux infirmiers couverts de la tête aux pieds firent leur entrée dans la chambre en même temps que les parents revenaient prendre la main de leur fils une dernière fois, avant qu'il soit transféré dans la salle de chirurgie. Elle fut dirigée vers la salle d'attente où le vieux notaire et les parents d'Amed rongeaient leur frein. L'atmosphère était tendue. Ils patientèrent quatre heures durant, ce qui permit à Agathe de faire connaissance avec les Richard. Gênée, la jeune notaire leur parla de sa relation avec leur fils et leur expliqua le doute qui pesait sur eux à l'égard du lien qui avait uni le grand-père d'Amed à Marie-Anna Morrissette, sa propre grand-mère.

— Je me souviens d'avoir déjà entendu mon père faire mention de ce nom, souligna François.

Intriguée par cette révélation, Agathe lui demanda de fouiller dans sa mémoire à la recherche d'une information qui pourrait l'éclairer.

— Ce dont je me rappelle, c'est que cela avait donné lieu à une des rares disputes à laquelle j'ai assisté entre mes parents. Mon père répétait qu'il devait le faire et ma mère ne cessait de dire: «On sait bien, la belle Anna Morrissette.» Je me rappelle qu'elle lui avait dit que, s'il se rendait à Ottawa, il n'entrerait plus dans la maison. Il était revenu vingt-quatre heures plus tard, abattu, brisé et elle lui avait ouvert la porte. Ils n'en avaient plus jamais reparlé, mais je n'ai pas su ce qu'il était allé faire.

— Vous vous souvenez quand a eu lieu cet événement? demanda Agathe.

— Je devais avoir environ dix ans, on parle donc de 1958.

— Il était allé recueillir les cendres de Marie-Anna Morrissette pour les disperser sur le lac Achigan, laissa-t-elle tomber.

Dans la tête de la jeune femme, les morceaux d'un grand casse-tête commençaient à se mettre en place. Agathe leur parla du test d'ADN auquel Amed et elle avaient décidé de se soumettre afin de vérifier leur possible consanguinité. Pauline approuva cette décision d'un signe de tête, soulagée. Elle comprenait mieux pourquoi Amed, habituellement si réservé avec les filles, était tombé sous le charme de cette jeune femme. Malgré la nuit blanche qu'elle avait passée, Agathe respirait la douceur et le calme.

Lorsque le chirurgien se présenta dans la salle, tous retinrent leur souffle. Son visage trahissait une grande inquiétude.

— Je crois… Je crois qu'il survivra.

L'homme avait espéré qu'il pourrait traverser la guerre sans faire trop de dommages autour de lui. Il savait qu'il ne pouvait se soustraire à la mission qu'on lui avait confiée, mais il avait perdu ses convictions à l'égard de la philosophie du régime nazi au contact de l'Amérique du Nord. Il avait poursuivi son travail, soutirant parfois des informations intéressantes aux nombreux invités qu'il accueillait dans son domaine au lac des Trente et Un Milles, mais il évitait soigneusement de donner aux Allemands des renseignements qui auraient pu avoir des conséquences désastreuses pour son nouveau pays.

On lui avait assuré qu'il compterait sur les fonds nécessaires, et il avait pu constater que le *führer* semblait effectivement miser beaucoup sur cette mission. Lorsqu'il avait mentionné les montants essentiels pour assurer le train de vie qui lui permettrait d'attirer chez lui les riches et les puissants, sa demande avait reçu rapidement une réponse positive et les fonds étaient rapidement arrivés à New York après avoir transité par les comptes de compagnies fictives que Ribbentrop s'était chargé de mettre sur pied lors de ses passages au Canada et aux États-Unis.

L'Allemand avait cru qu'en exigeant des sommes si importantes, on lui commanderait de revenir au bercail ou alors de se terrer en attendant qu'on ait besoin de lui. Von Ribbentrop avait lui-même autorisé le transfert des fonds, estimant que la constitution de ce domaine, si près de la capitale du Canada, permettrait à leur agent d'y attirer ceux qui détenaient des secrets. Il connaissait bien Ottawa et savait que Burgess pourrait y trouver plein de personnalités faciles à cuisiner, surtout en cette période de guerre. Tous ceux qui s'occupaient de la guerre, d'armement, de stratégie militaire convergeaient autour de la capitale fédérale, sans compter les ambassades de tous les pays importants du monde. À cause de ses liens avec les États-Unis, le Canada partageait des informations qu'il serait beaucoup plus facile d'obtenir en sol canadien que chez les Américains, plus suspicieux. Les indications que Burgess avait pu leur fournir s'étaient avérées utiles, sans pour autant être stratégiques. Il leur donnait notamment des chiffres précis sur les troupes et les armements transférés par le Canada vers l'Angleterre et lorsqu'il les leur transmettait, d'autres sources l'avaient généralement précédé, mais Ribbentrop estimait qu'il pourrait bientôt donner les fruits qu'on espérait de lui. Selon ses renseignements, Burgess avait réussi à bien se faire voir du petit village où se trouvait son domaine. Il avait dépensé sans compter, s'assurant de la fidélité indéfectible de la population locale. Il avait même fait venir d'Europe l'une de ces fameuses statues de la Vierge Noire pour l'offrir à la toute petite paroisse établie près à la pointe sud du lac où il s'était établi. Leur agent avait bien réussi son intégration.

Ce que Ribbentrop ne pouvait pas savoir, pas plus que l'amiral Wilhelm Canaris, qui avait lancé cette mission, c'est que Burgess avait perdu la flamme du national-socialisme qui devait le rendre fidèle au régime nazi. Burgess songeait à tout cela en volant vers la frontière américaine, toute proche.

— Quel gâchis, se disait-il.

Il avait bien suivi les ordres, mais le contact avec ces gens, avec cette nouvelle vie, avec sa société d'accueil avait rapidement miné ses certitudes. Il était déjà déchiré par le doute bien avant d'arriver ici. Peu à peu, il avait réalisé que toutes ces histoires de pureté de la race et de la supériorité aryenne, toutes ces tueries monstrueuses où des hommes, des femmes et des enfants étaient exterminés, tout cela n'était qu'une folie à laquelle, malheureusement, tous avaient cru. Même dans sa famille, près de Heidelberg, tous avaient monté dans le train. Il se souvenait avoir entendu son père blâmer les Juifs pour les malheurs de l'Allemagne et reprendre à son compte les arguments de ces fous. Et aujourd'hui, comment étaient-ils? Son père était-il toujours vivant? Les Juifs étaient presque tous morts, et pourtant, l'Allemagne allait s'effondrer, il en était certain. Il avait honte d'avoir participé à tout cela et il aurait voulu remonter le temps, revenir en arrière pour se livrer aux autorités canadiennes et refaire sa vie ici. S'il avait pu, il aurait fait faire demi-tour à l'hydravion pour retourner d'où il venait.

Lorsqu'il avait vu les militaires quelques jours auparavant, il avait su que ce n'était plus qu'une question de temps avant qu'on découvre les installations et qu'on l'arrête. En s'envolant, il avait vu les camions qui arrivaient à la maison du gardien. Maintenant, il était trop tard. Il lui fallait fuir, mais pour aller où? Il pourrait se réfugier à New York, mais il savait bien que ce n'était plus qu'une question de jours, sinon d'heures, avant que la Gendarmerie royale avise les autorités américaines. Pas question de se rendre à sa résidence de West Englewood où l'on viendrait immédiatement le cueillir. L'appareil franchit sans embûche la frontière. Lorsqu'il arriva enfin en vue de New York, les réservoirs de l'hydravion étaient presque vides. Il aurait pu se rendre au quai où il amarrait habituellement, mais il craignait que l'alerte soit déjà donnée et qu'on l'y attende. Il préféra un petit lac en retrait qui lui permettrait d'éviter d'éventuels policiers. Il pourrait peut-être compter sur un répit de quelques jours avant qu'un passant s'inquiète de la présence d'un avion à cet endroit et prévienne les autorités.

L'avion glissa à la surface de l'eau en même temps que le jour tombait. Cette pénombre allait permettre à Burgess de fuir discrètement et de bénéficier de quelques heures de répit. Il ignorait cependant combien de temps il lui faudrait marcher avant de trouver un taxi. Il attacha l'aile de l'avion à une branche pour garder l'appareil sous le couvert des arbres et s'engagea sur un petit chemin qui passait près du plan d'eau. Il rejoignit rapidement une route plus importante et un automobiliste, probablement surpris par sa veste de pilote, s'était arrêté pour lui offrir son aide. Il avait expliqué à son bon Samaritain que sa voiture était tombée en panne plus loin et qu'il devait aller chercher une pièce pour la réparer. Il lui demanda s'il pouvait le conduire à une station-service, mais dès que celui-ci le laissa, il s'empressa d'appeler un taxi pour se faire conduire à New York.

— Quelle adresse? demanda le chauffeur lorsqu'il monta à bord.

Il hésita, ne sachant plus très bien où se rendre. Il n'y avait plus maintenant que son contact, mais il ne pouvait débarquer chez lui. Il se souvenait de cet endroit où ils s'étaient rencontrés et il dit:

— L'hôtel Waldorf Astoria.

Le luxueux hôtel lui permettrait d'être tout près de son contact. Il devait prévenir Rudolf Schmidt, son associé, car lui aussi risquait de se retrouver dans la lorgnette des autorités américaines. Au Canada, on connaissait Burgess comme étant le président de la Briarwood, et on irait rapidement frapper à la porte de la compagnie. Il lui passa un coup de fil, lui expliqua rapidement la situation et lui recommanda d'effacer toute trace de son nom dans les registres de la compagnie. Schmidt le remercia et lui indiqua qu'il le tiendrait au courant.

Il communiqua ensuite avec son contact, lequel devait l'aider à se cacher et à fuir vers l'Allemagne. Celui-ci pesta et lui promit de lui trouver un autre refuge. Il y avait présentement un sous-marin allemand en patrouille près des côtes américaines et il serait possible d'organiser son passage. Il promit de le rappeler le lendemain.

Il passa en trombe chez son notaire pour apporter un changement à son testament et signer une lettre importante. Il rentra à l'hôtel et consacra le reste de la journée à écrire quelques lettres sur le papier à en-tête du Waldorf Astoria. Il en avait écrit une pour son père à Heidelberg, en se demandant si la guerre avait laissé quelqu'un pour la recevoir, et une autre pour celle qui avait tenu le rôle d'épouse depuis son arrivée au Canada. Il roula en une mince paille le document qu'il venait de signer chez le notaire et l'introduisit dans le tuyau d'une pipe de collection, l'emblème du président de la compagnie Briarwood, qu'il avait apportée. Il remit le tout en place dans la boîte qu'il enveloppa dans du papier brun avant d'y inscrire un nom et une adresse à Bouchette. Il ne mit le nez dehors que pour poster ses envois.

C'est Schmidt qui rappela le premier. Il était paniqué.

— Tu es cuit. Ils viennent de sortir d'ici. Sauve-toi.

S'il avait quitté cette chambre à ce moment précis, il aurait probablement pu prendre la clé des champs et se fondre dans la population locale. Mais il n'avait plus le goût de courir. Retourner en Allemagne n'avait plus de sens. Il ne pourrait plus accepter de servir une cause aussi insensée. Il était submergé par le regret. Jamais il ne pourrait revenir en arrière et retrouver les moments chauds de l'été sur les rives du lac des Trente et Un Milles. Il se rappela chaque instant, cherchant à retrouver les visages heureux des gens qu'il avait côtoyés. Il déposa son pistolet sur la table et se versa une grande rasade du whisky canadien qu'il avait apporté et en avala la moitié. Il entendit les bruits de pas se bousculant dans le corridor, et une main frappa violemment la porte:

— Police! Ouvrez!

Chapitre quarante-deux
Montréal, 2005

L'attentat contre Amed avait cette fois éveillé toute l'attention des policiers. Il ne s'agissait plus d'une farce ni d'un banal accident, mais d'une tentative de meurtre. D'après les analyses balistiques, le coup de feu avait été tiré d'une distance d'une dizaine de mètres. Le jeune homme avait perdu beaucoup de sang, dont ses vêtements étaient maculés, mais on n'en avait trouvé aucune trace sur le sol autour de son camion. Les policiers en déduisaient que l'agression avait probablement eu lieu ailleurs et que le corps avait été déplacé. Ils avaient fait un relevé des traces autour du véhicule du jeune inventeur, mais malheureusement, le pêcheur qui l'avait retrouvé était si nerveux qu'il avait éliminé toutes les empreintes, piétinant la scène du crime en marchant de long et en large en attendant l'ambulance et les policiers. On estimait qu'Amed n'avait pas été traîné, mais transporté à l'intérieur d'un véhicule. Plusieurs curieux circulant en véhicule tout-terrain avaient été attirés par l'attroupement autour du blessé et avaient aussi souillé les lieux de leurs traces de pneus.

Il avait fallu que le notaire Beausoleil communique avec les policiers pour leur rappeler l'incident lors de l'essai du sous-marin d'Amed pour que deux policiers soient renvoyés sur les lieux pour tenter de trouver de nouveaux indices. Ils se sont aventurés sur le bord du terrain près du quai public, évitant d'abord l'épais mur tissé serré d'épines et d'aiguilles. Ils ne remarquèrent pas plus que ne l'avait fait Amed, lors de son premier passage, le petit sentier qui pénétrait discrètement dans la muraille de verdure. À la seconde inspection, l'un d'eux pointa du doigt la zone moins touffue, constatant qu'une branche avait récemment été brisée.

En y regardant de plus près, ils trouvèrent une goutte noire de sang coagulé sur une feuille. Le premier sortit son arme, faisant un pas en avant pour franchir le barrage de branches.

— Viens, dit-il tout bas à son collègue, il y a un sentier.

Ils marchèrent à peine quelques minutes pour déboucher dans une clairière qui avait probablement été créée par un ancien feu de forêt causé par la foudre. Tout l'espace dégagé était maintenant occupé par une impressionnante végétation d'un beau vert brillant que les policiers n'eurent aucune difficulté à reconnaître. Les plants de marijuana autour d'eux atteignaient déjà leurs épaules. Il y avait pour plus d'un million de dollars de drogue devant eux.

Ils regardèrent sur le sol avant de s'aventurer plus loin et trouvèrent rapidement une flaque de sang, à l'endroit même où Amed avait dû s'effondrer. Nerveux, l'arme toujours pointée devant lui, comme s'il craignait d'être atteint par un coup de feu, le premier policier communiqua immédiatement par radio avec le quartier général pour les aviser de leur découverte et pour demander l'intervention de l'escouade des crimes majeurs.

Quelques minutes plus tard, le terrain était entouré de policiers qui quadrillaient minutieusement le secteur à la recherche d'indices. Ils découvrirent rapidement un abri de fortune constitué de toiles recouvertes de branches, sous lequel le surveillant des lieux prenait, semble-t-il, repas et repos. Il y avait là une couverture, mais aussi des boîtes de conserve vides et des emballages de sandwiches achetés à la petite épicerie du village, comme en faisait foi l'étiquette du prix. Ils retrouvèrent également une douille de .22 dans l'herbe qu'ils ramassèrent avec précaution pour la placer dans un petit sac transparent. Un policier découvrit un autre sentier qui permettait au mariculteur de se rendre discrètement sur les lieux. La piste louvoyait en pleine forêt entre les chalets environnants. Ils ne tardèrent pas à trouver un endroit où l'occupant stationnait son véhicule tout-terrain, avec lequel il se rendait sur son lieu de travail. Les marques de pneus étaient encore fraîches et les policiers s'empressèrent de les photographier et de noter tous les indices.

L'affaire était malheureusement classique. Après avoir été expulsés des terres agricoles où le crime organisé s'était implanté souvent par la force, les mariculteurs avaient déplacé leur culture dans les zones forestières et les terres publiques où leurs activités criminelles étaient moins visibles. On rapportait de nombreux cas de pêcheurs, de chasseurs et souvent de bûcherons qui étaient tombés par hasard sur ces plantations. Ceux qui finançaient ces «cultures» laissaient sur place un gardien chargé d'entretenir les plants et d'éloigner les curieux en faisant usage de violence si nécessaire. Des coups de feu avaient parfois été tirés, et on rapportait quelques décès, mais souvent, les victimes étaient impliquées dans ce trafic.

Celui qui était chargé de surveiller la récolte avait probablement été informé des recherches effectuées par Agathe sur le terrain, et sa visite des lieux l'avait inquiété. Les policiers estimaient maintenant que c'était probablement le même individu qui avait lancé une pierre dans la fenêtre de la maison de la jeune femme et qui avait décapité son chat.

— Nous retrouverons celui qui a fait cela, avait dit l'inspecteur.

Et il n'avait pas fallu beaucoup de temps pour lui mettre la main au collet. Les policiers avaient laissé les plants sur place et fait disparaître les traces de leur passage, espérant que le mariculteur reviendrait voir ses plants. Les agents de l'escouade des drogues savaient fort bien que celui qui était responsable de ce champ perdrait tout l'argent espéré pour son labeur si les plants étaient saisis. Peut-être même risquait-il plus encore que des pertes financières. Il y avait donc toutes les chances qu'il revienne au bout de quelques jours pour vérifier si les policiers avaient découvert la plantation.

Leur attente ne dura pas longtemps. Quarante-huit heures après la tentative de meurtre sur Amed Richard, les policiers embusqués entendirent le bruit lointain, puis de plus en plus rapproché, d'un véhicule tout-terrain dont le moteur stoppa tout près d'eux. Dès que le jeune homme qui le conduisait s'était engagé dans le sentier, les policiers avaient fondu sur lui. Conduit au poste de police de Maniwaki, le suspect avait d'abord joué les durs, mais il s'était effondré en larmes en répétant toutes les deux minutes qu'il s'agissait d'un accident. Les policiers apprirent que Pascal Blais était un jeune décrocheur qui avait goûté à la marijuana à l'âge de treize ans. Incapable de se débarrasser de cette habitude, il avait d'abord fait les poches de ses parents pour se procurer sa drogue, puis il était naturellement passé aux petits vols dans les chalets de la région où il chapardait des objets qu'il pouvait ensuite revendre sur le marché noir. C'est par son receleur qu'il avait été mis en contact avec un des membres d'un groupe de motards criminalisés, celui qui contrôlait le trafic de drogue un peu partout au Québec. Ils recherchaient des jeunes pour s'occuper de leurs plantations. Ils étaient payés comptant à raison de huit cents dollars par semaine. Sa mission était simple; entretenir et protéger les plants. Une paye facile avec en prime, de quoi assouvir ses besoins en herbe.

Lorsqu'il avait vu les employés de la municipalité installer des piquets pour élargir l'accès du quai public et qu'il avait entendu parler que la jeune notaire qui s'intéressait à ce terrain, il était allé voir son contact, lequel l'avait avisé sans ménagement qu'il devait s'assurer de tenir les curieux loin de la plantation, jusqu'au moment de la récolte, en octobre, s'il désirait recevoir la somme promise. Pas question de prendre la poudre d'escampette loin de cette soupe devenue trop chaude, car Pascal avait été avisé qu'on le retrouverait et on le ferait payer chèrement s'il abandonnait son poste. Il avait espéré que le coup de la vitrine suffise à retarder suffisamment les recherches de la jeune notaire pour que la municipalité ne puisse pas entreprendre ses travaux avant l'automne. Il était là, à la plantation, le jour où la notaire était venue avec Amed. Il l'avait vue lorsqu'elle s'était aventurée à la lisière des arbres, scrutant l'intérieur pour tenter de voir quelque chose. Il avait voulu lui faire peur en tirant un coup de feu lorsqu'elle s'était mise à courir en suivant le sous-marin. Il espérait que la balle éclabousse l'eau devant elle et la fasse fuir. Mais elle s'était obstinée et il avait eu l'idée de lui faire peur en tuant son chat. Il avait cru que son plan avait réussi lorsqu'il avait su qu'elle était en voyage, loin de Bouchette. Il n'avait pas entendu Amed arriver, mais lorsqu'il l'avait vu déboucher dans la clairière, il avait instinctivement saisi son arme et le coup de feu était parti. Pris de panique, il avait transporté près de son camion le jeune homme qu'il croyait mort, et l'y avait abandonné, souhaitant que les policiers croient que l'agression avait eu lieu à cet endroit et ne viennent pas rôder autour de la plantation. Il était caché lorsqu'ils étaient arrivés. Il les avait vus inspecter autour du camion et avait poussé un soupir de satisfaction en constatant que leurs recherches s'étaient limitées aux abords immédiats. Il avait pensé attendre quelques jours avant de retourner inspecter les lieux, convaincu que les policiers n'y seraient plus.

Agathe poussa un grand soupir de soulagement en apprenant l'arrestation de celui qui l'avait terrorisée durant des semaines. Ainsi, le mystère qui entourait l'histoire du terrain n'était qu'une banale histoire de drogue, comme il s'en passait un peu partout. Cette sensation d'être suivie et cet homme qu'elle avait cru voir à plusieurs reprises, alors qu'elle se trouvait en Allemagne, n'aurait finalement été que le fruit de son imagination? Pourtant, elle avait été si convaincue de cette présence dans son sillage qu'elle avait failli communiquer avec les policiers de la ville de Heidelberg.

— Dois-je craindre des représailles de ceux qui employaient ce jeune homme? demanda Agathe à l'agent venu l'aviser de l'arrestation de son agresseur.

— Non. Le bateau a coulé, les rats sont partis, souligna le policier.

Soulagée, Agathe pensait à Amed. Il était toujours maintenu entre la vie et la mort aux soins intensifs et elle tenait à être là lorsqu'il sortirait de son sommeil. La vue de l'hôpital lui donnait la nausée. Dès qu'elle pénétrait à l'intérieur, elle pouvait sentir l'acre mélange de désinfectants, de médicaments et d'effluves humaines; l'odeur de la mort. Ses longues heures passées auprès de son amoureux lui rappelaient cruellement comment sa mère s'en était allée lentement dans un lit comme celui où son amoureux se trouvait. La Faucheuse lui ravirait-elle encore une fois un être aimé?

Elle trouva cependant réconfort auprès des parents d'Amed qu'elle apprit peu à peu à connaître. Ils se relayaient auprès du malade, mais Agathe hésitait à s'éloigner, si bien qu'ils passaient de longues heures ensemble. C'est la jeune femme qui était à ses côtés lorsqu'elle sentit une pression dans sa main. Elle pensa au début qu'il s'agissait d'un spasme nerveux, mais elle entendit Amed râler, sa gorge bloquée par le tuyau qui s'y enfonçait et l'empêchait de prononcer un mot. Le médecin fut immédiate-ment prévenu et toute l'équipe entoura rapidement le malade. Le sourire de satisfaction du docteur en disait plus que toutes les paroles qu'il pouvait prononcer. Il fallut quelques minutes pour prendre tous les signes vitaux du jeune patient et pour s'assurer qu'il avait suffisamment récupéré pour qu'on lui retire les tubulures. Le docteur voulut lui expliquer l'opération qu'ils avaient réalisée sur son cœur et les précautions qu'il devait maintenant prendre, mais Amed n'écoutait pas. Il avait vu Agathe en ouvrant les yeux et savait qu'elle était présente. Sa bouche s'ouvrit sans qu'aucun son ne sorte. Il essaya de nouveau d'émettre une sonorité, mais n'obtint qu'un grognement. À la troisième tentative, il agrippa la manche de la blouse blanche du médecin et l'attira vers lui pour être certain qu'il entendrait ce qu'il avait à dire:

— Aaa… Agathe.

Chapitre quarante-trois

Bouchette, 1943

Émile avait immédiatement été entouré par les policiers militaires à son retour à la base. Il était en retard de vingt-quatre heures; son nom avait immédiatement été placé sur la liste des fuyards. Il avait été condamné à trois semaines de cachot. Son supérieur était furieux et les explications du jeune soldat ne l'avaient pas rendu sympathique à sa cause. Qu'il eut s'agit des funérailles de son grand-père ne sembla pas être un incitatif à la clémence. On l'avait cependant sorti de sa prison sans ménagement au bout de quelques jours pour le sommer de ramasser ses affaires et de se joindre aux troupes en partance pour Halifax.

— Ta condamnation ne t'empêchera pas d'aller te battre, Beauregard. Tu prends le bateau avec les autres.

Émile était heureux qu'il y ait enfin un peu d'action. Un long convoi de camions s'était mis en route pour les transporter de Québec à Halifax. Les troupes qui convergeaient de partout avaient été rassemblées sur le port et embarquées; le tout s'était déroulé en moins de vingt-quatre heures et ceux qui avaient passé la nuit à voyager étaient épuisés. La traversée avait été difficile pour Émile et les autres soldats. Le convoi de navires était parti de Halifax et le temps s'était fait menaçant. Émile avait été malade durant quelques jours, comme plusieurs autres soldats, mais c'est surtout la peur qui lui donnait des crampes à l'estomac. Virgile, qu'il avait retrouvé avant de s'embarquer, n'en menait pas plus large. Dans l'espace exigu du bateau, on racontait des histoires terribles à propos des sous-marins allemands. Depuis des mois, on rapportait que plusieurs navires avaient été coulés. L'un des soldats, originaire du Nouveau-

Brunswick, était un survivant du bateau *SS Caribou*, torpillé le 14 octobre 1942. Il leur avait raconté que le bateau sur lequel il était employé comme marin était en route vers Port-aux-Basques lorsqu'il avait sombré en quelques minutes. Sa description du naufrage, qui avait fait plus d'une centaine de morts, avait suffi à terroriser ses interlocuteurs.

Le brassage auquel ils avaient été soumis n'avait rien arrangé. Lorsque les éléments s'étaient déchaînés, le commandant avait ordonné aux navires de rompre la formation afin d'éviter une possible collision entre les bateaux. Quand le ciel s'était finalement calmé, le navire d'Émile voguait seul, sans la protection des contre-torpilleurs. La situation était dramatique, car on savait qu'un bâtiment isolé était une proie idéale pour les nombreux U-boats, qui bloquaient l'accès à l'Angleterre. Émile était monté sur le pont avec les autres, fumant nerveusement et scrutant l'horizon au point de s'en faire mal aux yeux.

— Périscope, périscope ! avait hurlé quelqu'un, semant soudainement la frayeur sur le bateau.

Il y avait eu des cris, un mouvement de panique, et instinctivement, Émile avait cherché un moyen de fuir. Mais où pouvait-il aller ? Il n'y avait même pas suffisamment de canots de sauvetage pour y embarquer tous les hommes. Dans ces eaux froides, sa mort était presque assurée. Les vigiles avaient tourné leurs longues jumelles vers l'endroit que l'homme avait pointé. Durant quelques secondes, tous s'étaient arrêtés dans leur futile quête d'un endroit pour se mettre à l'abri, attendant le verdict. Fausse alerte. Il s'agissait d'un arbre flottant à la dérive et dont l'une des branches pointait vers le ciel. Le grand Virgile, qui se trouvait près d'Émile, tremblait de tous ses membres.

Émile était soulagé lorsque le bateau avait accosté en Angleterre avec vingt-quatre heures de retard sur le reste du convoi. Il apprit plus tard qu'ils avaient évité une attaque qu'avait subie le groupe et qui avait envoyé deux navires par le fond. Quelques hommes à bord avaient été secourus par les autres navires de la formation, mais les autres étaient disparus par centaines dans les flots. En entendant cette nouvelle, Émile avait eu un frisson.

Une fois débarqué, le bataillon de soldats, dont Émile faisait partie, avait été envoyé dans les camps rejoindre le reste des troupes dans la petite ville d'Aldershot. Émile avait été fasciné lorsqu'il avait vu que près de trois cent mille soldats canadiens s'y trouvaient déjà en attente d'une attaque contre les nazis.

Dans le baraquement de fortune où lui et Virgile avaient retrouvé leurs camarades, Émile s'était empressé d'écrire à sa mère pour lui annoncer qu'il était en Europe. Malgré l'inconfort et l'anxiété de la traversée, il était heureux d'être enfin en Angleterre. Il savait qu'il vivait des moments historiques. Cette chose horrible, qui avait enflammé le monde, ne passerait pas inaperçue dans les livres des historiens et il avait la certitude que le bien finirait par triompher « avec la grâce de Dieu », écrivit-il à sa mère. Il rédigea également une longue lettre à l'intention d'Anna, lui décrivant la région où il se trouvait et ses premiers contacts avec le pays. Il lui expliqua qu'il avait été particulièrement peiné de voir les édifices éventrés par les nombreux bombardements. « J'ai vu la misère noire », écrivit-il. Il terminait sa lettre en rappelant à Anna ses espoirs de la revoir sous peu. Émile n'osait répéter son intention de la marier dès son retour, mais cette idée ne le quittait plus. Il avait emporté avec lui la photo que le grand Virgile avait prise à Burgessville, mais avait replié la partie où Aldège apparaissait. N'eût été de sa main posée sur l'épaule d'Anna, on aurait pu croire qu'Émile était seul en sa compagnie.

Les jours et les semaines passaient, mortellement ennuyeux. Il y avait bien sûr les dangereux passages des Messerschmitts, les avions de la Luftwaffe, qui venaient jeter leur lot régulier de bombes sur les villes anglaises, mais entre ces alertes, Émile avait l'impression qu'il n'arrivait rien. Tout le monde était dans l'attente. Il était venu en Europe pour se battre contre les

Allemands, mais il n'en avait vu aucun. Il avait l'impression d'être dans ce camp depuis un siècle.

Finalement, lui et Virgile avaient été envoyés sur une plage du nord de l'Angleterre pour s'entraîner et se préparer à un éventuel débarquement, ce qui avait aiguisé les esprits durant quelques semaines, mais l'attente qui avait suivi avait émoussé l'excitation. Comme plusieurs autres membres du régiment, Virgile avait pris ses petites habitudes dans ce nouveau milieu, découvrant même l'amour parmi les jeunes Anglaises. Quelques soldats avaient même osé se marier, malgré la désapprobation du commandement, mais Virgile allait de l'une à l'autre sans s'attacher. Émile refusait de se joindre à lui; il demeurait fidèle à Anna.

Puis, tout à coup, tout avait changé. Le 5 juin 1944, en soirée, les troupes avaient été regroupées et dirigées vers les différents ports de mer, mis à la disposition de l'armée. Émile et Virgile s'étaient retrouvés au cœur d'une armée de dizaines de milliers de soldats qui marchaient au pas vers les navires. Émile ne savait pas plus que les autres ce qui se passait, mais on sentait que, cette fois, le grand moment était enfin arrivé. L'embarquement avait été difficile. On les avait prévenus à la dernière minute, et ils s'étaient entassés dans toute sorte de bateaux à la faveur de la nuit. Tout devait se dérouler dans le silence le plus complet et dans l'obscurité totale. Durant l'opération, Émile avait été séparé de son ami Virgile, poussé plus loin. Il pouvait le voir au fond de la cale du bateau, mais il n'aurait pu s'en approcher tellement ils étaient serrés. Leurs yeux inquiets s'étaient croisés, et chacun avait caché la terreur qui montait en lui en affichant un sourire forcé, presque crispé. Virgile avait fait un timide signe de la victoire avec ses doigts et Émile avait levé le pouce en l'air pour se donner du courage. La pluie tombait dru et la mer était masquée par un épais brouillard. Durant de longues heures, ils étaient demeurés ainsi sans que rien ne se passe, ne sachant plus si le débarquement aurait finalement lieu en raison du mauvais temps. L'ordre avait finalement été donné. La traversée avait été courte, mais pénible. Les vagues étaient si grosses qu'elles venaient s'abattre sur les soldats détrempés, massés sur le pont des plus petites embarcations. La situation devint encore pire lorsqu'on les transféra dans les péniches de débarquement. Les vagues ballottaient constamment les petits bateaux rectangulaires, comme s'il eut s'agit de bouchons de liège.

Depuis qu'il avait décidé de se joindre à l'armée, Émile avait toujours souhaité être dans l'action, mais il serait volontiers retourné en Angleterre à la nage s'il avait pu. Rien ici ne ressemblait aux images glorieuses qu'il s'était imaginées. Sur sa droite, un jeune soldat priait nerveusement en tenant dans ses mains le chapelet que lui avait confié sa mère. Émile l'avait connu à la base d'Aldershot. Il s'appelait Omer et provenait de la région de Québec. Il y avait également André, qui semblait avoir craqué. Il pleurait maintenant à chaudes larmes. On leur avait dit qu'au moins la moitié d'entre eux n'en reviendraient pas et il semblait convaincu qu'il ferait partie de ceux-là. Un homme sur deux dans cette péniche ne survivrait pas. Lesquels? André tremblait de tous ses membres et ce n'était pas le froid qui le secouait ainsi. Virgile avait réussi à se glisser avec Émile dans la péniche. Premiers embarqués, ils s'étaient retrouvés au fond, poussés par tous ceux qui montaient à leur suite.

Dans la nuit d'encre, ils avaient entendu les bombardiers passer au-dessus de leur tête en direction de la France. La première partie du débarquement était amorcée. Ils devaient infliger le plus de dommages possible aux canons et aux forteresses allemandes, installés là pour repousser une éventuelle approche par la mer. Certains des avions transportaient des parachutistes qui seraient largués en arrière des lignes ennemies, alors que d'autres étaient reliés par un mince filin à de gigantesques planeurs qu'ils remorquaient à leur suite. Dans quelques minutes, les cordons seraient rompus et ils flotteraient librement et silencieusement, le ventre bourré de soldats, avec comme mission de s'écraser littéralement sur les positions tenues par les Allemands, près des ponts importants. Sans piste d'atterrissage ni éclairage pour les guider, les planeurs devaient atterrir le plus près possible des ponts, que les survivants de l'écrasement devaient prendre d'assaut. Cette opération, connue sous le nom de Tonga, avait tout du suicide et Émile plaignait ceux qui étaient entassés dans ces avions de papier, même si sa situation n'était pas plus enviable.

Alors que quelques secondes plus tôt, il était impossible pour Émile et ses compagnons de voir la côte, le jour et le vent avaient soudainement levé le voile qui recouvrait la mer. Le continent leur était soudainement apparu, gris et inhospitalier. Le jour le plus long venait de commencer. L'opération visant à prendre la plage était désignée sous le nom de code Juno Beach et la division canadienne était chargée du secteur Han, près de Bernières-sur-mer.

Dans la nuit et dans le brouhaha de l'embarquement et de la traversée, Émile n'avait pas vraiment pris conscience de la formidable force qui s'était mise en marche. Avec le brouillard qui venait de se lever, les Allemands découvraient un paysage hallucinant, inimaginable. Plus de sept mille navires flottant tout près les uns des autres étaient en face d'eux, à quelques encablures de la plage. Pendant quelques secondes, les sentinelles restèrent bouche bée devant ce spectacle saisissant, avant de donner l'alerte. Aussitôt, les canons avaient commencé à tonner. Une des péniches qui s'apprêtait à débarquer ses occupants fut touchée par un obus. Les corps des hommes virevoltaient dans les airs. Un bras ensanglanté arraché à l'un des soldats, qui avait reçu la bombe directement sur lui, tomba près d'Émile. Tous regardèrent pendant quelques secondes le membre s'enfonçant dans les flots. La main tenait encore une petite croix censée le protéger. Derrière eux, les contre-torpilleurs répliquaient avec force au canonnage allemand. Les soldats étaient tout près de la plage et les balles tirées par les mitrailleuses ricochaient sur la paroi métallique de la péniche.

André reprit ses pleurnichements avec encore plus d'intensité, jusqu'à ce qu'un de ses compagnons menace de le jeter par-dessus bord s'il n'y mettait pas fin immédiatement. Fouetté dans son orgueil, André bomba le torse et leva la tête au-dessus du bord du bateau pour crier à la face de tous les Allemands se trouvant sur la plage : « Maudite bande de chiens sales. » Cette ultime bravade fut la dernière phrase qu'il prononça. Une balle, tirée par une mitrailleuse perchée sur la falaise, l'atteignit en plein visage. Il fut décapité, les morceaux de son cerveau éclaboussant ses compagnons. Son corps s'affala au fond du bateau, rougissant de son sang l'eau qui avait pénétré dans l'embarcation. L'un de ses compagnons, déjà affaibli par le roulis qui les secouait depuis leur départ de l'Angleterre, vida son estomac dans cette mare glauque. Il fut immédiatement suivi par un autre. Un sergent cria un ordre qu'Émile, encore sous le choc, ne comprit pas. La plaque de métal qui les protégeait des balles à l'avant du bateau s'abattit soudainement pour permettre le débarquement de la troupe. La première rangée de soldats n'eut pas l'occasion d'avancer d'un seul pas. La plupart d'entre eux s'effondraient exactement là où ils se trouvaient. Certains eurent le temps d'enjamber le bord de la péniche, mais s'écroulèrent immédiatement dans l'eau. La seconde rangée ne fut pas plus chanceuse ni la troisième. Les soldats, à l'arrière, devaient enjamber les corps de leurs compagnons pour tenter de s'extirper du bateau, devenu une cible trop facile. Ils avaient l'impression d'être les lapins de bois du stand de tir d'une foire. Ce n'est qu'à la cinquième rangée qu'un premier soldat parvint à sauter dans l'eau, rougi du sang de ses camarades. Il avait de l'eau jusqu'au cou et avançait péniblement, son fusil au-dessus de la tête. Deux autres réussirent à débarquer, mais l'un d'eux, trop court et trop lourdement chargé coula à pic, incapable de se garder à flot. Personne ne put le secourir et il se noya sans même avoir combattu. Plus qu'une seule rangée de soldats devant Émile et Virgile.

Omer enjamba le bord de la péniche, tenant son arme au-dessus de sa tête. Au moment de se jeter à l'eau, une balle sectionna le bras avec lequel il tenait son fusil. Omer resta quelques secondes incrédule, regardant le minuscule moignon terminé par des lambeaux de chair et des morceaux d'os fracturés. L'instant suivant, la douleur le saisissait et il tombait en beuglant dans l'eau salée. Aussitôt, Émile se lança en avant, suivi du grand Virgile, et ils sautèrent ensemble dans la mer. Émile tomba près d'Omer et l'agrippa par son bras encore valide pour le tirer à sa suite vers la plage. Omer marquait leur avancée d'une traînée rouge. On leur avait pourtant dit qu'il ne fallait pas se préoccuper des blessés ni des morts autour d'eux et foncer en avant, mais Émile ne pouvait se résoudre à l'abandonner à une fin aussi atroce. Il allait perdre tout son sang dans cette mer qui leur était si hostile.

Émile parvint à progresser sous les balles qui faisaient gicler l'eau autour d'eux et trouva un abri derrière l'une des croix de Saint-André, placée sur le fond de l'eau par les Allemands pour empêcher les bateaux de s'approcher de la plage. Momentanément à l'abri, il en profita pour retirer la ceinture du pantalon d'Omer pour lui faire un garrot. Terrifié par l'enfer dans lequel on les avait projetés, Émile resta là, sonné, pendant de longues minutes, alors que les balles et les bombes sifflaient autour d'eux. Omer continuait à râler, mais le son de sa voix se faisait de plus en plus faible. Si sa blessure ne le faisait pas crever, il risquait de se noyer dans les quelques centimètres d'eau où ils se trouvaient. D'autres soldats avaient réussi à avancer vers la plage, mais la plupart étaient morts en mettant le pied sur le sable. Quelques-uns avaient eu le réflexe de se mettre à l'abri du surplomb de la falaise, parvenant à trouver une mince ligne où la pluie de métal qui s'abattait partout ne pouvait les atteindre.

Une balle fit éclater le bois de la poutre derrière laquelle

Émile et son compagnon d'infortune s'étaient réfugiés. Ramené à la réalité, Émile réalisait que sa vie ne valait pas cher. Le tireur, en haut de la falaise, les avait pris pour cible. Il ne faudrait pas beaucoup de temps pour que l'un des projectiles finisse par les atteindre. Il songea un instant à abandonner Omer et à fuir vers la falaise avec les autres, mais il sentit son compagnon s'agripper à lui de sa seule main. Il fit passer le bras valide d'Omer autour de son cou et lui hurla l'ordre de courir. D'autres soldats qui débarquaient passèrent près d'eux et Émile se lança à leur suite, soutenant toujours péniblement Omer. La mitrailleuse, sur la falaise, changea de cible. Un des soldats tomba, puis un autre, avant qu'ils arrivent sur la plage. Émile sentit Omer défaillir, mais il l'incita à ne pas s'arrêter. La plage était jonchée de cadavres et il ne faisait aucun doute qu'ils seraient du nombre des « tombés au combat » s'ils demeuraient là. Le grand Virgile, qui avait réussi à atteindre le refuge de la falaise, les vit marcher péniblement et trouva le courage de sortir de son abri pour tenter de protéger leur avancée. Il se mit à tirer en direction de la mitraillette qui les canardait. L'une de ses balles avait dû atteindre son objectif, car pendant quelques secondes, cette minuscule réplique sembla les avoir pris de court. Le mitraillage reprit cependant de plus belle. Émile et Omer étaient à mi-chemin. Le tireur allemand avait d'abord fait feu en direction de Virgile, qui avait osé affronter seul la puissance du tir, mais il reportait maintenant son tir vers Émile et son compagnon. Émile pouvait voir l'impact de la salve de balles soulever le sable dans sa direction. La ligne de tir s'avançait dangereusement vers lui et son compagnon, de plus en plus faible, et ils n'avaient aucun endroit pour se protéger. Dans une seconde, ils seraient morts. Il songea à Anna, la vision ultime de beauté dans ce paysage infernal. Un obus lancé d'un contre-torpilleur américain atteignit enfin le nid de mitraillettes et arrêta providentiellement le tir à moins d'un mètre d'eux. Omer et Émile s'écroulèrent au pied de la falaise. Quelques secondes plus tard,

Omer, blanc comme un drap, rendait l'âme, vidé de son sang.

Le tonnerre se fit plus fort de chaque côté, les bombes pleuvant encore et toujours pendant que les hommes continuaient à essayer de mettre le pied sur la plage. Il y avait de plus en plus de corps sur le sable. Un petit détachement parvint à monter jusqu'au milieu de la falaise par un petit sentier. Aussitôt, Émile et ses compagnons encore valides sortirent de leur cachette et se mirent à tirer avec frénésie vers les mitrailleuses, lesquelles se turent enfin quelques minutes plus tard. C'est alors qu'un soldat canadien monta sur le bord de la fortification, les bras en l'air. À sept heures vingt-sept, les Allemands venaient de subir leur première défaite.

Émile eut le sentiment que plus rien ne pourrait les arrêter. Bientôt, très bientôt, ils botteraient le cul des soldats d'Hitler et il pourrait enfin retrouver Anna. Ce soir-là, couché dans l'ancien poste allemand, Émile écrivit à sa mère pour lui faire part de la victoire de ses troupes, mais il réserva pour Anna une lettre encore plus longue. Encore ébranlé d'avoir vu tant de camarades connus et inconnus mourir en quelques minutes sous ses yeux, il sentait l'urgence de dire son désarroi, de parler de l'horreur dont il avait été témoin, mais surtout, il voulait lui redire tout son amour. « Je serai bientôt avec toi », avait-il écrit.

Chapitre quarante-quatre
Montréal, 2005

Amed avait récupéré rapidement et parvenait déjà à se lever et à marcher dans sa chambre au bras d'Agathe. La joie de la jeune femme de le voir émerger de l'ombre avait été rapidement assombrie par ses premières questions. Agathe lui avait expliqué pour le champ de marijuana qu'il avait lui-même découvert et pour l'arrestation de Pascal Blais, mais cette question semblait pour lui bien secondaire. Ce qui l'intéressait, c'était surtout le résultat de ses recherches en Allemagne. Même s'il avait encore de la difficulté à parler, ses questions se faisaient pressantes.

Agathe hésitait. Elle aurait voulu attendre qu'ils puissent prendre connaissance des tests génétiques qu'ils avaient passés. À la lumière de ses recherches, elle en devinait le résultat et elle aurait préféré que ce soit ainsi qu'il l'apprenne. Ils avaient convenu avec la clinique que les résultats seraient divulgués lorsqu'ils seraient tous deux présents.

— Alors, que t'a dit cette bonne sœur? demanda Amed.

Elle hésita de nouveau, mais elle dut lui avouer qu'elle avait des doutes.

— Je crois… je crois que ton grand-père était aussi le mien.

Elle lui fit part des révélations de sœur Madeleine, notamment que c'est Aldège qui avait dispersé les cendres dans le lac Achigan. Elle avait au moins la certitude que le lac en question était bien celui de l'ancienne municipalité de Cameron et celui qui faisait partie de la ferme d'Arthur Roy. Elle pourrait donc maintenant respecter les dernières volontés de sa mère.

Il fallut deux semaines avant qu'Amed ait suffisamment récupéré pour enfin obtenir son congé de l'hôpital. Agathe avait évité de parler de la clinique de génétique, car elle avait la conviction que les résultats des tests confirmeraient ce que ses recherches lui avaient appris, mais Amed ne l'entendait pas ainsi. Malgré les conclusions auxquelles Agathe en était venue, il voulait une preuve formelle. Il ne vivait plus que dans l'attente de ce moment. Malgré sa faiblesse, il ne voulait plus rester dans l'ignorance. La réponse était là, sur les papiers des biochimistes qui avaient été chargés de mettre leur passé génétique à nu. Agathe aurait voulu repousser le moment où ses dernières illusions seraient renversées, mais Amed avait décidé qu'il fallait en finir au plus tôt avec ces doutes.

Ils se présentèrent à la clinique et la secrétaire qui les reçut les fit immédiatement passer dans le bureau du médecin. Celui-ci fit irruption quelques minutes plus tard, si concentré par la lecture des documents qu'il avait en main, qu'il ne sembla même pas les voir. Il fit le tour de son bureau, et sembla soudain prendre conscience de leur présence lorsqu'il leva les yeux sur eux.

— Monsieur Richard. Madame Lecours. Nous avons fait l'analyse du code génétique de chacun de vous. Nous les avons comparés, nous avons effectué tous les tests modernes à notre disposition. Il va de soi, vous comprendrez, que nous partageons tous, d'un pont de vue anthropologique, un code génétique commun qui nous vient de nos origines et que, par conséquent…

Agathe n'en pouvait plus de ces explications.

— Alors? dit-elle pour interrompre le flot de ces paroles. Sommes-nous de la même famille?

Il se racla la gorge avant de dire:

— Non, sur le plan génétique, vous êtes de purs étrangers.

Les Beauregard suivaient avec attention toutes les nouvelles du front. Chaque jour, Paul entrait du travail pour son repas du midi et ouvrait le poste de radio. Le vieil appareil grésillait durant quelques secondes, le temps qu'il fasse rouler le bouton sur la bonne fréquence. La voix presque macabre du lecteur annonçait les dernières nouvelles de la guerre, lesquelles étaient immédiatement suivies de la liste des soldats morts ou disparus. Paul tendait une oreille inquiète, le visage crispé, dans l'attente d'un nom qu'il ne souhaitait pourtant pas entendre.

Évangéline avait terminé son noviciat et profitait de quelques jours de vacances chez ses parents avant la phase décisive qui ferait d'elle une religieuse. Marie-Louise avait promis d'être là pour la cérémonie, mais Paul avait manifesté son désaccord. Il était heureux que sa fille ait pu profiter d'une éducation qu'il n'aurait pu lui offrir, mais inconsciemment, il avait toujours cru que ce jour n'arriverait pas, qu'elle reviendrait à la « vraie vie » avant de prononcer ses vœux. Et maintenant, Yvonne disait vouloir suivre les traces de sa grande sœur et entrer aussi chez les religieuses. Faire des enfants pour les donner en pâture ici au couvent, là à l'armée, était-ce vraiment cela, la vie ? Si Yvonne prenait aussi le voile, ils perdaient encore leur aînée. Les plus jeunes n'étaient pas encore en âge de se débrouiller et la tâche retomberait sur Marie-Louise. Il se consolait en se disant qu'Évangéline était nourrie et à l'abri. Ce qui n'était pas le cas d'Émile.

Évangéline écoutait, le cœur serré, l'énumération des morts en se disant que Paul succomberait probablement à une crise cardiaque s'il fallait que le nom de son fils soit prononcé. Son

Émile était aussi le sien et Évangéline avait l'impression que son cœur ne survivrait pas non plus à l'annonce de sa mort. Depuis deux semaines, les Beauregard vivaient comme des milliers de familles canadiennes, dans l'attente de nouvelles de leurs fils.

En apprenant le débarquement, Paul s'était rendu au village et avait téléphoné au quartier général de l'armée pour avoir des nouvelles. Rien. On ne pouvait l'assurer que son fils avait survécu à l'hécatombe, mais on ne pouvait dire non plus s'il faisait partie de la liste des victimes. Lorsque la lettre était arrivée en provenance de Londres, elle avait parcouru un long périple. Marie-Louise avait aussitôt reconnu l'écriture d'Émile.

— Merci, mon Dieu, dit-elle en serrant la lettre bien fort contre elle.

Ce message confirmait que son fils était toujours en vie. Autrement, l'enveloppe aurait été celle de l'armée canadienne.

« *14 juin 1944*
Berthier-sur-mer, France
Chère maman,
Nos troupes ont débarqué en France aujourd'hui et je t'écris pour te dire que nous avons réussi. Des milliers de mes compagnons sont morts sous mes yeux, mais j'ai survécu. Je n'ai jamais vu une chose aussi affreuse, et j'espère ne jamais revoir cela. Nous sommes couchés ce soir dans les fortifications allemandes près d'un petit village nommé Berthier-sur-mer. Je sais maintenant que la victoire est possible et nos troupes continuent de débarquer pendant que je t'écris ces mots.

Je voulais voir la guerre, maman. Je l'ai vue et je le regrette. C'est une chose terrible et j'espère que jamais notre pays ne sera livré à la tuerie comme c'est le cas ici. Tout a été détruit par les bombardements, les nôtres et ceux des Allemands. Nous avons rencontré des gens du village qui nous ont accueillis comme des héros. À les voir, on comprend l'importance de cette guerre. Demain, Virgile et moi serons de la patrouille et nous pourrons enfin voir ce pays que nous venons de libérer.

Dis à Évangéline que je pense à elle et que je crois toujours qu'elle est folle d'entrer chez les religieuses. D'ici peu, moi, je serai libre et je reviendrai, alors qu'elle restera pour toujours dans son couvent. Salue papa et tout le monde, je serai bientôt avec vous.

Émile »

— Il est vivant ! Il est vivant ! ne cessait de répéter Marie-Louise.

Malgré la grimace qu'avait provoquée son commentaire sur la vocation de sa sœur, Marie-Louise était enchantée, soulagée pour la première fois depuis des mois. Émile était vivant. Elle ne pouvait attendre pour annoncer la bonne nouvelle aux autres. Elle s'empressa de faire lire la lettre à Évangéline en lui indiquant qu'il ne fallait pas prendre au sérieux le passage qui la concernait. La jeune fille savait trop bien ce que son frère pensait de sa vocation. Depuis qu'il était traversé de l'autre côté, Émile lui avait écrit à plusieurs reprises.

Lorsque Paul revint à la maison, la cuisine avait un air de fête. Il y avait un poulet bien dodu en train de rôtir au four et Marie-Louise avait sorti la nappe blanche des grandes occasions.

— Misère, ma femme. Qu'est-ce qu'on fête à soir ?

— Il est vivant, répéta-t-elle encore une fois, comme si c'était tout ce qu'elle pouvait dire en lui tendant la lettre.

Paul saisit le papier et lut lentement et péniblement. Comme Émile, Paul n'avait jamais aimé l'école et il avait quitté les classes encore plus rapidement que son fils. Sa difficulté à lire était accentuée par le fait que ses yeux étaient pleins d'eau. Peu lui importait ce qu'il y avait d'écrit, seul le fait que ce soit de la main d'Émile importait. Ce soir-là, enfin, les Beauregard avaient une raison de se réjouir. Au cours des jours suivants, Paul ne sentit pas le besoin d'écouter la liste des victimes à la radio. Il songeait déjà au retour de son fils et au moment où il pourrait à nouveau travailler avec lui.

Au même moment, Julienne Lefebvre avait aussi reçu une

lettre de son fils Virgile qu'elle avait accueillie avec la même joie que les Beauregard. Délaissant ses tâches ménagères, elle s'était installée dans la chaise berçante près de la fenêtre pour profiter de la lumière du jour qui éclairait la précieuse lettre.

« Le 15 juin 1944
Maman,
Ce soir, je voudrais être avec vous, car il est arrivé une chose terrible. Nous avons réussi à débarquer sur les plages de Normandie hier. C'est un miracle que nous n'ayons pas été tués avec les autres. C'est un miracle que nous ayons réussi et nous avons cru après cette bataille qu'il ne pouvait plus rien nous arriver.
Aujourd'hui, cependant, j'ai vu une chose horrible. Émile et moi devions prendre part à la patrouille. Émile était monté dans la jeep devant, avec d'autres soldats, et moi, je suivais derrière dans un camion. Je ne sais pas ce qui s'est passé, mais tout à coup, nous avons vu le véhicule en avant sauter en l'air. Je n'arrivais pas à comprendre ce qui était arrivé. Une mine ou un obus, m'a-t-on dit. Nous avons couru vers eux, mais lorsque je suis arrivé, je l'ai vu, Émile. Son corps était éclaté en morceaux. Le tronc auquel il ne restait que la tête et un bras, reposait dans l'eau. L'une de ses jambes était sur l'herbe non loin, et l'autre était retombée dans un arbre. Je n'ai pas vu son autre bras. C'est terrible, maman. Mon meilleur ami est mort et je ne sais pas comment je ferai pour affronter le reste de la guerre sans lui. Nous avons ramassé ses morceaux dans un sac. C'était affreux.
Dis à tout le monde que je les aime. Je ne sais pas si nous nous en sortirons vivants, mais après ce que j'ai vu ce soir, j'ai peur.
Ton fils qui t'aime.
Virgile »

Julienne lisait la lettre en sanglotant. Le petit Émile Beauregard était mort. C'était affreux. Elle se mordit la lèvre en imaginant la douleur qui devait accabler les Beauregard ce soir et elle eut une pensée pour son amie Marie-Louise. Les deux avaient sensiblement le même âge, étaient allées à l'école ensemble et s'étaient mariées à la même époque. Marie-Louise était une bonne amie et elle lui avait confié combien elle était terrorisée à l'idée que son fils aille au front. Une crainte que Julienne partageait, mais que leurs confidences avaient permis d'atténuer.

— Pauvre Marie-Louise. C'est affreux, dit-elle en se levant pour regarder dehors.

De chez elle, elle pouvait voir la maison des Beauregard. Il y avait de la lumière et de l'activité dans la maison. Probablement que toute la famille était réunie pour partager sa peine. Elle se dit que demain, à la première heure, elle irait porter les deux tartes aux fraises qu'elle avait préparées durant la journée. Marie-Louise n'aurait pas le goût de cuisiner et un coup de main ne serait pas de trop. Elle envisagea même de passer la journée chez son amie afin de la soutenir dans ce malheur. Elle lut la lettre à son mari dès son retour à la maison et l'informa qu'elle s'absenterait toute la journée du lendemain pour venir en aide à Marie-Louise. Il était lui aussi sous le choc de cette nouvelle. Le jeune Émile était un bon garçon et il avait toujours eu l'art de plaire. Omer aurait même souhaité que son grand Virgile lui ressemble un peu. Quelle tristesse pour Bouchette.

Tôt le lendemain, Julienne se mit en route vers la maison des Beauregard, ses deux tartes et un pain dans le panier qu'elle avait au bras. Que devait-elle dire à son amie lorsque celle-ci lui ouvrirait la porte ? Peut-être qu'elle se jetterait dans ses bras en pleurant ? Pendant qu'elle marchait, elle sentait les larmes lui monter aux yeux. Émile, le bel Émile était mort déchiqueté en morceaux par une bombe. Elle tenta de se raisonner, d'oublier ce terrible passage de la lettre de son fils et de sécher ses yeux avant d'arriver. Il ne fallait pas qu'elle pleure devant Marie-Louise. Comment pourrait-elle la réconforter si c'est elle qui se mettait à pleurer comme une Madeleine ? Elle s'était ressaisie lorsqu'elle frappa à la porte des Beauregard. Marie-Louise lui ouvrit avec un sourire radieux et une pointe d'étonnement.

— Julienne ? Quelle belle surprise de te voir de si bon matin.

Julienne faillit laisser tomber son panier. Visiblement, elle n'était pas au courant. Elle eut un instant de panique en songeant à la gaffe qu'elle avait failli commettre.

— J'ai fait quelques tartes aux fraises et je voulais venir t'en porter deux, dit-elle, torturée par les sentiments qu'elle éprouvait.

— Entre, j'ai fait du café.

Paul était déjà parti travailler et Julienne se mit à craindre qu'Omer lui en glisse un mot s'il devait le rencontrer aujourd'hui. Elle pria le ciel pour que leurs routes ne se croisent pas au cours de la journée. Elle alla s'asseoir sur le bout de la chaise, prête à reprendre la porte aussitôt que l'occasion se présenterait. Marie-Louise était resplendissante de bonheur et elle en exhiba la raison de sa poche. Elle avait reçu une lettre écrite de la main de son fils après le débarquement réussi des forces armées alliées.

— Il est vivant, dit-elle

Julienne faillit se brûler la bouche en goûtant son café bouillant. Pendant un instant, elle crut qu'elle allait éclater en sanglots devant Marie-Louise. Le malaise de Julienne ne passa pas inaperçu aux yeux de Marie-Louise qui s'en voulut de sa joie. Elle songea que Julienne avait aussi un fils au front dont elle était sans nouvelle. Elle-même avait vécu l'enfer de l'attente. Elle voulut la rassurer.

— Ne t'inquiète pas, Julienne. Regarde la lettre qu'Émile m'a fait parvenir. Il y parle de Virgile et il dit qu'ils doivent partir en patrouille. Ça veut dire que ton fils est vivant, dit-elle en pointant le passage dans la lettre.

Julienne ne regarda pas vraiment le papier, même si elle fit mine de lire ce qui y était écrit. Elle savait trop bien ce qui s'était passé lors de cette patrouille. Elle remercia Marie-Louise et s'enfuit presque au pas de course. Elle laissa couler ses larmes une fois sur le chemin du retour. Il fallait absolument prévenir Omer avant qu'il commette une bévue. Elle l'attrapa au moment de partir et lui commanda de garder le silence. Le dimanche suivant, Julienne était encore troublée par le terrible secret qu'elle portait et elle ne put adresser la parole à Marie-Louise qui l'avait saluée sur le perron de l'église.

Julienne était mortifiée. Depuis maintenant plus de deux semaines qu'elle connaissait le sort tragique d'Émile, elle n'arrivait pas à vivre avec ce secret. Elle était même allée s'en confesser au curé Latour afin de se soulager de cette terrible confidence. Elle était à la fois peinée et soulagée lorsque, regardant par la fenêtre, elle vit la voiture de l'armée arrêtée devant la maison des Beauregard. Elle s'installa pour préparer deux tartes.

Chapitre quarante-six
Gatineau, 2005

C'est Agathe qui fut la plus surprise en entendant les résultats que le médecin continuait à leur expliquer. Amed manifestait bruyamment sa joie, empoignant les mains d'Agathe pour la tirer de l'état de choc dans lequel elle semblait plongée, et la couvrant de baisers. Réalisant que plus rien ne s'opposait à son amour, elle sauta dans les bras d'Amed.

— Mon cœur a tenu le coup. Et si nous allions célébrer cela au restaurant, proposa Amed.

Agathe le gronda. Il était encore beaucoup trop fragile pour une telle sortie et elle ne voulait prendre aucun risque.

— Pas de repas au restaurant, mais si tu le veux, tu peux venir chez moi. Je serai ton infirmière.

— Je ne sais pas si mon cœur pourra le supporter, dit-il avec un sourire qui en disait long.

Ils passèrent tout le chemin du retour à rire et à faire des projets d'avenir. En arrivant, Amed était épuisé, mais il tenait à souper avec Agathe avant de la laisser le mettre au lit. Il était affamé et heureux de pouvoir déguster autre chose que les plats de la cafétéria de l'hôpital. Ils n'arrivaient pas à croire qu'il pouvait maintenant s'aimer. Agathe hésitait encore à se laisser aller, comme si toutes les cellules de son corps s'étaient persuadées qu'il lui fallait éviter tout contact avec sa peau. Elle touchait avec hésitation sa main chaque fois qu'il la posait sur la table. Lorsqu'elle finit par le convaincre d'aller se reposer, Amed refusa qu'elle lui cède son lit pour coucher sur le divan.

— Je ne veux pas te déranger. Tu dois récupérer, insista-t-elle.

— J'ai besoin de sentir ta présence près de moi, de savoir que je n'ai pas rêvé et que tu es là.

— Tu n'es pas raisonnable, dit-elle. Je ne voudrais pas… tu comprends.

En réalité, c'est elle qui doutait de sa capacité à dire non lorsqu'elle sentirait la cuisse de son amant effleurer la sienne.

— Nous ferons attention, dit-il.

Elle repoussa le moment de se mettre au lit, traînant inutilement en longueur dans la salle de bain en espérant qu'il dormirait au moment où elle se glisserait sous les couvertures. Elle revêtit même sa chemise de flanelle qu'elle considérait elle-même comme étant affreuse, mais dans laquelle elle était toujours confortable. Elle entra doucement sous les couvertures, heureuse d'entendre la respiration lourde et régulière de son compagnon. Il était là, près d'elle et elle pouvait sentir sa présence. Elle resta immobile quelques minutes, se délectant de la chaleur de son corps qui envahissait son espace. Estimant qu'il dormait profondément, elle ne put résister à la tentation de laisser sa main glisser un peu sous le drap pour toucher un seul instant sa cuisse. Ses doigts touchèrent sa peau et elle sentit un frisson passer en elle. Elle refoula les images de leurs derniers ébats amoureux dans ce même lit, sentant que l'excitation la gagnait dangereusement. Elle retint un petit cri lorsque la main d'Amed glissa au-dessus d'elle et qu'il la tira doucement au creux de son épaule.

— Tu croyais vraiment que je pourrais dormir… mon amour?

— Je ne voudrais pas…

— Mensonge. Tu m'as tellement manqué que je croyais devenir fou.

Doucement, prudemment, ils se laissèrent aller à se toucher et à se retrouver, laissant monter en eux sans retenue la flamme de leur passion.

Cette nuit d'amour eut l'effet d'un fortifiant pour Amed qui, dès le lendemain matin, semblait vouloir retrouver toute son autonomie. Fidèle à son habitude, il fut le premier debout et l'odeur du café frais tira Agathe de ses rêves.

— Tu aurais dû me laisser faire, dit-elle en arrivant dans la cuisine, les yeux encore pleins d'amour.

— Il faut que je bouge. Je ne peux pas rester au lit toute la journée, à moins que tu acceptes d'y rester avec moi.

Agathe avait encore de la difficulté à réaliser que le bonheur était enfin entré dans sa maison. Bien que le brouillard se soit dissipé au-dessus de sa tête en ce qui concernait Aldège Richard, elle était déçue de ne pas en avoir su plus sur celui qui avait séduit Anna.

— Quelle importance, du moment que nous savons que nous n'avons pas le même parent.

— C'est vrai, mais avec le voyage en Allemagne, la recherche de cet homme est devenue une véritable quête et je ne n'arrive pas à penser à autre chose.

— C'est simple. Si ce n'est pas le grand-père Richard, alors il faut bien que ce soit cet autre homme, Émile Beauregard, dont tu m'as parlé et qui apparaît sur la photo.

— Peut-être, mais j'aimerais bien en être certaine.

— Qu'est-ce que cela changera? demanda Amed, qui ne voyait pas l'utilité d'en savoir plus.

— Depuis la mort de ma mère, tout ce dont j'avais toujours été certaine s'est révélé faux. Même mon père n'est pas vraiment mon père. Je me suis retrouvée ici à Bouchette à la recherche du passé de ma grand-mère et il me semble que je n'ai pas réussi à accomplir cette mission que ma mère m'avait confiée.

— Mais tu sais sur quel lac elle souhaitait que ses cendres soient dispersées.

— Oui. Ma mère voulait que ses cendres aillent rejoindre celles de sa propre mère, mais Marie-Anna Morrissette, pourquoi désirait-elle tant que ses cendres y soient? Après tout, elle avait quitté Bouchette depuis plus de quinze ans et n'y était jamais revenue. Et puis, maintenant que je suis certaine que c'est bien elle, j'ai envie d'en savoir plus.

Amed, dont la lignée des Richard était inscrite dans le sol de

Bouchette, ne voyait pas l'intérêt de la chose. Il ne connaissait pas toute l'histoire de ses grands-parents et cela ne le perturbait pas. Il était plutôt tourné vers l'avenir et l'anticipait avec joie. Ils n'en avaient pas encore parlé, mais il sentait qu'Agathe se laisserait facilement convaincre à l'idée de partager prochainement le même logis. Il y avait surtout cette phrase qu'elle avait un jour échappée à propos d'enfants qu'ils pourraient avoir. Bien qu'il ait toujours considéré le mariage comme une institution rétrograde, il était même prêt à lui faire la grande demande en bonne et due forme.

Agathe avait décidé de refaire un nouveau passage dans l'antre de Rogatien Lafontaine, malgré le haut-le-cœur qui lui venait à l'évocation des boîtes de conserve qui pourrissaient sur la table et des gommes collées sur le pied de la lampe-table-cendrier. Elle se dit qu'elle devrait l'appeler par politesse avant de passer et regarda dans le bottin téléphonique. Son nom n'y était pas. Elle songea qu'il avait peut-être un numéro confidentiel, mais estima que celui-ci était plutôt du genre à ne pas avoir le téléphone. Lors de sa visite, elle n'en avait pas vu. À moins que l'appareil ait été dissimulé sous une pile de vieux journaux. Elle décida qu'elle ferait un détour par là en revenant du bureau. Il lui fallait cependant reprendre le travail, car elle estimait avoir abusé de la bonté du notaire Beausoleil qui, après lui avoir accordé deux semaines de vacances pour se rendre en Allemagne, l'avait sommée de demeurer au chevet d'Amed. Pas question de profiter davantage de sa générosité.

Le vieux notaire était particulièrement heureux de voir la jeune femme au travail. Lui et madame Denise avaient préparé un petit gâteau pour souligner son retour et la fin du cauchemar qu'elle avait vécu. Agathe était touchée de ce geste, mais s'empressa de se mettre au boulot, exigeant de Beausoleil qu'il lui laisse toutes les tâches moins intéressantes. En début d'après-midi, elle avait réussi à boucler plusieurs dossiers, dont Théophile Beausoleil n'avait pas eu le temps de s'occuper.

Profitant d'une pause, elle lui demanda s'il avait découvert quoi que ce soit de nouveau concernant le terrain.

— Bien peu, je dois avouer. S'il n'y a pas d'héritiers légaux, la municipalité et les TMO devront s'en remettre à un juge. Les *Owners* prétendent qu'il y avait eu entente durant la Seconde Guerre pour que les terrains leur soient cédés. C'est fort possible, mais l'opération n'a pu se faire comme ils le souhaitaient et la propriété a finalement dû être transférée à sa femme. Quant à Kathleen Burgess, elle semble avoir totalement disparu de la surface de la Terre à partir de 1946. En arrivant en Argentine, elle a dû changer d'identité. À défaut de trouver un héritier de Burgess, le terrain retournera probablement dans le domaine public. Et vous, ces recherches ont-elles satisfait vos questions ?

Depuis le drame d'Amed, ils n'avaient pas encore eu le temps d'en discuter et Beausoleil était curieux d'en savoir plus.

— Je sais au moins que ma grand-mère est bien Marie-Anna Morrissette, dit-elle après lui avoir raconté l'échange de bébés dans les berceaux de l'orphelinat. Je sais aussi qu'Aldège Richard n'était pas mon grand-père, mais que c'est lui qui a dispersé les cendres d'Anna sur le lac Achigan.

— Voilà une bonne chose, non ? demanda-t-il, percevant une pointe de déception dans sa voix.

— Oui, bien sûr.

— Mais…

— Mais je suis déçue de ne pas avoir pu identifier mon véritable grand-père. Je sais que, finalement, ce n'est pas si important que cela et que ça ne change pas ce que je suis, mais je crois que c'est une déformation de mon métier de vouloir à tout prix trouver l'inscription originale, le premier nom.

— Je suppose que oui, dit-il sans grande conviction, mais si, comme vous le pensiez, votre grand-père est l'un des deux hommes photographiés avec Marie-Anna Morrissette en 1942, alors ce ne peut-être que l'autre, ce Paul-Émile Beauregard.

— Je sais. C'est probablement vrai, mais j'aimerais en avoir la certitude.

— Parfois, il vaut mieux laisser les morts dormir ensemble. Vous êtes vivante, Agathe. Vous pourriez même être heureuse si vous n'y prenez garde, dit-il en lui adressant un clin d'œil complice.

Elle sourit. Théophile Beausoleil lui avait ouvert les portes de son entreprise, de sa région et de son cœur. Elle termina une longue journée de travail et se rendit immédiatement chez Rogatien Lafontaine. Elle avait appelé « son malade » pour le prévenir. Amed avait feint l'agonie, mais il l'avait immédiatement rassurée.

— Tout va bien, ne t'en fait pas. Il y aura de la truite fraîche pour souper.

Il lui raconta que leur histoire avait bien sûr fait le tour du village et que le pêcheur qui l'avait retrouvé près du quai public avait tenu à venir lui offrir une belle prise pour l'aider à reprendre des forces. Le propriétaire du restaurant Le Manoir lui avait indiqué le moyen de trouver Amed.

— Comment a-t-il su que tu étais chez moi ?

— Qui donc, crois-tu, s'est empressé de raconter partout que son fils fréquentait la « p'tite notaire » ?

— Je vois, dit-elle amusée, et heureuse de voir que les Richard la présentaient déjà comme un membre de la famille.

Lorsqu'elle arriva en vue de la maison de Rogatien, le souvenir des lieux lui revint en mémoire. Elle frappa discrètement à la porte et dut patienter quelques minutes avant que le vieil homme vienne ouvrir la porte en remettant ses bretelles. Rogatien n'avait pas enfilé de chemise, mais portait un caleçon long qui le couvrait entièrement, bien que l'été batte son plein. Il boutonna pudiquement le vêtement de laine pour cacher son torse, qu'Agathe aurait pu apercevoir. Il plissa le nez comme pour mieux voir sa visiteuse et reconnut la jeune notaire.

— Encore vous ? dit-il en guise de bonjour.

— Je ne voudrais pas vous déranger, mais j'aimerais vous poser encore quelques questions.

Il hésita, ne sachant s'il devait l'inviter à entrer ou la laisser sur le palier en espérant qu'elle partirait.

— Je ne sais pas si j'ai le temps, dit-il.

Agathe n'était pas dupe. Cet homme n'avait que cela, du temps, et il le passait le plus souvent à bavarder avec quiconque était assez patient pour l'écouter. Il hésita quelques secondes, réfléchissant avant d'ouvrir plus largement la porte pour la laisser passer. Elle se glissa à l'intérieur et chercha du regard la seule chaise disponible autour de la table. Elle ne semblait pas avoir été déplacée ni utilisée par personne d'autre depuis sa dernière visite.

— Alors, que voulez-vous savoir ? demanda-t-il en se laissant tomber sur sa chaise berçante.

— Parlez-moi de Paul-Émile Beauregard, l'autre homme sur cette photo, dit-elle en tendant le cliché.

Rogatien réfléchit quelques secondes, cherchant dans sa mémoire. Il avait appréhendé les questions de la jeune femme la première fois et il avait par la suite regretté de lui en avoir tant dit. Ces choses-là n'appartenaient pas aux étrangers. Elle avait beau demeurer à Bouchette, elle n'était pas de Bouchette et ne le serait jamais dans la tête de Rogatien. Et en plus, elle était allée s'installer dans la maison du Juif. Il n'avait pas à partager avec cette petite curieuse les sombres histoires qui avaient un jour marqué le quotidien des gens de la place. Ceux qui savaient étaient pour la plupart morts ou avaient quitté la paroisse et ces souvenirs ne faisaient pas partie de ceux qu'on évoquait pour les garder vivants dans la mémoire collective. Mais en entendant que cette Agathe Lecours était la petite-fille de Marie-Anna Morrissette, Rogatien avait instantanément été ramené en arrière, alors qu'il n'était qu'un jeune garçon. Il se souvenait de Marie-Anna, et cette impression, qu'il avait eue la première fois qu'il avait vu Agathe, se confirmait aujourd'hui. Il retrouvait chez cette jeune femme les mêmes traits qu'Anna. «L'agneau de Dieu», songea-t-il en pensant à elle.

— On va dire, commença-t-il, Paul-Émile, c'était un jeune coq dans le village. Un peu fendant sans être baveux, fort comme un ours, mais agile comme un singe. Toutes les filles de Bouchette, pis même celles des villages environnants, rêvaient de passer devant le curé avec lui. Il le savait et il était volage. Malheureusement, il est mort à la guerre.

— Vous croyez que c'était lui, mon grand-père? demanda-t-elle naïvement.

Rogatien se racla la gorge. Le sujet était délicat et il hésitait.

— On va dire, la belle Anna, c'était l'autre côté d'une même veste. Si lui c'était le coq, elle était la plus belle fille de Bouchette. Tous les gars lui tournaient autour, mais elle était indépendante. Elle n'était pas faite pour vivre ici, on le savait, on le voyait. Sa façon de s'habiller, de se coiffer comme les gens de la ville; c'est évident qu'elle s'en irait un jour d'ici. Parce que c'était la seule fille de Bouchette qui ne se pâmait pas devant lui. Paul-Émile n'avait qu'elle en tête. Il avait même dit partout à la ronde, avant de partir pour la guerre, qu'il l'épouserait dès son retour. Il n'est jamais revenu.

— Vous croyez donc que l'enfant serait de Paul-Émile?

Rogatien fit rouler de plus belle sa gomme sur son unique dent. Il émit coup de pompe par le nez.

— On va dire, qui peut le savoir avec certitude? C'est si loin. Paul-Émile est venu en permission la dernière fois, si je me souviens bien, c'était en mai 1943. Que s'est-il passé? Seul le bon Dieu le sait.

Agathe reconnut la mémoire phénoménale de son interlocuteur, capable de se souvenir de détails aussi précis, plus de soixante ans plus tard. Elle doutait cependant que, se rappelant si facilement cette date, Rogatien ne sache rien d'autre. Elle constata que le temps était passé rapidement et qu'Amed devait probablement l'attendre. Elle remercia le vieil homme, visiblement soulagé de se soustraire aux questions de la notaire. Juste au moment de partir, elle se tourna vers lui :

— Une dernière chose, monsieur Lafontaine. Tout le monde parle de ma maison comme la maison du Juif. Vous savez pourquoi?

Rogatien devint blanc.

— C'était la maison d'un Juif.

— Et?

— Il est mort… il est mort écrasé par le train.

— C'est tout?

Rogatien se tordait les mains, évaluant ce qu'il devait lui dire et ce qu'il devait garder secret.

— Écoutez, on ne le sait pas ce qui est arrivé. Il a été écrasé, c'est tout.

— Étrange.

— Ouais.

Agathe aurait voulu le questionner un peu plus à propos de cette histoire, mais elle devait partir. Le bonheur était à la maison avec une belle truite qui cuisait au four.

Si Amed avait perdu quelques kilos durant son séjour à l'hôpital, il avait définitivement repris de la vigueur et des couleurs. Il n'arrivait plus à tenir en place malgré les supplications d'Agathe qui l'enjoignait d'être prudent. Le jeune homme appréciait les soins et surtout la chaleur du lit de sa compagne, mais il prenait immédiatement la clé des champs dès qu'elle avait quitté la maison. Il y avait beaucoup à faire. Son prototype de sous-marin avait fait rigoler bien des gens, mais pas le type de la division des produits récréatifs de la compagnie Bombardier. Lui, au contraire, avait posé beaucoup de questions, prenant des notes chaque fois, et avait même suggéré quelques améliorations pour le rendre plus sécuritaire. Il avait rapidement vu le potentiel de l'invention d'Amed. La terre n'occupe que le quart de l'espace vivable et les humains dépensent des fortunes en énergie pour s'y déplacer. Personne n'avait encore songé à mettre au point un véhicule qui permettrait au simple citoyen d'avoir accès au vaste terrain de jeu sous l'eau. Il y avait là un marché nouveau, complètement vierge et auquel personne ne pensait. L'homme avait remis sa carte à Amed et lui avait promis qu'il l'appellerait.

Cette rencontre avait enthousiasmé le jeune inventeur qui avait recommencé à visiter son atelier et à travailler sur le Tournesol II. Sa mère, Pauline, avait été un peu déçue lorsqu'il avait refusé son offre de venir s'établir à la maison le temps de sa convalescence, mais son mari lui avait fait comprendre que le cœur de leur fils avait besoin d'autre chose qu'une mère. De mauvaise grâce, elle avait reconnu qu'il avait sûrement raison, d'autant plus qu'elle avait été si heureuse d'apprendre que leur « grand » avait enfin trouvé l'amour. Et cette jeune femme avait tout pour leur plaire, «surtout depuis qu'on savait que c'était une p'tite fille de Bouchette», répétait-elle.

Amed fut surpris de recevoir un coup de fil de sa mère à la résidence d'Agathe.

— Maman? Comment se fait-il que tu m'appelles ici?

— Parce que tu y es, grand nono.

Pauline avait toujours le don de lui clouer le bec avec une de ses phrases...

— Je dois te voir. C'est important. Ton père a trouvé quelque chose.

— Quelque chose?

— J'arrive, répondit-elle sans autre explication.

~

Agathe avait fait quelques vérifications, confirmant l'idée que Paul-Émile Beauregard pourrait être son grand-père. Émile avait obtenu une dernière permission en mars 1943 avant de traverser en Grande-Bretagne. Berthe était née en décembre 1943. Le compte y était. Elle n'avait maintenant plus de doute. Elle était bien la petite-fille de Paul-Émile Beauregard, soldat de l'armée canadienne décédé au combat. Agathe Lecours n'était plus une enfant sans racine. Elle était la fille de Berthe et de Rhéal Lecours, petite-fille de Marie-Anna Morrissette et de Paul-Émile Beauregard. Elle poussa un soupir de satisfaction. Elle songea à la série de carrés blancs de l'arbre généalogique qu'elle avait un jour ramené de l'école et fut amusée de constater combien cet événement était demeuré ancré dans sa mémoire durant toutes ces années. Cela expliquait probablement tous les efforts qu'elle avait mis dans cette quête d'identité. Il y avait eu derrière elle un grand vide, l'impression d'être dos à un ravin et de ne pouvoir faire un seul pas en arrière sans tomber. Elle venait de remplir ce fossé.

Agathe avait transmis les informations concernant le terrain du lac des Trente et Un Milles à la municipalité en leur indiquant que, selon son estimation, il faisait toujours partie de la succession de John David Burgess. Faute d'un héritier pour réclamer son dû, le conseil municipal pouvait envisager de déposer une requête en droit de prescription pour obtenir le terrain. L'association des TMO ferait certainement valoir ses prétentions, mais Agathe estimait que les différents propriétaires avaient acquis les terrains décrits sur les actes de vente et que leurs arguments avaient peu de valeur juridique. Et puis, la révélation de cette entente secrète visant à dépouiller un citoyen de ses droits ne plairait pas au magistrat.

La jeune notaire arriva tôt à la maison, certaine qu'Amed aurait comme d'habitude pris la clé des champs pour aller travailler sur son bidule. Elle songea que cet heureux énergumène qu'elle chérissait pourrait bien la surprendre avec son sous-marin. Elle savait bien qu'un jeune homme comme lui ne pourrait rester longtemps à ne rien faire et elle avait pu constater toute sa vigueur dès qu'elle entrait dans son lit. Il lui faudrait bien prendre une décision à ce sujet. Si Amed avait eu durant quelques jours besoin de soins, il y avait maintenant longtemps que les services d'une infirmière n'étaient plus requis. Elle sentait que lui aussi commençait à tourner autour du pot, ne sachant plus très bien comment amener le sujet de leur cohabitation. Agathe estimait qu'il était encore trop tôt pour s'engager à partager entièrement et totalement sa vie avec un homme, mais elle ne pouvait se résigner à le laisser retourner chez lui. Il serait probablement encore à son atelier lorsqu'elle arriverait, ce qui lui permettrait pour une fois de préparer le repas. Elle fut donc surprise de voir non seulement Amed, mais aussi Pauline, sa mère, qui semblait l'attendre sur la galerie. Son sourire s'effaça en voyant le visage grave de la femme qui tenait dans ses mains une boîte à soulier.

— Pauline! Quel plaisir de vous voir ici. J'espère qu'il n'est rien arrivé de grave, demanda-t-elle, soudainement inquiète.

La femme ne semblait pas disposée aux formules de politesse et entra dans le vif du sujet.

— Après t'avoir parlé et avec toutes ces histoires entourant le grand-père d'Amed, François a fouillé un peu dans les affaires d'Aldège. Il y avait encore une boîte de vieilleries dans le grenier chez nous. Rien de bien intéressant, des coupures de journaux, des images saintes, de vieux papiers et une lettre. J'ai cru que le contenu de cette boîte t'intéresserait. La lettre… la lettre, hésita-t-elle, elle a été envoyée à Aldège par ta grand-mère, Marie-Anna Morrissette.

Elle l'avait lue, c'était évident et elle en connaissait le contenu. Agathe pouvait le voir sur son visage. Pauline lui tendit la boîte et s'empressa de partir pendant que la jeune notaire semblait pétrifiée, les yeux rivés sur les différents objets. Elle entra dans la maison et alla s'asseoir à la table, pendant qu'Amed reconduisait sa mère. Elle fit un tri de ce qui se trouvait dans la boîte, mettant de côté certaines choses qui ne semblaient pas avoir d'importance. Elle tomba sur une petite coupure de journal annonçant le décès de Paul-Émile Beauregard, mort au champ d'honneur. Sa photo apparaissait en haut du texte. Il y avait également un autre vieil article publié dans le journal local. Le texte faisait état de la mort suspecte d'un homme d'origine juive, Hirsch Baran, décédé dans des circonstances mystérieuses sur la voie ferrée, près de Messines. La police avait conclu qu'il s'agissait d'un accident, sans toutefois être en mesure d'expliquer les traces de corde que le Juif portait aux poignets. La victime habitait sur le chemin du rang Gagnon à Bouchette. Agathe réalisa que l'homme dont il était question dans ce texte était sûrement celui qui avait à l'origine habité sa maison. Une affaire malheureuse et étrange. Mais pourquoi Aldège Richard avait-il tenu à garder cet article sur un fait divers ?

Elle plaça devant elle l'enveloppe jaunie sans l'ouvrir. Elle lut le nom d'Aldège Richard et l'adresse de Bouchette. Elle en sortit les feuilles et les déplia avec précaution. Le papier était si sec que les coins avaient percé. Le destinataire semblait l'avoir dépliée et repliée à plusieurs reprises. Le cœur d'Agathe battait si fort dans sa poitrine. Elle était consciente qu'elle tenait dans ses mains l'un des derniers morceaux du casse-tête.

« *18 mars 1944*
Cher Aldège,
Il ne se passe pas une journée sans que je repense à toi et à ce qui est arrivé. Je sais que tu étais prêt à adopter l'enfant que je portais en moi, même s'il n'était pas de toi et j'ai bien cru que je pourrais sauver ce qui reste de ma vie en t'épousant, mais c'était impossible. Tu l'as vu toi-même lorsque j'ai été attaquée. Je voyais les visages de ces femmes, des amies, des parents, au sortir de l'église, lorsque la première a empoigné une roche et me l'a lancée. J'ai été atteinte au-dessus de l'œil. Je sentais les pierres qu'on me lançait, chacune d'elle provoquant une nouvelle blessure sur mon corps et dans mon âme. J'ai été heureuse que Georges Caron passe par là, car j'aurais pu être lapidée à mort. Quel aurait été l'avenir de mon enfant à Bouchette? Celui d'un paria? Tu comprends que je ne pouvais plus vivre ici. Tous ces mensonges, tous ces secrets, toutes ces hypocrisies, c'était impossible.

J'ai préféré la laisser à l'adoption, consciente que, pour toujours, je serais frappée de cette odieuse tache dont on m'a affublée. Et pourtant, tout ce qui est arrivé fut le fruit de l'amour, d'un pur amour. J'ai cru en lui et je l'aime encore. La guerre, les Juifs et les Allemands n'ont rien à y voir. J'ai simplement aimé cet homme et j'ai commis une erreur. Laquelle de ces bonnes âmes n'a pas commis la même erreur? Ils étaient tous là aux beaux jours, sollicitant son amitié. Après, ils ont feint l'ignorance. Aujourd'hui, ils ont honte et ils me font porter le poids de leurs fautes. Mon enfant ne sera pas l'Agneau de Dieu devant racheter leurs péchés.

Si jamais la vie m'abandonnait, j'ai pris les dispositions pour que mon corps soit brûlé. Je souhaite, dans un tel cas, que tu puisses verser mes cendres dans les eaux du lac Achigan. Ainsi, un peu de

*moi restera près de vous, là où j'ai vécu les plus beaux moments de
ma vie.*

Anna»

Agathe leva les yeux vers Amed qui était entré dans la maison
et s'était discrètement assis au bout de la table, attendant qu'elle
ait fini la lecture de la lettre. Lui aussi en avait pris connaissance.

— Qu'est-ce que tout ceci ? Quel est ce charabia ? demanda-
t-elle.

— Ma mère est venue me voir avec cette boîte et surtout
cette lettre. Et j'ai eu la même réaction que toi. Alors, je suis allé
voir Rogatien Lafontaine. Il ne voulait pas trop m'en parler et
semblait exaspéré. Il n'arrêtait pas de dire que c'était le passé et
qu'il fallait laisser les fautes du passé avec le passé.

— Quelles fautes ? demanda Agathe

— C'est aussi ce que je lui ai demandé.

Amed s'éclaircit la voix et prit une gorgée d'eau. Ce qu'il avait
à dire semblait difficile et Agathe s'en inquiéta.

— Nom de Dieu, Amed Richard, parle ou je t'étripe.

— Tu te souviens de cette photographie de ta grand-mère ?
Il y avait deux hommes avec elle, Aldège Richard et Paul-Émile
Beauregard.

Agathe acquiesça, fouillant même dans son sac à main pour
la sortir.

— Ce n'est pas ce qui est à l'avant de cette photo qui est
important, mais ce qu'il y a à l'arrière.

Il pointa du doigt la porte du grand chalet où la silhouette
d'un homme se profilait derrière la moustiquaire. Il semblait
regarder le trio d'amis devant la porte.

— Cet homme, c'est John David Burgess, poursuivit Amed.
Marie-Anna Morrissette était en amour et vivait une relation
secrète avec lui. Tout le monde à Bouchette n'avait que des bons
mots pour cet Allemand qui dépensait sans compter et faisait
pleuvoir l'argent sur la place. Chacun aurait vendu son âme au

diable pour entrer dans son cercle. Quand on a révélé qu'il s'agissait d'un espion à la solde d'Hitler, tous ont nié avoir entretenu des rapports avec lui. La seule personne qui ne pouvait nier sa relation coupable avec le traître, c'était Marie-Anna Morrisette. Ils ont rejeté sur elle leurs propres fautes. Rogatien se souvenait de l'incident, alors que des femmes ont voulu la lapider à mort à la sortie de l'église. Lui-même avait longtemps cru qu'elle était morte lorsque Georges Caron, l'ancien chauffeur de Burgess, l'avait recueillie. Caron l'a conduite à Hull et l'y a laissée. Ils l'ont chassée de Bouchette, comme un mauvais souvenir. Comme tu as pu le lire, ta grand-mère avait estimé que son enfant ne pourrait jamais vivre sans qu'on l'identifie comme la fille de l'Allemand ou pire, la fille du Nazi. Elle a alors fait le sacrifice ultime; elle lui a donné une nouvelle vie sans son lourd passé.

Agathe avait les yeux pleins d'eau à l'évocation du triste sort qui avait été celui de sa grand-mère. Elle passa les doigts sur le papier, touchant l'encre, comme si ce geste pouvait la lier à Anna. Amed poussa devant elle l'article de journal sur la mort du Juif du chemin Gagnon.

— Tu as compris que ce Juif était celui qui avait habité ici.

Agathe fit un signe de tête affirmatif.

— Rogatien t'a parlé de cet incident? demanda Amed.

— Oui, il m'a dit qu'il s'agissait d'un accident, ou quelque chose du genre.

— Ce n'était pas un accident. Hirsch Baran avait fui la persécution en Pologne. Il était arrivé ici avec si peu de choses que tout cela tenait dans une simple brouette. Mais Baran avait l'esprit débrouillard et il s'était mis à faire commerce de maison en maison dans Bouchette, attirant la convoitise sur lui. Quelques jeunes de Bouchette, dont Virgile Lefebvre, le compagnon d'armes d'Émile, l'ont un jour rencontré lors de l'une de ses tournées. Ils étaient ivres et ils lui ont fait un mauvais sort. Ils l'avaient attaché par les poignets et le tenaient debout sur la voie ferrée, chacun tirant de son côté pour le maintenir au milieu. Rogatien prétend que les jeunes voulaient seulement l'effrayer et qu'ils devaient lâcher les cordes et le laisser s'enfuir à la dernière minute lorsque le train arriverait sur eux. Quand ils ont laissé tomber les cordes, Baran était pétrifié de terreur et il n'a pas bougé. Le train lui est passé dessus. Après, ils ont retiré les cordes et ils ont fui. Virgile est parti pour la guerre et tout le monde à Bouchette s'est tu, même si les gens savaient ce qui s'était passé. Les cordes ensanglantées furent brûlées, chaque famille fit disparaître les vêtements tachés de sang et il fut convenu qu'on n'enverrait pas des enfants de la paroisse au peloton d'exécution pour un Juif.

— Quelle horreur…

— Marie-Anna Morrissette, dont la seule faute a été d'avoir aimé cet homme, a payé pour la honte de ceux qui avaient eux-mêmes collaboré avec « l'ennemi », si ennemi il y eut. La plupart se doutaient que Burgess était un espion, mais ils n'ont rien dit parce que l'Allemand payait bien. Tous savaient aussi que la mort de Hirsch Baran était liée au fait qu'il s'agissait d'un Juif, mais ils ont malgré tout tu ce crime odieux.

Agathe était secouée et cherchait à mettre ses idées ensemble.

— Ça veut dire que mon grand-père était… était…

— John David Burgess, dit Amed, afin de l'aider à finir sa phrase.

Chapitre quarante-huit
Bouchette, 2005

Agathe avait finalement cédé, sans grande difficulté, aux demandes d'Amed qui brûlait de désir d'être toujours auprès d'elle.

— Je n'irai pas tant que l'endroit aura l'air d'une cour de ferrailleur, avait-elle dit.

Deux semaines plus tard, il l'avait conduite dans son antre. Tout ce qui pouvait ressembler de près ou de loin à un bout de métal avait disparu. Elle avait accepté; ils vivraient ensemble, et à l'été suivant, ils prévoyaient se marier.

Le vieux notaire Beausoleil avait été trop heureux d'accepter de présider la cérémonie, avouant qu'il célébrerait un mariage pour la première fois. Agathe avait indiqué qu'elle voulait une célébration toute simple qui aurait lieu au quai public de Bouchette. L'endroit était très beau, avec en arrière-plan le magnifique paysage du lac des Trente et Un Milles, mais il y avait aussi et surtout le fait qu'elle désirait se rapprocher de l'endroit que sa grand-mère avait tant aimé. Ils feraient d'une pierre deux coups, car elle souhaitait également se rendre au lac Achigan pour y verser enfin les cendres de Berthe. Elle avait même téléphoné à Martine Lecours pour l'aviser de son mariage prochain et lui demander d'être là, tout en précisant qu'elle pourrait aussi rendre un dernier hommage à Berthe. La vieille tante avait promis d'être présente « même si je dois m'y traîner à quatre pattes », avait-elle dit.

Beausoleil lui avait indiqué qu'elle aurait pu tenter de faire valoir ses droits sur le bout de terrain, puisqu'elle était cette fameuse héritière, mais Agathe n'en avait aucune preuve. La lettre de Marie-Anna Morrissette ne constituait pas une attestation et, de toute façon, elle ne citait à aucun endroit le nom de Burgess comme étant le père de son enfant. La relation aurait été difficile à établir.

— Dommage, avait dit Beausoleil, la valeur de ce terrain doit aujourd'hui représenter un joli montant, sans compter cette fameuse action de la Briarwood qui devait appartenir à cet héritier. Dieu sait ce que cela peut valoir aujourd'hui.

Agathe avait repoussé l'idée de faire valoir ses droits dans ce dossier. Une telle démarche avait peu de chance de succès et nécessiterait trop d'énergie. Elle avait de toute façon trouvé ce qu'elle cherchait.

La maison d'Amed, ce n'était pas le paradis ni le faste d'un Burgessville, mais c'était son nid de bonheur. Elle avait apporté quelques corrections à la résidence du jeune homme pour la rendre plus fonctionnelle et avait mis la maison du Juif en vente. Il lui était maintenant difficile de rester à cet endroit après avoir découvert le drame dont son ancien propriétaire avait été victime. Agathe avait vite trouvé un acheteur à qui elle avait évité de parler du sort de celui qui avait un jour occupé l'endroit.

Il fallait bien sûr tout placer dans des boîtes avant qu'Amed arrive avec le camion pour transporter ses biens. Elle avait décidé de commencer par le vaisselier, estimant qu'il s'agissait là de l'objet le plus précieux, puisqu'il avait appartenu à Berthe. Elle enveloppa de papier journal la vaisselle et ce qui était en vitre, plaçant le tout avec précaution dans des boîtes de carton. Le stéthoscope inutilisé, la croix que Berthe avait portée à son cou, et tous les petits objets que sa mère avait gardés se retrouvèrent dans la boîte.

Elle plaça la boîte à chaussure contenant la pipe de Rhéal au fond d'une nouvelle boîte, notant au passage le nom de « Briarwood » qui y était imprimé. Elle poursuivit son travail en empilant au-dessus les serviettes de table et les nappes de Berthe. D'autres objets virent s'ajouter avant que son cerveau, comme s'il avait fonctionné indépendamment d'elle, aille chercher dans ses données une correspondance avec le mot « Briarwood ».

— Briarwood, dit-elle tout haut, c'est le nom de cette compagnie de pipes ?

Fébrilement, elle retira tout ce qu'elle avait mis dans la boîte à la recherche de l'objet. Le cœur battant, elle en ouvrit le couvercle. À l'intérieur, une magnifique pipe finement sculptée. L'objet devait avoir quarante centimètres de long. Elle réalisa soudain qu'elle reconnaissait ce qui y avait été habilement façonné. Agathe sortit même une carte postale qu'elle avait ramenée d'Allemagne et où le château de Heidelberg apparaissait. Pas de doute, il s'agissait bien du même château. Elle prit délicatement l'objet et tenta de remettre le bouquin en place sur le fourneau. Quelque chose semblait bloquer. Elle regarda à l'intérieur du tuyau et réalisa qu'il s'y trouvait un bout de papier. Avec des pinces à cil, elle tira sur la feuille. Un mince rouleau sortit de l'orifice. La feuille de papier était roulée là depuis si longtemps qu'elle crut d'abord qu'il s'agissait d'un emballage destiné à protéger la pipe qui, visiblement, n'avait jamais servi. Elle parvint à dérouler un coin après que la feuille lui eut échappé des doigts à deux reprises. Il lui fallut l'aide d'un presse-papier pour le tenir en place et continuer à le dérouler. Elle reconnut l'étampe d'un notaire au bas de la page, authentifiant le document. La lettre était écrite en anglais.

« Le 30 juillet 1943

Je, John David Burgess, sain de corps et d'esprit, reconnais être le père de l'enfant que Marie-Anna Morrissette de Bouchette au Canada porte en elle et je demande à ma succession de considérer cet enfant comme le mien. Si j'ai commis des erreurs, je ne souhaite pas que celles-ci retombent sur cette femme que j'ai aimée et sur mon enfant.

John David Burgess
Signé devant notaire, ce 30 juillet 1943 »

~

Notes de l'auteur

Ce livre est une fiction, basée sur des faits qui sont réellement survenus et que j'ai volontairement mis ensemble pour créer cette histoire. C'est à l'époque où j'étais journaliste que j'ai recueilli les premières bribes d'information concernant l'espion de Bouchette. J'avais alors cru qu'il s'agissait d'une de ces nombreuses légendes locales alimentées par la paranoïa qui avait régné durant la guerre. Au fil des ans, j'ai rencontré de nombreuses personnes qui avaient connu cet endroit nommé Burgerville et qui m'ont décrit en détail ces lieux, ce qui a piqué ma curiosité. Personne, cependant, n'a pu me parler de l'homme derrière le personnage. Le mystère restait donc entier. C'est en vérifiant au Bureau de la publicité des droits de Gatineau, à Maniwaki, que j'ai pu retracer son nom, l'emplacement exact de son domaine, mais aussi son testament. C'est ce document qui m'a permis de remonter la piste de John David Burger jusqu'à New York et d'en apprendre beaucoup sur lui.

Je me suis aussi demandé s'il était plausible qu'il y ait eu au Québec des espions allemands durant la Seconde Guerre mondiale. Les résultats de mes recherches sont surprenants. Je me suis finalement imprégné des documents d'époque, de livres sur la Seconde Guerre mondiale, notamment sur la fameuse bataille de l'Atlantique, et de nombreux témoignages que j'ai recueillis dans la population de Bouchette. Cette recherche s'est échelonnée sur cinq années. Voici quelques-unes des informations que j'ai obtenues et qui m'ont inspiré la trame de cette histoire.

La présence des sous-marins allemands au Canada

Le *korvettenkapitan* Johannes Mohr du U-124 de la kriegs-marine de l'armée allemande a véritablement existé et était considéré comme le Baron rouge des mers. Il a coulé vingt-neuf navires avant que son sous-marin, le *Edelweiss*, soit coulé le 3 avril 1943, au large de Gibraltar. Il a participé à de nombreuses missions, dont l'attaque des navires du Saint-Laurent.

La fameuse mission désignée sous le nom de code *Pauchenslag*, coup de tambour, que le *grossadmiral* Karl Dönitz, commandant en chef des U-boats, lança en mai 1942 dans le golfe Saint-Laurent, visait à paralyser tous les efforts du Canada et des États-Unis pour acheminer des ravitaillements à l'Angleterre. Vingt-trois bateaux furent coulés et des centaines de personnes perdirent la vie dans ce qui fut désigné comme la bataille du Saint-Laurent. Le 25 avril 1942, un sous-marin allemand envoyait par le fond le *S.S. Caribou*, un navire reliant Terre-Neuve à la Nouvelle-Écosse. Cent trente-sept passagers et hommes d'équipage perdirent la vie.

Les espions allemands

La présence d'espions allemands débarqués au Québec à partir de sous-marin est bien documentée. Ainsi, au chapitre quatre, l'anecdote d'un marin ayant vu un « tuyau de poêle » émerger de l'eau est authentique. D'autres cas sont encore mieux décrits dans les archives militaires. Le 9 novembre 1942, un sous-marin allemand laisse sur les côtes de Gaspé près de New Carlisle, un homme, Janowski, avec comme mission de s'installer au Canada et d'espionner les activités militaires. Muni de vieux billets de banque canadiens, empestant l'odeur du diesel à plein nez et affichant un accent un peu trop allemand, l'homme a été démasqué et fait prisonnier peu de temps après son débarquement. D'autres, par contre, ont fort bien réussi leur entrée discrète au pays. Le 25 avril 1942, Marius A. Langbein fut débarqué avec succès en Nouvelle-Écosse où il prit l'identité d'Alfred Haskins. Pendant deux mois, Haskins transmit des informations aux Allemands sur les mouvements des bateaux avant de déserter et de se fondre dans le paysage, au grand dam des services d'espionnage nazis qui comptaient sur lui pour les renseigner. Il se dirigea vers Ottawa, où il s'établit avec l'argent que le IIIe Reich lui avait fourni. En décembre 1944, Marius A. Langebein, alias Alfred Haskins, se rendait aux autorités canadiennes. Il eut droit à la clémence du jury chargé de le juger, ses membres ayant souligné que Langebein n'avait finalement commis aucun autre acte répréhensible au Canada, sinon celui d'y être entré clandestinement. La plupart des grands convois de bateaux se dirigeant vers la Grande-Bretagne avaient justement comme point de départ Halifax; on peut facilement imaginer que Haskins aurait pu, par ses renseignements, infliger des pertes énormes à la marine canadienne et états-unienne, ainsi qu'aux nombreux bateaux de la marine marchande.

Il y eut également débarquement sur les côtes du Labrador, où les Allemands avaient installé des équipements radio pour mieux se diriger dans le fleuve. Les sous-marins allemands laissèrent aussi plusieurs espions sur la côte états-unienne. Un commando avait ainsi été débarqué avec armes et bagages; sa mission était de perpétrer des actes terroristes aux États-Unis. Les membres de ce commando se proposaient de faire sauter trains et centrales électriques, mais ils furent pris avant d'y parvenir. Parmi eux, un homme, lui aussi nommé John Burger, celui qu'on désigna comme « l'espion de Bouchette ». Tous ses compagnons furent exécutés, mais Burger, après avoir longtemps attendu son exécution, vit sa peine commuée en prison à vie. Il fut par la suite libéré et retourna en Allemagne.

Ulrich von Ribbentrop

Ulrich Friedrich Wilhelm Joachim von Ribbentrop (30 avril 1893, 16 octobre 1946) qui fut ministre des Affaires étrangères sous le régime nazi, était considéré comme un dangereux désaxé. Il a d'abord œuvré au Canada. Voici le texte du correspondant au *Petit Journal* publié en page trois de l'édition du 27 mai 1945 :

« *Pendant son séjour au Canada Ribbentrop a préparé la venue d'espions allemands au Canada*

Ottawa, 26 mai 1945-Von Ribbentrop, l'ancien ministre des Affaires étrangères du Régime Hitler en Allemagne et le seul des chefs nazis qui ne soit pas encore tombé entre les mains des Alliés, a séjourné pendant plusieurs années à Ottawa avant la présente guerre. De son passage dans la capitale canadienne il a laissé un souvenir plutôt douteux. À titre de très vague attaché commercial ici, car l'Allemagne n'avait pas encore de consul au Canada, von Ribbentrop s'occupa d'espionnage d'abord et d'affaires ensuite.

Officiellement, il vendait du champagne bavarois et des vins du Rhin aux Commissions des liqueurs de notre pays, mais en fait il profita de ses qualités naissantes de diplomate à tout faire pour tirer les vers du nez à tout le monde dans les cercles officiels de la capitale.

Ceux qui ont connu Ribbentrop s'en souviennent comme d'un homme qui était partout à la fois et s'introduisait dans les milieux les plus fermés on ne sait trop comment. Apparemment, c'est von Ribbentrop qui dressa les premiers plans pour assurer la venue au Canada de la nuée d'espions qui infesta notre pays, principalement la Nouvelle-Écosse et le Québec.

Il prépara aussi l'envoi dans le Grand Nord canadien, notamment dans la région de la Baie d'Hudson, d'experts nazis en aéronautique qui devaient faciliter le débarquement de parachutistes ennemis sur le continent nord-américain par voie des régions glaciales du Dominion.

D'ailleurs, outre ceux arrêtés à Halifax et à Gaspé, la Gendarmerie royale et le contre-espionnage canado-britannique ont mis le grappin sur des douzaines de suspects qui avaient établi des caches de gazoline sur les côtes du détroit d'Hudson et de la baie de Baffin, sans oublier nombre d'anses dans le Labrador. Mais après les premiers revers subits en Afrique et en Europe par l'Allemagne, Berlin coupa les vivres à ses espions au Canada : c'est pourquoi ils se firent ramasser aussi facilement par la police fédérale.

Quant à Ribbentrop, outre un passé diplomatique plus que troublé, il a laissé à Ottawa le souvenir d'un mauvais payeur. Un marchand de chaussures de la rue Sparks a encore dans ses livres un compte impayé de von Ribbentrop au montant de 9$. »

La *Revue militaire canadienne* du printemps 2001 fait également état de démarches d'un pseudo groupe de financiers allemands ayant tenté, en 1938, d'acheter l'île d'Anticosti pour, disait-on, y établir une usine de pâte. La Consolidated Paper corporation, propriétaire de l'île, était toute disposée à la céder, n'eût été de la fuite de cette information dans le journal. On découvre que l'un des « experts » allemands envoyés à Anticosti est bien connu comme étant « l'homme-clé de Hitler dans beaucoup de missions importantes ». Le tristement célèbre maréchal Goering était même intervenu personnellement auprès du premier ministre Mackenzie King pour permettre la transaction qui, finalement, avorta à la suite de la réprobation générale. On estima par la suite que l'île d'Anticosti devait servir d'avant-poste au débarquement des Allemands au Canada.

Il y a donc bel et bien eu des plans d'invasion du Canada et nombre d'espions allemands ont été envoyés en terre canadienne pour préparer l'invasion qui devait suivre après la chute de l'Europe et de la Russie.

L'antisémitisme

L'antisémitisme a aussi eu ses partisans au Québec, tout comme dans la région de l'Outaouais. L'historien Raymond Ouimet[10] démontre que, si le mouvement a été limité, il y a malgré tout eu quelques manifestations contre les Juifs. Certains prêtres ont contribué à propager cette haine. L'Ordre de Jacques Cartier, qui avait des membres partout dans la région, était souvent

---

10 OUIMET Raymond. *L'affaire Tissot Campagne antisémite en Outaouais*, Écrits des Hautes-Terres, 2006, Montpellier, 154 p.

inspiré par des religieux qui ne cachaient pas, du moins avant le début de la guerre, leur sympathie à l'égard de certaines théories fascistes. L'Ordre de Jacques Cartier, désigné sous le pseudonyme de *La Patente*, a été très actif dans la région d'Ottawa et comptait des branches un peu partout.

Paul-Émile Beaulieu

Paul-Émile Beaulieu (1920-1944), fils de Paul Beaulieu, entrepreneur en construction de Bouchette, et de Marie-Louise Beauregard, petit-fils de Hormidas «Pit» Beaulieu l'aubergiste de Bouchette, dut comme d'autres jeunes faire son service militaire, mais contrairement à beaucoup de ses compagnons, il signa de son plein gré pour traverser en Angleterre et se battre contre les Allemands. Il participa au débarquement et y

survécut, mais il devait périr le 21 juillet 1944, lors d'une patrouille; leur véhicule ayant été touché par une bombe.

Je me suis beaucoup inspiré de la réalité pour décrire la brève vie d'Émile, y ajoutant le nécessaire pour créer le personnage d'Émile Beauregard. Cette histoire n'est pas nécessairement celle d'Émile Beaulieu, mais elle pourrait l'être. Cinquante ans après son décès, le doute a couru qu'il aurait eu un enfant, une fille, conçue possible-ment lors d'une permission avant de tra-verser en Angleterre. Le lien entre l'enfant

et Paul-Émile Beaulieu se révéla non fondé, mais la rumeur fut suffisante pour m'inspirer cette histoire et le personnage de l'orpheline. Je me suis librement inspiré des faits que m'ont racontés ses sœurs, d'ailleurs religieuses, comme dans ce roman, mais aussi de ceux que j'avais entendus de la bouche même de Paul et de Louise Beaulieu avant leur décès. J'y ai ajouté des sentiments, des détails qui sont le fruit de mes élucubrations. Le soldat Paul-Émile Beaulieu représente cette jeunesse, vigoureuse et courageuse, volontaire, prête à se battre, même sous les drapeaux de « l'envahisseur » comme on désignait encore l'armée canadienne, pour la justice, le droit, et pour l'humanité. Il fait mentir la vieille perception que les Canadiens français avaient peur d'aller au combat.

Aldège Cécire

Aldège Cécire faisait partie de ceux qui ont préféré défier la conscription. Installé dans la cabane à sucre de la ferme de son père, il y est resté plusieurs mois, ne sortant que pour s'approvisionner en denrées. Sa mère et lui avaient convenu d'un signe, la nappe blanche placée à la fenêtre, pour indiquer que la voie était libre. C'est lui qui me raconta cette partie fascinante de l'histoire concernant le chasseur de têtes de Messines, d'abord *speed cop*, devenu par la suite délateur auprès de l'armée. D'autres déserteurs se cachaient dans des pièces secrètes, aménagées dans les bâtiments de ferme ou même dans des cabanes creusées dans le sol et camouflées pour ne pas être vues des airs. La chasse aux déserteurs fut, à une certaine époque, active et parfois violente. Ma mère, aujourd'hui décédée, me faisait elle-même part d'une descente effectuée en pleine nuit à

la résidence familiale par les soldats armés à la recherche d'un conscrit du nom de Lafontaine. Il habitait la maison suivante.

Aldège Cécire fut pris par les soldats alors qu'il était sorti de sa cache pour aider son père aux champs. Conduit à une base militaire où on le garda quelques semaines, il fut par la suite libéré sur

405

l'intervention d'un membre éminent de la communauté, officier de *La Patente* et qui fut mon oncle, Anastase Saumur. Se cachait-il parce qu'il avait peur de se battre? Oui, avoue-t-il aujourd'hui, mais tous avaient peur de la guerre et de la mort. Mais il y avait aussi, et surtout, tout le milieu canadien-français qui s'opposait à la conscription et qui refusait de se battre pour défendre l'Angleterre, ainsi qu'une classe religieuse dont les objectifs n'étaient pas toujours clairs ni forcément purs.

Donatien Lafontaine

Donatien Lafontaine est un personnage hautement coloré aujourd'hui décédé. Il fut la mémoire du village de Messines. La description que j'en fais, ses tics, sa maison et les piles de journaux qu'il mémorisait par cœur, ses gommes, tout cela est conforme à la réalité telle que je l'ai vue. Se disant lui-même patriote, il fut un membre important de l'Ordre de Jacques Cartier, *La Patente*. Il venait quotidiennement à la station-service de mon père nous assommer de ses longues citations des discours d'Henri Bourassa. Grand amateur du «Noble art», comme il désignait la boxe, il pouvait nommer (entre autres) de mémoire tous les champions poids lourds depuis que le titre existait, avec les dates de leurs victoires et les noms des aspirants de chaque combat de championnat. Il en allait de même pour nombre de sujets pour lesquels l'enfant que j'étais n'avait aucun intérêt. Je ne réalisais pas alors le véritable phénomène que je côtoyais chaque jour. Il a inspiré le personnage de Rogatien dans le roman.

Sœur Antoinette Beaulieu

Cette dame admirable et sa sœur Yolande m'ont longuement parlé de leur frère Émile, des souvenirs de leur enfance et fait part de nombreuses anecdotes que j'ai intégrées au roman. Je me suis bien sûr inspiré de leurs discours pour créer le personnage d'Évangéline Beauregard. Les sentiments ambigus que je fais vivre à Évangéline à l'égard de son frère dans ce roman, lesquels auraient poussé sa mère à la placer au couvent, sont de pures inventions de ma part et ne correspondent nullement à la réalité. Antoinette Beaulieu a choisi de prendre le voile de son plein gré, au grand désarroi de son frère Paul-Émile qui désapprouvait ce choix. Par contre, j'ai toujours senti dans cette famille qu'Émile Beaulieu était entouré de beaucoup d'amour et qu'il avait été admiré.

Bouchette

Bon nombre d'autres petits faits de l'histoire de Bouchette cités dans ce livre sont survenus tels que je les ai décrits. La bénédiction du nouveau pont de Bouchette, par exemple, et la citation des paroles du curé est réelle : « Ce pont qui nous fait passer d'une rive à l'autre représente bien, pour nous chrétiens, le passage de notre vie terrestre à la vie éternelle. » On peut imaginer la crainte des citoyens de traverser le pont après un tel message. J'ai abondamment puisé dans le livre de la paroisse de Bouchette[11] pour agrémenter ce roman de petits faits réels.

John David Burger

John David Burger et son épouse

PHOTO FOURNIE PAR LOUISE TREMBLAY

On ne sait pas exactement quand John David Burger arrive d'Allemagne au Canada ni même aux États-Unis. Ce que le Bureau de la publicité des droits de Gatineau, qui enregistre toutes les transactions foncières, nous révèle, c'est que John David Burger achète de la veuve de James Scott McKay, chirurgien de Hull, la propriété pour la somme de vingt mille dollars le 14 octobre 1939. Selon les témoignages que j'ai pu recueillir,

---

11 PAUL-LEFEBVRE Diane, et Louise ROCJON-CARLE. *Bouchette et Cameron au fil des ans 1843-1987*, Imprimak, 1987, Maniwaki, 882 p.

Burger se rend sur les lieux en hydravion et embauche la plupart des ouvriers et charpentiers de la place pour faire de l'endroit un luxueux lieu de villégiature. Par un heureux hasard, j'ai pu retrouver des photographies prises à cette époque, alors qu'il arrivait sur les lieux à bord de cet hydravion.

Les documents écrits du Gatineau Fish and Game Club que j'ai pu consulter décrivent Burger comme une personne très socialement active et indiquent qu'il avait voulu créer un endroit à son image. Ils confirment les informations verbales que j'ai recueillies. Burger investira ainsi des sommes colossales  pour construire un « chalet de lune de miel » pour lui et sa femme, deux grandes étables pour les animaux et des chalets pour les invités autour du bâtiment principal.

Bien que la plupart de ces bâtiments aient disparu et que le domaine ait par la suite été divisé, il reste encore quelques bâtiments originaux, dont le petit chalet de béton, le seul ainsi construit, la maison du gardien, celle du couple et l'un des petits chalets pour les invités.

Burger embaucha non seulement des ouvriers, mais aussi des gardiens, des femmes de chambre, des cuisinières, des gens pour s'occuper de la ferme et des animaux. Il utilisait des jardiniers professionnels qu'il devait transporter de New York sur place pour voir à l'entretien des fleurs. Burger avait également sur les lieux un homme de confiance qui agissait comme gardien et conducteur et qui veillait sur tout en son absence.

Il avait fait aménager, à la limite des municipalités de Bouchette et de Messines, une piste d'atterrissage sur laquelle ses appareils, des Beechcraft, pouvaient se poser et y débarquer leurs passagers. Mon propre père me confirmait être parfois allé assister à l'arrivée d'un de ces avions, alors qu'il était tout jeune,

PHOTOS FOURNIES PAR LOUISE TREMBLAY

Employés de Burgerville

surpris tout autant par l'engin que par ceux qui en sortaient.

On peut voir l'appareil utilisé par Burger pour transporter ses invités et les pilotes chargés d'assurer leur transport. Le véhicule sur la photo est celui que les gens de Bouchette désignaient comme la « Limousine » et qui servait à conduire les passagers de la piste d'atterrissage jusqu'à Burgerville. L'homme se montrait également très généreux dans le milieu. Il a bel et bien fait don d'une statue de la Vierge Noire à la paroisse de Pointe-Confort, établie à la pointe sud du lac des Trente et Un Milles. Après la mort de Burger et en raison des soupçons qui avaient pesé sur lui, la statue avait disparu du décor de la chapelle. L'édifice a récemment été vendu et les nouveaux propriétaires l'ont découverte, dissimulée au sous-sol.

Qui était ce John David Burger ? Il se présentait comme le président de la compagnie Kaywoodie de New York. Cette compagnie, qui fabrique des pipes, a vraiment existé et existe toujours. Elle jouit d'une excellente renommée chez les fumeurs de pipe et on peut consulter le site Web de cette entreprise pour en savoir davantage. Fut-il réellement président de la compagnie comme il l'aurait prétendu ici ? Dans le livre de Bouchette et de Cameron, le nom de la compagnie y est mentionné. Ma demande de renseignements auprès de la compagnie est cependant restée sans réponse. Les notes d'archives de la Kaywoodie (S. M. Frank & Co. Inc.) ne font nullement mention de Burger. Toutefois, le nom du fondateur de Kaywoodie, Rudolph Hirsch, est directement cité dans le testament de Burger comme témoin et exécuteur testamentaire, ce qui démontre le lien étroit qui existait entre les deux hommes. Hirsch était arrivé d'Allemagne aux États-Unis au cours des années 1930 et a racheté une compagnie de pipes qu'il a transformée pour en faire une des mieux connues des fumeurs.

Si Burger n'était pas président de cette compagnie, comment finançait-il son train de vie princier ? Le lien que j'établis dans le roman entre la compagnie de pipes fictive et le régime allemand n'est que pure invention de ma part.

La pipe évoquée dans le roman et dont Agathe découvre finalement l'origine à la fin du roman, existe réellement. Elle porte le nom d'Heidelberg et est le symbole du président de la compagnie Kaywoodie. Elle aurait été réalisée par un sculpteur en Allemagne au début des années 1920 et aurait été apportée en Amérique par le fondateur de Kaywoodie, Rudolph Hirsch. Ce n'est cependant que plus tard, en 2000, qu'un spécialiste a réalisé que la sculpture sur le fourneau de cette pipe représentait le château de Heidelberg en Allemagne. La pipe est transmise de président en président au sein de la compagnie depuis plus de quatre-vingts ans. En raison de son caractère unique et parce qu'elle est le symbole ultime de l'excellence chez les fumeurs de pipe, sa valeur est inestimable.

La phrase qu'Agathe lit dans le livre « Bouchette et Cameron au fil des ans » est réelle : « Une anecdote ou légende du temps de la guerre 1939-1945 nous revient encore en mémoire. Plusieurs se souviennent encore de ce riche millionnaire américain, M. Burger, qui avait fait aménager sa propre piste d'avions pour pouvoir venir à son chalet. Par la presse, on apprit à la fin de la guerre que cet homme était un espion à la solde de l'Allemagne. Il transmettait des messages à l'aide de puissants émetteurs cachés sur sa propriété. Il fut exécuté sur la chaise électrique. »

La légende populaire à Bouchette a donné toute sorte de variantes à la mort de Burger, certains anciens m'ayant même affirmé qu'il avait été fusillé sur place par les soldats canadiens.

La réalité est tout autre, mais laisse encore plus de doutes. Burger ne fut pas exécuté sur la chaise électrique ni fusillé à son chalet. Selon les notes du notaire qui accompagnaient l'ouverture et la lecture du testament dont j'ai pu obtenir copie, John David Burger est bel et bien décédé le 31 octobre 1943, à l'hôtel Waldorf Astoria, dans des circonstances inexpliquées. Il résidait pourtant tout près à West Englewood en banlieue de New York.

On sait cependant que la rencontre citée dans le roman des généraux et ministres responsables de la Grande-Bretagne, du Canada et des États-Unis aurait eu lieu au Gatineau Fish and Game Club près de Pointe-Confort. Pendant que se tenait à Québec, en août 1943, la fameuse Conférence de Québec entre Churchill, Roosevelt et Mackezie King, les détails de l'Opération Overlord étaient établis près de Bouchette. Le véritable sort du monde s'est-il décidé dans ce petit village, à peine un hameau à l'époque, qu'était Pointe-Confort? Il semble bien que oui. L'un des propriétaires actuels d'un des chalets sur le lac Trente et Un Milles, qui a racheté il y a plusieurs années l'un des anciens cottages utilisés à cette époque, rapporte que sur l'une des portes, il a trouvé la signature des trois ministres qui ont participé à cette rencontre. Ladite porte a été préservée.

C'est dans ce contexte que la Gendarmerie royale du Canada débarque au Gatineau Fish and Game en 1943 avec comme mandat de sécuriser les environs avant la venue des dignitaires attendus pour cette conférence. Ils investissent donc Burgerville à la fin de juillet pour inspecter les lieux et découvrent les installations radio. Il y a lieu de penser que Burger ne s'y trouvait pas ou alors qu'il a fui à la dernière minute. Le 30 juillet, Burger apporte un changement au testament auprès de son notaire de New York. Il meurt trois mois plus tard dans la chambre de son prestigieux hôtel. Était-il vraiment un espion ou a-t-il été victime d'un climat de paranoïa qui s'était installé un peu partout? John David Burger s'est-il suicidé, a-t-il été exécuté ou est-il mort naturellement? Le mystère reste entier. Ce livre ne détruira pas la légende entourant «l'espion de Bouchette»; il l'enrichira.